U0544023

昌耀诗文选

我从白头的巴颜喀拉走下

—— 昌耀诗文选

昌耀 著 燎原 编

广西师范大学出版社
·桂林·

我从白头的巴颜喀拉走下——昌耀诗文选
WO CONG BAITOU DE BAYANKALA ZOUXIA
——CHANGYAO SHIWENXUAN

图书在版编目（CIP）数据

我从白头的巴颜喀拉走下：昌耀诗文选 / 昌耀著；燎原编. —桂林：广西师范大学出版社，2019.5
ISBN 978-7-5495-2140-1

Ⅰ.①我… Ⅱ.①昌…②燎… Ⅲ.①诗集—中国—当代②散文集—中国—当代③诗歌理论—中国④诗歌创作—研究—中国 Ⅳ.①I217.2②I207.2

中国版本图书馆 CIP 数据核字（2019）第 049039 号

广西师范大学出版社出版发行
（广西桂林市五里店路9号　邮政编码：541004）
　　网址：http://www.bbtpress.com
出版人：张艺兵
全国新华书店经销
北京盛通印刷股份有限公司印刷
（北京经济技术开发区经海三路18号　邮政编码：100176）
开本：920 mm×1 194 mm　1/32
印张：24.25　　　　字数：387 千字
2019 年 5 月第 1 版　　2019 年 5 月第 1 次印刷
印数：00 001~10 000 册　　定价：92.00 元
如发现印装质量问题，影响阅读，请与出版社发行部门联系调换。

前　言

燎　原

一位诗人一生的写作成果，基本上由其若干部诗集来体现；当他最终配得上出版全集或总集，表明他已成为他那个时代的重要诗人；而在其身后，倘要在总集的基础上再以选本提取精华，则是他走向经典诗人的标志。因为这种提取，源自时间对这些作品的念念不忘，也正是时间对一位诗人的经典化过程。

从 1986 年的第一部《昌耀抒情诗集》，到其后若干部诗集的出版；再从 2000 年的 "总集" 和此后的 "总集增编版"，到转入眼下的这个选本，昌耀作品所经历的，正是这样一条道路。

昌耀不是一位高产诗人，生前虽然出版过若干部诗集，但它们并不是各自独立的单行本，而是在前一部基础上的不断累加，直至去世前的 2000 年初，由他自己编定的《昌耀诗文总集》在同年出版。而尽管称之为 "总集"，他却并未将生前的作品悉数收入，步入诗坛初期的一些作品自不必说，他 1978 年复出之后给我印象极深的诸多篇什，亦未收入其中。这显然印证了他对自己作品的严苛。然而，鉴于他在此时已经显示出的 "大诗人" 的重要性，在资料的意义上提供其更全面的作品，以使读者尤其是研究者对他获得更深入的把握，就成为一种必要。也因此，就有了昌耀去世十年后的 2010 年，由我提供 "增补部分" 的《昌耀诗文总集（增编版）》。从绝对的意义上说，这才是完整的昌耀，也是我们考察他的最终依据。在我看来，只有建立在这个母本的基础上，我们对其作品精华的提取才不致简单化，才能体现他本有的复杂、艰深和博大。

说这话的一个重要原因是，在20世纪90年代中后期以来出现的各种现当代诗人名作选中，昌耀诗作入选最多的，是那首仅有三行的《斯人》，偶尔再有《慈航》的节选等诗作。仿佛除此之外，他再无像样的作品可供选择。这其中的主要原因，当缘于选家们的惰性，一个又一个的选家，大都遵循着相同的工作模式和选择路径：以此前某个范例性的选本为前提，然后再根据自己局部感受的强弱，对个别诗人的名作稍做调整。极少有人再深入到一位诗人的众多作品中，做出具有发现性质的遴选。另一个原因，则与选家们的眼力相关，对于那些沉淀在认识凹地中"异秉"式的作品，他们没有能力做出价值认定。以至虽有众多的"名作选"，但所选作品却大同小异。至于这首《斯人》之反复被选中，除了它本身的精警品质外，更在于它只有三行的篇幅特别方便入选。但比之《峨日朵雪峰之侧》《哈拉库图》等或长或短的大量作品，无论从精神含量还是艺术含量上讲，它都很难称得上昌耀的代表作。然而，经过众多选本如此执迷的坚持，却让不熟悉昌耀的读者误以为，他仅仅只有《斯人》所体现的那么简单。

这也就是说，关于昌耀的研究与评价虽然一直在步步走高，但对其盛名之下的作品实体，我们尚远远谈不上消化。他仍然处在有待进一步认识之中。这也成了我编辑这部选本的出发点：在保持其一生创作框架的前提下，通过缩小篇目总量，来凸显其不同时期的代表作与外围作品，进而勾勒出他精神艺术世界的复杂演化过程和逻辑关系，以便读者抓住要领，径直进入其腹地。

现对相关情况说明如下：

一、这个选本以《昌耀诗文总集（增编版）》为母本。"增编版"由诗文主体、附录（以书信为主）、增编部分，三个板块构成。此次删去了整个附录板块，在其余两个板块共删去诗文122件。

二、对删减后的诗文主体和增编部分不再单列，而是按写作时序将它们合为一体，以使其间的脉络一目了然。

三、从文体上看，昌耀的作品大致分为五种类型，一是分行排列的诗歌和他自己所称的不分行诗歌，二是诸如《我是风雨雷电合乎逻辑的选择——昌耀自叙》类的散文体作品，两者都是其创作主体中的"诗文作品"；三是谈论诗歌和创作的文章，四是为自己诗集所写的序或跋，五是对创作访谈的书面答问，这三种类型则属于"理论文字"。在"增编版"及此前的多个版本中，这些作品都不分类型的按写作时序排列。但经验告诉我们，诗文作品和理论文字的写作，是处在两种不同的心境和思维方式中。对于作为诗人的昌耀，前者是其主体心理脉冲的自然延伸，后者则是这一脉冲中的停顿和频道切换，指向对相关创作问题的集中思考和盘整。因此，将它们放在一起，便形成了主体脉络上明显的"嵌入感"和断裂感。有鉴于此,这个选本特将理论类文字提取出来,集合为一个独立板块。就我的感受而言,昌耀的诸多理论文字也可称之为"诗学随笔",非但同样精彩,且别有一番洞天。相信对于它们的集中阅读,会使读者获得新的惊奇。

这样一来,这个选本就形成了"诗文"和"理论"两大板块,分别用"第一编"和"第二编"来呈现。

四、再次保留了我当年为《昌耀诗文总集》所写的《高地上的奴隶与圣者》这篇序言。这是基于昌耀博大艰深的精神艺术世界,仍需要一篇导读文章以说清其来龙去脉。而为了某种程度的新鲜感,我曾试图选用他人新的研究成果来担当此任,但翻来覆去比较之后,感觉此文仍不可替代,包括它与昌耀作品内在的气息呼应。尽管此番我又对它进行了局部的删改与调整,但仍保留了当时的语境与时态,因为由它所携带的一个时代的信息洪流和冲击波,今天的语境已无法重现。

2018.4.1下午·威海蓝波湾

说明:在出版社最后的校对环节,这部诗文选按《现代汉语词典》第7版的标准,对原版本的个别字词作了改动,诸如"一十一支红玫瑰"的"支"改为"枝"、"悼辞"改为"悼词"、"硫磺"改为"硫黄"等等。

2019.1.7又及·威海蓝波湾

高地上的奴隶与圣者(代序)

燎 原

一

我接受昌耀临终时的托付为这部《昌耀诗文总集》作序。也许,这一托付寄予的情分含义大于他对我个人能力的估计。

1979年,当时在青海读大二的我曾以《严峻人生的深沉讴歌》为题,写下了对于昌耀来说,当属他诗歌生涯中的第一篇正面评论(最早的评论,是1957年他的《林中试笛》二首被作为毒草批判)。1980年,我又在第二篇专论的结尾写下过这样一段文字:"至于昌耀的诗歌将表现出怎样的生命力和价值,我不想妄加揣测。因为有白纸上的黑字在,像相信历史的淘汰法一样,我也坚信历史的优选法。"

一个卓尔不群的诗人总是有自己特殊的气象。我想,我是在那时就已感觉到了他诗歌的最终作为。但尴尬的是,尽管若干年来他的诗歌不时出现在我的理论笔触中,但我却一直未能说出更为有力的话来。而中国评论界在整个20世纪80年代则基本上对他保持着窘迫的缄默。这似乎也正是他作为一个大诗人和先行者的尴尬，因为既有的理论尚不能给出一套对他进行有效诠释的办法。十数年来，我注意到了刘湛秋、邵燕祥、骆一禾和韩作荣等人先后为他所写的有情有义的评论。这是以锐利的直觉对昌耀的诗歌最先表示了激赏的四位中国诗人，也是给了他孤立的艺术冲刺以最为有力支撑的四位编辑家。然而，使人遗憾的是，在诗人们之外的中国评论界，却一直未曾出现一位如同海德格尔之于荷尔德林那样的批评家，以对他的精神艺术世界做出穷尽其相的诠释。

大约从90年代初以来，有关昌耀的评价（而不是评论）已不再成为问题。人们在20世纪中国新诗艰难的行程和时光的荡涤中，逐渐看清了一位大诗人的存在。尤其是在他刚刚离世不到一个月的时间中，中国天南地北的几十家报刊几乎是以不约而同地联动，用大块的版面通过对他诗作、生平的介绍和追念文章，向这位孤寂的外省中国诗人表达敬意。这种罕见的方式，该是意味着历史执意要还归他一个公正？然而，昌耀的确太庞杂，太丰富，也太深奥。在他以青藏高原的方式堆垒的诗歌大块中，也含纳着地质史般博杂的造化与生命的信息，以及灵魂震颤中从大地上弓起的炫目的极光。这种精神与艺术的方式，在20世纪的中国新诗史上同样是罕见的。因此，对于他的解读，所谓"眼前有景道不得"的苦闷，相信不只是我一个人的苦闷。

如果昌耀临终前对我有关这篇序言的托付不算是误托知己，那么，我在此所能做的，当是在尽可能地释读中凸显出一些命题，以供那些具有集大成品格的论者在未来做出更有力的延伸和综合考察。我的意思是，随着我们这个时代对昌耀作为一个大诗人地位的确认，也随着这部《总集》对他精神生命世界超出我们想象的丰富信息的提供，关于他的诗歌研究，必将在一个新的层面上再度展开。

二

昌耀1936年出生于湖南桃源的一个王姓大家族。1950年14岁时成为中国人民志愿军的一名文艺兵，1953年夏季朝鲜战争即将结束时负伤致残，同年秋季进入河北省荣军学校。1955年毕业时节，他既出于对"开发大西北"号召的响应，又出于对中国西部风情的向往——也当然是对自己诗歌未来的期许，而自愿报名到了青海。接着便是1957年因诗歌获罪，在青海荒原上长达20多年的下放，直至1979年复出。

他最初的创作是从朝鲜战场上的文艺兵生涯开始。起先是小说、战斗故事，"动辄洋洋洒洒数千言而仍舍不得煞尾"（《艰难之思》）。他的诗歌创作始于1953年，诸如表现朝鲜战争生活的《歌声》《祖国，我不回来了》《你为什么这般倔强》等等。这是在他17岁时的人生少年时光。

这部《昌耀诗文总集》由昌耀自己在生前编定。所收作品上自1955年，下至他离世前的2000年3月15日。也就是说，所有诗文都是他在青海的创作。是他以45年的青春韶华和生命苦难与青海高原相互砥砺的见证。

从个人生命处境和精神行程来考察，昌耀的诗歌大约分为这样四个区段：

1955—1957年，初到青海的高原风情写生；

1959—1967年，荒原流放中心灵的磷火流萤；

1978—1986年，复出之后的心灵史记与高原形体造型；

1986—2000年，常态生存中的百年焦虑与灵魂烘烤。

想来许多人都会对他写于1957年的那首总共只有8行的《高车》留下深刻印象：

从地平线渐次隆起者／是青海的高车。
从北斗星宫之侧悄然轧过者／是青海的高车。
而从岁月间摇撼着远去者／仍还是青海的高车呀。
高车的青海于我是威武的巨人。／青海的高车于我是巨人之轶诗。

所谓的"高车"者，不过是当年西北各地那种极普遍的牛挽或马挽的大木轮车。但这种称谓的变换却使之立时产生了一种陌生古远的意味。而事实上，北方草原上的突厥时代的确有过一支以这种"高车"为自己命名的"高车部"这样一个部族。在对一个主体意象叠加了这样的双重意念后，他又以高车之于青海的强调使阅读延伸出对于草原的联想。于是，在天低地旷的大高原，那恍然是从地球脊线下端渐渐隆起，逶迤而来，又缓缓而去的高车，霎时被无限放大在整个天地之间。

《高车》自然算不上昌耀最重要的诗歌，但它之于我们考察时年只有21岁的昌耀所显示的信息却是丰富的。简单地说，这是一种有根底的诗歌。它的化平淡为神奇的奇崛诗思，带有滞涩感的为古汉语浸渗的语境，物象处理上由现实场景向历史空间推移的陌生化方式，都体现着唯根底才能赋予的定力。但是，如果我们把它与同一时期作为主流诗歌的郭小川、贺敬之的《向困难进军》《三门峡歌》，以及同是抒写西北或云南边地风情的闻捷、顾工、公刘等诗人的诗歌相比照，就会发出这样的疑问：他这种完全脱离了一个时代基本诗歌语境的语言方式，他之无视同时代的诗歌时尚，在对大地之美的追取中决不动摇的自信，又是从何而来？从昌耀本人以上的履历中，我们似乎并不能看出他的这种根底之所出。

在此，我想复述一些相关的信息。昌耀所出生的那个大家族，其宅院是约占去了全村建筑面积一半的一个豪门城堡。但是，它又是一个只为女眷们留守着的城堡，那里的男主人亦即昌耀的父辈们曾先后离家出走，在那样一个动荡的时代去实现自己的抱负。他的父亲先是在北京读书，此后又去了延安军政大学。他的大伯王其梅，这位和平解放西藏时军方的最高首长之一，20世纪30年代便是在北平接受了高等教育的知识分子，并且是北京"一二·九"学生运动的主要组织者。昌耀还有一个五叔，1949后是中科院近代史研究所的研究员。至于其父亲此后如何成为"阶级异己分子"，父亲与伯父这一对当初的革命兄弟，又如何在"文革"中以不同的身份罹难而亡，这又是另外一个话题。我想这个豪门大族的男人们因着相同的血缘而有着这样一些共同的特征：为新鲜事物所召唤的、闯世界的强烈生命冲动；有所作为的男人的抱负；诗书濡染的知识分子趋向；还有一点，这就是无法摆脱的怪异命运。

空城堡中寂寞的童年的昌耀，就是在那时开始翻阅其父亲留在书架上的诸如《阿Q正传》《浮士德》《猫城记》等大量书籍和来自香港的进步文化刊物的。继而在1953年进入河北荣军学校后，更是广泛涉猎了郭沫若的《女神》，以及莱蒙托夫、希克梅特、勃洛克、聂鲁达等大批中外诗人的诗作。尤其重要的是，在他的童年时代，他的母亲、二姑母，特别是那个年长他数岁的佃农之女曹娥儿等，教给他的大量的儿歌和乡谚俚谣。几十年后，当我们在他的《雪。土伯特女人和她的男人及三个孩子之歌》中，读到了西羌雪域，一个受难的五口之家在除夕之夜唱着："咕得尔咕，拉凤匣，/锅里煮了个羊肋巴，/房上站着个尕没牙……"这样的青海谣谚时，便会确凿地感觉到，这种民间艺术对昌耀不只是作为一种诗歌资源，更通过它的民间况味指向，栽植了昌耀切入大地意蕴的根底。直至1999年底，昌耀在他生命的最后时日中，还能成段成段地背下曹娥儿当年教给他的那些歌谣,以此可见这种民间艺术元素对他的影响之深。

但是,所有这一切,便决定了昌耀此后在诗歌上必然的大作为吗?我没有根据断然得出这样的结论。与那些在30岁前就光芒四射,从而完成了自己一生的诗人相比,昌耀显然不能算作天才,但他早慧的先天性诗人趋向又无疑是非常明显的。这其中一个重要的标志就是——他知道自己的路。作为一种先天性的禀赋,他具有直入事物根底的尖锐直觉。比如在少年时代,他就能够直接奔向属于他自己的书籍,并从中抽取精髓,使之成为自己血液的一部分。正是这种禀赋,坚定了他对自己的自信乃至自负,从而使他在一个时代诗人群体共同的大道之外,敢于毫不动摇地在自己的道路上朝前奔赴。

事实上,从1955年开始,在他此后日显浩瀚的创作行程中,我们可轻易地从中理出一条这类高原风情写生诗歌的主线,直至80年代中后期。它们是——《鹰·雪·牧人》《边城》《高车》《风景》《荒甸》《筏子客》《夜行在西部高原》《猎户》《酿造麦酒的黄昏》《莽原》《湖畔》《烟囱》《风景:湖》《丹噶尔》《鹿的角枝》《日出》《月下》《所思:在西部高原》《在山谷:乡途》《纪历》《驿途:落日在望》《草原》《放牧的多罗姆女神》《达坂雪霁远眺》……

——这是他笔下的荒甸莽原:"远处,蜃气飘摇的地表,/崛起了渴望啸吟的笋尖,/——是羚羊沉默的弯角。"而这群被现代文明、也被贪婪的猎枪所追逐的精灵,在仿佛是刚从天边躲过一场捕杀获得喘息的片刻之后,立时便忘却了危险似的,重又

"结成箭形的航队／在劲草之上纵横奔突，／温柔得如流火、金梭……"（《莽原》）。

——这是他笔下刚从湖畔洗浴过的藏族牧人："浴罢的肌体／燧石般黧黑，／男性的长辫盘绕在脑颅，／如同向日葵的一轮花边。／他摇响耳环上的水珠，／披上佩剑的长服，向着金银滩／他的畜群曳袖而去……"（《湖畔》）。

——这是他笔下东方潮红中的日出时分，一片沙沙作响的天籁中却有着异样的静谧："静谧的是河流、山林和泉边的水瓮。／是水瓮里浮着的瓢。""垭豁口／有骑驴的农艺师结伴早行"（《日出》）。

那群羚羊执意无视身后的险恶、使人为之揪心的纯真无邪；那位牧人古代武士般的剽悍，以及邀约流放中的诗人至其毡庐，复又叩响手中"七孔清风"的牧笛与之交谈的古雅；那位骑驴的农艺师与"我"在大地曙光中独领的，西部山乡的寂寞美色……它们原本就是那样存在的吗？如果是，我们为何在浩如烟海的现当代诗歌中见不到相同的品类？这是中国新诗史上独属于昌耀的一种诗歌。他用敏锐的心灵之光做整个大高原的扫描，继而以自己的情感理想和美学理想进行过滤、剪接和粘贴组合，而最终冲洗出那么精粹的一帧又一帧。其边地异域的神秘绮丽，生命天性的幻灵幻美，固守于时光深处的古老超然，在与现代人类怀着乡愁寻找家园心理渴望的呼应中，就那么轻易地颤动着我们的心弦。这是一种绝不接受时间冲刷的诗篇。从其超然、纯粹的美学属性上来说，它们是留在20世纪中国新诗史上，那种以心灵与山河私语的唐诗宋词式的诗篇。

三

即便不是因为《林中试笛》中两首加起来总共不过16行短诗的偶然事端，昌耀大约仍难逃1957年或此后的厄运。一个在艺术上卓尔不群的诗人，其生命姿态往往具有决不接受任何摆布的可怕的定向性。昌耀在结束了苦难的流放生涯后是这样向世界重新亮相的："九死一生黄泉路／我又来了／骨瘦如柴／昂起的／还是那颗讨厌的头颅"（《致友人》）。文学史上大量的先例告诉我们，这种姿态对一个诗人的人生之路将会意味着什么。

从1957年下半年起，21岁的昌耀以"囚徒"的身份开始了被流放的生涯。从本质上说，这应该是他命运走向合乎逻辑的延伸。因为自他年仅14岁时投笔从戎，从湖南故乡随部队奔赴东北，继而走出国门开赴朝鲜战场；尤其是回国后本可以留在河北，而他却执意要远赴青海——这一步一步离家乡越走越远的人生旅程，都清晰地显现出他的潜意识中、也同样是来自其家族血缘中，一种固执的自我放逐情结（其伯父王其梅此时正在唐古拉山另一侧的西藏，作为这个边疆大区的负责人，处于自己人生的鼎盛期）。只是，这一次的放逐却成了一个戴罪者的被发配。命运可是要以这种残酷的方式来成全他？

头戴"囚徒"荆冠之后,他先是在省城近郊的监狱工厂冶炼钢铁,接着被转移到浅山地区每天抬着上百斤重的条石修筑盘山水渠。在此我想强调这样一件往事:从这个国家政权中一位激情的战士、诗人,到几乎是一夜间成为它的"囚徒",处在青春热血期的昌耀对于这一冤案的态度可想而知。他先是坚决不服地以文字材料申辩,继而是委屈愤懑得几乎要爆炸了的抗争。就在每天抬着上百斤重的条石修筑水渠期间,有一天,他因体力不支、更因心绪极度的恶劣和暴躁,而致使失衡的石料砸向踝骨,当场便昏死了过去。待醒过来后见管教人员正吆喝着抬他去急救,遂嗷嗷吼叫着宁愿一死而不从。这种负气式的以不惧自残表示抗议的悲愤,直欲让人想到共工怒触不周山的情状。"我无罪;所以我有罪了吗?"——"七月"诗人阿垅40年代这愤怒的诗句,该是昌耀此时心情最恰切的表述。昌耀在写于90年代的《头戴便帽从城市到城市的造访》等诗文中曾多次提到阿垅,在中国新诗史上,从气质禀赋到诗歌语言方式夭矫不群的悍厉来说,他们两人当最为相近。而昌耀当时这样反复抗争的结果,则是刑役的层层加码,继而越走越险恶地流徙于祁连山重峦幽闭的山谷,荒原腹地远离人烟的劳教农场。直到劳教身份解除后,流落为农场的"就业职工",继而是一个领有五口之家的拖儿带女的"贱民"。

昌耀就是在这样长达21年的命运锤砸中,于1979年回到《青海湖》编辑部那张曾经属于他的、一个诗歌编辑的办公桌前。他身材干瘦,语言木讷,神情平静中略带拘谨和疲倦,似乎已向命运以妥协的姿态表示了和解。

然而,他就是在这种平静的公民姿态中,紧接着以刊发于《诗刊》上长达500多行的《大山的囚徒》,让中国诗界知道了他将是一位什么样的诗人;也让我在今天重新审视他的心灵轨迹时,强烈地感觉到他与命运绝不罢手的顽强纠斗。就是在省城重新安家立命不久,有一天,他托我找一套叫作"凌格风"的英语学习磁带。我甚感好奇地问其故,他说自己在"农场"时曾自学英语,近日读一些英语读物时竟还能粗通大意,所以想把它重新捡拾起来。以此可见,他即使在九死一生的灭顶之灾中,仍对自己的未来确信不疑。他在那时不但仍然写着不能发表的诗歌,更全方位地做着当时条件下所能允许的一切准备,以待"失道者"的"败北"之日。

现在,当他重新领有了自己的命运,他之于诗歌的写作便丝毫不感到手生。遂无须在诗坛外围做任何盘桓滞留地径直切入其腹地,以其西部大山荒原上流放生涯纪传体的系列长诗"流放四部曲",拱起了一列浑莽峥嵘的山系。这是中国新诗有史以来不曾出现过的诗篇,也是由中国一代知识分子的心灵史记,延伸向旷古高原与人类类属生命相互砍伐,相互融渗,重又彼此唤醒,互示花雨霞霓的天假大块。

"流放四部曲"由这样四部长诗构成:《大山的囚徒》《慈航》《山旅》《雪。土伯特女人和她的男人及三个孩子之歌》。

从题旨指向上看,这四部长诗的侧重各有不同,篇章构架和语言风致上也反差明显。譬如《大山的囚徒》中，他借一位新四军战士出身的州委宣传部长形象，对自己身罹无罪之罪决不言服而拼死抗争心绪的书写，以至虽身陷流放之地却要亡命徒般地逃向"红星高照的京城"，"去公堂击鼓"上告。《山旅》则通过一个被流放者于大山腹地漫长的生命之旅，传递出轰天响雷般的山河、历史和人民的震怒。这是一首可以和《大山的囚徒》互读的诗作。一个生命在这里所罹受和目睹的一切都是罕见的：在《大山的囚徒》中，当那位"囚徒"抡着八磅大锤于采石场发疯般地拼命时，突然，"我倒下了。／石棱穿破了眉骨，／血浆从眼眶里迸出。"……但生命竟又是如此的顽强，就在他已被装入一只由马槽改制的棺材行将入殓时，竟奇迹般地活了过来。而《山旅》中大山腹地那荒蛮绮丽的一切更是令人震撼：在大雷雨中的夏夜，闪电的青光，像一条扭曲的银蛇，从山中骑者惊马的前蹄掠过，继而遁向远处，将崖畔的千年古柏，殛作一道通天火柱；但在雪霁月明之夜，则又是另外一番幽雅：长嗥的雪豹从深谷里踱出，双眼闪着荧绿的光，灵巧的身子有如软缎，只轻轻一抖，便登上了河中的冰排，又悄然攀上对岸铜绿斑驳的绝壁……这山河秘境中一切的犷悍、粗涩和绮丽，该是生命在何等强大的震颤而至洞开之后，对大高原的摄魂！当一部诗歌获具了如此的原生性大地品质之时，我们的感觉正在向着一部高原史诗靠近。

昌耀在这里感受到了摧肝裂胆般的生命的大摧折；然而，最初那种不惜自残的生命愤怒的对峙，于此则又恰恰向着亲和的形态转换。他开始以对高原古老地力的感应,获得生命的支撑。这便是由《大山的囚徒》到《山旅》所经由的历程。继而,他感应到了高原的温情——"土伯特",这个在清代文献中指称西藏和藏族,而在此后的汉语词库中湮失了的语词,经由他的诗歌复活在现代汉语书面文本中。唐古特——土伯特——吐蕃——藏族,当年我曾问过昌耀,为什么是"土伯特"呢?他说,藏族人原本就是这样自称的。他是要强调一个事物古老的本源,但这似乎更寄予着他对这一事物本源性的感应和理解。是的,正是在这个古老而又生机勃勃的高原民族身上,昌耀听到了探究生命奥秘之门最初的解语。

大雪灾以定期的轮回对生存苦难的施加,生存极地上听天由命的旷达和剽悍,乃至狡黠的幽默,尤其是虔敬的宗教感中由对来世的理想所呈示的高于一切的灵魂观念——在高原民族这样一种生命的宗教哲学面前,昌耀体认到了对他来说是最为关键的两个语词:命运与宿命。宿命是什么呢?简单地说,就是命运的前定。你要盲目而锐利地奔赴什么,你将会遭逢什么,你要在生命大劫般的遭遇战中罹受怎样的砍伐,并最终获得何等的造化?这一切,都是由前定的命运早已决定了的。而重要的是,昌耀对自我命运的这种宿命性体认,使他对无故加之、并正在罹受着的生命大灾难不再感到愤懑委屈,也不再惶悚茫然。生命所承受的一切苦难都不是无缘无故的,也绝不会轻易地一风吹过。艾略特曾把人的荣耀,部分地归之为"下地狱的能力",而地狱,则是与天堂相通的。向下扎得越深,向上升得便越高。在人类诗歌史上,对这一原理最典范的表述,便是但丁那一不朽的《神曲》。

藏传佛教把尘世视之为一片苦海,所谓的人生就是"苦海慈航"。而这里的"慈",正是悲悯的生命情怀,是对于生命的仁爱,对天地万物的大爱。它是苦难人生得以向灵魂的天国彼岸航渡的根本动力。而流放中的昌耀,正是在这个恪守着人类古老慈厚德行的高原民族身上,获得了使其生命复苏的爱,也使他自己感应并获具了博大悲悯的爱的情怀。

"在善恶的角力中/爱的繁衍与生殖/比死亡的戕残更古老、/更勇武百倍。"——现在,当昌耀决意以《慈航》来追记他苦难流放生涯中抵达彼岸的航程,演绎一部爱的史书时,一种宗教性的大悲悯,使这部长诗大高原上那山垒峥嵘粗粝的棱角,柔和于旷世般的雾状光明中。

这是发生在诗人又一次的命运转折之时,当他终于脱去"囚徒"垢辱的黑衣,却又独坐荒原无家可归时,意外地——也是宿命性地,与纵马驱驰中那位娇骄的草原"郡主"相遇。在怀着青春渴望归属的心理,向她讲述了那个疯狂残酷的世界中蒙垢的自己,他得到了理解,并被引领进草原上的那个家族。继而在那个家族的老人临去天国之际,对他做出这样的考察鉴定与托付:"听吧,你们当和睦共处。/他是你们的亲人、/你们的兄弟,/是我的朋友,和——儿子!"之后,最终与其爱女结合。他笔下高原土著那浓脂重彩的婚俗是如此令人难忘。作为"被娶的新娘"，在午夜时分接受了一位牧羊妇红毡毯上对他柏烟的沐浴"梳洗"，天亮时，他又随迎亲使者纵马驰过高山冰坂，跨过日出前点燃的吉庆的火堆，到达将要入赘的家门之前。接着又翻身下马，踏稳朝他投下的一方象征航渡苦海之舟的羊皮，毅然跃过门前守护神狞厉的火舌——在经过这一道道古老隆重的仪式之后，才终而走向苦寒青春中的婚寝。而就在那样的夜晚，百感交集的他对着婚禧的烛台所看到的，却是喜马拉雅丛林燃起的光明的瀑雨，潜行于虚光幻照中"万千条挽动经轮的纤绳"。这当是昌耀由此开始往后终其一生的精神生命处境：他因对天地间大爱的领悟而看到了佛国天堂的光明，也因此而成为大地黑色的圣徒洪流中，那背负纤绳朝着光明服役的一位。《慈航》是昌耀最为重要的诗作之一，他在这里已基本上完成了对于自己精神姿态的造型。

当笔触延伸向《雪。土伯特女人和她的男人及三个孩子之歌》时，这位从"囚徒"到"北国天骄赘婿"的诗人，已是荒原上的劳教农场中，一个领着五口之家共渡艰难的父亲和瘦丈夫。这首诗作也在他的荒原纪传体系列中，第一次升起了苦涩而温馨的人间烟火。我想昌耀对他的这首诗歌应该是满意的。它语言文本上那种更为纯然的本土民间气息，物象处理上致密与蓬松恰到好处的把握，尤其是从《慈航》那陶火柏烟般古艳的婚俗状写中延伸过来的，对于西部草原与山乡风土兼容性的抒写，使之显示着更具亲和性的艺术魅力。

昌耀诗歌中的这种土著经验元素，是他本人的一笔财富和诗歌标记，也是他对中国诗歌语言物象库廪的特殊奉献。对于昌耀的诗歌，生命与哲学角度上的体认固然重要，但若忽略了这一元素，那么他与同时代诗人间的差异将会因之大大缩小，以至于几近混同。强调这样一个事实是有必要的：在当代诗歌，尤其是青年先锋诗人的诗歌中，那种形而上的哲学抵达并不少见，有的比昌耀更为尖锐。然而，对于昌耀的敬重，在更大的层面上恰恰来自当代的青年先锋诗人。这一方面是因为在形而上的共同趋向上，他们更易于对昌耀做出体认；另一方面，则是他们从昌耀诗歌的物象上，对由这一土著经验元素所浸渗的非凡魅力，以及他语言造型上精确入微的手劲和腕力的震撼。诸如《慈航》中"一头花鹿冲向断崖，／扭作半个轻柔的金环，／瞬间随同落日消散。""土伯特人卷发的婴儿好似袋鼠／从母亲的襟袍探出头来，／诧异眼前刚刚组合的村落。""九十九头牦牛以精确的等距／缓步横贯茸茸的山阜，／如同一列游走的／堞堡。"等等。正是这种元素，构成了昌耀在中国诗坛不可替代的唯一性。

而他造型上的这种腕力，既是一种基本功，更是一位大诗人的重要标志。一个半吊子诗人可以凭借对时尚哲学文化著作一鳞半爪的涉猎，而在诗歌中作云苫雾罩的形而上玄虚弄巧，但若进入这种微观性的精确造型，则会立时露出马脚。诗歌在此显示着它的严厉与苛刻：天分、阅历、良好的艺术训练、生命与笔力在岁月中去芜存真的研磨，这种在诸多综合要素上出示的、我愿称之为"雕虫之技"的分寸感微妙感，正是为诸多行家里手所追慕而只有少数人才能够抵达的。中国的传统诗歌美学中有所谓的"诗眼"之说，有为追求这种诗眼"吟安一个字，拈断数茎须"的苦吟，而其最终得出的，也不过只是四句或八行而已。从这个角度看，我们就会省察到昌耀诗歌中这样一个令人震惊的事实：他那无论是十行左右的短章，还是长达数百行的巨制，大都是用这种雕虫之功层层堆垒起来的。从本质上说，所有的大师和经典艺术家都是雕虫者以及用雕虫之功创作的人。他们作品最终的恢宏气象，无不赖之于每一笔触上所浸渗的这种"雕虫"的汗血与心力。譬如《离骚》龙翔凤翥的飞动，便皆因每一致密局部的承托；米开朗琪罗为了《创造亚当》的巨制，竟在西斯廷教堂的穹顶下一笔不苟地仰着脖子度过了四年零三个月的时光。这里体现的，是一种宗教性的艺术情感。它代表着艺术家在艺术之途上朝圣般的诚勇和苦行，也因而使他们的作品获得了那种真金足赤的艺术含量，进而具备了"典"的性质。

对于业内人士而言，他们之所以对那种一挥而就的才子气的创作不感兴趣，乃至持有本能的厌恶，不只是因为这其中暗含的蔑视诚勇艺术劳动的轻狂，更因为在他们作品大言欺世的外壳之下，根本找不到能够支撑一部作品站立的那种实体。当我们这个时代在艺术的鉴赏和鉴别上已逐渐成熟，世界经典艺术家中那种圣徒或苦行僧式的写作在本时代却仍然只是一种奢谈和神话时，他们终于从用文字把西部高原堆垒向长天流云的诗歌奴隶般的昌耀身上，找到了例证。

四

是的，昌耀用诗歌堆垒了一座西部高原。在结束了"流放四部曲"这一宏大工程之后，当他再次回首那座有过他们流放地的大高原，不又一次地感慨万千而望眼难收？那曾经使他九死一生的落难之地，不又是贯注了他生命与灵魂以再生的圣地？于是，从1982年至1985年这一时间区段，我们在他的笔下又看到了西部大高原的造型——这样一个构成了他诗歌主体形态的、恢宏而辉煌的系列：《旷原之野》《青藏高原的形体》（共六首，包括《河床》《圣迹》《她站在剧院临街的前庭》《阳光下的路》《古本尖乔——鲁沙尔镇的民间节日》《寻找黄河正源卡日曲：铜色河》）以及《巨灵》《牛王》《秦陵兵马俑馆古原野》等等。

与"流放四部曲"的疼痛酷烈相比，昌耀在这个系列的造型上则显得丰润、雍容。这一变化的原因首先在于，其笔下表现空间的扩大。即由原先青海荒原上的流放地，扩展向整个青藏高原；又进而扩展为以古长安为始点，由古丝绸之路延伸向新疆的古西域——这一成扇形向青海高原围拢的整个西部大地。其次则是由于其笔触从被流放的时态，进入那座高地一直往前追溯的历史大时空。当历史嘹亮的彼在同现实荒旷而强盛的此在相贯通，他于此所看到的则是西部大地上另一种本质性的精神气象——以汉唐帝国的光焰和丝绸、音乐、歌舞为标志的浩瀚与豪华。

于是，我们在他笔下见识了这样光焰万丈的一幕幕：《旷原之野》中"夫人嫘祖熠熠生辉的织物／原是经我郡坊驿馆高高乘坐双峰骆驼，由番客／鼓箜篌、奏筚篥、抱琵琶，向西一路远行"的透迤高峨；《河床》中"我一身织锦，一身珠宝，一身黄金。／我张弛如弓。／我拓荒千里"那种雄狮振鬣、气吞万里的张扬；《寻找黄河正源卡日曲：铜色河》中佩戴金虎符的女真和蒙古族、藏族贵族们大河寻源、统领江山的王者的武穆；各姿各雅山泉遥与大荒铜铃和铁锚海月相呼应的旷阔绮丽；尤其是《牛王》中红绸加冕，目光炯炯，被簇拥在海盘车的广场，巡游于大地春播时分的牛王那春神式的雍容与华贵。是的，昌耀在这里端现的，是一个大致在我们经验之外的西部高原。它"烈风、天马与九部乐浑成"的无数草原帝国大太阳下挥师争霸的雄豪，青藏高原和西域之族由古往今脚铃玛瑙雉羽长袖一路舞蹈而来的华彩——这种王者式的浩瀚豪华与贵妇式的雍容华贵的综合，是一个民族鼎盛期那种大地型的力量和美学品属。其精力无穷的砍伐创造和滋育绵延的大气概，呈现着农耕的土地所不具备的史诗气象，以及大地稳定的承托力与激情。

这是派生大男人的大地，派生俊美女子的大地；是派生音乐、歌舞、史诗，让生命在正午无边的阳光下豪饮挥霍的大地。昌耀所呈示的西部大地的这种品质，在一颗凌空悬垂的大钻石的光焰中，直与古希腊、古印度史诗中其民族青春期那种湍荡蒸腾的大时代旗鼓相应。

大生命在大时代豪华的背景中前行。"宇宙之辉煌恒有与我共振的频率",他因之以巨灵的声音高喊:"照耀吧,红缎子覆盖的接天旷原"(《巨灵》)!

然而,昌耀绝对不会想到,这大致上竟是他精神心灵最强盛、也是最后的好时光。尽管这种状态间断地直到1986年的《一百头雄牛》和《穿牛仔裤的男子》中还有所延伸,但那已经是强弩之末。

五

"静极——谁的叹嘘? // 密西西比河此刻风雨,在那边攀缘而走。/ 地球这壁,一人无语独坐。"许多人大约对昌耀的这首《斯人》都会有着深刻的记忆,但很难说它就是昌耀一首重要的作品。作为总共只有三行的一首诗作,在它以极短的篇幅表现了穿越地球的强劲诗思时,我总感到它在表达上的刻意要远远大于心灵质量的呈示。然而,它却在1985年5月发出了昌耀强盛的精神形态开始从峰值向下回调的最初的信息。走过1986年中期以后,这种整个地球上一人独坐的孤寂,竟大致上横亘在他直至去世近15年的人生岁月中。

"人生有不可解析的困顿。/ 人生有不可平抚的创痛。/ 最隆重的刹那必在人生的最后。"——这是昌耀在写于1985年10月《悬棺与随想》中的心境独白。那么，是什么造成了他陡然直下的这种心灵逆转？

从本质上说，昌耀是一个怀有理想主义和英雄主义情结的诗人。在离开那一苦难的流放生涯、也离开那座生命和精神的高地长达7年多的时光中，他以疼痛中带有些微酣畅的沉醉，将命运对他的恶性施加，堆垒为当代诗坛上横空出世的诗歌。他于此不但体味到了目睹失道者败北的快感，也无疑感受到了以这样一记沉重的勾拳回敬命运的痛快。然而，当他胸中的大块垒在以"流放四部曲"和高原形体的造型释放一毕之后，命运却以与上次截然相反的平庸与虚无，又一次在前边堵截着他——随着社会转型期金钱拜物教的畅行，所谓的理想主义似乎在转瞬之间变成了一个虚词。一个诗人的生命理想由此而被看作不合时宜的象征，一个理想主义者的生存更被庸常日子中鸡零狗碎的压力所研磨。

他此时已到了50岁的人生秋霜之季。而在以灰色平庸的生存堵截他的同时，命运又再施播雨行云的弄巧之术，不无诙谐意味地把他头上当年的"荆冠"，换成了青海省作协副主席和省人民政治协商会议委员的"桂冠"，并进而做出这样的暗示：如果你就此罢手，不亦可大慰平生？然而，他不愿意听懂这个暗示，也不愿意弄清楚这些桂冠之于一个诗人又有何干。光阴流失中生命潮汐的衰退，渐显端倪的家庭关系的恶化，漫长滞缓不能唤醒激情的日子，包括个人诗集出版上的屡屡碰壁——这就是我们人类无数个体，也是一个诗人注定了的一生？

于是，一些最基本的人生命题在形而上的高处仍然成为不可解的死结：生命的意义何在，诗歌的意义何在，理想的意义何在？"行者的肉体已在内省中干枯颓败耗燃。/ 还是不曾顿悟"（《晚钟》），"东方诗国负笈山行的僧人……/ 略一迟疑，雄心已如古瓮破裂 / 倒扣在石岸宿命的白塔"（《广板：暮》），一个生命历尽沧桑的疲倦感，在此使人感受到一种刻骨铭心的疼痛。而更为让人感到疼痛的，是在他焚心般自拔的焦灼中，无以凭借的悲哀。于是，一个执拗于终极意义上生命追问的思者，其精神的百年焦虑和灵魂烘烤，就在这种身心的疲倦和生命的惊悚中展开。在此，我们不妨摘引由1986年6月到1990年8月之间出现在他诗歌中的这样一些章句：

"大漠落日，不乏的仅有 / 焦虑""心源有火，肉体不燃自焚"（《回忆》）；

"人生有不解的苦闷""无话可说。/ 激情先于本体早死"（《生命体验》）；

"天理以数排列，长横短横，/ 思想者的圆颅顶驰去虚无的车马"（《洞》）；

"我之愀然是为心作"（《庄语》）；

"淡淡的河 / 使凝望着的人们眼里浸满泪水"（《淡淡的河》）；

"我感觉疲倦……/ 我为追求新生而渴作金蝉蜕皮。/ 明天不属于每一个人"（《诗章》）；

"我不甘落伍……/ 我深感落伍已不可避免"(《听候召唤：赶路》)；

"生活总是一场败局已定的博弈？"(《盘陀：未闻的故事》)；

"死有何难？只需一声呜咽便泪下如雨"(《燔祭》)；

"远人的江湖早就无家可归"(《江湖远人》)；

"现在我重新体验缺少激情的生活的劳累了"(《头戴便帽从城市到城市的造访》)。

而为了从这种困境中自拔，他几乎费尽心思。先是借一些特殊的古代历史文化载体：比如悬棺、跳丧、巴比伦空中花园的传说敲响"招魂之鼓"，并甚至以"我仍将压榨自己"来发誓明志；继而，又传达了自己恍惚间这样的感应："我记起自己不曾沐浴雪山的紫外光有年，/ 而心灵震动，心想是绿度母以青铜之思 / 传唤她的旧臣……"(《两个雪山人》)。遂由此直至1990年的数年间，心灵与脚步轮番出动，重走当年故地，以获取大高原地气的重新灌注。我们因此而在他的诗歌中见到了这样一些标题：《远离都市》《故居》《极地民居》《在古原骑车旅行》……那时节，他曾给自己的名片上特意印了一个"行脚僧"的身份。

这期间特别值得注意的，是《听候召唤：赶路》《燔祭》《哈拉库图》《僧人》，这样四首篇幅和密度都各具规模的重头之作。

《听候召唤：赶路》是与当时内地青年先锋诗人西部寻根行色相叠合的，昌耀自己精神血路的冲杀。一个基本的背景是，这些当时处于国内诗坛前沿的青年先锋诗人，在进入高原腹地途经西宁时大都曾拜访过昌耀，许多人此前就与昌耀有书信往来，昌耀对他们的创作当然是熟悉的。而他们的作品和当下亢奋的精神状态与竞技状态，则在此被昌耀作为一种对于自己的参照和压力，由此来刺激、压榨、反挫自己。所谓的"我不甘落伍。……/我深感落伍已不可避免"，正是这一情形下的心境书写。而在生命的大疲累和平庸生存的沉溺中，昌耀自我压榨性的血路冲杀则又是那样的滞重和艰涩。该诗第五章中那条伤痕累累的狗，无疑映现着昌耀的自我心灵体认："它的脊梁坍塌如雪崖崩陷。/它的臀尾与后肢挤压粘连成为一片无用肉膜夹带血污、草屑与尘埃附丽身后。"而就是在这样的状态下，他却追随着那类"在鞍马血崩咽气的母亲"或部族未竟的血路，仰望头顶"黎明之皇冠"，在"太阳沉落时我为归宿张皇"的惶惑心境中，对自己发出这样的期许："太阳涌动时水月隐形/我重又再生出征之勇气。"

一个需要强调的事实是，诸如昌耀这种与当代青年先锋诗人同一进程中的博弈和冲刺，在他同时代的诗人中即便不是唯一的，也绝对是寥寥可数。当诸多当年曾身为诗坛先锋的元老因自己的落伍而对目下的"看不懂"悻悻然时，昌耀本人则正是目下这支队列中舍身求法的一员。但他于此表现的，绝不是对先锋诗歌简单的认同或趋附，他是以自己的艺术经验和精神指向，冲击在与本时代艺术先锋汇流的路上。他也是由这种指向，与在自己作品中出现的尼采、萨特、卡夫卡、弗洛伊德，也与凡·高、塞尚等等现代主义哲学家和艺术家们，展开心灵对话。这因而使他得以更深刻地省察现代世界人类错综复杂的心理处境和精神纠葛，从而使自己的诗作在哲学的层面上获得深刻的"现代"品质。他的心灵艺术触角也因此而始终处于当代诗歌的前沿。所以，他的疲惫乃是源自先锋前沿自我压榨的疲惫，他先锋的锋锐亦正是源自这种疲惫中绝不就范的血路冲杀。而在岁月把他推过50岁的年龄端线时，这种艺术上的冲杀则更显酷烈。当他在《僧人》中圣徒般地向着那一"惶恐的高度""喇嘛教大师笃行修持证悟的高度"攀缘时，那情态竟是死去活来般的：他"奇迹般地趔趄半步""被抽筋似的快意。又向前趔趄了半步"。

80年代中期以后直至去世，昌耀对生命虚无感逼至绝望性的体认，当是与艾略特、卡夫卡处在同一个层面。而他对这种虚无感的惶恐、惊骇，与之罄其生命的大力绞杀和搏斗，则很自然地使人想到鲁迅——包括鲁迅那种与青年作家相互激励的老先锋姿态。从某种意义上说，昌耀艺术上的这种老先锋姿态，不但温暖着同时代青年先锋诗人的心，他将心血燃作膏脂在艺术上的精雕细刻，他本土化经验在诗歌呈示中那浑厚的大地性品相，也为他们提供了榜样。甚至我们很难排除这样的因素：一些青年先锋诗人的西部寻根，正是出于对昌耀诗歌中这种本土性品质的追寻。

1989年10月，昌耀在重走故地后，写出了180行左右的他这一时期最重要的作品《哈拉库图》。如果要在昌耀的整个创作中列举两首最重要的诗歌,我将会毫不迟疑地推举《慈航》和《哈拉库图》。

纵观昌耀1986年后都市生存中的诗作,大都表现为内心自省的孤寂和枯瘦。而一旦进入西部山乡,他便突然获得灌注似的,立时丰润起来。这首诗作就是一个典型的例证。哈拉库图是日月山下一个历史上屯兵的边塞城堡,其名称如同青海湖的另一个名字库库淖尔一样,也是一个蒙古语的命名。是西征的蒙古兵骑留在大地上战争与征服者的戳记。而城堡下与之同名的山村,早年曾是汉藏商旅云集的边贸之地,又是获罪之初的昌耀冶炼钢铁的服役之地,现今仍能找到曾给予过他温暖的乡亲故人。而此番面对这样一个历尽沧桑兴衰的故址,他又将体悟出怎样的生命奥义?

"城堡,宿命永恒不变的感伤主题",这是全诗的主体基调。而宿命与感伤,则在诗人追思的寂寞和哈拉库图人钝顽、超然而又带有现世喜乐色彩的生存中展开。此时他的眼中所见,一方面是破败的城堡如同滞留在土丘荒草中神龙皱缩的蜕皮;村民们当年挖修的盘山水渠,因从来不曾走水形如不曾生育的老处女;村头一溜靠墙根晒太阳的老人恍若将永远滞留于夕阳的余烬;那位辫发曾乌黑油亮的哈拉库图村的美人,在走向婚寝的若干年后丈夫与两个儿子相继病残,她自己则常犯癫痫而咬碎舌尖,美丽的容颜如春日的花圃顷刻凋敝……"一切都是这样的寂寞啊……/是这样的寂寞啊寂寞啊寂寞啊"!而另一方面,早在古远的年代，哈拉库图人的先祖在此卜居扎帐时，就曾根据《易经·天地定位》之章而风水罗盘以择址，简板木鱼而娱神；此后更有驻牧山头的妇人不忘时常聚九筒牛乳以礼佛；就是在现今，他此行借宿之家的主人仍执意不肯用玻璃更换其小木屋的老式雕花窗棂，体现着对于美的独到鉴赏力；而山乡那一歌者嘴前的陶埙，又在兀自哇哇呜地吹奏着一个被哈拉库图人称作"憨墩墩"的人物——读到这里时，我猜想昌耀当时定然为自己这一不无顽劣意味的拟仿性绝妙表述而偷着乐过——若问那个憨墩墩为何若人，干过何等不朽的大事业，为何被叫作憨墩墩？歌者则一脸的高深莫测，而以颟顸的狡黠应对曰："憨墩墩嘛至于憨墩墩嘛……那意思深着……/ 憨墩墩那意思深着……深着……深着……"这一地道的青海民间方言口语的引入，在曲尽其妙地传达出山乡百姓的心灵智能情态时，也使我惊诧于昌耀如此精妙的诗思与笔力。当有鉴于这一切，昌耀继而在诗中发出了"情感的一切玄思妙想原就早都有过的了"时，我想这也同样是我们对他匪夷所思的诗思发出的慨叹！

然而，生命总是在它习焉不察的常态中掩藏着令诗人无法消解的感伤。譬如房东那匹在远山月下急急踏步的白马，在缰绳宿命的牵羁中，"永远地踏着一个同心圆，／永远地向空嘶鸣"；譬如他在正午的村巷与为一位少妇出殡的灵车邂逅时，所感受到的由哀婉的唢呐传递出的，那有如红装女子一身凄艳的寒气。一切总是那样的易于让人感伤，然唯有这样的感伤才给生命以刻骨的自我压榨的惊悚。"秋天啊，秋天啊，秋天啊……"当他从高山冰凌闪烁的射角感受到人生霜秋季节逼人的肃杀之气，而发出这一叠声的惊悸时，"竟又是谁在大荒熹微之中嗷声舒啸抵牾宿命？"的幻象，又使他再次把自己驱向生命那"流血不死"的前沿。

《哈拉库图》为灰色生存中寻求突围的昌耀提供了一次最浩瀚的释放。其构型上肉质的饱满和致密，使之呈现出长篇小说式的宏富蓄藏。无论从本土生命经验的艺术呈示还是从作品的内在品质上说，它都与南美高地上的那部《百年孤独》构成了一种隐约的对应。而昌耀在叙事的推进中那不时随口而出、密布全篇的箴言性语句，诸如："记忆的负重先天深沉。／人类习惯遗忘。／人类与任何动物无别而习于趋利避害。／而遵循快乐原则。""没有一个历尽沧桑者不曾有落寞的挫折感。／没有一个倒毙的猛士不是顷刻萎缩形同侏儒。"等等，则如同肉体燃烧中结化的舍利子，是一种耗尽生命的终极体认。

昌耀在紧接这首诗之后的《仁者》中，这样总结了自己"留在世上的一句话"："人生困窘如在一不知首尾的长廊行进，／前后都见血迹。仁者之叹不独于这血的真实，／尤在无可畏避的血的义务。"以血对血的生存无疑是一种勇者的生存，但更是一种极度危险和可怕的生存。在排除了那种壮夫式的刀来斧还的痛快之后，诗人所能示之于人生的血，只能是自己生命骨髓的耗燃。几近于殉道者的慢性自杀。

六

进入 90 年代后，昌耀诗歌的整体精神性状仍在上述线索上延伸，但却平添了一些色彩，多了一些暧昧温暖的情节和故事。正如在《头戴便帽从城市到城市的造访》所传递的那类信息，他相继获得了以"著名诗人"的身份应邀前往南方一些省份参加诗歌笔会，或者担任诗歌赛事评委之类的风光。如果说"天才在自己的故乡是寂寞的"这个规律也同样适用于昌耀，那么他在外省即便不是炙手可热，起码也是声名赫赫。苦难使他获得了某种传奇性。诗人聚会的日子，不但使他在同行的敬重中体会了"吾道不孤"的快慰，他是否还有过被异性倾慕者视作"受难花朵"的，那种酸楚的温馨和感激？正是缘于此，他痉挛般的神经和灵魂的紧张才得到了暂时的缓释，他的生存中才有了一种含混而温情的心灵烛照。

此时他的家庭已濒于破裂。而他自己，随之则成了文联某协会一间办公室的寄居者，而在流离失所的状态中不时扮演一个"大街看守"的角色。

如果这绝不仅仅是残酷的黑色幽默，那么其中肯定充斥着深刻的荒诞：就是在这样的生存中，他的诗歌却开始出现了一些女性的名字或代号，诸如"SY"，诸如"修篁"，以及另外的隐名者。虽然他与这其中任何一个的关系都是处在不明确的游离状态，但他诗歌中的表述却在抽象与具体之间有着明显的分界。所谓具体的，譬如"修篁"，便显示了他在内心对双方恋人关系的确认。

昌耀人生中的这种情节，从1990年2月的《一片芳草》开始，到《冰湖坼裂·圣山·圣火》《涉江》《91年残稿》《呼唤的河流》《莞尔》《一滴英雄泪》《面谱》《你啊，极为深邃的允诺》《今夜，思维的触角》等等，成为他诗歌中的一条支线，并在几条头绪的交替演进中，时断时续，时而暧昧，时而明晰，时而温馨有加，时而恶劣透顶，直至他临终前几天写于病榻上的《一十一枝红玫瑰》为止。这些，都属于身居江南的SY的脉络。

如果其他的头绪在激情的意念中呈示着某种形而上的抽象性状，与他同处一个城市的修篁则是这条线索中最富质感的主脉，从1992年7月往后的这样一些作品都与修篁相关：《致修篁》《傍晚。篁与我》《花朵受难》《螺髻》《风雨交加的晴天及瞬刻诗意》，以副题《伤情》统领的"《伤情》三章"：《我的死亡》《无以名之的忧怀》《寄情崇偶的天鹅之唱》……

然而，这几乎是一种一言难尽的爱。处在长期枯寂荒芜生存中的他，一旦获得了意外的爱的引动，那几乎就是一座火山的爆发。而炽热的气浪却炙烤得对方无法承受，遂又在对方扑朔迷离的回避中，使自己陷入爱的灾难——他之于SY如此；此后之于修篁在彼此的接纳与抚慰中，因着另外的变故而同样如此。但无论如何，这些在20世纪90年代进入昌耀生活中的情节，对于他的生存无疑是重要的。尽管在这其中经受了难以自拔的情感折磨，但这首先是对他生命激情地震般的唤醒与激活，从而使他在更多的日子里心有所思，情有所系，此前那种执迷于诗歌刑役中的危险状态，也因此得到较大程度的转移。在90年代前与昌耀十数年的往来中，我只专注于他是一个诗人，却忽略了他还是一个男人。而这些诗歌让我看到了他心灵中另外一个灼烫而斑斓的世界，以及超越极限的白炽化的寒冷。他是诗僧，也是情僧。

"我亦劳乏，感受峻刻，别有隐痛，／但若失去你的爱我将重归粗俗。／我百创一身……／你以温心为我抚平眉结了……／从此我喜忧无常，为你变得如此憔悴而顽劣。"——在《致修篁》这首诗作中，他不但表达了由此而获得的"顽劣"生命活力，并且更在"我复坐起，大地灯火澎湃，恍若蜡烛祭仪，／恍若我俩就是受祭的主体"这种再生般的感觉中，领有了他极少感受过的自我生命的神圣感。此时是1992年7月，到了1996年底，出于对未来生活务实性的考虑，两人的关系发生变故。作为被动一方的昌耀在切肤的伤痛中先是尽力克制："算了吧。——我安慰自己。'天涯何处无芳草'？……然而，我总还是执着那个唯一的她，包括她的体语、鼻息"（《我的死亡》），继而是委屈的诉说：几年来，凡是我生活中的亮点抑或阴霾，都可以从这套女主人的居室找到某种关联。"她的宅邸成为与我灵魂连属的存在，一旦剥离会流血不止"；终而痛不欲生："啊，我快要因窒息而死了"（《寄情崇偶的天鹅之唱》），当我们将这些再与他悲伤至极时，解悟了"长眠就是幸福""于是，我近乎赤条条地重又回到床褥卧倒，紧闭双眼,等待自己再一次地死去"这种儿童式的绝望的负气加以综合考察,就不难理解为什么又把诗人叫作赤子。哲人式的宇宙天地的浩茫之思,儿童式的处世的无能与脆弱,这就是那种大诗人的纯粹,也无疑是生命的荒诞。

而对于生命之于世界深刻的荒诞感,在进入 90 年代后越来越浓重地出现在昌耀的诗歌中,成为又一条迹象明晰的支线。他似乎经常恍惚在梦境和幻象中,而那又是一些荒唐、离奇、可怕,具有摧残感、受虐感的梦境和幻象。关于这一点,从 1986 年开始就显现出了确凿的兆头。他在《内心激情:光与影子的剪辑》中,纠缠于当年服刑役时大炼钢铁的往事,梦中竟产妇一样无休止地排泄火红的铁液;在《幻》这首诗中,他深夜起来后患了梦游症般地,突然一转身而南北不辨,而心中陡生恐惧,待重新回来时发现自己的床铺已经鹊巢鸠占,而致使自己竟不敢贸然插足(这是 1986 年 4 月所写,如果我们再把它与 1997 年《无以名之的忧怀》中,"我的恋人"将要被一个走江湖的药材商贩选作新妇,这并非虚构的故事联系起来,就会为这一神秘的"中谶"而骇然)。及至到了 90 年代的《我见一空心人在风暴中扭打》《火柴的多米诺骨牌游戏》这类作品更为频繁地出现,其迷离恍惚中病理性的幻觉呈示,极易让人联想到始终为噩梦所缠绕的陀思妥耶夫斯基的小说世界中,对肉体与精神痛苦那震撼人心的描述。

按照存在主义的说法,自从上帝"死"后,荒诞便成了现代人的基本生存处境。因为失去了上帝的监督，人类在获得彻底的自由时，也失去了任何价值性的参照和依托。因而人所从事的一切都是无价值、无意义、因而也是徒劳的。它因之成为本世纪哲学艺术家一个最苦恼的课题。当我们把这种荒诞感在雅斯贝尔斯笔下表现为人在现实中的反复受挫，萨特笔下表现的生存的无意义，加缪笔下西西弗斯式的徒劳和悲剧精神，马塞尔观念中它之作为生命神秘的象征等经典性的说法，与1986年后昌耀的诗歌世界相互比照，就会发现这一切都不谋而合地综合在他庞杂的意识直觉中。昌耀早先在创作中曾倾心于聂鲁达、惠特曼那种大地性的品质，但我极清楚地记得，到了90年代初，他在读到陀思妥耶夫斯基的《地下室手记》后，向我推荐时的激动和惊喜。他无疑是从中看到了彼此的暗合，并由此获得鼓舞。

正是从爱的圣光沐浴到陷入爱的灾难，以及对生存之荒诞刻骨铭心的感受，使昌耀再次获得了压榨自己迎击命运的动力。所以，即使在一脚踏空了的极度情感痛苦中，他仍写下了这样的诗句："命运啊，你总让一部分人终身不得安宁，／让他们流血不死，然后又让他们愈挫愈奋。／……日子就是这样的魅力么？"（《一滴英雄泪》）。所谓的大诗人总是靠自己的力量培养自己；而文学艺术力量的最终显示，则正是来自灵魂搏斗中这种生命的自尊。

随着精神艺术锐利的烈性冲刺，昌耀的诗歌再一次脱出了本时代的公共范式，显示出随心所欲的自由。他所有关于生存荒诞感的诗作，几乎都是提交给那种迹近于散文或寓言的形式来表述的。纵览昌耀的诗歌，我们会发现一个有趣的现象——其诗行长度在不同时期的变化。收入这部《总集》中的第一首诗《船，或工程脚手架》，基本上是宋词式的建行形式，而且每行的长度比宋词更短，最长5个字，最短1个字。即使在写于1979年的《大山的囚徒》中，我们还能看到这种短行的痕迹。他彼一时期的短诗，多是流放期间记写在笔记本上，复出之后经过整理拿出来发表的。而这些作品在1980年前后的刊物上刊发时的模样，同我们在这部《总集》中所看到的并不相同。其中有许多便是这种宋词式的短促建行。而此番收入时，昌耀在语词上基本未做大的变动，但短行却折成了长行，一首原先15行左右的诗作在此被折叠在了7行左右。到了80年代初，他的诗歌开始由短行向着长行转型，从1979年《大山的囚徒》的短行，到1982年《雪。土伯特女人和她的男人及三个孩子之歌》的长行就是典型性的标志。而他80年代中期以后的诗作，更是向着超级长行推进，有时一行诗句竟长达100多字，又因诗集开本的限制而被折叠成四五行。他对于部分原作短行变长行的改动，无疑是要削去一种挺拔感，使之形成向内的压缩。他此后趋向于超级长行更是由于有太多的乃至泥石流般难以明晰的意念要表达。我们于这种形式中感觉到了致密、沉实，以至要把砂土挤压成岩块那种接近临界点的滞重。但是，当最终到了这种不再分行的、句子更长的散文式形制，反而形成了蓬松、不受章法制约的自由。这种诗歌形体上的变化所象征的,实际上是他已到了自己给自己立法的自由之境。

七

我在前边说过,昌耀并不属于那种天才类型的诗人。但他在苦难深渊中流血不止愈挫愈奋的血路搏杀,使他诗歌的造山运动显示着比之天才更强大的后坐力的反弹,以至最终在"喇嘛教大师笃行修持证悟的高度"上,成为20世纪中国新诗史上彤云垂布的冰川雪峰。而对他难以尽说的繁复博杂的诗歌艺术,我只想在此强调两点:其一是它的语言构成,其二是它的艺术难度指标。

古奥和滞涩是昌耀诗歌语言标志性的特征。大体上说,这是来自高原地质生成史和文化生成史中的语言。所谓生成史中的语言,与事物发展成熟期概念性的语言相对,是保留在岁月腹地原生的、具有场态性状和蒸发功能的语言。而概念性语言是什么呢?大致上说,它是因为被公众反复使用而失去其固有的质感,只剩下光滑外壳的一种语言。进而言之,它是供社会大众进行日常交流的方便语言。而这种方便语言,它在一个时代公共性流行诗歌中显示的功能也同样如此:通俗、易懂。如果它还有趣味的话,那就是一种流行趣味。只要做一个数据学上的简单统计,我们就会发现这样一个令人震惊的事实:在一个时代浩如烟海的诗歌制品中，构成大部分诗歌的主要语词，一般不会超过 30 个。而方便的语言只能表达简单的思想，在 30 个语词中反复搓弄、编码的诗歌，又能说出多少新鲜而深刻的话来？而一个大作家或大诗人的重要标志，就在于他自身庞大语言系统的建立，在于他丰富的词汇量，他在对母语的纵深发掘中所释放的那种灿若河汉又神秘瑰奇的魅力，他对一个时代语言空间的强力拓展及其血色素的复活。

"我们从殷墟的龟甲察看一次古老的日食／我们从圣贤的典籍搜寻湮塞的古河"（《巨灵》）——昌耀以高原和岁月腹地中的位置坐标察看高原生成史中"土壤的铁质"，迹化在历史时空中的大气密粒：佛图铜驼、大宛天马的夭矫趹扈；凤鸟、夔龙、饕餮兽聚附于青铜礼器上的古奥沉实；即便是一列 20 世纪的火车，他仍要将其还原、幻变为博格达万世冰封的城垣脚下，"漂泊大海的鼓桴"或"游弋天涯的苍龙"。是的，它们就是这样一些作为诗歌最小单元的古奥、滞涩的字词和物象，而正是基于它们内在的场态性，一个与创世神话、英雄史诗同在的高原生成史中的大时空，由此而得以浑莽性的蒸发。

这是一种独属于高原生态场的，杂糅着浓重异质异族色彩的语言物象。昌耀之顽固地坚持它并沉湎不已，乃是缘于他精神心灵上与高原生命场态的一体化。这种语言文体，承袭了高原民族艰难生态中的那种心理滞涩，体现着与当代主流文化畅晓、优美审美趣味相反的格调。以洪荒感、酷烈感、狞厉感，以及荒旷、粗悍中的风霜感，从本质上映现着他之不愿获得现代心灵安慰，也绝不与世俗性生存认同的精神姿态。

"语言的怪圈正是印证了命运之怪圈"（《僧人》），正是缘于命运驱逐中那种常态生存根本无法看见的驳杂深奥图像，无法用常规语言说出，艾略特在结构他的《荒原》时，才引入了50多种文化典籍，在无法表达中作恃力而为的表达。而但丁更是如此。《神曲》的中文版翻译家王维克先生曾就此问题指出："《天堂》最后诸篇，向着不可知、不可解的境界突进""因为要解释深奥的问题，通俗的文字决不够用，所以但丁把造'百科全书'的气力都拿出来了；他借用了法国字，柏罗斯文字，尤其是拉丁字；他采用古意大利字，而命意不同。"特别是，为了表达得有力，但丁在《神曲》中不但常有奇奇怪怪的句子，更竟然生造和杜撰了一些新字和语词。即便是这样，他还不无悲哀地感叹道："孩子的语言不足以解释母亲的意思。"

打开这部《总集》我们便不难感觉到，昌耀的诗歌所呈示的，同艾略特和但丁极为相似的写作难度上的趋向与形态。人类文学艺术史上的经典性写作，从根本上说，就是向一种难度指标的不断挑战和新标高的确立。14世纪的但丁，19世纪上半叶的歌德与荷尔德林，都在这种挑战中确立了新的难度标高。文学的艺术难度其实就是文学的自尊。它是一个时代大工业生产之上那种"灵魂出窍"的产品。因此，在19世纪中后期，当以巴尔扎克为代表的批判现实主义作家消解着写作的难度，在强调写作的社会效用而致使文学的艺术本体日趋失据时，普鲁斯特、乔伊斯和艾略特几乎是同时在20世纪20年代，以《追忆似水年华》《尤利西斯》与《荒原》新的难度标高，成为世界文学艺术旷原上的孤峰绝顶。这类作品，虽然在公众层面上形成了阅读的艰涩与困难，但它们在人类精神艺术综合呈示上那绽解不尽的意蕴，对于后世的诗人艺术家而言，则具有导师的意义。提供了这类作品的大师们因此而被称为作家的作家，或诗人的诗人——他们给一个时代的文学艺术树立了新的标高，在使同时代和后世的诗人作家们看到了进入纵深风景的门径时，也激励着他们新一轮的艺术竞技与挑战。

我们已经看到并将继续看到，昌耀的诗歌正在日益明晰地显示着这种性质。

八

1998年2月，昌耀作为中国作家代表团的一员访问俄罗斯归来一年多后，写下了长诗《一个中国诗人在俄罗斯》。这是一首具有交响乐华彩风格和恢宏气势的作品，也是昌耀晚期最为宏富的一首诗作。

在当年以"社会主义"——人类大同之梦为纽带而结盟，几十年后又同处于社会转型期的两个大国诗人握手聚谈时，除了必然的诗歌艺术话题之外，还有什么当下时态的共同关注点呢？当莫斯科新贵率着保镖的车队从大街上呼啸而过，诗人们在地下室简朴的聚餐仿佛当年布尔什维克分子的秘密聚会，昌耀顺着俄罗斯诗人的话题尖厉地诉说着自己的观感："看哪，滴着肮脏的血，'资本'重又意识到了作为'主义'的荣幸，而展开傲慢本性。它睥睨一切。它对人深怀敌意。"作为一位高原上以大地为本的诗人，我们似乎很少见过昌耀如此峻刻的社会时政注意力和如此犀利的唇舌。当话题执拗地浸沦于此并更加深刻地展开，我们就会恍然醒悟，这不但是他整个创作中一条时断时续的线索，而且与他的一生相关。

这条线索从50年代即已开始。是的，如果我们把写于1959年的《哈拉库图人与钢铁》（此诗未收入这个选本），放在其当年流放时那种绝不言服的对峙心态中去考察，就会感觉到它又是一首在其精神行迹中无法解释的奇怪作品——他对那场全民大炼钢铁的荒唐运动，竟有着那样澎湃的激情和洋溢的幸福感。对此，昌耀于1995年题名为《一份"业务自传"》的文章中特意做了这样的阐释：那是他的一次由衷的颂歌，"我欣赏的是一种瞬刻可被动员起来的强大而健美的社会力量的运作，是这种顽健的被理想规范、照亮的意志"。这段话对他骨子中带有激进色彩的理想主义本质是一个让人豁然的说明。由此出发，当年14岁的他汇入军队的洪流奔赴朝鲜战场；19岁时响应时代的召唤投身大西北，从本质上说，都是对由集体主义合奏的壮阔理想的景仰与纵身奔赴。而光明的时代和健美的社会理想，当无时不在他的梦中。所以，我们才会在中国社会改革开放的新的地平线上，听到他以《划呀，划呀，父亲们》，对新时期的"船夫们"那号叫般的助威呐喊；他的《轨道》、他的《城市》中，对从橘红的、杏黄的、钙灰色的国土上逶迤而去的"条状的钢铁运动"，对每晚风暴般颤动在城市空际的光之丛林的热情赞美。这一线索，还包括他紧接着的《在玉门：一个意念》《花海》《垦区》《印象：龙羊峡水电站工程》《边关：24部灯》，直至1984年的《致石臼港的丛林带》《大潮流》等等。

及至80年代中后期社会经济转型商品主义的泛滥，物欲的金牙向着社会平等的大同之梦龇出挑衅的豪笑，昌耀平庸生存中郁结的心绪又指向新的问题。写于1993年元月的《一天》，当是缘于他参加省人民政治协商会议的背景：鼓号喧奏，地毯铺红。在"有人碰杯，痛感导师把资本判归西方，/唯将'论'的部分留在东土"这尖厉的调侃后，他自问道："但为何事我又梦历鸭绿江、清川江，奔赴三八线？"并进一步强调了自己作为一个社会理想主义者的心理位置："但在我的心际仍留有彼得堡飞雪的大街，/耶稣和十二门徒随着诗人勃洛克的红旗行进。"

数年之后，当昌耀作为中国作家代表团的一员，终于踏上曾由勃洛克等诗人缔结了他青年时代理想与梦幻的俄罗斯时，他于此刻所展示的，已全然是一派大诗人的品相。一位诗歌的国际主义者。在续接着拳结在心中关于"资本"的话题，犀利深挚地陈述着"我一生，倾心于一个志士仁人认同的大同胜境，富裕、平等、体现社会民族公正、富有人情"——这一终生的人生理想和文学理想时,继而尽情铺展开他对一个大时空中的俄罗斯——普希金的皇村那落地的枫叶,拜占庭时代的双头鹰旗帜,大风雪中的猎犬、别墅,银色号角与钢琴和谱架……的沉迷与体认。他熟悉俄罗斯;熟悉那片辽阔、浑厚大地上粗重辉煌的历史和它的磨难;熟悉由它提供给人类文学艺术史那一长串响亮的名字——不唯是博大、宏富、悲悯的老托尔斯泰,更有与他自己同样历经了流放和人生屈辱的陀思妥耶夫斯基、帕斯捷尔纳克们,他熟悉他们的作品和经典性的细节,也对这个伟大古老国度当下的困境感同身受。他以一位诗人的名义与俄罗斯交谈,与俄罗斯、黑山共和国、阿尔泰共和国的同辈诗人们交谈——这在类似的经历和相同的理想中历尽个人命运沧桑的同道的聚谈,又何尝不是一次人生与精神的盛宴?这当是昌耀整个人生中最为酣畅、放纵的时刻。他无所不知地承接着聚谈中来自任何一个角度的话题,在诗人的国际主义圆桌上高谈阔论,纵横捭阖,宏富、精敏、峻厉。参人类忧患之同心,骋诗人天纵之才情。一派腹有诗书气自华的大国诗人和文化使者的风范。那个清苦、悒郁、木讷的瘦诗人此时安在?

这是他终其一生最具华彩的经典时刻。其情状是如此恰切地复合了《神曲》中历无数重地狱之难,而终至天堂之澄明欣悦的那种大生命的图式。苦难、疲惫、紧张的一生似乎在转瞬之间徐徐松弛为人类大同梦境上空瑰丽的云朵:"看啊,这是太阳向着南回归线继续移动的深秋……在月明的夜空，天际高大、幽蓝。从波罗的海芬兰湾涌起的白色云团，张扬而上，铺天盖地，好似升起的无穹宫。而东正教堂的晨钟，已在纯金镶饰的圆形塔顶清脆地震荡。"——是如此的灵魂的澄明和欣悦啊，作为一个东方高地上朝着太阳顶礼的诗人，他的一生至此已彻底完成。

2000年3月23日清晨7时，当时年65岁的他在肺癌的侵扰中，从医院三楼的阳台朝着满目的曙光纵身一跃，他定然是听到了天堂召唤的晨钟。

是写于1990年1月22日《极地民居》中那神秘的谶言让我再次惊悚。他是在什么状态下于10年前就已知晓了自己在这个世界上65岁的人生阳寿，而又那般的镇定和自负？呔——

"一弹指顷六十五刹那无一失真"！

2000.5.21 凌晨·威海神道口
2018.3.15 删改修订·威海蓝波湾

目　录

第一编

1956 003
　鹰·雪·牧人 003

1957 004
　边城 004
　月亮与少女 005
　高车 006
　水鸟 007
　水色朦胧的黄河晨渡 008
　寄语三章 010
　激流 012
　风景 013

1961 014
　鼓与鼓手 014
　踏着蚀洞斑驳的岩原 016

这是赭黄色的土地 017

荒甸 018

筏子客 019

夜行在西部高原 021

1962 022

晨兴：走向土地与牛 022

水手长—渡船—我们 023

猎户 026

峨日朵雪峰之侧 027

天空 028

良宵 029

夜谭 030

这虔诚的红衣僧人 031

断章 032

家族 035

黑河 036

酿造麦酒的黄昏 038

1963 039

柴达木 039

草原初章 040

1964 041

碧玉 041

1965 042

秋辞 042

1979　043
　　大山的囚徒　043
　　乡愁　067
　　一九七九年岁杪途次北京吟作　068
　　京华诗稿（五首）　070
　　　　在地铁　070
　　　　廊下　071
　　　　广场上的悼者　071
　　　　霓虹之章　072
　　　　在故宫　072

1980　074
　　题古陶　074
　　卖冰糖葫芦者　075
　　慈航　076
　　　　1. 爱与死　076
　　　　2. 记忆中的荒原　077
　　　　3. 彼岸　079
　　　　4. 众神　080
　　　　5. 众神的宠偶　081
　　　　6. 邂逅　083
　　　　7. 慈航　086
　　　　8. 净土　087
　　　　9. 净土（之二）　089
　　　　10. 沐礼　090
　　　　11. 爱的史书　093
　　　　12. 极乐界　096

山旅
　　——对于山河、历史和人民的印象　099
南曲　109
寓言　110

1981　112
随笔［审美］　112
江南（四首）　114
　　江南　114
　　西子湖　115
　　栖霞山　116
　　南风　117
生之旅　119
长沙　123
莽原　125
湖畔　126
烟囱　127
节奏：1 2 3……
　　——答问　128
驻马于赤岭之敖包　130
风景：湖　132
丹噶尔　134
关于云雀　136
划呀，划呀，父亲们！
　　——献给新时期的船夫　137
轨道　143
城市　146

1982　149
　　生命　149
　　木轮车队行进着　151
　　鹿的角枝　154
　　日出　155
　　风景：涉水者　156
　　太息［拟古人］　157
　　子夜车　159
　　月下　160
　　所思：在西部高原　161
　　在山谷：乡途　163
　　纪历　164
　　河西走廊古意　165
　　在玉门：一个意念　166
　　花海　167
　　在敦煌名胜地听驼铃寻唐梦　169
　　戈壁纪事　171
　　青峰　172
　　雪。土伯特女人和她的男人及三个孩子之歌　173
　　　　1. 春潮：她的梦一般的赞美诗　173
　　　　2. 我的掌模浸透了苔丝　174
　　　　3. 在雪原。在光轮与光轮的交错之上　175
　　　　4. 两个女孩的历史　176
　　　　5. 阳光：火的颜色：温暖　178
　　野桥　180

1983　182
　　听曾侯乙编钟奏《楚殇》　182

春天即兴曲 183
驿途：落日在望 184
腾格里沙漠的树 185
草原 186
垦区 187
背水女 189
天籁 191
放牧的多罗姆女神 193
雪乡 194
晚会 195
边关：24部灯 197
旷原之野
　　——西疆描述 202
荒漠与晨光 209
高大坂 210
山雨 211

1984 212
河床
　　——《青藏高原的形体》之一 212
圣迹
　　——《青藏高原的形体》之二 215
她站在剧院临街的前庭
　　——《青藏高原的形体》之三 217
阳光下的路
　　——《青藏高原的形体》之四 219
古本尖乔——鲁沙尔镇的民间节日
　　——《青藏高原的形体》之五 222

寻找黄河正源卡日曲：铜色河
　　——《青藏高原的形体》之六　224
　　去格尔木之路　227
　　巨灵　230
　　思［古意］　233
　　大潮流　234

1985　235
　　四月　235
　　雄辩　237
　　牛王　240
　　夷［东方人］　245
　　秦陵兵马俑馆古原野　246
　　某夜唐城　248
　　忘形之美：霍去病墓西汉古石刻　249
　　斯人　250
　　意绪　251
　　招魂之鼓　253
　　和鸣之象　255
　　午间热风　256
　　高原夏天的对比色　257
　　悬棺与随想　258
　　晚钟　260
　　空城堡　261
　　头像　263
　　巴比伦空中花园遗事　265

1986　266

　　内心激情：光与影子的剪辑　266

　　田园　273

　　云境·心境　274

　　翙翙鸟翼　275

　　一百头雄牛　277

　　穿牛仔裤的男子　279

　　人间　280

　　幻　281

　　小人国里的大故事　282

　　噱　283

　　在雨季：从黄昏到黎明　285

　　两个雪山人　287

　　司命　288

　　太阳人的寻找

　　　　——H·N、H·H姐妹徒步黄河寻找太阳人　289

　　刹那　290

　　回忆　291

　　幽界　292

　　灵霄　294

　　冷色调的有小酒店的风景　295

　　长篇小说　297

　　周末嚣闹的都市与波斯菊与女孩　299

　　猿啼　300

　　广板：暮　302

　　冷太阳　303

　　达坂雪霁远眺　304

眩惑　305

锚地　310

生命体验　312

1987　318

洞　318

淡淡的河　319

庄语　320

日落　321

诗章　322

玛哈噶拉的面具　327

听候召唤：赶路　329

　　1. 太阳　329

　　2. 峡谷　330

　　3. 黄金虎皮　331

　　4. 络腮胡须　333

　　5. 血路　335

　　6. 爱　337

　　7. 水月　338

1988　340

悲怆　340

盘陀：未闻的故事　342

燔祭　344

　　1. 空位的悲哀　344

　　2. 孤愤　345

　　3. 光明殿　346

4. 罍的结构　346
5. 京都前门·狮面人　348
6. 箫　349

内陆高迥　351

恓惶　353

1989　354

元宵　354

听到响板　355

骷髅头串珠项链　356

眉毛湿了的时候　358

干戚舞　360

窗外有雨　364

小城淡季　365

一只鸽子　367

记诗人骆一禾　368

哈拉库图　371

仁者
　　——为蓝海文博士《留在世上的一句话》撰稿　379

惟谁孤寂　380

两幅油画:《风》与《吉祥蒙古》　381

远离都市　382

1990　383

故居　383

紫金冠　385

象界　386

鹜　389

苹果树　390

极地民居　392

陈述　393

一片芳草　394

僧人　395

江湖远人　399

雪　401

空间　402

齿贝　403

头戴便帽从城市到城市的造访　405

先贤　409

黎明中的书案　410

她　411

作家劳伦斯　412

西乡　414

1991　417

处子　417

图像仪式　418

暖冬　419

圣咏　421

冰湖坼裂·圣山·圣火
　　　　——给S·Y　423

涉江
　　　　——别S　427

91 外 烛桐　428

呼喊的河流　429
盘庚　430
露天水果市场　432
偶像的黄昏　433
秋客　434
这夜，额头锯痛　435
俯首苍茫　437
拿撒勒人　439

1992　440
　　怵惕·痛　440
　　圣桑《天鹅》　442
　　现在是夏天
　　　　——兼答"渎灵者"　443
　　一滴英雄泪　445
　　面谱　446
　　烈性冲刺　447
　　致修篁　448
　　傍晚。篁与我　450
　　烘烤　452
　　花朵受难
　　　　——生者对生存的思考　453
　　螺髻　455
　　场　457
　　晚云的血　458

1993 459

    降雪·孕雪 459

    有感而发 461

    一天 462

    我见一空心人在风暴中扭打 468

    自审 469

    踏春去来 470

    在一条大河的支流入口处 471

    意义空白 472

    堂·吉诃德军团还在前进 473

    大街看守 476

    薄曙：沉重之后的轻松 477

    一种嗥叫 478

    复仇 479

    生命的渴意 480

1994 481

    寺 481

    播种者 482

    罹忧的日子 483

    人：千篇一律 485

    享受鹰翔时的快感 487

    近在天堂的入口处 488

    小满夜夕 489

    灵语 490

    火柴的多米诺骨牌游戏 491

    街头流浪汉在落日余晖中遇挽车马队 493

地底如歌如哦三圣者　494
深巷·轩车宝马·伤逝　496
混血之历史　497
迷津的意味　499
与蟒蛇对吻的小男孩　501
答深圳友人 HAO KING　503
戏剧场效应　505

1995　506
意义的求索　506
春光明媚　507
百年焦虑　509
划过欲海的夜鸟　511
淘空　512
钟声啊，前进！　513
戏水顽童　514
荒江之听　516
圯上　517
一个青年朝觐鹰巢　520
梦非梦　522
悒郁的生命排练　523

1996　526
冷风中的街晨空荡荡　526
灵魂无蔽　528
裸袒的桥　530
从启开的窗口骋目雪原　532

幽默大师死去 533
过客 534
与梅卓小姐一同释读《幸运神远离》 536
时间客店 540
醒来 542
载运罐装液体化工原料的卡车司机 544
玉蜀黍：每日的迎神式 546
夜者 547
你啊，极为深邃的允诺 549
顾八荒 550
风雨交加的晴天及瞬刻诗意 551
晴光白银一样耀目 554
噩的结构 555
今夜，思维的触角 556
我的死亡
　　——《伤情》之一 558
土伯特艺术家的歌舞 560

1997　563
无以名之的忧怀
　　——《伤情》之二 563
寄情崇偶的天鹅之唱
　　——《伤情》之三 565
两只龟 567
我的怀旧是伤口 569
人境四种 571
办动的大地诗意 573

兽与徒
　　——有关生命情节　575
告喻　577
挽一个树懒似的小人物并自挽　578
从酷热之昨日进入到这个凉晨　580
秋之季，因亡蝶而萌生慨叹　581
想见蝴蝶　584
语言　586
权且作为悼词的遗闻录　589
一个早晨
　　——遥致一位为我屡抱不平的朋友　591

1998　593
音乐路　593
致史前期一对娇小的彩陶罐　595
一个中国诗人在俄罗斯　597
　　之一：独语　597
　　之二：与俄罗斯的对话　598
　　之三：我们在涅瓦大街狂奔　602
　　之四：与俄罗斯诗人的对话　604
　　之五：独语　609
我这样扪摸辨识你慧思独运的诗章
　　——代信函，致M　610
苏州歌舞团三人舞《春之韵》　612
陌生的地方　613
我早年记得的陕西乡党都远走他乡了　614

1999 616
　　直面假人的寒战 616
　　士兵。青铜雕像。鸟儿 618
　　我是风雨雷电合乎逻辑的选择（未完成稿）
　　　　——昌耀自叙 621
　　　　如梦乍醒 621
　　　　女眷留守的城堡 622
　　　　无意于宴居的父辈们 624
　　　　早年，我是一个比较爱哭的孩子 627
　　　　难忘的尚忠小学 628

2000 632
　　一十一枝红玫瑰 632

第二编

　　对诗的追求 637
　　花公鸡 639
　　我的诗学观 641
　　诗的礼赞（三则） 646
　　艰难之思 652
　　以适度的沉默，以更大的耐心 662
　　纪伯伦的小鸟
　　　　——为《散文诗报》创刊两周年而作 666
　　严肃文学的境况怎样，回答说：还行！
　　　　——在《青海日报》社一次讨论会上的发言 668

西部诗的热门话 672
    一、在西部,最强烈的感觉与印象 672
    二、西部精神 674
    三、西部的诗与西部诗 675
    四、听人唱《河州令》而想到西部诗 678
    五、对性的理解 679
    六、在何种情况下放弃西部诗追求 680
    七、再谈西部诗:"不存在的流派" 680
    八、西部:诗的宝库 681
自我访谈录 683
读书,以安身立命 689
一份"业务自传" 693
诗人写诗 700
请将诗艺看作一种素质 703

第一编

1956

鹰·雪·牧人

鹰,鼓着铅色的风
从冰山的峰顶起飞,
寒冷
自翼鼓上抖落。

在灰白的雾霭
飞鹰消失,
大草原上裸臂的牧人
横身探出马刀,
品尝了
初雪的滋味。

1956.11.23 于兴海县阿曲乎草原

边城

边城。夜从城楼跳将下来
踯躅原野。

——拜噶法,拜噶法,
你手帕上绣着什么花?

(小哥哥,我绣着鸳鸯蝴蝶花。)

——拜噶法,拜噶法,
别忙躲进屋,我有一件
美极的披风!

夜从城垛跳将下来。
跳将下来跳将下来踯躅原野。

1957.7.25

月亮与少女

月亮月亮
幽幽空谷

少女少女
挽马徐行

长路长路
丹枫白露

路长路长
阴山之阳

亮月亮月
野火摇曳

1957.7.27

高车

是什么在天地河汉之间鼓动如翼手?……是高车。是青海的高车。我看重它们。但我之难忘情于它们,更在于它们本是英雄。而英雄是不可被遗忘的。

从地平线渐次隆起者
是青海的高车。

从北斗星宫之侧悄然轧过者
是青海的高车。

而从岁月间摇撼着远去者
仍还是青海的高车呀。

高车的青海于我是威武的巨人。
青海的高车于我是巨人之轶诗。

1957.7.30 初稿

水鸟

水鸟啊,
你飞越于浪花之上,
栖息于危石之巅,
在涡流溅泼中呼吸,
于雷霆隆隆中展翅。
失去这波涛,
你会像离群之马一样感到寂寞。
你遗落的每一根羽毛,
都给人那奔流的气息,
叫人想起那磅礴的涛声
和那顽石上哗然的拍击……

1957.8.20—21

水色朦胧的黄河晨渡

黄河的说唱诗人,终年在黄河身边徘徊不愿他去。诗人啊,用你古老的三弦琴,为我们弹奏一支黄河的歌谣吧。

——纪感之一

我们都是黄河的子孙,都是黄河的种族啊。

——纪感之二

雾啊,雾啊……
只听到橹声拍溅和水声震耳的呼号。

然而黄河熟悉自己的孩子。
然而水手熟识水底的礁石。

那些黄河的少女撒开脚丫儿一路小跑
簇拥着聚在码头,她们的肩窝儿
还散发着炕头热泥土的温暖味儿,
一眼就认出了河上摇棹扳舵的情人,
由不得唱一串撩人心魄的情歌。

被这歌声同时撩动的黄河铁工
更欢快地抡起了铁锤煅造火的流苏。
而黄河牧人举臂将巴掌遮在耳腮
向河谷打了一声长长的呼哨。

雾啊，雾啊……
站在柳堤的老人慈眉善目
这时默默想起了自己少年时光，
觉着那花儿的韵致仍旧漫在水上不差毫厘，
热身子感动得一阵抖动。
雾啊……于是大山的胸脯领会了旷野的期待
慢慢蒸发起宽河床上曙日的潮湿。
水色朦胧的晨渡也就渐渐疏朗了。

1957 年稿

寄语三章

1

地平线上那轰隆隆的车队
那满载钢筋水泥原木的车队以未可抑制的迅猛
泼辣辣而来,又泼辣辣而去,
轮胎深深地划破这泥土。
大地啊,你不是早就渴望这热切的爱情?

1957.10.28

2

在他的眉梢,在他的肩项和肌块突起的
前胸,铁的火屑如花怒放,
而他自锻砧更凌厉地抡响了铁锤。
他以铁一般铮铮的灵肉与火魂共舞。

1957.11.25

3

披着鳞光瑞气
浩浩潸潸轰轰烈烈铺天盖地朝我腾飞而来者
是古之大河。怦怦然心动。
而于瑞气鳞光之中咏者歌者并手舞足蹈者则一河的
　　子孙。

1957.11.26

激流

激流

带着雪谷的凉意以一路浩波抛下九曲连环,
为原野壮色为大山图影为征夫洗尘为英雄挥泪。
沿着黄河我听见蹬蹬足音,
感觉在我生命的深层早注有一滴黄河的精血。

海螺声声
是立在屋脊的黄河子民对东方太阳热烈传呼。

1957.11.19 星期二

风景

白雪
铺展在冻结的河湾
有春水之流状。

小院墙头,祈福者
供奉在腊八时节的冰体
却袒露着闪烁的笑。
而那些老瘦的白杨
在峪口相对默然。

牧人说:我们驯冶的龙驹
已啸聚在西海的封冰,
在灼人的冷光中
正借千里明镜举足练步。

       1957.12.21

1961

鼓与鼓手

咚咚的鼓点
是我们民族的笑声啊!

今天,
在乡村爽洁的大道,
在城市水门汀的广场,在原野,
那些由三匹骅骝牵引的鼓车
正风驰电掣般行驶,
　　击出进军的鼓点,
　　击出凯旋的鼓点,
　　击出报捷的鼓点……

是从什么时候起
鼓车的出巡成了我们庆典隆重的
礼仪?

早在节日的前夕,
北方的驭夫们
从井沿提来泉水
泼洗鼓车粗壮的辐条,
将红绫裁作花冠
装饰起那些高扬的马头。
早在节日前夕,
北方的鼓手燃起焰火
烘烤金鼓的皮面,
而后,他们围聚一堂
有如迎奉大将军升帐,
他们操起狂欢之桯
操演那一章章期待已久的鼓乐。
有英雄气。
…………

在北方,
鼓与鼓手
是属于英雄的节日!

1961 年

踏着蚀洞斑驳的岩原

踏着蚀洞斑驳的岩原
我到草原去……

午时的阳光以直角投射到这块舒展的
甲壳。寸草不生。老鹰的掠影
像一片飘来的阔叶
斜扫过这金属般凝固的铸体,
消失于远方岩表的返照,
遁去如骑士。

在我之前不远有一匹跛行的瘦马。
听它一步步落下的蹄足
沉重有如恋人之咯血。

1961 年

这是赭黄色的土地

这土地是赭黄色的。

有如它的享有者那样成熟的
玉蜀黍般光亮的肤色,
这土地是赭黄色的。
不错,这是赭黄色的土地,
有如象牙般的坚实、致密和华贵,
经受得了最沉重的爱情的磨砺。

……这是象牙般可雕的
土地啊!

1961年初稿

荒甸

我不走了。
这里,有无垠的处女地。

我在这里躺下,伸开疲惫了的双腿,
等待着大熊星座像一株张灯结彩的藤萝,
从北方的地平线伸展出它的繁枝茂叶。
而我的诗稿要像一张张光谱扫描出——
这夜夕的色彩,这篝火,这荒甸的
情窦初开的磷光……

1961年

筏子客

落日。
辉煌的河岸。
一个辉煌的背影:

  皮筏——
  和扛着皮筏的筏子客。

跋涉于归途,
忘却了鱼的飞翔,
  水的凌厉。
与激流拼命周旋,
原是为的崖畔
那一扇窗口。那里
有一朵盛开的
牡丹。

当圆月升起,我看到

一个托举着皮筏的男子

走向山巅辉煌的小屋。

1961 年夏初写

1981.9.2 重写

夜行在西部高原

夜行在西部高原
我从来不曾觉得孤独。

——低低的熏烟
被牧羊狗所看护。
有成熟的泥土的气味儿。
不时,我看见大山的绝壁
推开一扇窗洞,像夜的
樱桃小口,要对我说些什么,
蓦地又沉默不语了。
我猜想是乳儿的母亲
点燃窗台上的油灯,
过后又忽地吹灭了……

1961年初稿

1962

晨兴：走向土地与牛

劳动者
无梦的睡眠是美好的。
富有好梦的劳动者的睡眠不亦同样美好？

但从睡眠中醒来了的劳动者自己更美好。
走向土地与牛的那个早起的劳动者更美好。

1962.3 初稿

水手长—渡船—我们

年高德劭的水手长用须眉召唤我们。
我们跳上黄河方舟,恪守各人的岗位。
我们都是年轻的汉子。
铁链在甲板上滚响。
河声在船舷放大了一百倍。
臂下如椽的桨叶原是从昆仑山里生长的啊,
此刻是在浪花丛中踉跄着前进。
水在吼。热气腾腾。
我们抬起脚丫朝前划一个半圆,
又一声吼叫地落在甲板,作狠命一击。
我们的白牙露出了狰狞。
我们的金牙掠过了狂喜。
我们的三头肌可怕地抽搐。
——浪涛啊,快给你的战士
那难得的荣誉吧!

我们并没有乞求。
我们恪守各人的岗位。

我们什么也未曾奢望。
唯有那位年高德劭的水手长占有我们。
而我们也完全地占有他。
我们汗污的发丝蒸腾着烟草、头油
和酒精的气味。眼里交替着白色的、
黑色的闪光和决死的信息。
我们立在浪峰的边缘，
俄顷又沉降到浪谷的渊底。
我们都望见了水下那暗藏的森林。
我们都望见了那森林里的小屋。
我们都望见了那屋前丛生的桨叶。
我们都望见了那桨叶下熟睡的
水手啊。不见姑娘彩萝姬走出……

我们都是年轻的汉子。
我们什么也不在乎。
我们恪守各人的岗位。
我们抬起脚丫朝前划一个半圆，
又一声吼叫地落在甲板，作狠命一击。

我们都是年轻的汉子。
我们什么也不在乎。

当少女彩萝姬

从涯岸高高接住我们抛去的缆绳,

我们才得以恢复五分钟的理智。

一俟水手长用须眉召唤我们,

就又重新解开缆绳,

复投入那来路的

疯狂……那快乐,

……那疯狂……那快乐!

     1962.3.4 初稿

猎户

从四面八方,我们麇集在一起:
为了这夜色中的聚餐。
篝火,燃烧着。
我们壮实的肌体散发着奶的膻香。

一个青年姗姗来迟,他掮来一只野牛的巨头,
双手把住乌黑的弯角架在火上烤炙。
油烟腾起,照亮他腕上一具精巧的象牙手镯。
我们,
幸福地笑了。
只有帐篷旁边那个守着猎狗的牧女羞涩回首
吮吸一朵野玫瑰的芳香……

1962.3.5—4.21

峨日朵雪峰之侧

这是我此刻仅能征服的高度了：
我小心翼翼探出前额，
惊异于薄壁那边
朝向峨日朵之雪彷徨许久的太阳
正决然跃入一片引力无穷的山海。
石砾不时滑坡引动棕色深渊自上而下一派嚣鸣，
像军旅远去的喊杀声。我的指关节铆钉一般
楔入巨石罅隙。血滴，从脚下撕裂的鞋底渗出。
啊，此刻真渴望有一只雄鹰或雪豹与我为伍。
在锈蚀的岩壁但有一只小得可怜的蜘蛛
与我一同默享着这大自然赐予的
快慰。

        1962.8.2

天空

这柔美的天空
是以奶汁洗涤
而山麓的烟囱群以屋顶为垄亩:
是和平与爱的混交林。

……骒马
在雪线近旁啮食,
以审度的神态朝我睨视。

——此刻,谁会为之不悦?

1962.8.6 初稿

良宵

放逐的诗人啊
这良宵是属于你的吗?
这新嫁娘的柔情蜜意的夜是属于你的吗?
这在山岳、涛声和午夜钟楼流动的夜
是属于你的吗? 这使月光下的花苞
如小天鹅徐徐展翅的夜是属于你的吗?
不,今夜没有月光,没有花朵,也没有天鹅,
我的手指染着细雨和青草气息,
但即使是这样的雨夜也完全是属于你的吗?
是的,全部属于我。
但不要以为我的爱情已生满菌斑,
我从空气摄取养料,经由阳光提取钙质,
我的须髭如同箭毛,
而我的爱情却如夜色一样羞涩。
啊,你自夜中与我对语的朋友
请递给我十指纤纤的你的素手。

1962.9.14 于祁连山

夜谭

子夜。
郊原灯火像是叛离花枝的彩蝶,
随我搭乘的长途车一路奔逐,
直伴我进入睡眠迷蒙的市区,
谁也不再认识我。
那些高大的建筑体内流荡光明,
使我依稀恢复了几分现代意识。
但他们多半是我去后的新客,
而诧异我紫糖的面孔透出草原雷雨气息。

今夜,我唱一支非听觉所能感知的谣曲,
只唱给你——囚禁在时装橱窗的木制女郎……

1962.9.23 夜 12 时
记于西宁南大街旅邸

这虔诚的红衣僧人

红杨树——虔诚的僧人,
裹着秋日火红的红袈裟,
默守一方园囿……

我是那种呆立的偶像吗?
我的生命是在风雨吹打中奔行在长远的道路。
我爱上了强健的肉体,脑颅和握惯镰刀的手。
我去熟悉历史。
我自觉地去察视地下的墓穴,
发现可怕的真理在每一步闪光。

你看我转向蓝天的眼睛一天天成熟,
充盈着醇厚多汁的情爱。

1962.10.13—15

断章

1

我成长。
我的眉额显示出思辨的光泽。
荒原注意到了一个走来的强男子。

2

我喜欢望山。望着山的顶巅,
我为说不确切的缘由而长久激动。
而无所措。
有时也落落寡合:
当薄暮我投宿苍茫的滩头,
那只名叫天禄的石兽面带悻悻笑意,
嘲弄我对你的红爱出于迂执……

3

石崖。一座钟鼎形熔岩,
结满石核的累累果实……
这该是我的图腾柱。
我扭动细腰,虔诚地抚摸。从这凹凸中
我以多茧的双手拼读大河砰然的轰鸣,
胸腔复唤起摇撼的风涛。

4

没有篝火。云层
如金箔发出破空的骁耆。

这样寒冷的夜……
但即使在这样寒冷的夜
我仍旧感觉得到我所景仰的这座岩石,
这岩石上锥立的我正随山河大地作圆形运动,
投向浩渺宇宙。
感觉到日光就在前面蒸腾。

5

炊烟的微粒在无风中静止。
我潜泳的身子如激流孳养的昆布……
此时,我才完全享有置身巨人怀抱的安详。

1962 年

家族

这块土地
被造化所雕刻……
我们被这土地所雕刻。
是北部古老森林的义子。
鹰,在松上止栖。
我们在松下成长。
父兄的弓刀悬挂在枝干,
树墩是一部真实的书。
卧倒在绵软的松苔,
我们就禁不住要怀念母亲的摇篮。
我们用松节照亮蹊径。
以常青的绿枝扎起节日的牌楼。
深埋地层的琥珀却是古代一次灾变的赠品。

我们在这里。我们
是这块土地的家族,
被自己的土地所造化。

1962.10.19 初稿

黑河

不可冻结的是黑河的喧嚣
和我对黑河的思念。

在冬天,我穿越大坂山的飞雪
辞别羯羊岭的风寒,
重又回到了黑河。
在孔雀石的堤岸,
我的久违了的马驹踏出狂欢的
星火,望空傲啸了三声。

  伐木者来了。
  牧羊人来了。
  制陶工来了。
  擀毡匠来了。
  采矿师来了。
  森林警察走出自己的木头棚屋。
  我亦走进自己流汗的队列。

黑河险峻的堤岸

是流汗者群踏出的人行古道。

1962.11.19

酿造麦酒的黄昏

酿造麦酒的黄昏,
炊烟陶醉了。巷陌陶醉了。风儿
也陶醉了。

河岸上,雪花是红的。
扎麻什克人迎亲的马队正在出征。
向着他们颤动的银狐皮帽,
冰河在远方发出了第一声大笑……

在醉了的早晨,
扎麻什克人迎回了自己的春神。

1962.11.26

1963

柴达木

沧海去了。
龙虾海蟹
都随着太古的水光泯灭,
留下一片盐泽
几茎荒草……

于今,这死去了的
海洋业已复活。
我看见钢铁在苍穹
盘作扶桑树的虬枝。
浓缩的海水从隐身的鲸头
喷起多少根泉突。
我看见希望的幻船
就在这浮动的波影中扬帆……

1963.3.7 初稿

草原初章

是啼血的阳雀
在令人忧伤的暮色中鸣啾么?
大草原激荡起来了,
播弄着夜气。
村舍逐渐沉没。
再也看不清白杨的树冠。
再也辨不出马群火茸茸的脊背。
只有那神秘的夜歌越来越响亮,
填充着失去的空间。

……一扇门户吱哑打开,
光亮中,一个女子向荒原投去,
她搓揉着自己高挺的胸脯,
分明听见那一声躁动
正是从那里漫逸的
心的独白。

1963.3.10 夜

1964

碧玉

碧玉碧绿,
好景为我绣织。
一晌吹雨晓风,
十里滴翠柳丝。
春忙也,春忙也,
青青了稞麦,
又是豆角葱郁。
春风撩盖头,
碧玉女儿嘘。

1964.6.12

1965

秋辞

九月风如焚,
不愁莽苍不红。
天幕以西,
声色未露,
牧人甩鞭,
原上草
一时嗖嗖驰去
许多响马,
许多响箭。

1965.9.14

1979

大山的囚徒

也许，只有昆仑的鸟兽虫鱼，还记得他平凡的一生：农民、新四军战士、州委宣传部长……

因为他有赤子之心，在组织面前，他不会说谎，于是，他的"右派言论"，使他做了一个"没有刑期的刑徒"；因为他有同志的爱，在领导身边，他不能沉默，于是，他的"反党行为"使他成为一个"不是囚犯的囚犯"。

还说什么呢？生命已经熄灭，他未能活到对他的结论改正的日子。即今，当我回首西北云空，看层峦叠嶂，有过我们流放的营地，心总是难以平静。——莫不是这天地曾有负于我们多情儿女如许深情的缘故？……这时，我往往依稀听到他在当年对我的一次倾谈——

1

我是大地的士兵。

命运，却要使我成为

大山的囚徒。
六千个黄昏，
不堪折磨的形骸，始终
拖着精神的无形锁链；
是的，我痛苦。
这四周巍峨的屏障，
本是祖国
值得骄傲的关隘，
而今，却成了
幽闭真理的城堡。
革命的先辈，
用爱与赤诚
培植出的常青树上，
怎会长出这么多
变形的果实，和
残缺的枝叶？

我是农夫的养子。
在我心中的殿宇，
党的形象，
无疑是我崇奉的至尊。
我珍惜这种朴质的感情

但是，我的信仰
不是盲目的愚忠，
不是泥胎木雕的魔力。
我更应该听从——
实践的裁决，
历史的裁决，
只有它——
才能使我驯服。

我阐述了自己的观点，
这正是出于我爱的真挚。
我不用忏悔，
也无需请求宽恕。
——不，我心中的至尊，
不会这样惩罚他的孩子！
值得提防的倒是——
那些庙堂的祭司，
那些神圣的卫道士，
莫不是无耻窃贼？
莫不是江洋大盗？
我不能解释，
这些人怎会披上

炫目的袈裟?

多少年了,
我把自己的忧心,疑虑,
镂刻在一封封
投给北京的信函。
好像身陷孤岛的水手,
盼水天之间,
会神奇般地飞来一只
我们希望的信鸽。
然而,周围只有
不尽的涛拍……
不,我不敢设想,
人民的"布政司"
何至于"天阙九重"?

事物,都在颠倒。
真理,受到凌辱。
这不是我们应有的生活模式。
这不是我们原来构思的
理想蓝图。……
我要亲自去叩问我的祖国。

我要直接去请教我的人民。

……我惊骇,我竟然
计划好了如何"潜逃"!

2

是的,有谁能料到
一个诚实的囚徒,
忽然间做了自己厄运的叛逆?

……冰山那边,
当剑齿般峥嵘的群峰,
沐浴在一片星宿的海洋,
我已潜卧在一座
坍塌的涵洞,
等待那决定性的时刻到来。
在我身边,
从石隙里长大的
一株野蒿,
紧贴着我的鼻孔,
悄声编制花蕾,

默默吐送芬芳。

……幻觉，

像梦一样漂浮。

我仿佛看到对面山崖

那峻峭的古道。

双峰骆驼

载着朝圣的香客，

步履艰难地蹒跚，

向着远不可及的天堂

游去……

我被自己的梦幻

陶醉了，心儿

在享受着短暂的安宁。

但是，

理智却告诉我：

我们的福地，

只能在人间开拓；

我们的净土，

还需要用真理浇灌；

我们的极乐邦，

不会是黄表纸上的允诺。……

骤然，我从洞穴里蹿出。

我是一只粗野的狼，

穿过迷蒙的原野；

我是一只暴躁的熊，

横闯过密密的荆丛；

我是一只亡命的鹿，

顾不得悬崖绝壁。

洼地的野兔，

和我结伴奔逃；

枝头的眠鸟，

从窠中惊起。

我听到自己的心，

落在身后，

变作一声声

追捕的脚步；

我看到前方的树冠，

忽然闪出幽光，

好像在那里

也隐藏着可怕的埋伏。

突然一声呵斥，

命令我站住。

可是，够了，

我什么也不要听。

我什么也不要知道。

3

这样狂奔了许久许久，

一个意外的变故，

我失去了知觉，

……是死而复生？

还是生而又死？

模糊中，

我恍若已经离开人世，

坠入一片静寂的深渊。

我赤裸的灵魂，

有如小鸟，

正被一只黑手捏紧。

我气闷、恶心，

做着本能的挣扎，

就要窒息。

却为什么

有个女子轻轻唤我，

温情脉脉

重复着我的名字,

那声音,令人伤心落泪。

莫不是为了怜悯

无辜的受难者,

天地间,才创造了这个

慈悲的女性?

让她给创口敷上药膏?

让她给心田濡以甘霖?

让她给生命吹以和风?……

但是,她却是那么遥远,

仿佛是在湖泊的对岸。

仿佛是在密林的深处。

仿佛是在雪山的那厢。

仿佛是在回廊的尽头。……

她是谁呢?

我熟悉而又陌生。

4

我在记忆里搜寻。

恍惚记得那一年，
我还是那么年轻力壮，
脚踝上，却忽然镀上了
屈辱的标记，
盘曲起一条铁铸的蟒蛇。
一步步，我在这
高山的阴影里踽踽独行。
岗楼上，那一道道
寒冷的目光，
已在我心头冻结。
而地下的潜流，
在我脚下的岩层轰隆，
冲击着奔向大海的石门。
我思绪沉重。
我并不期望
命运的花絮，
随风飘过绮窗，
落在裀席。
但是，尽管考验我吧，
我不拒绝回炉。

提起八磅大锤，

我登上采石场,
一鼓气,恨不能砸开
千山的阻隔,
填平人为的深壑,
打通一条
通向太阳的路。

我倒下了。
石棱穿破了眉骨,
血浆从眼眶里迸出。
昏迷了三天三夜。
再也没有活命的希望。
人们,用一只马槽
替我赶制装殓的棺材。
就在斧锯声中,
我听到了——
她的呼唤。
那么悦耳,
仿佛是花朵的闭合。
仿佛是天使的音乐。
仿佛是灵魂的低语。
仿佛是梦的安慰。

我感动了。
生命,重又回到了
我的躯体。……

而此刻,
她是在哪里?
她是谁?
是一片绿叶?
是一朵小花?
是流云、轻风?
是祖国、母亲?
是人类的良心?
还是一个精灵的化身?
冥冥中,我听到
她仍在将我寻找。
我想回答,
可是,却呼喊不得。

5

后来,
我终于苏醒,

发觉自己，
原来昏厥在一堵峭壁。
百尺之下，
激流，正带着深谷的寒意，
跃动着黎明前的光波。
崖下的松涛，
仿佛迟来的暮雨，
扑打岩鸽的洞穴，
令人想到往昔
跳崖自尽者的游魂。……

蓦然，身边一声马嘶。
我陡然立起。
但是，——迟了。
我又落入了牢笼。

6

这里是耶稣基督不到的地方。
这里只有不可接触的贱民。
我听到身后的锁钥，
咣当一声。

这是铁的韵律。
这就是历史上
"权威"的语言。

我僵卧在地铺上。
腐草的霉气,
混合着血腥、汗臭。
老鼠在我身上任意穿梭。
背后,是失去自由的手。
但是,我的头脑,
却是自由的,
驰骋在
大千世界。

我看到太古之初,
地球如一团浆果。
我看到了生命的水。
我触摸到了世纪的风。
两栖类,
游离古海。
陆块分割。
喜马拉雅奇峰突起。

森林古猿,

逃避冰川的吞噬。

我看到奴隶殉葬的墓坑。

我听到传说中的"炸狱"。

千百个冤屈的魂灵,

在不安的睡梦里

同声长嗥,

阴风惨厉,

像死海中的波涛

咆哮夜空。……

——权力,

难道就是真理?

不,中国

总还保存着清醒的一隅。

我仍要直奔

红星高照的京城。

我仍要上告、上告。

去公堂击鼓。

我要把真实的信息,

送到党的手里。

7

太阳
应该升起来了。
他终将给天地以色彩,
给生命以温热,
给夜行人以鼓舞。……

但旷野里
漠然的晨钟,
却只留下沉沉的叹息。
没有希望。
没有爱。
没有人的尊严。
镣索的叮当,
在田陌、
陋巷,
磨蚀着卑微的生命。

像在潮湿的原始森林,
我这生命旅途中的驿站,
只有吝啬的阳光,

幽晦而阴冷。
但我终于分辨出了
这是间废弃的槽房。
磨盘四周,
驴马踏出的环形小路,
空刻着万里行程,
好像是对我的嘲讽;
灶头陈年的酒渍,
却留着
几代主人的醉歌。

我听到房后的小道,
正赶过驮水的犍牛。
泉水,在桶盖下冲击,
好像鱼尾的拍打,
诉说着江河里的自由,
发出诱人的喧哗。……

但是,我却急不可耐地
等待着夜晚快些到来。

8

当司阍人
终于倚着门柱入睡,
我果断地挣脱绳索,
掀开灶膛,
潜入空荡的烟囱。
我是一股不屈的凝烟,
要从这里——
腾空遁去。

当我耸身房顶,
我又呼吸到了清凉的阵风。
又看到了冰山那边,
满天星斗,
炫耀着黑幕的富丽。……
而荒鸡,已在身后,
啼唤黎明。
我看到山峦,
正从夜色中脱胎而出。
整个东方,
都在一线光波之中

浮沉、飘动。

——光明的潮汛,

正鼓泼而来。

大自然的舞台,

为红日的最后登坛,

准备好了盛大的仪仗。……

多么好的早晨,

可还记得急行军之夜,

人困马乏,

却看东方欲晓,

江风微拂,

伫立小小埠头,

一时无限振奋?

但是,

我已不属于这个黎明。

我是不可赎身的"奴隶"。

我是不可赦免的"罪人"。

此刻,飞驰的马骑,

已抢先占领

每一座峪口,

匆匆赶往前方的要津。

而我，只能潜行在
掩埋卑贱者的乱葬岗，
隐身在狗獾刨开的洞穴，
侧身在——
披着恶名的枯骨之间。

9

这是一条痛苦的历程。
这是一条希望之路。
多少个日夜，
我沿着低湿的河湾
奋力奔跑；
穿越过蚊蝇孳生的丛林，
躲避开大道的车马，
我已艰难地踏过了
十里流沙，
攀登上了通向省城的关山。

我怎能不赞美
生命的顽强？
那应是——

贴附在碾盘下的麦粒,
在霉湿的空气里
抽出的芽叶;
那应是——
秋日迟发的小草,
在风刀霜剑交逼下,
提前结实的瘦果。

我怎能不表达心头的激动?
那时,我俯下身来,
贴着亲爱的土地,
仿佛才是第一次认识
我这多难的母亲。
傍着石岩,
我把嘴唇凑近一股流泉,
贪婪地啜饮
这珍贵的赐予。
焦灼已久的心田,
又得到了甘霖的滋润。
我的心,似乎也变得
水一样温柔而透明。……

这是祖国多姿的群岳：

宽阔的沟壑，

从山顶分割而下，

将荒原切成台地。

这是间歇的江河，

一阵暴雨，

就会千里龙蛇

雷电振布。

飞岩重叠，好似拱卫

山神的石人石马。

剑阁之上，

一丝白烟与天相交，

好似长燃的香烛。

多少个春秋，

我已不见山外的世界。

为了未来的相见，

我欣喜而又顾虑重重。

10

严峻的真理，

从来只给探求者

留下一条多坎的小路。
而希望,却像幻术,
给人以信念,
给人以鼓舞。

当暮色苍茫
我惊喜地发现
山垭口,一座
喇嘛庙的金顶,
驼队,从那里悠然荡去。……

我拼出余勇,
终于登上庙台。
我浑身因激动而颤抖。
但当我轻轻推开
破败的山门,
我木然:
在门灯昏黄的光影里,
我又遭遇上了
那帮"天兵天将"……
我不无遗憾地回过头来。
望着峥嵘的群山,

一声长叹。
…………

11

又是一年过去了。
于今，我就要回到
大地的怀抱。
我不后悔，
未能阵亡在
炮火呼啸的战场，
而永远地失去了
马革裹尸的光荣。
但是，且莫感伤，
春天就会来临。
那时，我的坟头也将会
绽开几丛花环。
那应是祖国
赠给战士的冠冕。……

1979.8.9—10.14 于西宁
11.23 改定于北京

乡愁

他忧愁了。
他思念自己的峡谷。
那里,紧贴着断崖的裸岩,
他的牦牛悠闲地舔食
雪线下的青草。
而在草滩,
他的一只马驹正扬起四蹄,
蹚开河湾的浅水
向着对岸的母畜奔去,
慌张而又娇嗔地咴咴……
那里的太阳是浓重的釉彩。
那里的空气被冰雪滤过,
混合着刺人感官的奶油、草叶
与酵母的芳香……

——我不就是那个
在街灯下思乡的牧人,
梦游与我共命运的土地?

1979.10.5—6

一九七九年岁杪途次北京吟作

一

湿湿的西苑路:
湿湿的红、湿湿的蓝、湿湿的黄——
湿湿的夜雨,在我眼里是新婚式上湿湿的彩絮。
是青年樵夫与仙女的合卺礼?
是快乐王子与快乐公主之缔结良缘?

我却听说时代巨人与时代女神于携手间达成默契。我听到原野上路枕随着巨轮荡起旋风般的波幅。我已听到东风 1980 型独一无二的火车头冲决扩展的波幅正迅疾而来。——那铁的排箫煞是好听么?

我从菱形的草原那边来。
我在那里结识了昆仑山无言的沉默。
而今夜,我牵一匹吉祥的光羽也追逐着去了——

　　一辆辆诗人的轿车。

——乘乘狂客的宝马。

   1979.11.14 文代会旁听乘车归旅邸

二

醉中的我，自前门醉入前门艺术陶瓷部。
见我寻了二十秋的观音大士正在橱架间默默笑。
 笑我一颗未孕的种子么？

但我分明听见她的祝福：
 ——生长吧，一缕春晖，你们和大地同时复苏！

     1979.11.22 于虎坊路

京华诗稿(五首)①

在地铁
——五分钟的地下航行

在底层。
在被人生顽强掘进的最底层
是三千万年冲积扇之惰性淤积,
是八百岁皇城风水之所在。
铁的十字镐难得支起了这处光明的港口。

怀着开拓者最初于深井屈曲掘进的记忆,
希望的潜艇才这样一路雷霆
呼叫着新的地平线?

1979.11.19 于北京

---

① 《京华诗稿》五首原载《草原》,发表时被删去写作时间。《在地铁》《广场上的悼者》收入1986年出版的《昌耀抒情诗集》时,写作时间又由作者恢复。其余三首的写作应为同一时期。——燎原注

廊下
——在帝王居

看到她——
独立在回廊的背影，
梳理着的湿发，
忽地拂起一片南风，
我还以为她是帝王宅
　　掳来的黄花女儿，
刚从泪波中浴出。……

……这歌台舞榭，
耗燃过多少阳光和泥土的创造？
默悼着，点点青苔伴我转入幽径。

广场上的悼者

压低我黑色的前额，
巷口飘一片破碎的影：
——我，去了，不再踯躅。
我的相思只留给人民英雄石殿旁
那列华灯中的一团燃烧的冷雾。

愿这幽辉是我多情的细雨夜夜透爽

润湿那一方曾经铁血淬沥的铺砖。

不特是为了凭吊,

更是为了对这土地之深沉祝福。

1979.12.2 于西宁

霓虹之章
——在王府井大街

这复燃的虹霓

对于禁欲的夜空,

是散花天女

　　一个幽默的笑?

但我从历史得知:

假道学家全是不洁之徒。

在故宫

不愿去勾描这天子的龙廷

当年是如何紫气东来,
　　　万方朝贺。
"皇极殿"前,
我只是一个
　　　不懂膜拜的布衣。

嚼食着果子面包,
此刻的我,
该不无嘲弄之色于眉间。

题古陶

是燧火留下的赠品。
是孕育过文明的胎盘。

我将它托在掌心,
似乎觉得那七千年前的高山流水,
载着几声林中石斧的钝音
和弓弦上骨镞的流响,
正从陶罐里溢出,
流经我的指间……
我似乎看到神农氏的娇女
忧郁地告我以生活的艰辛。

1980.1.19

卖冰糖葫芦者

他理解——
人们对春意的期望,
才将火红的山楂
剪作一串甜蜜的蓓蕾,
绽放在扎靶。
于是,早春的集市
多了一树裹着冰甲的红梅。

1980.1.29

慈航

1. 爱与死

是的,在善恶的角力中
爱的繁衍与生殖
比死亡的戕残更古老、
　　　　　更勇武百倍。

我,就是这样一部行动的情书。

我不理解遗忘。
也不习惯麻木。
我不时展示状如兰花的五指
朝向空阔弹去——
触痛了的是回声。

然而,
只是为了再听一次失道者
败北的消息

我才拨动这支

命题古老的琴曲?

  在善恶的角力中

  爱的繁衍与生殖

  比死亡的戕残更古老、

    更勇武百倍。

2. 记忆中的荒原

摘掉荆冠

他从荒原踏来,

重新领有自己的运命。

眺望旷野里

气象哨

雪白的柱顶

横卧着一支安详的箭镞……

但是,

在那不朽的荒原——

不朽的

那在疏松的土丘之后竖起前肢

独对寂寞吹奏东风的旱獭

是他昨天的影子?

不朽的——

那在高空的游丝下面冲决气旋

带箭失落于昏溟的大雁、

那在闷热的刺棵丛里伸长脖颈

手持石器追食着蜥蜴的万物之灵

     是他昨天的影子?

在不朽的荒原。

在荒原不朽的暗夜。

在暗夜浮动的旋梯——

  那烦躁不安闪烁而过的红狐、

  那惊犹未定倏忽隐遁的黄鼬、

  那来去无踪的鸥䴉、

  那旷野猫、

  那鹿麂、

  那磷光、

  ……可是他昨天的影子?

我不理解遗忘。

当我回首山关,

夕阳里覆满五色翎毛,

  ——是一座座惜春的花冢。

3. 彼岸

于是,他听到了。
听到了土伯特人沉默的彼岸
大经轮在大慈大悲中转动叶片。
他听到破裂的木筏划出最后一声
长泣。

当横扫一切的暴风
将灯塔沉入海底,
旋涡与贪婪达成默契,
彼方醒着的这一片良知
是他唯一的生之涯岸。

他在这里脱去垢辱的黑衣,
留在埠头让时光漂洗,
把遍体流血的伤口
裸陈于女性吹拂的轻风——
是那个以手背遮羞的处女
解下袍襟的荷包,为他
献出护身的香草……

在善恶的角力中，

爱的繁衍与生殖

比死亡的戕残更古老、

   更勇武百倍！

是的，

当那个老人临去天国之际

是这样召见了自己的爱女和家族：

 "听吧，你们当和睦共处。

 他是你们的亲人、

 你们的兄弟，

 是我的朋友，和

   ——儿子！"

4. 众神

再生的微笑

是劫余后的明月。

我把微笑的明月

寄给那个年代

良知不灭的百姓。

寄给弃绝姓氏的部族。

寄给不留墓冢的属群。

那些占有马背的人，

那些敬畏鱼虫的人，

那些酷爱酒瓶的人，

那些围着篝火群舞的，

那些卵育了草原、耕作牧歌的，

   猛兽的征服者，

    飞禽的施主，

   炊烟的鉴赏家，

  大自然宠幸的自由民，

是我追随的偶像。

——众神！众神！

众神当是你们！

5. 众神的宠偶

这微笑

是我缥缈的哈达

寄给天地交合的夹角

生命傲然的船桅。

寄给灵魂的保姆。

寄给你——
　　草原的小母亲。

此刻
星光之曲
又从寰宇
向我散发出
有如儿童肤体的乳香；
黎明的花枝
为我在欢快中张扬，
破译出那泥土绝密的哑语。

你哟，踮起赤裸的足尖
正把奶渣晾晒在高台。
靠近你肩头，
婴儿的内衣在门前的细枝
以旗帜的亢奋
解说万古的箴言。
墙壁贴满的牛粪饼块
是你手制的象形字模。
轻轻摘下这迷人的辞藻，
你回身交给归来的郎君，

托他送往灶坑去库藏。

  （我看到你忽闪的睫毛
  似同稞麦含笑之芒针；
  我记得你冷凝的沉默
  曾是电极触发之弧光。）

那个夜晚，正是他
向你贸然走去。
向着你贞洁的妙龄，
向着你梦求的摇篮，
向着你心甘的苦果……
带着不可更改的渴望或哀悼，
他比死亡更无畏——
他走向彼岸，
走向你
  众神的宠偶！

6. 邂逅

他独坐裸原。
脚边，流星的碎片尚留有天火的热吻。
背后，大自然虚构的河床——

鱼贝和海藻的精灵

从泥盆纪脱颖而出,

追戏于这日光幻变之水。

没有墓冢。

鹰的天空

交织着钻石多棱的射线。

直到那时,他才看到你从仙山驰来。

奔马的四蹄陡然在路边站定。

花蕊一齐摆动,为你

摇响了五月的铃铎。

——不悦么,旷野的郡主?

……但前方是否有村落?

他无须隐讳那些阴暗的故事、

那些镀金的骗局、那些……童话。

他会告诉你有过那疯狂的一瞬——

有过那春季里的严冬:

　　　　冷酷的纸帽、

　　　　癫醉的棍棒、

　　　　嗜血的猫狗……

天下奇寒,雏鸟

在暗夜里敲不醒一扇

庇身的门窦。

他会告诉你：为了光明再现的柯枝，
必然的妖风终将啼鸟和西天的羊群一同
裹挟……
而所在羁留的那个古老的山岬，
原本是山神的祭坛。
秋气之中，间或可闻天鹅的呼唤，
雪原上偶尔留下
白唇鹿的请柬，
——那里原是一个好地方。……

…………
…………
黄昏来了，
宁静而柔和。
土伯特女儿墨黑的葡萄在星光下思索，
似乎向他表示：
　　——我懂。
　　我献与。
　　我笃行……

那从上方凝视他的两汪清波

不再飞起迟疑的鸟翼。

7. 慈航

花园里面的花喜鹊

花园外面的孔雀

      ——本土情歌

于是,她赧然一笑,

从花径召回巡守的家犬,

将红绡拉过肩头,

向这不速之客暗示:

  ——那么,

  把我的鞍辔送给你呢

     好不好?

  把我的马驹送给你呢

     好不好?

  把我的帐幕送给你呢

     好不好?

  把我的香草送给你呢

好不好?……

美啊,——
黄昏里放射的银耳环,
人类良知的最古老的战利品!
是的,在善恶的角力中
爱的繁衍与生殖
比死亡的戕残更古老、
更勇武百倍!

8. 净土

雪线……
那最后的银峰超凡脱俗,
成为蓝天晶莹的岛屿
归属寂寞的雪豹逡巡。
而在山麓,却是大地绿色的盆盂,
昆虫在那里扇动翅翼
梭织多彩的流风。
牧人走了,拆去帐幕,
将灶群寄存给疲惫了的牧场。
那粪火的青烟似乎还在召唤发酵罐中的

曲香，和兽皮褥垫下肤体的烘热……

在外人不易知晓的河谷，
已支起了牧人的夏宫，
土伯特人卷发的婴儿好似袋鼠
从母亲的袍襟探出头来，
诧异眼前刚刚组合的村落。

……一头花鹿冲向断崖，
扭作半个轻柔的金环，
瞬间随同落日消散。
而远方送来了男性的吆喝，
那吐自丹田的音韵，久久
随着疾去的蹄声在深山传递。
高山大谷里这些乐天的子民
护佑着那异方的来客，
以他们固有的旷达
决不屈就于那些强加的忧患
　　　　和令人气闷的荣辱。

这里是良知的净土。

9. 净土(之二)

……而在白昼的背后
是灿烂的群星。

升起了成人的诱梦曲。
筋骨完成了劳动的日课,
此刻不再做神圣的醉舞。
杵杆,和奶油搅拌桶
最后也熄灭了象牙的华彩。

沿着河边
无声的栅栏——
九十九头牦牛以精确的等距
缓步横贯茸茸的山阜,
如同一列游走的
堠堡。

灶膛还醒着。
火光撩逗下的肉体
无须在梦中羞闭自己的贝壳。
这些高度完美的艺术品

正像他们无羁的灵魂一样裸露
承受着夜的抚慰。

——生之留恋将永恒、永恒……

但在墨绿的林莽,
下山虎栖止于断崖,
再也克制不了难熬的孤独,
飞身擦过刺藤。
寄生的群蝇
从虎背拖出了一道噼啪的火花,
急忙又——
  追寻它们的宿主……

10. 沐礼

他是待娶的"新娘"了!

在这良宵
为了那个老人临终的嘱托,
为了爱的最后之媾和,
他敨立在红毡毯。

一个牧羊妇捧起熏沐的香炉
蹲伏在他的足边,
轻轻朝他吹去圣洁的
柏烟。
一切无情。
一切含情。
慧眼
正宁静地审度
他微妙的内心。

心旌摇荡。
窗隙里,徐徐飘过
三十多个祈福的除夕……
烛台遥远了。
迎面而来——
他看到喜马拉雅丛林
燃起一团光明的瀑雨。
而在这虚照之中潜行
是万千条挽动经轮的纤绳……

他回答:
——"我理解。

我亦情愿。"

迎亲的使者
已将他扶上披红的征鞍,
一路穿越高山冰坂,和
激流的峡谷。
吉庆的火堆
也已为他在日出之前点燃。
在一处石砌的门楼他翻身下马,
踏稳那一方
特为他投来的羊皮。
就从这坚实的舟楫,
怀着对一切偏见的憎恶
和对美与善的盟誓,
他毅然跃过了门前守护神狞厉的
火舌。

……然后
才是豪饮的金盏。
是燃烧的水。
是花堂的酥油灯。

11. 爱的史书

....

....

在不朽的荒原。
在荒原那个黎明的前夕,
有一头难产的母牛
独卧在冻土。
冷风萧萧,
只有一个路经这里的流浪汉
看到那求助的双眼
饱含了两颗痛楚的泪珠。
只有他理解这泪珠特定的象征。
　　——是时候了:
　　该出生的一定要出生!
　　该速朽的必定得速朽!

他在绳结上读着这个日子。
那里,有一双佩戴玉镯的手臂
将指掌抠进黑夜模拟的厚壁,
绞紧的辫发

搓揉出蕴积的电火。

在那不见青灯的旷野,
一个婴儿降落了。

笑了的流浪汉
读着这个日子,潜行在不朽的
荒原。

  ——你啊,大漠的居士,笑了的
流浪汉,既然你是诸种元素的衍生物,
既然你是基本粒子的聚合体,
面对物质变幻无涯的迷宫,
你似乎不应忧患,
  也无须欣喜。
你或许
曾属于一只
卧在史前排卵的昆虫;
你或许曾属于一滴
熔落古鼎享神的
浮脂。

设想你业已氧化的前生
织成了大礼服上传世的绶带；
期望你此生待朽的骨骸
可育作沙洲一株啸傲的红柳。

你应无穷的古老，超然时空之上；
你应无穷的年轻，占有不尽的未来。
你属于这宏观整体中的既不可多得、
也不该减少的总和。

你是风雨雷电合乎逻辑的选择。
你只当再现在这特定时空相交的一点。
但你毕竟是这星体赋予了感官的生物。
是岁月有意孕成的琴键。

为了遗传基因尚未透露的丑恶，
为了生命耐力创纪录的拼搏，
你既是牺牲品，又是享有者，
你既是苦行僧，又是欢乐佛。
…………
　…………

是的,在善恶的角力中
爱的繁衍与生殖
比死亡的戕残更古老、
　　　　　更勇武百倍!

12. 极乐界

当春光
与孵卵器一同成熟,
草叶,也啄破了严冬的薄壳。
这准确的信息岂是愚人的谵妄!

万物本蕴涵着无尽的奥秘:
地幔由运动而矗起山岳。
生命的晕环敢与日冕媲美。
原子的组合在微观中自成星系。
芳草把层层色彩托出泥土。
刺猬披一身锐利的箭镞……

当大道为花圈的行列开放绿灯,
另有一支仅存姓名的队伍在影子里
行进。

是时候了。

该复活的已复活。

该出生的已出生。

而他——

摘掉荆冠

从荒原踏来,

走向每一面帐幕。

他忘不了那雪山,那香炉,那孔雀翎。

他忘不了孔雀翎上那众多的眼睛。

他已属于那一片天空。

他已属于那一方热土。

他应是那里的一个没有王笏的侍臣。

而我,

展示状如兰花的五指

重又叩响虚空中的回声,

听一次失道者败北的消息,

也是同样地忘怀不了那一切。

  是的,将永远、永远——
  爱的繁衍与生殖

比死亡的戕残更古老、

更勇武百倍!

1980.2.9—1981.6.25

山旅
——对于山河、历史和人民的印象

1

我，在记忆里游牧，寻找岁月
那一片失却了的水草……

不堪善意的劝告，我定要
拨开那历史的苦雨凄风，
求解命运怪异莫测的彗星：
履白山黑水而走马，
度险滩薄冰以幻游。

而把我的相思、沉吟和祝福
寄予这一方曾叫我安身立命的
故土。

2

像一个亡命徒,凭借夜色
我牵着跛马,已是趱行在万山的通衢,踅身
猛兽出没的林莽,扪摸着高山苔藓寄生的峭岩,
躬着背脊小心翼翼越过那些云中的街市、
　　　　　半坡的鸟道、
　　　　　地下的阴河……
二十多个如水的春秋正是在那里流失,
只余回声点滴。

我看到山腰早被遗弃的土高炉
像一群古堡的剪影守望在峪口,
而勾起我阵阵悲烈情怀。
山底,铁矿石的堆积已为无情之风雨
化作齑粉,掩没在草径,让马蹄打着趔趄。
而路口哨亭空有半堵颓垣残壁,
虫鸣声里疏疏月影。

都去了:
黄金般的岁华,黄金般的血汗,黄金般的
浪漫曲。换来多少惋惜?

只今，唯独南天雪峰依然，
好似武士高举之盾牌闪射着金属的光泽。
好似少女的一部膀臂映透薄纱袅娜可人。
好似遥挂在天边的迷灯冷光莹莹。

但是，我认识自己的路。
我终究是这穷乡僻壤——爱的奴仆。

3

青春常与红颜做伴，
诗之梦总留予处子童心，
这世间一切的珍重难于为人生永驻。
明日，我将也皤然白发。

但是你寄存在这大山之后的记忆
却不纯是属于我个人的文物。
却不纯是属于我心灵的私产。
哪怕是我感知世事前初尝的苦果，
哪怕是我披览人生后乍来的失恋，
哪怕是我撒落在泥泞的一片红叶、
　　一瓣足迹、

一线希冀……
都如地质时代生成于灾变的琥珀
同等可考。

4

啊,边陲的山,
正是你闭塞一角的风云,
造就我心胸的块垒峥嵘。
正是你胶黏无华的乡土,
催发我情愫的粗放不修。

这山野的夜色曾是处处点缀着青蓝的炉火,
暗红的熔渣照亮过人们焦盼幸福的眸子。
冶炼场地赤身裸体的大力士
正是以膀臂组合的连杆推动原始的风叶板,
日日夜夜高奏火的颂歌。像是扳桨的船工,
把全副身心全托付给船尾的舵手,
而在一派轰隆声里成就生死搏斗之大业。
谁能怀疑战士的赤诚?
他们过早地去了,
村头壁画丰收的麦穗,只是梦中的佳禾

挽留不住年轻的生命……

我,属于流放的一群。
曾经蜷缩在这山地的一间陶器作坊,
默默转动制坯的钧盘,而把美的寄托
赋予一只只泥盆。曾经
我们迎着风暴齐立冰山雪岭,
剥取岩芯的石棉,心底
却为破损的希冀纺出补织的韧丝。
…………
…………
心血的潮汐,传布着深山迢远的召唤。
回首功过是非,荣辱贵贱,我常泪眼迷蒙。
实在,我不配踏勘这历史的崎岖。
也不善凭吊这岁月的碑林。
我易于感伤。而对于泪水,人们总是讳莫如深。
只有当我梦回这群峰壁立的姿色,
重温这高山草甸间民风之拙朴,
我才得享有另一层蜜意柔情……

5

这——
是被称为荒蛮的一角。
亘古以来，大山崚嶒的体魄和逼人的寒光，
堵塞了这一方的半边天宇，赫赫然，伟哉，
而拒斥人众与之亲昵。只有大胆的叛逆
才得叩开这幽闭的关隘，潜入深锁的门庭
借水草丰美的一隅养儿育女。
这是被称为野性的土地。

我记得阴晴莫测的夏夜，
月影恍惚，山之族在云中漫游。
它们峨冠高耸，宽袍大袖窸窣有声，
而神秘的笑谑却化作一串隆隆，
播向不可知的远方。
转瞬，冰凉的雨滴已是悄然袭来，
闪电的青光像是一条扭曲的银蛇，
从山中骑者那惊马的前蹄掠过，
向河谷遁去。随着一声雷殛，崖畔的老柏
化作了一道通天火柱。暴发的山洪
却早已挟裹着滚木礌石而下，从壑口夺路。

燃烧的树,

为这洪流秉烛。

我也记得夏日牛虻肆虐的正午,

那黑色的飞阵卷起死亡的啸吼越过草泽林莽

忍将逃生的马驹直逐下万丈悬崖。

我记得暮春的白雪自高空驾临的气概:

霎时间,天地失去生命的绿。

子夜,却是雪霁月明,另具一种幽雅。

高山的雪豹长嚎着

在深谷里出动了。

冷雾中飘忽着它磷质的灯。

那灵巧的身子有如软缎,

只轻轻一抖,便跃抵河中漂浮的冰排,

而后攀上对岸铜绿斑驳的绝壁。

黑河,在它脚下

唱一支粗犷的歌

向北折去……

6

一切都叫人难于忘怀:

那经幡飘摇的牛毛帐幕,
那神灯明灭的黄铜祭器,
那板结在草原深层的部落遗烬……
展示着一种普遍
而不可否认的绝对存在:人民。
我十分地爱慕这异方的言语了。
而将自己的归宿定位在这山野的民族。
而成为北国天骄的赘婿。

多少年过去了,
我总是记得紫曦初萌的地平线,
美丽的琵琶犁有如惊蛰的甲虫扒开沃壤
在春雪里展翅。而播种者们修长的手臂
向天空划出了一个个光的弧圈,
撒出一把把绿的胎胚……
我忘不了她们装饰在衣袍后背的银制蜗牛。
我忘不了她们感情沉重的春之舞……

7

有比马的沉默更使人感动的吗?
没有风。一线古铜色的云彩停留在天边,

像是碇泊在海上的战舰。

蓦然,一声悠长的颤音由远而近,消失了。

消失了……这大自然迷离的音响。

暮色渐臻浓郁。但是,看哪——

我的沉默的伴侣还是无动于心,

仍自将秀丽的长尾垂拂在几茎荒草。

是在思索?

是在期待?

是在悔恨?

似乎叱咤也不复使其抖擞。

似乎雷霆亦不复使其感奋。

在其扎立的耳壑正回荡着一代英雄的勋绩

和使少年人热血沸腾的剑器之铿鸣。

…………

…………

时间的永恒序列

不会是运动的机械延续,

不会是生命的无谓耗燃,

而是世代传承的朝向美善的远征。

前方的跫音快将零落。

但是,我认识自己的路。

该不是夜幕上雷火的曳光?该不是山之魂?
我看到月明的天空扫过一道无声的闪电,
像是山民的哑笑。像是吉祥的征兆。
但是,我们认识自己的路。

         1980.5.11—8.15

南曲

借冰山的玉笔，
写南国的江湖：
游子，太神往于那
故乡的篙橹，和
岸边的芭蕉林了。

然而，难道不是昆仑的雄风
雕琢了南方多彩的霜花，
才装饰了少年人憧憬的窗镜？

我是一株
　　化归于北土的金橘，
纵使结不出甜美的果，
却愿发几枝青翠的叶，
裹一身含笑的朝露。

　　　　　　　　1980.7.13

寓言

我平生最痛恨苍蝇,
我恨得疯狂。
那一天倚着南窗,
当我正在吸吮
　　《草叶集》的芬芳,
我误杀了一只蜜蜂,
一位来自百花村的姑娘。

忧伤地
这只金黄的小生命
跌落在我手中的书卷,
新鲜的花粉
溢出它那小小的吊篮。
当垂亡的片刻,
它仍在怀念它甜蜜的车间,
念叨它孤寂的君王,
最后一次鼓起鳞翅
留恋而痛楚地拨动

阳光赐给它的琴弦。

——那歌儿,是爱的痉挛……

1980.10.17 正午

1981

随笔［审美］

  1

　　走过了人生的许多港口。
　　作为一个无产者，
　　广告牌上厂商花哨的噱头
　　在我的眼底，最终
　　只铺下了一层跳动的红绿；
　　我却更钟情于那一处乡渡：
　　　　　漫天飞雪、
　　　　　几声篙橹、
　　　　　一盏风灯……

  2

使我愧疚：
我已历经不少磨炼。
几曾——

从一个熔炉投向另一个熔炉;
从一部铁砧输向另一部铁砧,
毁去的是天真烂漫,
不化的
　　是我的迂腐。
我拾得半点陈泪,
真好似在玩味
　　钻石的结晶?

3

诚然,我爱美。
但有什么诱惑能叫我放弃
　　对犁沟的特殊爱慕?
那线条
是和农夫额头的皱纹
　　　　一样令人感动,
叫我联想起
未被环境污染的德性、
有待开发的富源。

　　　　　　　1981.2.17 夜半

江南（四首）

江南

车窗。淋漓雨
谱一曲江南丝竹……

渴望的眼。
闪光的风。
潮湿的下肢。
——桥港里斜撑出乌篷船。

那边，
在树冠凌乱的空际
有如乡下孩子般好奇
探头探脑，聚拢了
许多弯弯的龙角——
是越溪女儿钟爱的屋脊。

……还是毛毛雨。

沪杭快车
飘然一支玉笛。

1981.3.20 于杭州

西子湖

春还瘦：
梧桐尚未孕出阔叶，
莲荷只剩隔年的残干，
柳丝也太嫩，
白玉兰又略嫌淡雅，
望月石上还望不见月圆……

苏堤的路基镶有古墓的碑石，
上面趴了一条晒太阳的蜥蜴，
抱吻着残缺的篆字，
像是贴上去的浮雕，
像是龙的变种……

西子在哪里？
西子在哪里？

西子不在这里。

解开船组,西子

把散发飘在湖空。

1981.3.21 于杭州

栖霞山 ①

栖霞山的黎明,有一座

举哀八百年的王府……

从苏南来的一群村姑

她们到了古代的帝京,

观音桥边,问去王府的路。

她们不想乘早班汽车。

她们要步行去祭奠王爷。

为的是亲亲他那匹战马的

鞍辔……

为的是捋捋他那些官员的

---

① 《江南》四首原载《文学报》,发表时被删去写作时间。其他三首收入1986年出版的《昌耀抒情诗集》时,写作时间又由作者恢复。这一首的写作应为同一时期。——燎原注

须眉……

请英灵饮食

虔诚的烟篆……

请罪囚尝尝

精致的棍子……

黄昏的栖霞山

有铁公树、精忠魂、冰激凌……

像田野上摇曳的兰花

有村姑们靛染的头帕……

而我看到成千上万个崇拜者

让昂贵的芭兰香投作焰火,

眼里含着无声的挽歌……

南风

当南风阵起,

黑色的屋群

更添一层动人的

墨意。

当南风吹来的时候,

也同时邀来了大海的雨燕；

也同时唤醒了儿童的纸鸢……

整个夜晚，

我躲在高楼小阁

温习南风撮合的雨夜，

听见雷电戏逐、阴阳交欢。

在癫狂的大笑声中

那些个有如久别了十冬的精灵

搅翻了房上的瓦块，

踏裂了门前的树枝，

不可节制的情欲

一片片在空间燃爆……

当南风吹来的时候，

到了生殖的季令：

春潮重又充溢干枯的河道，

野鸭焦急地求偶……

作为对北风的嘲弄——

这一切，是猥亵的南风。

        1981.3.24 于杭州

生之旅

（是对人生的感受。其时，我在某"急救病房"，肃穆的氛围催人泪下。）

1

生之旅，

在光的栅栏

  行

   进……

在沃土。

在花晕。在对流层的风。

在牵牛吹响的号角。

在地球的第三极。

在喜马拉雅松与食肉鸟成群掠过的黑影。

在沉积岩……生之旅原是如此甜蜜。

我要为你们终生祈祷好运！

但太阳的实验室从无吉星高照。

诸神不解怜悯。

在甜蜜的生之旅

常有的唯是铁马——铁马……

　　　　秋风——秋风……

2

啊，你虽九死而未悔的伟丈夫！

你身披曳地红十字长袍的美男子！

比罗马教皇更显神情端庄，

高卧在冷色的床垫了，

一如倒仆在父母之邦的雪野。

而此刻才见你是一个濒于气绝的

剑斗士，为命运之神杀伐，

使我饱览了昆仑原上

黄昏的沉重。

——生之旅

原是一个默契？

3

是一镀金的头盔。

是一镀金的鞍辔。

是一镀金的烛台。
……就这样走来了。

带着十字星光的闪烁,
也就这样地走去。
地球的第三极始终林立着葱茏的人之树。

4

生命是什么?
   是无可推卸的重任。是路碑。
   是道义。是雄关。是鼙鼓。
   是浩气。是永在塑造中的完人。
一代代交接,
而生机何曾停滞?
襁褓中有婴儿悦耳的啼哭。
渊底,啸虎跃上峻岭,
眺望东方黎明。

生之旅,原是黎明的回忆
与无可改悔的追求。

5

而你也要在这里重新开始。
你更有割不断的千丝万缕:
是黄河摇篮?
是高山黍稷?

不,你决不自弃明日的晨钟。
你已紧握最后一瞬。
你复跃起。
你复冲刺。
你的胸廓缠以石膏。
你的骨节嵌以铁榫。
你有甲醛、乙醇之芳馨。
将以生命的最大耐力走向你雪原上的炊烟。

生之旅,在光的栅栏与炊烟同步,
原是如此甜蜜。

1981.3.25—8.24 初稿

长沙

肃穆的城。
窃火者的燃炬
高擎在车站大厦塔楼的尖顶,
让热流托起千百凌空的翅翼。

——我又重见南方雨燕的颉颃了。

但这不是唯一的跃动。
还应有昨夜呼啸的竹笋。
还应有今晨怒放的香菇。
　　迎着三月纷飞的烟雨
　　朝向江桥
　　女司机的小红帽流星般驰去……

我不会忘记秀美的白果树。
我不会忘记冰川期那棵孑存的白果树。
　　是在五一大道。

是在白果百货商店门前的五一大道。
长沙市民让我谒见了这秀美的贞女。

1981.4.5 于长沙
1982.2.22 改于西宁

莽原

远处，蜃气飘摇的地表，
崛起了渴望啸吟的笋尖，
——是羚羊沉默的弯角。

在最后的莽原，
这群被文明追逐的种属，
终不改他们达观的天性：
或如松鼠痛饮于光明之枝。
或如河鱼嬉游于波状之物。
捕捉那迷人的幻梦，
他们结成箭形的航队
在劲草之上纵横奔突，
温柔得如流火、金梭……
莽原，宠爱自己的娇儿。

正是为了大自然的回归，
我才要多情地眷顾
这块被偏见冷落了的荒土？

1981.4.16 改旧作

湖畔

湖畔。他从烟波中走出,
浴罢的肌体燧石般黧黑,
男性的长辫盘绕在脑颅,
如同向日葵的一轮花边。
他摇响耳环上的水珠,
披上佩剑的长服,向着金银滩
他的畜群曳袖而去……

我就这样结识了
库库淖尔湖忠实的养子。
他启开兽毛编结的房屋,
唤醒炉中的火种,
叩动七孔清风和我交谈。
我才轻易地爱上了
这揪心的牧笛和高天的云雀?
我才忘记了归路?

1981.4.18 改旧作

烟囱

于是,我不能忘怀这村寨的烟囱了。
那些用黏土堆塑在屋顶的圆锥体,
是山民监听风霜的钟鼓。
牧羊人的妻女,每日
要从这里为太阳三次升起祷香。
而我,却想起了裸陈在高檐的陶罐。

我对这生活的恒久的爱情,
不正是像陶罐里的奶酪那么酽浓,
熏染了乡间的烟火,
溶落了日月的华露,
渗透了妇孺的虔诚?

1981.4.19 重写

节奏：1 2 3……
　　——答问

既然这天空
不只是有过敌视大地的暴风雨，
更有温柔的鸽群、
　　诱惑的蜃楼、
　　纯净的母爱、
　　甜蜜的回声、
　　　　归帆、
　　　　飞碟、
　　　　　星……

那么，
我就不会忘怀凌晨的大公鸡
伸长脖颈朝天昂扬三次：
　　　　　哆—来—咪—

哆—来—咪—
是我不倦的主题。

小豆芽三次挺起身子。

信号灯三次变换色调。

春蚕三次死去、三次复活……

我用音乐描写运动。

我用音乐探索人生。

生的节奏在乐感中前进。

那么，我就不会沉沦。

我就不会忘怀小黑猫虎视眈眈

戏逐线团，浑身曲作三道弯拱；

我就不会忘怀华尔兹舞步；

我就不会忘怀葡萄架下的三响偷吻。

我不会困倦，也不会气馁。

少年的三角巾已重新照明天空，

那里，时钟恒动的流水

依然在云层下宣泄

轰鸣着永远的——

   哆—来—咪

        1981.6.8

驻马于赤岭之敖包

在这样的季节,在这样的峻岭,
看不见飞鸟,看不见鬣狗,
看不见牧人的短剑。
百草此起彼伏,传递着
一个个骚动的浪迹。
也许,我们不该在此逗留?

紧裹着冬天的装束,
我们从秋原上驰来。
透骨的劲风仍把我们吹得恍如裸体,
直到最为隐秘的毛肤,
直到脚底一阵阵寒瑟。

这里,没有我们探寻的古堡。
奶油的凝脂已在祭坛风干。
壮士和美人也早就一去不还
——无须发思古之幽情。
但在峨岩之上,从倾斜的天宇,

幡幢正扑打着山神驻跸的行宫，
那里，匆匆飘起轻纱一袭，
加快了白日多变的节奏。

而我，直要在这
风云的笑噱中号哭了——
不是出于悲伤，徒然为了
关山之壮烈。

       1981.9.13

风景：湖

滑动着的原野。
几株年青的船桅
是这片空间仅有的风景树。

但候鸟们已乘季风南翔,
留下独处的泡沫排成白练数列,
远隔着秋雨沉浮。
我未得见天鹅柔嫩的粉颈。

而翠绿的水纹
总是重复着一个不变的模式,
像诱惑的微笑在足边消散,随之
另一个微笑横着扑来。
我并无丝毫恐惧。

没有喧哗之声。湖光
却已显示可以触感的韵律。

只是冷落了山脚的那片油菜。

不会成熟了吧?

可那金黄的色块

依旧夏天般明亮

那么天真……

1981.9.16 深夜

丹噶尔

在高岭。在从未耕犁过的冈丘,
黏土、丝帛和金粉塑造的古建筑,
原是没有泉水保障的
冒险的城关。

我太记得那些个雄视阔步的骆驼了,
哨望在客栈低矮的门楼,
时而反刍着吞自万里边关的风尘。
我记得卖货郎的玻璃匣子,
海螺壳儿和鼻烟壶
以同样迷幻的釉光
吸引着草原的老者。
我记得黄昏中走过去的
最后一头驮水的毛驴。
而弥漫着柴草气味的巷道口
对于无家可归的人
曾是温暖的天堂……

琉璃瓦的丹噶尔——

我因此而记住了你古老的名字!

1981.9.21 晨

第一编 1981 丹噶尔

关于云雀

没有檐角可供停息。
没有柯枝。
但我所知道的云雀的啁啾
只属于旷远的高天。
只属于热流。只属于飞翔。
只属于谛听的穹庐。
云雀是飞鸣的鸟。
而那个栖止在猪背啼叫的
只是寒鸦。
我的大漠上的小路,因之
才有这么繁富的色彩么?
现在,牧童枕着手臂
又怅望秋空了。但我确知在寂寞的云间
一直飘有悬垂的金铃子,
只被三月的晓风
或是夏夜的月光奏鸣。

1981.10.3

划呀,划呀,父亲们!
——献给新时期的船夫

自从听懂波涛的律动以来,
我们的触角,就是如此确凿地
感受着大海的挑逗:

——划呀,划呀,
父亲们!

我们发祥于大海。
我们的胚胎史,
也只是我们的胚胎史——
展示了从鱼虫到真人的演化序列。
脱尽了鳍翅。
可是,我们仍在韧性地划呀。
可是,我们仍在拼力地划呀。
我们是一群男子。是一群女子。
是为一群女子依恋的
　群男子。

我们摇起棹橹，就这么划，就这么划。

在天幕的金色的晨昏，

众多仰合的背影

有庆功宴上骄军的醉态。

我们不至于酩酊。

最动情的呐喊

莫不是我们沿着椭圆的海平面

一声向前冲刺的

嗥叫？

我们都是哭着降临到这个多彩的寰宇。

后天的笑，才是一瞥投报给母亲的慰安。

——我们是哭着笑着

从大海划向内河，划向洲陆……

从洲陆划向大海，划向穹窿……

拜谒了长城的雉堞。

见识了泉州湾里沉溺的十二桅古帆船。

狎弄过春秋末代的编钟。

我们将钦定的史册连根儿翻个。

从所有的器物我听见逝去的流水。

我听见流水之上抗逆的脚步。

——划呀,父亲们,
　　划呀!

还来得及赶路。
太阳还不见老,正当中年。
我们会有自己的里程碑。
我们应有自己的里程碑。
可那旋涡,
那狰狞的弧圈,
向来不放松对我们的跟踪,
只轻轻一扫
就永远地卷去了我们的父兄,
把幸存者的脊椎
扭曲。

　　大海,我应诅咒你的暴虐。
　　但去掉了暴虐的大海不是
　　大海。失去了大海的船夫
　　也不是
　　船夫。

于是,我们仍然开心地燃起爝火。

我们依然要怀着情欲剪裁婴儿衣。

我们昂奋地划呀……哈哈……划呀

……哈哈……划呀……

是从冰川期划过了洪水期。

是从赤道风划过了火山灰。

划过了泥石流。划过了

原始公社的残骸。和

生物遗体的沉积层……

我们原是从荒蛮的纪元划来,

我们造就了一个大禹,

他已是水边的神。

而那个烈女

变作了填海的精卫鸟。

预言家已经不少。

总会有橄榄枝的土地。

总会冲出必然的王国。

但我们生命的个体都尚是阳寿短促,

难得两次见到哈雷彗星。

当又一个旷古后的未来

我们不再认识自己变形了的子孙。

可是,我们仍在韧性地划呀。

可是,我们仍在拼力地划呀。

在这日趋缩小的星球,

不会有另一条坦途。

不会有另一种选择。

除了五条巨大的触舻,

我只看到渴求那一海岸的船夫。

  只有啼呼海岸的呐喊

  沿着椭圆的海平面

  组合成一支

  不懈的

  嗥叫。

大海,你决不会感动。

而我们的桨叶也决不会喑哑。

我们的婆母还是要腌制过冬的咸菜。

我们的姑娘还是要烫一个流行的发式。

我们的胎儿还是要从血光里

临盆。

  ……今夕何夕?

会有那么多临盆的孩子?
我最不忍闻孩子的啼哭了。
但我们的桨叶绝对地忠实。
就这么划着。就这么划着。
就这么回答着大海的挑逗:

——划呀,父亲们!
父亲们!
父亲们!

我们不至于酩酊。
我们负荷着孩子的哭声赶路。
在大海的尽头
会有我们的
笑。

1981.10.6—29

轨道

从东方到东方,
那些迤逦而去的条状的钢铁
带有工业润滑油的异常的气息,
横过橘红的、杏黄的、钙灰色的土地,
冲淡着那里固有的乡俗和一切的惰性,
是沉思的、是健美的、是轰鸣的,
也是权威的……

　　轨道,不可磨灭。
　　不可磨灭的
　　是轨道的记忆和憧憬。

从乡土到乡土,
原是古老而芜漫的荒野,
是农神的牡牛
以一排低昂的锐角拓出群雄逐鹿的
疆场。在如是深广的背景,
有过含怨的琵琶,

有过喋血的美人,
大漠风月
印满了舍身求法者们彳亍的行脚
和千里明驼的足迹……

轨道,不可磨灭。
在我们的记忆和憧憬里
萌动的轨道不可磨灭。

当孕足了历史的期待,
那些条状的钢铁才终于
为这橘红的、杏黄的、钙灰色的国土
装备了钢铸的不可摧毁的意志,
延亘在黑夜与黑夜之间,
将乡村与乡村牢固地盘错,
让小路与小路结成链组,
是沉思的、是健美的、是轰鸣的,
也必然是权威的。……

轨道,不可磨灭。
轨道的萌动
在我们的爱憎里不可磨灭。

是从祖父的祖父以来，
我们就这样地跋涉着了。
循着那些逶迤而去的条状的钢铁，
呼吸着那些钢铁组合的条状的运动，
披一身烟灰火屑，
从一个起点到另一个起点，
阅尽了世间的
一切固有的乡俗和一切的惰性。
我们亦曾喟叹。
但是，我们的轨道不可磨灭。

在轨道和轨道之交织里
欢快的憧憬和艰难的记忆不可磨灭。
工业润滑油的气息不可磨灭。
轨道，和我们对轨道之炽热的追求
不可磨灭。

1981.11.7—15

城市

颤动的城市。
颤动着的
是它同时闪亮的百万张向阳的玻璃窗叶。
是它同时熄灭的百万张背阴的玻璃窗叶。
从群楼巍耸的街谷,
依次地叠印出了
黎明与黄昏的颤动。
就这么颤动。
而且不只是那些石英的六方晶体。

城市:草原的一个
壮观的结构。
一个大胆的欲念。

未曾有过教堂十字架或喇嘛寺金顶的
新的城市,
不知道什么叫精神的创伤。
不知道什么叫旧的烙印。

不知道什么叫复活。

新的城市是昂奋的。

昂奋中,它的

被机械摩擦得呻唤的体积在颤动。

它的云层和电磁波在颤动。

它的日渐扩大的垃圾停放场在颤动。

——从未有过这许多令人发愁的排泄物了。

但是,新的文明和新的财富在颤动。

就这么颤动。

  颤动着的还有回转的木马。

  ——在圆形广场,

  在广场的同一个平面二度空间,

  儿童的回转木马

  与正午的车流以同一的转速

  在颤动。

  就这么颤动。

牧羊人的角笛愈来愈远去了。

而新的城市站在值得骄傲的纬度

用钢筋和混凝土确定自己的位置。

每晚,它的风暴般颤动在空际的光之丛林

是抒情的,

比羊角号更动人,更热烈,
也更有永久的魅力!

1981.11.27—12.23 初稿

1982

生命

我记得。

我记得生命

有过非常的恐惧——

那一瞬,大海冻结了。

在大海冻结的那一瞬

无数波涌凝作兀立的山岩,

小船深深沉落于涡流的洼底。

从石化的舱房

眼望石化的大海只剩一片荒凉,

梦中的我

曾有非常的恐惧。

其实,我们本来就不必怀疑,

自然界原有无可摧毁的生机。

  你瞧,那位对着秋日

  吹送蒲公英绒羽的

  小公主

依然是那么淘气,

那么美丽!

1982.2.4 立春日写毕

3.6 删定

木轮车队行进着

木轮车队行进着。
遥远的木轮车队是灰色的：
听不见尘土。听不见马蹄。
听不见辊轴的轧动。
　　——这车队好像并未行进着？这车队
　　一扇扇高耸的车翼好像并未行进着？
　　这高耸的一扇扇车翼
　　好像只是坐立在黄河岸头的一扇扇戽水的圆盘？
但是，木轮车队始终在行进着。
它们是从烟色氤氲的土窑旁行进而来。
是从村道口、
是从湿漉漉的井台边、
是从贴有红双喜窗花的花烛夜
行进而来。行进于
鸡的叫、
狗的咬、
猪的奔突。
行进于闹嚷的集市、穗的波与孤寂的

荒原。从行进而来的黎明，

它们支起的车幕

落有三月的露滴、

　　七月的虹彩、

　　十一月的白霜……

木轮车队行进着。

没有一辆木轮车不是在行进着。

它们滚动的投影舒缓而齐整，

有些儿蹒跚，有些儿迷惑。

但是，木轮车队始终在行进着。

木轮车队高耸的轮翼始终在行进着。

行进着的轮翼

在大路的转角迟疑了一下，

——仅只迟疑了一下

就又朝向前方的大路滚将而去，

使旷野有了连续的呼唤，

使涸泽发出流水般的喧哗。……

　　——因了这土地特有的朴拙，

　　斫轮者的先祖，最初

　　才将这一扇扇智慧的轮翼，

砍削得如此崔嵬而莽撞么？

木轮车队行进着。

是灰色的。

是红色的。

是蓝色的。

而在黑色的车幕下

车户哥儿借着夜色休憩，

在行进中

唯有戛然止息的车轮可以将其惊醒。

　　　　　　　　1982.2.21

鹿的角枝

在雄鹿的颅骨,生有两株
被精血所滋养的小树。雾光里
这些挺拔的枝状体明丽而珍重,
遁越于危崖沼泽,与猎人相周旋。

若干个世纪以后,在我的书架,
在我新得的收藏品之上,才听到
来自高原腹地的那一声火枪。——
那样的夕阳倾照着那样呼唤的荒野。
从高岩,飞动的鹿角,猝然倒仆……

……是悲壮的。

1982.3.2

日出

听见日出的声息蝉鸣般沙沙作响……
沙沙作响、沙沙作响、沙沙作响……
这微妙的声息沙沙作响。
　　静谧的是河流、山林和泉边的水瓮。
　　是水瓮里浮着的瓢。

但我只听得沙沙的声息。
只听得雄鸡振荡的肉冠。
只听得岩羊初醒的锥角。
　　垭豁口
　　有骑驴的农艺师结伴早行。

但我只听得沙沙的潮红
从东方的渊底沙沙地迫近。

1982.3.29

风景：涉水者

雨后的风景线
有多少淋漓的风景。

可也无人察觉那个涉水的
男子，探步于河心的湍流，
忽有了一闪念的动摇。

听不到内心的这一声长叹。
人们只看到那个涉水男子
静静地涉过溪川
向着远方静静地走去，
在雨后的风景线消失。
静静的。

只觉得夕阳下的溪川
因这男子的涉足而陡增几分
妩媚。

1982.4.12

太息［拟古人］

杨柳叶儿青。甜蜜地
当那一路"杨柳叶儿青"又从三月里来，
我只知道是春的女神在红与黑的时辰
做精巧之穿织。

去。马驹尚在阳关踥蹀。
没有工夫为敝屣唶叹了。

可费我猜想：当年初民们盔头的野鸡翎子
或也如我即今所见这途中之杨柳叶儿似的
娇娆，同出山的霞光一起比美么？

不必追慕那个早经解体的部族了。
毋庸留恋那牧奴的地位。
自从孔子仲尼出游观阙之上而叹大道之行，
大酋长挽弓披箭离我们已更其遥远。

没有工夫唶叹了。

去。小杜鹃
在催人布谷。

　　　　　　　　　　　　　　1982.5.11—10.10

子夜车

子夜零点准,
火车头
又自峡谷东南应时而来了,
吭哧着……
吭哧着将一列长长的货厢推上
西山脊背。

喏,窗外月空何其灿烂,
到处是轰隆轰隆的云朵,
允我五分钟不得入眠!

1982.6.11

月下

是怎样的陶醉?灯光里
大山溪流有幻织的布机。

他不可解析
这一丝划过心上的微波
是不是因了匍匐茎上
那朝向山月昂首吹歌的
小小金蛇?
　野风于林间悄吟
　原上草
　有两行新的轮辙。

无可名状地陶醉呀——
他忘不了相见时刻的
陶醉。

1982.6.20

所思：在西部高原

西部的山。那人儿
听见霜寒里留有岁月嗡嗡不绝的
钟鸣。太寂寞。

是谁在空中作语：
——啊，世俗的光阴走得好慢！
我似乎觉得
高车部自漠北拓荒西来尚是昨天的事，
汉将军班超与三十六吏士的口碑
也还依然一路风闻，
可你们后来者
还听得敦煌郡献歌伎女反手弹琵琶么？

太寂寞。
凌晨七时的野岭
独有一辆吉普往前驱驰。
　　　——远方

黄沙丘
亮似黄昏。

1982.7

在山谷：乡途

在山谷，倾听薄暮如缕的
细语。激动得战栗了。为着
这柔情，因之风里雨里
有宁可老死于乡途的
黄牛。

感觉到天野之极，辉煌的幕屏
游牧民的半轮纯金之弓弩快将燃没，
而我如醉的腿脚也愈来愈沉重了：
走向山谷深处——松林间
似有簌簌羽翼剪越溪流境空，
追逐而过：是一群正在梦中飞行的
孩子？……

前方灶头
有我的黄铜茶炊。

1982.8.14

纪历

默悼着。是月黑的峡中
峭石群所幽幽燃起的肃穆。
是肃穆如青铜柱般之默悼。

劲草……
风声……雨声……
风雨声……

马的影子随夜气膨胀。
大山浮动……牛皮靴
吸牢在一片秘密的沼泽。
——是了无讯息的
默悼。

黎明的高崖,最早
有一驭夫
朝向东方顶礼。

1982.8.17

河西走廊古意

秋驼的峰顶,
当旅伴的一声《太平令》
长长地,正在大荒云头,
与雁序一同拔高的时候,
我觉得自己醉得快将溶化了。
——啊,好醇厚的泥土香呀!

我但看见他那行歌中的青年武士
整盔束甲,
翘首玉关,
而河西漠野已在夕照中迷离——
一滩碣石
如羊只。
…………

我却说:
好醇厚的泥土香!

1982.9.3 晨于玉门市

在玉门:一个意念

在酒泉西部盆地,
在玉门,
在出产骆驼草、黑色的金子和夜光杯的地方,
人的纪念碑——
有着现代派变形风格的
人的纪念碑
建造在高高的丝绸古道。
那一座座钢的活动的制品
是具有灵魂的。是具有感情的。
是具有灵魂与感情的妇人们在风中作婆娑舞。
如此日日夜夜。

可是,你们戴铝盔的玉门人啊,
为什么要说她们
只不过是工作在井群上的一些抽油机呢?
而我更愿把她们想象作是在为摇篮中的乳儿
一次次弯腰哺食的母亲。

1982.9.4 于玉门市

花海

我未看到春天的花海是什么样子。
只看到秋天的花海。只看到
秋天的花海镶嵌在沙漠的背后。
只看到花海秋天的晒麦场上
五个女子偎作一堆儿,
像五朵会笑的花瓣。
是静悄悄的。她们
在思索什么呢?

我未看到花海的春天。
我只看到秋天的花海。只看到
拖拉机在远方田亩无声地耕耘。
只看到在耕耘过的田亩边站立着一个
女拖拉机手。
细尘飘过去了。
那一株株毛叶杨向她摇摆着鹅掌形的
叶片。那一枚枚叶片跳动着她银色的
目光。是悠远的。

她在思索什么呢?……

花海的男子汉们
在石油河那边的矿井劳动。
花海是动人的"女儿国"。

          1982.9.7 于玉门

在敦煌名胜地听驼铃寻唐梦

是温暖的黄昏。远远的
铜锣钹的响鸣忽忽与月光一起从沙山背后
浮出。……

——是谁们在那边款款奏着
铜锣钹呢？那么典雅而幽远，
像渔火莹莹……

我拎着鞋袜，赤脚踏着流沙，
记起初临沙山时与我偕行的东洋学者
曾一再驻足频频流盼于系在路口白杨树下的
那两峰身披红袍的骆驼——
美如江边的楼船……

然而，是谁们奏着铜锣钹呢？
我猜想此刻在月下的沙梁那边
一定有人如我似的拎着鞋袜，
沉吟着，审听着，在恍惚中期待着……

然而，那么富丽的，是谁们

在石窟那边款款奏着铜锣钹呢？

1982.9.10 初稿于敦煌

戈壁纪事

戈壁。九千里方圆内
仅有一个贩卖醉瓜的老头儿：
　　一辆篷车、
　　一柄弯刀、
　　一轮白日，
伫候在驼队窥望的烽火墩旁。
绿的蜜罐一个个绽开，
渴饮者，弃这碎片如落花瓣瓣，
留给夜夕陈列，
在冷沙。

车轮的投影一忽儿长了些，
可又一忽儿短了。火底下
康熙帝的梦城已相去遥远。

　　　　　　　　1982.9.11 于玉门市

青峰

青峰的石案：穆斯林的
盥洗手足的汤瓶侍立于月下
如一长颈的鹤鸟。
——是为哪一座乐园竖起的城徽呢？
但我总是记得青峰上
这青青的长石凳的。总是记得
赤背袒胸的国王和那个黧黑的
王后是在这长石比肩端坐，默读
夕阳下他们躬耕的田园。
而牛郎是在树底盘膝吹箫。
有店家女儿为我系马去。
那时，我也曾有心在这青石的一角
晾晒我的
风衣啊。……

此刻，那古瓶照我如银烛。
——我默读的不是青苔。

1982.10.17

雪。土伯特女人和她的男人及三个孩子之歌

1. 春潮:她的梦一般的赞美诗

西羌雪域。除夕。
一个土伯特女人立在雪花雕琢的窗口,
和她的瘦丈夫、她的三个孩子
同声合唱着一首古歌:
  ——咕得尔咕,拉风匣,
  锅里煮了个羊肋巴……

是那么忘情的、梦一般的
赞美诗啊——
  咕得尔咕,拉风匣,
  锅里煮了个羊肋巴,
  房上站着个尕没牙……

那一夕,九九八十一层地下室汹涌的
春潮和土伯特的古谣曲洗亮了这间
封冻的玻璃窗。我看到冰山从这红尘崩溃,

幻变五色的杉树枝由漫溰消融而至滴沥。
那一夕太阳刚刚落山,
雪堆下面的童子鸡就开始
司晨了。

2. 我的掌模浸透了苔丝

她从娘家来,替我捎回了祖传的古玩:
一只铜马坠儿,和一只从老阿娅的妆奁
偷偷摘取的"乾隆通宝"。

说我们远在雪线那边放牧的棚户已经
坍塌,唯有筑在崖畔的猪舍还完好如初。
说泥墙上仍旧嵌满了我的手掌模印儿,
像一排排受难的贝壳,
浸透了苔丝。

说我的那些古贝壳使她如此
难过。

3. 在雪原。在光轮与光轮的交错之上

牦牛：一头种公牛。
它有褐黑的腹长毛和洁白的眉毛。
它有金黄的鼻圈和金黄的犄角。
额上的披发浅浅覆盖住了两只大眼睛。
当它从积雪的坡头率先直奔而下，
牛伙里它的后尾总是翘得比谁的都高挺，
像一株傲岸的蒲葵，
浮立在那一片黑色的波动。
浮立在那一片黑色波动的最前沿。
　　　　黑色的波动呀
　　　　　　污染着白雪……

这是一头种公牛，一头牦牛。
此刻它漫步在山阴。耸起的鬐甲
驮负着牧人酬谢它的一皮袋稞麦。
它不喜欢这一象征。
回过头去，看到厩栏中那只俏丽的
花母牛还在朝它凝望，
那眼神是温柔的。

于是，我恍若又

听到了公牛呼唤母牛的叫声。

恍若看到那只俏丽的花牛向这边靠拢。

看到一圈光轮从这只母牛的头顶升起。

看到成百、成千圈光轮从母牛群全体

成员的头顶升起。

从白雪、从黑色的波动，

在光轮与光轮的交错之上

是种公牛所独具的一轮

雄性的

犄角。

4. 两个女孩的历史

小小的胖女孩儿。光腚的

一个胖女孩儿，歇在篱墙边。

这小女孩儿兴冲冲地朝前爬行。

又停住了。歇在篱墙边。屁股蛋儿

在嫩草地上蹭出一溜拖曳的擦痕。

小女孩儿兴冲冲地笑着，认真地

把每个过路的男子唤作"爸爸"。

　　报以无声的笑，他们走了过去。

草滩里有一只驯化的山雉
随着家禽啄食。

篱墙背后
女孩儿的土伯特母亲也悄悄地笑着。
忆起自己原是草滩里的另一个女孩儿,
一个佩戴松石耳环的小女孩儿,
一个富有三只印度皮箱的小女孩儿,
一个身着绿布长袍的土伯特小女孩儿,
正弹跳于春草。十七个少年猎手围拢来
将贡礼轮番向她的怀中投去。
投去的那些蛤士蟆在天空飞着。
她提起两只袍角轻盈地跳着。
那些蛤士蟆,那些牺牲品,
那些蛤士蟆的大坟冢有他们带笑的
泪水。

时间啊,
你主宰一切!

5. 阳光：火的颜色：温暖

残雪覆盖的麦垛下面
散发出阳光的香气。
　　这里：阳光就是香气。
　　就是麦草秆儿。

落叶林里
闪过雪鸡的白翎羽和鲜红的鸡冠子。
我想起了白雪和雪地上的野火。
想起了西天沉落的火烧云。
想起了火的温暖。
　　这里：火的颜色就是温暖。

但是，垫在牛栏的草木灰同样温暖。
老牛哞哞的叫声同样温暖。
腐熟了的粪草同样温暖。

在温暖的日子，
猎人弯腰奔过亮晶晶的田野。
他的吊在腰带上的钢精饭盒哗啦啦响。
搁在钢精饭盒的小铜匙子哗啦啦响。

从田野弯腰奔过的亮晶晶的猎人
嗅到了麦垛下面阳光的香气。
看到了落叶林里雪鸡的红冠子。
听到了河岸上老牛哞哞的叫声。

猎人弯腰奔过田野。亮晶晶的。
他的双筒猎枪从未装压过霰弹。
他并不需要射击。

我并不需要射击。有写生画家与我一同
从野外归来。欢迎我们的
是我的土伯特妻子和三个孩子。

1982.11.2—18 初稿

野桥

河上。
远远的桥:
系在黄昏的洲头。
有一个金色的集市。

桥上有一个金色的集市。
有许多匆匆的脚步。
听不到金鸭嘎嘎的叫,只看到金鸭的金羽毛
在黄昏的风里缓缓地

飘。屠夫的肉案
有一段金色的云。
吹糖人的小贩
把金葫芦
吹向了天空。

下游有一个淘金的女工，

和一只淘金的船。

1982.12.25 初稿

1983.4.5 改定

听曾侯乙编钟奏《楚殇》

古原上
天是青苍的。
地平线之下
王者的宫寝已愈落愈深。
但那个铜铸的信息犹自远方飘来,
还是两千年前似的雅致。

便觉南风兮初起,
陌上桑
妇人的发髻鬖髿,
而犀甲吴戈簇拥着战车
早去远了……

1983.1.16—2.16

春天即兴曲

天边

有一人绾发坐在礁石梳理海风。

有一人像积雨云那么湿津津,腐殖土般丰腴。

像花蕊的柱头和子房那么富于哲学意蕴。

天边,有一个笑,墨绿墨绿……在天边悄然地

泼动,很温和、很甜、很真实,

将母鸡的蛋壳笑得粉红粉红了。

在第五棵行道树的旁边

有一个男人吟春。

1983.2.25 草就

1983.12.8 删增

驿途:落日在望

大漠落日:
是日神之揖别。

这片原野,马兰草的幽香里
有他紫色的流苏。

无限慷慨。拱手相让,——
天涯的独轮车只剩半轮金环了。

亚细亚大漠
一峰连夜兼程的骆驼。

1983.3.17 初稿

腾格里沙漠的树

银白的月
把幻想的金桂树
贴近
腾格里沙漠幻想的淡水湖。
村民的
追戏的黑狗
扑向月地，
溅起的光华
四溢。

此夜，宇宙格外的明。说——
二百亿光年之外有颗独燃的星。
但我忘不了铁道边，那个从落烟
簸扬煤屑的妇人，
弯起的双臂
像依依的柳。

1983.4.11—16

草原

草原新月,萌生在牧人的
拴马桩。在鞍具。在鞍具上的铜剑鞘。
湖畔的白帐房因宿主初燃的灯烛
而如白天鹅般的雍容而华贵了。

夜牧者,
从你火光熏蒸的烟斗
我已瞻仰英雄时代的
一个个通红的夕照
听到旋风在浴血的盆地
悲声嘶鸣……

1983.5.9—11.19

垦区

这里是黑土的海。
盾一样闪亮的
是千百张赤裸的脊背。
这里是天涯。

在汗光里
力的轨迹从一点抛向另一点。
犁头爆裂的火花
像汽酒飞逸的喷沫……

这里是车床。
这里是成批出产生命的工厂。
每一块新垦土都还带着新鲜的胎液,
受到阳光的舔舐。
是亿万只蜕变的昆虫在扇动薄翼……

这里是使爱的胚珠萌发的
泥土。是黑土的海。是温床。

是大地一齐舒开的毛孔。

是可塑的意念。

我嗅着海藻般醉人的蒸气……

        1983.5.13 删定

背水女

从黝黑的堤岸,
直达炊火流动的高路,
背水女们的长队列高路一样崎岖。
　　——自古就是如此啊!

木驮桶,作黝黑的偶像,
高踞在少壮女子微微撅起的腰臀,
且以金泉水撩拨她们金子般的心怀。
　　——自古就是如此啊!

不错,为雪山神女座所护卫的草原
是宽厚的。背水女的心怀是宽厚的。

　　——火光后,远古部落
　　引弓的雄强丈夫们,
　　也曾是如此肃然地鹄望着自己的崇拜者
　　以母亲与妻女之爱
　　负重而来?……

响动着银佩饰——

是自古就如此啊!

1983.5.12—11.25

天籁

静谧吗
竞技的大自然素有高扬而警策的金鼓,
比秋风更为凛冽,谁会听不到!

从来没有一个生灵是被命运盲目地播弄:
獠牙守备于茂林。兽角
交错在每一个窥伺的日午。
一切在早熟。在跃起。在呼叫。
作亡命之拼搏。
猛士啊,那时你们托起神祇的摇篮。
你们从木石索取火炬,让河流钻过罝网。
你们跣足披发而高蹈,使饿鹰
振动鳞甲,山岩荣享血食,丛林裸袒……
——温泉的水波还在沐浴的夜里
漂洗肥羊的膏脂?

数千年后你们始知诸神愉悦的花环,
原不过是植物芬芳若此的育种器官。

没有看到那一落日的壮美。

永诀的已成永诀,古原早被沙丘弥合。

但在北方草场和戈壁之间

谁会听不到那沉沉的步履仍比秋风远为凛冽!

1983.5.28—10.6

放牧的多罗姆女神

那么,我将分享你冰山台阶积雪的清芬。
我将逐年默诵你飘挂在牛角的诗教。

啊,无上之美。你无坚不克,无往不利——
你原是以娇嗔的繁花披作甲胄,披作旗帜,披作剑锷,
人和马、和山岳、和故乡的荣名合而如一。
歌舞在为你而祝颂。
手持石纺轮的搓线女们在为你而祝颂。
少年的一匹高脚蚱蜢拉起牧童车。
歌舞在为你而祝颂。

而我将长远追随在你绿海上漂泊的帐幕,
以山之盟誓铸一黄金锚。

第三只眼睛在你眉间启开:青春
因你美目之顾眄而有了如歌的节奏。

1983.6—10

雪乡

那时，冰花在孕育。
桃红也同时在孕育。

不要偷觑：深山
有一个自古不曾撒网的湖。
湖面以银光镀满鱼的图形。

山顶有一个披戴紫外光的民族：
——有我之伊人。

1983.6.28—10.8

晚会

早晨的铜号向着阳光吹奏。
黄昏的铜号也是向着阳光吹奏。
准噶尔舞台在天地间张开了一面七彩的扇子,
阳光里泛起了欢笑的
黄铜。

但你——祈祷瑞雪的少女
何时从深远的沙漠款款踏来?
你动听的名字阿热孜古丽原是希望之花么?
高高低低,你踏响如簧的土地,牵动云衣,
让每一声踢踏都重重叩响在人们心头,
是不定的诗么?
每一部鲜活的人体都在大厅中为你发出共鸣,
而你以一美的偶像缓缓与天色融合。
春的原野一时瑞雪纷纷,
化作酿蜜的春水。……

真的吗? 这全部声光

都是真的吗?

花朵升起来了。

花朵在盘旋。

花朵大如钟磬。

花朵以一个个美丽的星座

盘旋于准噶尔粉红的天幕。

铜号一齐在阳光里吹奏。

我们的双手也一齐在阳光里吹奏。

汗血马在花雨里驰去。

1983.9.2—9 在新疆石河子

边关：24部灯

一座规模恢宏的体育馆、一座全新的儿童公园、一座前所未有的铁塔——24部灯，构成了80年代初古城西宁的骄傲。市民、旅行者、从草原来的游牧族宾客都以"去西门口"一游为乐。

正是矗立在这繁华区中心的高层建筑——24部灯——唤起了我的灵感。多么美：金属与玻璃。菌盖般膨起，浮在半空。……

我曾经问一位远方来访的诗人可曾注意到当时尚在施工中的这座建筑。他说："那不是伞塔吗？"我笑了："不，那是灯的塔。是我们的——24部灯！"

1

边关。

旷古未闻的一幢钢铁树直矗天宇宏观的星海。

——树冠下的那些栖鸟是24部灯吗！

日落。渐次转暗的大地因这些鸟儿生发之皓光忽地又亮了。

2

我们云集广场。
我们的少年在华美如茵的草坪上款款踱步。
看不出我们是谁的后裔了?
我们的先人或是戍卒。或是边民。或是刑徒。
或是歌女。或是行商贾客。或是公子王孙。
但我们毕竟是我们自己。
我们都是如此英俊。

啊,这些额头。
激动地笑着的牙齿。
这些注目礼。……通通是为了我们新建的
24部灯么?

3

追求者说:高高地
在那个半球体平面
按照莲子排列的24部灯

是给我们带来了生机的 24 个时辰之象征。

是 24 朵金花。
是 24 只金杯。

4

我也是追求者。
当初，我原极为庄重地研究了这一幕：
自始至终目睹施工队的艺术家们
从他们浇筑的基坑竖起三根鼎足而立的
钢管。看见一个男子攀缘而上
将一根钢管衔接在榫头。看见一个女子
沿着钢管攀缘而上，将一根钢管
衔接在另一根榫头。
他们坚定地将大地的触角一节一节引向高空。
高处是晴岚。是白炽的云朵。是飘摇的天。
——看得到太平洋的帆吗？
那时，我才第一次打听到这振奋人心的
24 部灯。

5

进城来观光的牧羊女,
你将耳坠悄悄摘下了藏起,
又将藏起的耳坠悄悄取出戴上,
最终是意识到了这样的银饰与这样的 24 部灯,
相映在这样的夜里也是和谐的、是般配的么?

亮闪闪的耳坠。
亮闪闪的 24 部灯。

6

但我怎么会从 24 部灯想到昆虫腹下的
24 块发声板呢?怎么会想到唱歌的蝉?

我想到了歌王——
24 部灯。

7

而我感到自己是一滴水了。

感到晕眩。感到在荡漾。在流动。

啊,河流!
这是河流:两条雄阔而充满自信、自尊的
人的河流在此交汇,又奔向遥远。
我注意到有一部涂有"H省登山协会"标志的
船,将驶向阿尼玛卿雪山。
那座圣山的冰滴是通向黄河之舟的。
是通向太平洋的。

确信从后面照亮我们的高树
必是 24 部灯……

1983.8—10

旷原之野
——西疆描述

1

看我旷原之野!

我的热情是我古堡前金鼓的热情。
我之啸傲是我风中胡杨的啸傲。
我的娇媚是我红氍毹上婀娜旋舞者的娇媚。

我的心跳
是我追求者怦怦的心跳。

2

我是十二肖兽恪守的古原。
我是古占卜家所曾描写的天空。

那个状如螺旋桨叶的卍字符,

是经我的驭手通向中华内廷,
好像风车。好像兽王额头毛发纷披的旋儿。
好像五花马脊背簇生的花团。
被看作是火与太阳的象征。
被看作是释迦牟尼胸部所呈的瑞相。
被看作是吉祥之所集。
被女皇帝收进了华夏的辞书。
我记得夫人嫘祖熠熠生辉的织物
原是经我郡坊驿馆高高乘坐双峰骆驼,由番客
鼓箜篌、奏筚篥、抱琵琶,向西一路远行。

我是织丝的土地。
我是烈风、天马与九部乐浑成的土地。

3

我们于是向着旷原之野走去。
走向十二肖兽恪守的古原。
走向古占卜家所曾描写的天空。
我们于是从脑海徐徐升起古史高邈的一幕:

  豪族。雪山北。旷原之野。

人们去玉河掘取羊脂玉。

神祇半狮半鹰,眼膜半垂,示以阴柔之美态。

武士与公牛搏斗,小袖长衫,折腰挂剑。

遍地有古碑刻、卜骨……汉五铢钱。

我们走向烈风、天马与九部乐浑成的土地,
一如走向拓荒者勇武之轶事。

4

那时,博格达万世冰封的城垣
高踞于旷原之野蒙蒙蒸腾的雾带,
是天上的城,洞察千里之外投来的行客。
那时,旷原之野西行的列车如漂泊大海的鼓桴。
如载于玻片的一株杆菌。如一游弋天涯的苍龙。

那时我们的街衢在铁轨上驰骋——
是穆天子西行驻跸的地方。
是匈奴日逐王牧马的地方。
是汉家宜禾都尉屯田的地方。……
沿途没看到过第三只乌鸦。
也未见到第二只草狐。

四周是辉煌的地貌。风。烧黑的砾石。
是自然力对自然力的战争。是败北的河流。是大山的
　粉屑。
是烤红的河床。无人区。是峥嵘不测之深渊。……
是有待收获的沃土。
是倔强的精灵。

高高的金刚手立在前方岔道口，
为驶近的列车垂落放行的铁臂。
毒日头在夏梦中驰过，
醒转时，旅伴的热带鱼已在玻璃缸中休克。
而我默想公主的堡垒，为盘石磴道
故国边陲的优秀射手叫好。
念历史之不甘寂寞。
那时
我听这土地砰砰如大鼓紧绷之蟒皮。

5

没有恐惧。没有伤感。没有……怀乡病。
一切为时间所律树、所湮没、所证明。
凡已逝去的必将留下永久的信息。

不必抱憾陶片秘藏的城郭。

未得吐艳的蓓蕾无可凋谢。

刹那已成永恒。

一切可被理解。一切可被感应。

不必告我七月的热风还是千年前似的滚烫。

看哪，瀚海的浩叹留在了身后。

晚照中的卧牛正以一轮弯弯的犄角

装饰于雪山之麓。靓女的

乔其纱筒裙行行止止……花灯般凝止。

绿洲匍匐的晚祷者以沙土净沐周身——

我听到了不只是飞瀑的象征之水……

6

曙日。

毡房。

红光倾注的大地一角，

拓荒者挥臂抡锤的鸟瞰图式：

地盖飘摇，钝器撞击，

有嗡嗡洪钟之幻听。

一切是时间。

时间是具象：可雕刻。可冻结封存。可翻检传阅诵读。

时间有着感觉。

时间使万物纵横沟通。

时间是镶嵌画。……

而他们已执着地向我走来：人面兽身俑。骑马甲士俑。

　泥头木身傀儡俑。……

而他们又执着地背我走去：

镇墓兽摇动头上的五面旗帜。

突厥石人怀着终古之谜。

……一切恍如昨日，

我们原是心心相印。

而我已推开了玛纳斯河西岸甜美的绿城堡，

听说那儿的"黑眉毛弥姬甘"

是瓜族中的皇后。

7

庄重的美：

　爬上来的半边月。

　骏马的披肩长发。

　僵持中的摔跤手。壁毯。攀树的羱羊。

　下野地农垦兵团沙漠前沿的雄强丈夫。

雄辩的《蘑菇湖课题》。

……紫泥泉。

我们走向开花的时间。

走向夕雾半遮的旷原之野。

啊,面纱!

1983.9.21 执笔于新疆

荒漠与晨光

我原是后面的一个,
役使两头白额牦牛挽动犁车并辔齐驱。
驭手们呼叫着,抢先冲向荒漠。
被露水打湿的女工们提起曳地的长裙,
在道旁任性地大笑,而我们
只肯直逼荒漠那头最是羞红的一张笑脸,
见她将绮丽的视线蓦然锁闭在远方的
岬角般伸出的山阜……

美哟,你远方漠野
散射的晨光!

1983.11.29 改旧作

高大坂

高大坂的云杉和香柏啊,
还记得自己的伐木者吗?
而我永远记得黎明时看到的那只野山羊,
小蹄子行走在挂霜的树干,一声声
剥啄,是山魈之心悸。

……是高山的老者
教会我在冰原上播种,在雪地收割,
教会我燃取腐殖土取暖。
而黑河的那些发光的鹅卵石
曾多次在我的马腹下伴我泅渡啊,
那样的灯光……我也是记得的。

1983.12.23 改旧作

山雨

昨夕,
当这深山独庐还困在白雨中,
小男孩瑟缩于老祖母的布裙,
那时,谁曾见到剑光灼天,
有一个身披羽袍的山民自崖头振臂奋起?

今天扫落花,拾得了这管坠陨的
雕翎,才记起昨夕好大的檐头水,
好大的一只鹰……

1981.9.7 夜草

1983.12.22 删定

1984

河床
——《青藏高原的形体》之一

我从白头的巴颜喀拉走下。
白头的雪豹默默卧在鹰的城堡,目送我走向远方。
但我更是值得骄傲的一个。
我老远就听到了唐古特人的那些马车。
我轻轻地笑着,并不出声。
我让那些早早上路的马车,沿着我的堤坡,鱼贯而行。
那些马车响着刮木,像奏着迎神的喇叭,登上了我的
　　胸脯。轮子跳动在我鼓囊囊的肌块。
那些裹着冬装的唐古特车夫也伴着他们的辕马谨小慎
　　微地举步,随时准备拽紧握在他们手心的刹绳。

他们说我是巨人般躺倒的河床。
他们说我是巨人般屹立的河床。

是的,我从白头的巴颜喀拉走下。我是滋润的河床。

我是枯干的河床。我是浩荡的河床。
我的令名如雷贯耳。
我坚实宽厚、壮阔。我是发育完备的雄性美。
我创造。我须臾不停地
向东方大海排泻我那不竭的精力。
我刺肤文身,让精心显示的那些图形可被仰观而不可
近狎。
我喜欢向霜风透露我体魄之多毛。
我让万山洞开,好叫钟情的众水投入我博爱的襟怀。

我是父亲。
我爱听兀鹰长唳。他有少年的声带。他的目光有少女
的媚眼。他的翼轮双展之舞可让血流沸腾。
我称誉在我隘口的深雪潜伏达旦的那个猎人。
也同等地欣赏那头三条腿的母狼。她在长夏的每一次
黄昏都要从我的阴影跛向天边的彤云。
也永远怀念你们——消逝了的黄河象。

我在每一个瞬间都同时看到你们。
我在每一个瞬间都表现为大千众相。
我是屈曲的峰峦。是下陷的断层。是切开的地峡。
是眩晕的飓风。

是纵的河床。是横的河床。是总谱的主旋律。

我一身织锦,一身珠宝,一身黄金。

我张弛如弓。我拓荒千里。

我是时间,是古迹。是宇宙洪荒的一片腭骨化石。是
　始皇帝。

我是排列成阵的帆樯。是广场。是通都大邑。是展开
　的景观。是不可测度的深渊。

是结构力,是驰道。是不可克的球门。

我把龙的形象重新推上世界的前台。

而现在我仍转向你们白头的巴颜喀拉。

你们的马车已满载昆山之玉,走向归程。

你们的麦种在农妇的胝掌准时地亮了。

你们的团圞月正从我的脐蒂升起。

我答应过你们,我说潮汛即刻到来,

而潮汛已经到来……

1984.3.22—4.20

圣迹

——《青藏高原的形体》之二

他们——河源的子民——牧人——朝圣者
从所露宿的广场,
从所匍匐的羊皮衣支起的幕帐底里
悄悄注视城市:是一座蓝色的铸件。
看到早晨的城市
看到太阳被高墙胁迫而致变形。
看到丘原的曲线在塔吊上面起落……
而想起故乡的河床是在投石器的抛体下啸鸣,在雪风
　　里变换颜色……
意识到自己是处在另一种引力范围,
感受到的已是另一种圣迹。

——他们原是朝圣者!

他们悄悄起身了。
他们叠好携自故乡河源的一片植毛的息壤。
他们蓝黑的皮肤具有钢氧化膜般蓝黑的光泽。

他们的脚掌沾满荒漠漆。

他们的老人从身边寻出拐杖。

他们的孩子将一泡童子尿浇向天边那堆晶亮的野火。

他们是朝圣者。

他们的眼白是粉红色的,俏皮而善良。

他们悄悄地出发了,——毋忘扛起一只砂罐,和采自
　　故乡河床的一束柏木。

他们以多路纵队在大街与机动车群比肩而行。与自行
　　车群比肩而行。与兽力车群比肩而行。

他们的腿胯因马背生涯而显得步履蹒跚。

他们挓挲着双手。

他们不遇昨天的神灵。

他们听不懂——"小鸭牌双缸洗衣机到货!"

却听到了故乡的河床在身后摇曳。

他们在银楼耸动的玻璃墙看到自己耸动的形象
显示了另一种圣迹。

1984.3.22—4.20

她站在剧院临街的前庭
——《青藏高原的形体》之三

我已期待长久。

我看到你身披浓发站在大剧院临街的前庭。

我嗅见了我所熟悉的气息：马的汗息。皮革与草的气息。母亲的汗息。

我看到你的前额比聚光镜更为明亮。比崖石反射的河光更为明亮。比佛的金顶更为明亮。

你高高的鼻梁像是深渊底边的一座断桥。

你的前胸是大地构造的一处褶皱。

你壮实的肢体本身就是一幢动人心魄的建筑，而你的门墙为五彩吉祥的堆绣所雕饰。

我看到你的婴孩赤条条地伫立于你的胯间对着在瑞雪上缓缓穿行的汽车群吹弄一弯如月的口琴……

我已期待许久。

我就这样向你泛起一个会心的微笑。

你幽深的虹膜瞳孔燃起了两行怵惕的烽燧。

但我执着地朝你凝视。

我如此会心地朝你凝视就像重见了我所曾耕耘并经播
　种的土地。
看到了大雪山的黎明，和黎明中跳跃的鹿。
看到了马驹，和马驹所统领的家族。
看到了爱犬对山狼发起的第一次进攻。……

我不能不向你凝视。我如此会心地朝你凝视
就像重见我所曾收获的土地。
那土地是为万千牝牛的乳房所浇灌。
那土地是为万千雄性血牲的头蹄所祭祀。
那土地是为万千处女的秋波所潮动。
是使精血为之冲动、官能为之感奋、毛发为之张扬如
　风的土地。

我曾见那一哲人身如烛光在那里悄悄消融。

我因你而听到季节转换的雷霆在河床上滚动。
因你而听到土地的苏醒。听到我的心悸。
因你而听到我的渴望如群禽嘤嘤飞鸣。

　　　　　　　　　　　　1984.3.22—4.20

阳光下的路
——《青藏高原的形体》之四

妻子的笑容透明如蜻蜓的薄翼。
再一次,他检视轮胎、防滑链、工具箱、面粉……和
　氧气瓶。
他说:封雪融解了……那里正在修造一座桥。
他擦一擦手,启动这荒古之马。
他回身向妻子颔首微笑。
他去了,追随自己的车队,向着高山之区,向着冰的
　巨型金字塔所立起的那片绝域
一去就是一百二十天。

他说:那里正在修造一座桥。

他似在漂流而去。
他穿过时光的孔隙,向上,向上,向上……
像一条被窒息的鱼。
他穿过朝圣者最初走来的道路。
驰过了野牛的领地和雪豹出袭的辖区。

驰向万水之源。

他说：那里正在修造一座桥。

听到引擎如醉，在喘息。在颤抖。

在不绝地挣扎、呻吟。

好像听到了《雷和火进行曲》《婚礼进行曲》……《加
　　冕进行曲》……

好像听到了《庆典进行曲》《威风堂堂进行曲》……

好像听到引擎在嘶喊："我们本不必去！"

而他——依然穿过时光的孔隙，向上，向上，
　　向上……

像一条被窒息的鱼。

他感到眩晕。他感到愤怒。

他看到头顶的日光蓦然向他神圣地一泻，

如一束垂落的丝帛。

如母亲的

一排牵向机杼的金线……

他的双眼璀璨如雪。

而从雪白的曙光里向他漂来了第一批长眠者：

——三个殉职者——司机——壮夫……

——三个同志无病而亡。

他目送长眠者如大江下行的三木筏,如三岛屿……肃
　然远去……

而他驱动这荒古之马穿过时光的孔隙
向着冰的巨型金字塔全速前进。
他觉着咽下了一团团火……一团团火……
一团团火……

他说:那里正在修造一座桥。
一座通天的桥……

1984.3.22—4.20

古本尖乔①——鲁沙尔镇的民间节日
——《青藏高原的形体》之五

我在月波下喘息。
身边,没有船的湖犹如无弦的琴。犹如没有鸟翼的
　　花园……
予我幽思。

深深的山谷
旃檀树不朽的十万叶片有十万佛的鼾息吗?

但你听:油彩的膏脂
好似仍在肉体的狂欢之海上波动。
听不到我尖厉的戏谑之声了。
但仍可感觉自己就是那片狂欢之海的一峰浪涌。

青春不会消寂。

---

① 古本尖乔是喇嘛教格鲁派圣地青海鲁沙尔镇塔尔寺每年藏历正月十五日接连数天举行的宗教活动。也是当地民间的传统节日。古本:藏语译音,即"十万佛像",以之称呼塔尔寺。尖乔:藏语译音,灯之谓。

不会随皮肉的衰老而衰老。

不会随皮肉的腐朽而腐朽。

青春不会消寂。——

狩猎的号角竟吹在佛门的画壁。

番茄枝头未必不育牛肉的果实。①

但你听：跫跫足音仍然淹留在九间殿前的方形场院。

跫跫足音伴随牛头法王之舞而起落。

伴随众灵众怪之假面舞而起落。

是吉祥之祈祷。

是伐罪之戏剧。

是生命之搏击。……

赶着驴车的小女子从林间小路慊慊而归了。

但你听：空山男女的足音杂沓而来。

青春之烈焰比闪光的佛焰苞远为华丽。

1984.4.25——5.9

---

① 《文摘报》第131期载："联邦德国汉堡大学生物系麦克唐纳等人成功地用植物细胞和动物细胞融合成第一个动植物杂种。……所培育的杂种长得像番茄，表皮却似皮革似的坚韧。"嗣后，该报第141期复就此摘载了日本《自然》杂志文章，称："实际上，这是（英国）《新科学家》在3月31日（愚人节前夕）发的愚人消息。"虽如此，但我仍不妨把它看作是智者的预言。

寻找黄河正源卡日曲①:铜色河
——《青藏高原的形体》之六

从碉房出发。沿着黄河
我们寻找铜色河。寻找卡日曲。寻找那条根。

是以对于亲父、亲祖、亲土的神圣崇拜,
我们的前人很早就寻找那条铜色河。寻找铜色河大沼
  泽。寻找铜色河的紫色三岔口。
寻找河的根。

我们一代代走着。
走向五色光与十二道白虹流照的西界。
在我们前方很远很远——荣禄公都实②佩戴着金虎符,

---

 ① 卡日曲:水名。藏语原义为铜色河,是黄河正源。发源于巴颜喀拉山支脉各姿各雅山北麓。海拔约 4800 米。
 ② 下列各位历史人物对于河源的考察均有实际贡献:都实——女真族人。元朝至元十七年(公元 1280 年)奉命率队往求河源,绘制了黄河源头图。楚尔沁藏布——僧侣。康熙五十六年(公元 1717 年)受命绘制青海、西藏舆图,逾河源,涉万里。阿弥达——官居乾清门侍卫。乾隆四十七年(公元 1782 年)奉高宗"务穷河源告祭"谕旨,西逾星宿海更二百里。

楚尔沁藏布喇嘛手捧《皇舆全览图》，乾清门侍卫
阿弥达身着河源专使的华衮……

我们一代代寻找那条脐带。

我们一代代朝觐那条根。

历史太古老：草场移牧——
西羌人的营地之上已栽种了吐蕃人的火种，而在吐谷
浑人的水罐旁边留下了蒙古骑士的侧影……
看哪，西风带下，一枚探空气球箭翎般飘落。
而各姿各雅美丽山① 的泉水
依然在晨昏蒙影中为那段天籁之章添一串儿冰山珠玉，
　遥与大荒铜铃相呼，遥与铁锚海月相呼，
牵动了华夏九州五千个纪年的悬念。

雪风
烤得我们浑身绀紫了。
而我们的心肠好热。
我们美似20世纪浇铸的青铜人。
我们手执酥油浸泡的火把，从碉房出发，告别庭院除
　夕的篝火，一路度过了沐浴节、吃酸奶节、望果

---

① 各姿各雅：山名。藏语原义为雄壮美丽的山。

节……直向着云间堂奥莫测的化境。

而看到黄河是一株盘龙虬枝的水晶树。
而看到黄河树的第一个曲茎就有我们鸟窠般的家室……河曲马……游荡的裸鲤……

看哪,那些守护神,名号熠熠生辉,何其令人敬畏:
是牛角虎峰。①
是牻母牛黑山。
是黑蛇状独岗。
是形如羱羊之山。
是九座白石崖。……
那些侏儒植物在灵光之下一片感动。
而我们的脚踵已从大地经纬触及到了这片腾飞的水系。——

铜色河边有美如铜色的肃穆。

1984.5.30—7.4

---

① 牛角虎峰及其以下四条地名均系河源地区山名。按藏语原名音译依次为:雅拉达泽、作毛那角、知那岗疆、年扎、扎尕各周。

去格尔木之路

1

火车从沙海的长桥长驰而去。
路是新的。鸽子在我的卧铺下咕噜噜唤着。
旅客们总是关切地问询:"她下蛋了吗?"

而我一直紧贴车窗默数途中被当年的筑路工们弃置于
　　流沙的一只只柳筐,而今成了大漠景观中具有生命
　　力的标志……
我为它们描出一片片叶。

2

没有遮阴的土地。
是齁咸的察尔汗的土地。

一峰孤单的骆驼向着东方默默翘望。
八百公里之外,在遥远的青海湖畔铁路拐弯的那一处

草场，有三只壮实的牦牛一字儿排开，而向着西方
昂首伫立：背脊积满了一层昨夜的薄雪，身边的草
茎在晨风中弹动如钢丝……
在他们相对而望的空际有一段相思的歌吟。

3

两山的峡谷，土筑围栏
形如浩大的耳郭，偷听天野之声：

天棚草场只有天风浩荡。

走向草海纵深处——
提笼的路人
是一个痴痴的爱鸟者。

4

列车驶向夜幕。
盐湖已被抛越身后。
盐湖已被挤压于天地之夹层。
盐湖终被银月贬作一溜细长的银蛇而消遁。
站台乳白的栅栏成了我孩子梦眼中公园关闭的门户。

但是阿尔顿曲克的地下水正从骆驼的蹄窝汩汩上升，
　　是这样洗愈了开拓者颊边被烈日灼伤的斑块……
唤来了东方的种麦人。
将土屋垒筑。
将丛林移植……

5

白云。
蓝空。
银箭隆隆的三角翼飞掠遐荒绝塞。
冷雪自昆仑山口投来鲜红的晚照。

在格尔木。在市府大门，并列着
四种民族文字的牌匾和一个头戴角状羽毛的哈萨克人。

这是青海高原西部的一座城市。
但不是最后的一座城市。

我和孩子一同放飞了那只急于排卵的鸽子。

　　　　　　　1984.5.11—25

巨灵

西部的城。西关桥上。一年年
我看着南川河夏日里体态丰盈肥硕,
而秋后复归清瘦萧索。
在我倾心的关塞有一撮不化的白雪,
那却是祁连山高洁的冰峰。
被迫西征的大月氏人曾在那里支起游荡的穹庐。
我已几次食言推迟我的访问。
日久,阿力克雪原的大风
可还记得我年幼的飘发?
其实我何曾离开过那条山脉,
在收获铜石、稞麦与雄麝之宝的梦里
我永远是新垦地的一个磨镰人。

古战场从我身后加速退去,
故人多半望我笑而不语。
请问:这土地谁爱得最深?
多情者额头的万仞沟壑正逐年加宽。
孩子笑我下颏已生出几枝棘手的白刺。

我将是古史的回声。
是逸漏于土壤的铁质。是这钙、这磷……
但巨灵时时召唤人们不要凝固僵滞麻木：
美的"黄金分割"从常变中悟得，
生命自"对称性破缺"中走来。

照耀吧，红缎子覆盖的接天旷原，
在你黄河神的圣殿，是巨灵的手
创造了这些被膜拜的饕餮兽、凤鸟、夔龙……
惟化育了故国神明的卵壳配享如许的尊崇。

我攀登愈高，发觉中途岛离我愈近。
视平线远了，而近海已毕现于陆棚。
宇宙之辉煌恒有与我共振的频率。
能不感受到那一大摇撼？

总要坐卧不宁。
我们从殷墟的龟甲察看一次古老的日食。
我们从圣贤的典籍搜寻湮塞的古河。
我们不断在历史中校准历史。
我们在历史中不断变作历史。
我们得以领略其全部悲壮的使命感

是巨灵的召唤。

没有后悔。
直到最后一分钟。

1984.9.9 写毕

思［古意］

消息是有的：说是使臣已为西出关……
说是使臣已驭柳枝来，已乘云雨来……
……过了沙墩。

消息是有的。
但我是再也等不及的了。
我满身满体满心肠都已为他郁结满了那丝。
我觉着肌肉已经灼灼胀痛了。
我青春的皮肤已经薄得透出亮光了。
我就倚在这斜坡先自筑一只茧壳儿吧。
我都已为他变作丝人了。

1984.12.4—7

大潮流

大潮：光明之乳。如盐。如幻。
如日晨一派射电的银白雪……

大潮。——

光明的大潮向着既定的前方徐徐涌流，
每每前进十步、八步……间或退后一步……
以如歌的行板向着既定的前方徐徐涌流，
……以递进的波形……前进……

始终有着殊死的搏斗。
光明的大潮在前进中受挫……
光明的大潮向着相反的方向涌流——
但是受挫的大潮至多退后一步……二步，
而又向着老远的前方徐徐涌流……

1984.12.13—16

1985

四月

年年都有的四月

年年都有的老木头。

大地温床裛动一丛生命的欲火。

　　（我不说什么绿色的梦了。

　　更别说艾略特的四月最残酷。）

在二月的阳春底里，

孩子栽种他的塑料树，

我却预谋写一首四月的童话诗。

写一个林中空地。写驭者鸷鸟迎来了诗人。

写花冠。写诗人们拥抱己之所欢。

写诗人们灵肉裸袒，围着春神跳踢踏之舞。

星花噼啪……

写诗人们的长矛花棍在月下疏影横陈。

写上帝宴请诗人们以黄油面包、软性饮料……
当我听到诗人们足踝上戏跃的铜铃比锁链动听,
我不说铁树自此也开花,
而愿说声今年的夏天会比去年的更奔放。

1985.1.22—23 初稿

2.3 改定

雄辩

1

有雄辩之欲望。

有亟亟于报国用世之心,
有切切于求贤问聘之思,
有信息断绝的忧愁、悔恨、狂怒,
在履险临危之无惧,
有开路建碑筑亭之歆羡,
有金元拜物之可疑,
有精力渴待挥霍净尽之傻念,
有蒙诟病之虞。

在雄辩之欲望。
呀呀呼——
到处是人欲情声。

2

你听:一记记干牛皮的砰砰砰……
乃如土地之呼吸,
乃如晴空之吐纳,
乃如众心之同声一搏。
在中国之春的狂欢节,
许多古人在许多行走着的高桩上浪游,
好像从云端投给你微笑。投给你节日调味的
五色盐,投给你五色的天雨花。
复活的龙族在火的爆裂中追戏自己的尾巴。
大头娃娃乐呵呵,
乃是你们少年期之再现。

在最不容流泪的日子,
有人泪流如注。

3

乃有雄辩之欲望。

新世纪的曙光,

将国产轻骑的投影

投上180度幅广的环形山壁作牛兽游走。

作牛兽游走之大特写,

作慷慨悲歌,

作慷慨悲歌……

牛阵越过栏架,

地面响起巨大的轰隆……

昆仑摩崖,

无韵之诗。

1985.3.6 元宵节随感

牛王

(西部诗纪。乙丑年正月)

1

牛王眉清目秀。

牛王仪表堂堂。

牛王丰满。牛王的乳房沉甸甸。

牛王,光荣西部的

长毛绒母牛,西中国春牛之王,

带来西部草地的芳芬,使离乡者

重又忆及故乡温情的篷帐、池沼、雪山、漠风……

牛王站在华盖之前,工匠为她雕饰。为她梳理。为她
　　贴牢胸沿最后一道人造毛。

为她红绸加冕。

牛王挺拔。牛王挺拔的躯体高耸在广场,

品味春正月的良风美俗。

牛王俯瞰脚下百川奔走……微型汽车……微型人……

俯瞰电火石光。

俯瞰阴影如切，如割。如伞如盖。
如鲲鹏飞鸣。
牛王被抚摸。被簇拥在海盘车般展开腕足的广场，受
　人以世袭的景仰。
牛王，
先民繁殖神的嫡传后裔，眼见夜潮退尽，丛林峭壁，
　泛起破晓的冷光，推出一片危楼幽谷、高树旗帜，
　而为自己的降临生发奕奕神采。

是一曲古歌。

2

牛王立在早春的
令人感觉沉重的
黄秃秃的西部中国的土地
是一曲万古的歌。

牛王巍峨。
牛王方正的五官是青藏雪原巍峨的神殿。
牛王的乳房沉甸甸，是布帛托起的一片蓝海洋。是一
　片欲堕的卷云。是金屋。

牛王被簇拥在海盘车般的广场，看到人们沿着海盘车
　　的五条腕足向这里聚拢。孩子率先爬上树背。……
　　每一堵肩头后面亮起两只眼睛。
牛王看到星宿的海。
牛王感动。牛王如此宣谕：啜饮吧，你们从我
激荡的目光啜饮，摄取春的油脂吧，如同往日从我的
　　黄金桶揭起一张张酥奶皮……你们期待的奇迹也正
　　是我之所盼……
牛王沉默。
牛王其实默然无语。
牛王默然地倾听大地的喊。
听到了世纪初的强鼓动。
大地在鼓动中起伏，趋向邈远、寥廓……静穆。

牛王金光炫目。

3

牛王的道路浮起。
牛王缓缓滑行。
牛王四肢端立。
牛王的四根乳突是悬垂的浆果。是可被吸吮的棒槌。

是吊脚楼。

是四只钟乳石古瓶。

牛王为大地祝福。……路很长远。牛王巡游大地，以双龙为前导，以百伎之舞乐为前导，以花钹大镲为前导，以双狮为前导……接受天真孩子东方式的礼拜。

接受我之投慕。

万人空巷。全城为牛王而倾倒。

看我们民族的欢乐，民族的笑……

看我们民间的庄与谐……

牛王目光炯炯。

牛王的歌舞队甩起一片水袖。

听到那青春的偶像如此咏赞——

   我们唱啊……平平仄仄平平仄……

   我们舞啊……仄仄平平仄仄平……

牛王巡游大地。

想起风雨的牧歌。

想起月亮湖边的处子为她击节而歌月亮诗。

想起裸身的戏水者竞相以双臂擂打江河。

想起南国夏熟的田畴，此起彼伏，农人围着仓桶扳打金稻穗……遍地鼓声。

想起九间殿前喇嘛一同踏跳护法神舞……那响晴的
鼓声。

那响晴响晴的晴天。

那挑战的丛林……

他们腾空一跃。

想起他们喊她牛妈妈……

想起日月如梭……似水流年……

牛王庄重。牛王巡游大地。

巡游黄秃秃的西部中国的荒土地。

一步一朵莲花。

1985.3.13

夷［东方人］

东方之人也——古东方的勇武者,
腰缠一盘蟒蛇,被称作背弓的夷。
他们共有的名字亦被指代为某种毁灭性行动。

是那个砥砺黎明以锐气的东方海岸吗?
是那个磨制黎明若于硎石之上的东方海岸吗?
是大海岸。东方的勇武者从大海岸诞生,
是背弓的东方人,是背弓的射手。
是背弓的夷。
从神的时代远征而下:—— 一玩蛇者形象。

一去不复的善射者
是东方具有铲形门齿的美人夷。

1985.4.5 草于灯下

秦陵兵马俑馆古原野

原野。一枚秦国士卒的头颅
口啃波动的土地,如堕海者之吞咽大水。
如不沉之落日。

是卵黄的土地。卵壳破碎,
未及熟化的秦皇马兵呈绰约可辨的雏形,
与卵黄的土地永远凝结为混沌一团,
谁也剥离不开。

被时间咒语追逐的逃奔者,
当天光开启,半数人马顷刻化解于泥土。

壁立骊山,
你没听到那乘铜马车依然金光闪烁,铜色的汗气在太
  空横贯为一条环形带,铜的嘶鸣、铜的轮辐与十六
  铜蹄依然在御道日夜驰骤不歇,依然在冲撞你的胸
  襟,轰击你的脑门,践踏你的心肝肺,而使你,两
  眼顿生辉煌?

一千年往后,十万年往后,
与我一瞬息的印象将同样长久。

1985.5.21

第一编 1985 秦陵兵马俑馆古原野

某夜唐城

湖畔水亭,听了半宿蛙鸣,也未晓得是何偈语。
想着汉唐禁苑未央宫已与许多年轻的身体在一片青青
　　的嘉禾中淹没,
青潮,该又膏腴了铜人原?

夜半舞会。
探戈之后,青年人上场,跳起忘情的迪斯科。
跳起当代强节奏的健美操。
在荡荡乎长安八川之水网
伸胳膊踢腿,一抬脚就碰响世俗的弦。

无心灯下赏阅《项庄舞剑》。
仍记起朱雀门外武后邀来的六十一王宾
被人搬掉了岩石首级。但
即使被人搬掉了岩石首级也未尝不忠实于历史。
他们空空的肩胛笑容可掬。
他们空空的肩胛至今笑容可掬。

　　　　　　　　　　　　1985.5.27

忘形之美：霍去病墓西汉古石刻

忘形于石雕的粗豪、盛大、雄美……蓬发长须。
便听到祁连山的几声悸动：
是那大灵魂所诞生的人与熊。
是马。是匈奴。
是长着头角的荒原西域。……

相对无言。
唯听到大灵魂的几声清唱
直为百代永垂。

1985.5.29 初稿

斯人

静极——谁的叹嘘?

密西西比河此刻风雨,在那边攀缘而走。
地球这壁,一人无语独坐。

1985.5.31

意绪

1

时间躁动,不容人慢慢嚼食一部《奥义书》,
且作一目十行,随手翻掀,一带而过。

情绪的感受最紧迫:把帽子摘了,
渥发泼墨,转体180度,倾此头颅写它一通狂草。

2

说银月无光。说诗已贬值。信乎?
但我确信50年代仍是中年人心中祭奠的古典美。
我无暇论证。我无须论证。
史诗前沿有熠熠之篝灯。
我枯槁形体仍为执意赶路。

3

转瞬群山、雪冠、蜂房……全在暮色仓皇而下,
夜间黑颈鹤——哥塞达日孜——牧马人
雌雄求偶对鸣。
如铜角。如洞箫。
谁闻鹤之舞?

今夜好月光。
牦牛:冰河之舟——
突厥游弈首领曾傍此露宿。

1985.6.8

招魂之鼓

（唐小禾　程犁《跳丧》壁画图卷读后）

众人啊……招魂之鼓！

无有表情的表情是至真至诚至恸的表情。
无声的号泣是刺心至深至毒至美的号泣。
试以母体恩赐的青春长发抛作绕梁余音。
赤胸袒腹裸背而相扑相呼相嚎……奏为招魂之鼓。
而跳踉之，搏跃之，叩击之，失其度，失其态。
而复归于宇宙洪荒中拼力蠕动的人形虫。
复归于原始的火。复归于气。归于飘。……

自从人之成为人以来——饮血、饮泪、饮光、饮土、饮铁、饮风、饮露、饮男女、饮爱、饮善恶之果……
总也解不开千古的困扰，
而以哭当歌，以肉感为呐喊，以沦丧为振呼。
于是跳吧，跳吧，跳吧，跳吧，跳吧……
于是跳下去，直跳到天荒地老而后可。

生的强音无可奈何,

竟落在招魂之鼓!

1985.6.13 初稿

和鸣之象

不止于一种声息。
翙翙其羽,不止于一个散花天女。
将角弓反扣。我们
且将角弓反扣,
奏《霓裳羽衣》……

大野堂奥简古深邃,
不止于一种化境。

不要匍拜。
不要五体投地。不要诚惶诚恐。
不要佯作十二万分地感动而无所措手足。
不贿以供果。
不赂以色相。
雷阵虺虺,石火碰撞,一千重天地乐音和鸣,
大道似光瀑倾泻……

1985.7.3—4

午间热风

总是金野牛。

总是午间热风。

总是铺盖而来。总是席卷而去。

总是波浪线。

总是拓殖的土地。总是以阅兵式横队前进的拓殖者的
　波浪线。

总是十字镐。总是镢头。总是砍刀。

总是蓄水池。

总是营地。总是轮翼。总是西去。

在金野牛后面,梦觉的拓殖者执弓挟矢以猎。

总是后浪推前浪。

总是灿然西去。

在每一层波浪线最先消失之前总是举旗者。

总是紧追不舍。

1985.7.26

高原夏天的对比色

大暑下的高原山岳。
逆光。大方折线轮廓勾勒的高原山岳。
一层层逆光。一层层推向深远背景的高原山岳。
愈往西北角山色愈堆愈深愈重,愈堆愈冷愈浓。

寒气习习的西北角——
展翅屏息不动的鹰装武士。

夏天映红的墙壁。
墙壁映红的女子头像。
七彩跳动的市场街。
市场长案上一排睡眠的青海无鳞鱼。
外乡人挑着的一担蝈蝈笼。
油然觉得聒闹的乡音还留在故乡绿树梢头。

一个穿粉红色百褶裙的高原。
一个穿蓝色长跑运动服的高原。
一个从聚礼日走来的白布缠头的高原。

1985.7.30

悬棺与随想

1

昂起的低潮
把南国山水间古人悬棺唤起的思绪转作喧嚣的骚音——
死是一种压力。
死是一种张望。
死是一种义务。
死是一种默契。
悬棺云集,作不祥之鸟,作层层恐怖的抽屉,附着于绝崖,以死为陈列照临大江东去。以亡灵横空作死亡的建筑,静观世间众生相。

人生有不可沟通的烦忧。
人生有不可匡救的盲区。
人生有不可解析的困顿。
人生有不可平抚的创痛。
最隆重的刹那必在人生的最后。

但你们仍渴求生命长久。

你们吸食太阳。你们吸食太阳。

你们吸食太阳可比之最为贪欲的食肉兽。

2

亢奋的进击。

如此我被告知：

在我右肺第一肋间发现有圆形阴影。

想是那太阿神剑已完成了意义重大的一举。

那铁蒺藜也似乎在我腹腔制造生命禁忌。

孩子说我的腿已在生锈。

但我的自我感觉尚好。

我仍将压榨自己。

我的汗渍在脊背板结。

我板结的针茅草甸充盈着悍霸之气。

1985.10.11

晚钟

行者的肉体已在内省中干枯颓败耗燃。
还是不曾顿悟。

啊，在那金色的晚钟鸣响着苦寒的秋霜，
是如何地令迟暮者惊觉呀。
那惊觉坠落如西天一团火球。

1985.11.18

空城堡

与孩子径直走进那座城堡，
最初的一刻已使我深信不疑。
我想：他们不会不在。

与孩子登上楼梯，
鞋跟叩响石级错落有致，颇悦耳，如落空山野。
鞋跟踏着人造花岗岩，铿然作声，如落空山野。
我想：他们能到哪儿去呢？
门厅是敞开着的，旭日临窗之下华灯仍旧高照。
水晶碟上烟蒂飘一缕淡蓝。高脚杯贴一撮桃色的唇膏。
孩子已震怖于这空城堡无人的宴席，
在我胯下瑟缩，裹足不进。
我想：他们岂敢无视孩子的莅临！

而后我们登上最高的顶楼。
孩子喘息未定，含泪的目光已哀告我一同火速离去。
但我索性对着房顶大声呵斥：
——出来吧，你们，从墙壁，从面具，从纸张，从你们筑起的城堡……去掉隔阂、距离、冷漠……

我发誓：我将与孩子洗劫这一切！

1985.12.11

头像

雕凿一个头。背景是远山。一条河。
雕凿胡须、眉骨、眼睛、腮帮子。
雕凿腮帮子上一道极富暗示的疤痕。
让额角绽出火花,
让一头蓬发霍霍响,
让残破的脸重新显示对称、均衡、和谐的韵味。
像开掘矿山。像疏浚运河。像修复古瓶。像追踪断层。
　　像打捞沉船。像勘察遗址。……让朦胧显示格局。
雕凿那思想,雕凿那深沉的慨叹。
雕凿那岁月栖身的窠巢。雕凿一个头。
背景是北方林区一棵老粗的树。树干上
一只啄木鸟。——不是鸟。是伐木者随意剁在树干的
　　一握 Boli 斧

一个被雕凿的头。
现在且先剔除那牙槽里的残根,将凿子
凿进齿床,抡起木榔头,作一次爆破。握紧镊子,夹
　　出那一根蠕动的神经。

雕凿一部史论结合的专著。

雕凿物的傲慢。

雕凿一个战士的头。

1985.12.17

巴比伦空中花园遗事

巴比伦少年得知国王尼布甲尼撒二世要在空中花园加造九层别馆时，施工的刑徒们已在高耸入云的塔顶擂动铁锤，整个建筑如风中花木落英缤纷。

巴比伦少年于是向国王如是吁求：主人，我为你的冒险惴惴不安，不只是为着原有的殷忧。其实你本该意识到悬苑底座石墙的蛇形裂隙原就是我们的心病，即便梦中我也随时听到那物蛀蚀其间如逐渐展开的预谋……

无人应声。而激动得发抖的少年其实已近于啼哭着了，他从葡匐的地上仰面举起双臂如此吟唤道：主人啊，请加惠王国臣民！

那时他领悟到是自己的最后时刻了，就走到那面石墙纵身飞起，将自己当作一颗铆钉铆进墙隙，至今骆驼商旅途经王城废墟时还能在夕阳西照中看到少年的身子斜攀在残壁像一柄悬剑，他对王国的耿耿忠介反倒给虚无主义的现代人留下了可为奚落的口实。

1985 年秋

1986

内心激情:光与影子的剪辑

1

中年人不一定都可爱。青年人当然大多数都是可爱的,我们都要讨好青年,就像那个只和三十岁以下的年轻人交朋友的萨特。老年人的比值差一些。儿童无一例外都是绝对可爱的。这些滋味我们都在品尝,我们的后来者还将一一品尝。独行者之思,是日暮独行的悲壮。

2

不一定是做梦。一定是陷入了那种类似做梦的昏迷。觉得自己在拼命排泄。那火焰,红通通的,一块一块通红的火炭。我那时拼命排泄。真不好意思,排泄物是红通通的,金灿灿的,像一瓢一瓢的金子沸滚、浮荡、打着旋儿。起先是在我的印花被面放光,后来变成了一条火龙,变成了一条火的河流,一直延伸到户外。不一定是做梦,一定是我热昏看到了那些不该看到的幻境。一定是记忆作怪，也许是留下的创伤。一定是记起了那一炉没有成熟的铁。此事已经很遥远了，我以为早就遗忘了，其实并没遗忘干净。当初是那个警卫班长授意，后来那些同炉的在押犯都这么学舌。说是炉长捣了鬼，所以铁水不会出来了，说是炉长搞现行破坏……于是逼我交代，逼我弯向喷火的出铁口做九十度鞠躬。弯曲的我成了一尊活活的祭品。我的头发在冒烟。我的膝盖在冒烟。但我祈愿炉火的温度更高一些。……此后我只看到火。只看到火的河流。终于没有铁。而现在我自己在排泄这样的铁液了。真可怕，总也排泄不尽。我喊叫过吗？我像产妇那样喊叫过吗？幸好没有。现在总算好一点了。那些铁，那些金子渐渐变黑了，变冷了，红缎子被面也随着消失了，现在可以挣扎着出门透口气。外面又凉又黑，我刚摸到垃圾堆边就觉着跌入了另外一个世界。可丝毫未曾意识到死亡。有一个声音在很遥远的地方呼唤。我终于憋出一声回答。于是得救了。我躺在他的怀里，鼻孔和口腔堵满了泥土。救我的那个青年是一个被收容的农民，后来当了马车夫，某次拉运麦草被自己驭使的辕马挤压而死。撇下了一个未曾生育的媳妇。……我又看到那喷火的伤口。铁是存在的，只是始终不见逸出。……啊，我真想哭个痛快。

3

哪有那么多梦呢？梦呓与谵语几乎不可分。当是七八岁时的事了。据说是中邪发病。床边点着美孚灯。我看到一个个鬼脸由远而近。狞笑。一串串地向我闪电般袭来。我一声歇斯底里的呐喊,鬼脸就土崩瓦解了。我才又轻松了一下。我终于活了下来。呐喊是我唯一的武器。而在八年之后(也许是九年),我在梦里是一只绿色的豆荚。是在朝鲜元山附近一处农家菜园,我突然倒仆。也许倒仆了一年,天仍未亮,高射炮的弹火还在天边编织着火树。我的脸庞枕垫在潮湿的泥土。我知道我耳边的血流仍在更远的地方切开潮湿的土地。但我只关注于从农家内室传来的纺车呜呜声。太绵、太悠远了,纺着我看不见的线。我一点也动弹不了。只觉着看不见的线是那么绵绵地将我牵动,将我纺织。我只猜想阿妈妮肯定认不出她的战士了。我已经是阿妈妮菜园藤蔓上的一枚豆荚。我终于活了下来。我于今仿佛还是那样的一只听着纺车的超感觉的绿色豆荚,仍旧渗着绿色的血。……我为何要感慨时间的无穷变化呢。为何要感慨时间的变化无穷呢。

4

此间完全是另一回事。

手持话筒声嘶力竭的男歌星:

"阿里、阿里巴巴。阿里巴巴是个快乐的青年……"

接着是许多人的合唱:"芝麻开门芝麻开门芝麻开门……噢、噢、噢、噢……"空气也是噢噢噢噢的,像是夏日正午贴近沙漠平面的那一层颤动的空气。呈线形鬈曲。像是气体的胡髭。像是刚刚投下了一枚"噪声炸弹"。

玻璃门突然关闭了。一切寂静。但我依然看到许多热烈的面孔从玻璃层里顽强透出。

接着我读女儿的童话习作：

从前有一对老夫妻，他们没有孩子。有一天老婆婆忽然生下了一个小娃娃，只有辣椒那么大的一点点儿，怎么回事儿呢？

老婆婆自己也不明白……

5

那头母牛。

自从看到某君画的那头倒毙的奶牛，我才发现自己懂得了奶牛的一生。其实，她如此倒毙在原野一角本系必然，但只有画家特意为我们指出了那一角我才发现自己懂得了奶牛的一生。她的骨架仍然粗实、高大、强而有力，现在仅撑着一张多皱的皮，像是风雨里坍塌的幕帐。像是防雨布覆盖下的一堆峥嵘的岩石。像是锈蚀在海边的一辆载重卡车。而其实——人们说——仅是一头死牛。最慈爱的毕竟是这片大地了。母亲的大地正抽出鲜花将自己的造物掩藏，然后将其纳入怀中。

6

还是那群狂欢的歌星:

"阿里——阿里——阿里——阿里巴巴……"只一闪而过,一列快车,那穿行地下的彗星,那透明的剑,只一闪就从地铁消失了。消失在远方迅疾收拢的一点。连那个点也瞬即消失。

不是消失在地平线。

因为无有地平线。

7

我转回来的时候,出售电动玩具的摊子已经无从寻觅。不过,企鹅们的影子却已留在我的心田,始终留在我的心田,商人是搬不走的。它们在我方寸之中仍然拥有自己的广场、跑道、立交桥……丝毫不差。那一边是海。恍若它们从辽远的南极半岛走来(亚洲漠地怎么连接南极半岛呢,简直不可思议)。它们一个跟随一个进入广场,恍若踏在一只旋转的电唱盘。它们绕场一周。文质彬彬。大腹便便。它们说——哈罗,你好。当然用华语。然后沿着立交桥作螺旋式升降。然后从折叠式自动楼梯扶摇而下。其中一个翻了一个斤斗。然后继续扶摇而下。我眼热极了。我也变成一个孩子了。变作企鹅蹒跚着步入我方寸中的企鹅广场。步入企鹅行列。也随着一张电唱盘旋转。我是玩具中的孩子了,玩着玩具中的玩具,窃喜一个买不起焰火的孩子在节日之夜也享有了焰火的快乐。——我们听到的那一声爆竹与引燃爆竹者听到的不是属于同一声爆竹么?而我已不能辨识哪一只企鹅是我自己了。

8

人和蚂蚁之战,既荒谬,听来且滑稽可笑,但却实有其事(请君检阅《文摘报》1985年11月24日对这次战况的报道)。

人是软弱的。人是懦夫。人需要上帝保护。人只能凭借一道排灌渠与蚁群对峙。而蚂蚁是勇士。是大智大勇的强者。它们顷刻就以自己的身躯筑起一道两米高的蚁墩。它们凭以跃向对岸阵地。它们纷纷落入中流。它们纷纷飞跃。蚂蚁兵团后续部队继续向原野扑来。它们纷纷筑起蚁墩。它们的尸骨纷纷卷进亚马孙河水。它们撤退,又很快折转回来,每一只蚁兵从丛林扛来一叶登陆艇。它们乘坐树叶开始强渡。它们咬牙切齿,如同将那只丛林母豹顷刻化为乌有似的。它们的心里升起西尔维娅式的愤怒诗句——

我披着一头红发升起,
我吃人就像呼吸空气。

而人是软弱的。人是懦夫。人需要恩赐。幸好天黑了。但也起风了。刮断了电动抽水机的动力线。排灌渠干涸了。蚁军发起了全线进攻。人类退却。天将透明,蚁军已将水坝闸门置于自己的控制区。我想,应该是人类英雄诞生的时刻了。也终于是人类英雄诞生的时刻了。我们都得救了。——对于历史的经验,人类的老战略家理解的会更肤浅吗!

1986.1.26 写毕

田园

遥远的
遥远的
牛的遥远了的呼唤被夸饰为哞哞的圆号
以五度跳跃奏出牧归主题。
缓缓地、悠悠地……偶尔两三声,
像远山那边几根凝止不动的薰烟
透出春色的味道。
停顿有顷,遥远处
似有似无之间隐隐地
是饱经沧桑的老人哞哞的呼唤。

      1986.2.4

云境·心境

石头的软性堆积。
陡崖、悬壁、六角岩柱……在云海之上
切割分解变形参差错落有致。
……那些石头……

观星人
夜半玄服起身
秉烛赏阅眼底连峰无边:
江河日远,心理四维时空呈现追步腾飞的巨子。
红烛光的倾落,
悟性的力
在壳体石峰碰撞出一响高光,

而引动了黎明山海碰撞的连锁。
一片和声。

1986.3.2

翙翙鸟翼

（一种"刺激的"文化心理状态）

1

翙翙鸟翼，展示飞翔苍远的背景。

色点闪耀，山岭探出一对八叉鹿角。

生命冲动，跃起北方初生之犊。

感官煽惑，细胞饥饿，热情重被大量聚积。

灵感爆发随时成为可能。

2

记忆。记忆残留。片断旋律。人为迹象。冰炭水火。锅盏瓢盆。电传遥感。崇高壮美。无烟火警。历史流程。东方浪漫。空间序列。英华早逝。……万类沉浮俯仰包孕熔铸。

已然为干燥的春色从心头呛出许多血丝。

灵感爆发随时成为可能。

3

宇宙殿堂
光泽明灭时如战车骤驰巨石堆垒的跑道,
时如雷阵梭行卷风飘雨的无尽云絮,
听出是创造与毁灭之神朗朗大笑:
"窝——嗬噢……哈哈哈哈……"

当此,灵感爆发随时成为可能。

4

欧亚陆桥:
古道。英雄脸谱。珠光宝鼎。佛图铜驼。
狂想纵恣奔腾佻达。大宛天马夭矫跋扈。

跨出立方体,轮廓自我析解,踏作平面。
与古堡美人重合。际此
灵感爆发随时成为可能。

1986.3.12

一百头雄牛

1

一百头雄牛噌噌的步武。
一个时代上升的摩擦。

彤云垂天，火红的帷幕，血酒一样悲壮。

2

犄角扬起，
遗世而独立。

犄角扬起，
一百头雄牛，一百九十九只犄角。
一百头雄牛扬起一百九十九种威猛。
立起在垂天彤云飞行的牛角砦堡。
号手握持那一只折断的犄角
而呼呜呜……

血酒一样悲壮。

3

一百头雄牛低悬的睾丸阴囊投影大地。
一百头雄牛低悬的睾丸阴囊垂布天宇。
午夜,一百种雄性荷尔蒙穆穆地渗透了泥土,
血酒一样悲壮。

1986.3.27

穿牛仔裤的男子

穿牛仔裤的男子两手插在裤兜。

穿牛仔裤的男子一串串叮叮当当的铜钥匙拴在裤带一侧的铜钮环。

穿牛仔裤的男子紧绷的裆头显示那一隆起的弹性美。

穿牛仔裤的男子望见春雨一阵比一阵浓,那只翠绿的啼鸟并没有回来,穿牛仔裤的男子瞬间眼神透出阴鸷,随后又略带忧郁。

(此刻的西部高原与春雨里的江南其实也相仿佛……哩)

是吗?

穿牛仔裤的男子背手转身背向窗子,宽阔的肩背齐刷刷地一股子锐气,铜墙壁也似的。

1986.4.3

人间

静夜。

远郊铁砧每约五分钟就被锻锤抡击一记,

迸出脆生生的一声钢音,婉切而孤单,

像是不贞的妻子蒙遭丈夫私刑拷打。

之后是短暂的沉寂。

这一夜夕投宿者感觉特别长。

及天明,混在升起的市廛嚣声之中

你未能分辨出任一屈辱的脚步。

你只觉得在新的港湾风帆万千忙于解缆启航。

你只觉得解缆启航才有生路,而顿感呼吸迫促。

1986.4.9—13

幻

夜起。

无灯的狭廊,一转身南北莫辨,失去重回卧室的路,而有了梦游者的迷幻意识。

以手掌默诵四壁,大眼睛穿不透午夜的迷墙,而滋生无路可寻者骤起的惶恐。

思忖多时。再回头不复相识的床褥正泄露在半步之外的一片月光,异常富贵,有人独眠,是男是女?而不敢贸然插足这陌生的温柔境。

1986.4.23

小人国里的大故事

听吧。故事是说一个馋嘴的小女孩偏以自己的一块雪糕作为代价从弟弟小男孩手里租来一个布娃娃玩耍,租期一个月。听吧,小男孩吃罢雪糕即刻毁约,从小女孩怀抱夺回所爱,小女孩初尚疑惑,继之忧戚可悯,嘴巴张大如一只飞落的空盘,而终觉绝望恐惧,于是朝向天宇放声号哭了。听吧,这样的号哭惊心动魄。这种样式的号哭是人类能够听懂并被普遍享有的最为可行的古老抒情方式了。谁曾传授或教唆?这是发生在小人国里的大故事。听吧,我们何曾走出过小人国。

1986.5.12

嚎

1

你误入摄影家的暗房。
人家不动声色就将你半边身子左右对换。
自此太阳从西边出。
自此你的前胸变作后背。
你还是那样地笑着。
你仍然像是原先的你。
你深信水笔总还装在贴身衣兜。
可不容你再辩白。

2

你叩打墙壁。你入室无门。
你爬上气窗看见房中邮件在你名下堆积。
看见你的一页电报摊开,早被强意奸淫。
你好一阵悲哀。
你想起那个独眼魔怪

忽又从山后火云一样升起,
逼视林泽逃逸的裸女。
骚动如噪声。你一声长叹,
以头颅碰撞梦墙。
可你至今不醒。
你的手杖抽出了笋丝。

3

你观看那把椅子。
舞台高度抽象,升华而为空白,而为
启迪,而为哲学意识,
一把紫檀木明式椅子。
一座城堡。

吉卜赛游吟者已头枕沙漠昏睡。
雄狮昂首在月下舔舐那一方头巾。

你替古人流泪。

1986.6.6—8

在雨季：从黄昏到黎明

1

雷雨之后，夕阳
品茗长河上游骤然明亮的源头，
见下游出海口一只无人的渡船
悄悄滑向瓦蓝。

此时山野蛮荒拖长的声唤
是情节剧里命运悲天的呼号，
暗喻一个耐人寻味的开始。

2

无风的夏雨夜，雨滴隔断海隅。
误点的快车失去时间桥梁在路旁期待，
荒诞如废黜的封侯
恭听窗外车轮唠叨那一段口头禅
骤奔而去。

夏夜无风,车座底层有梦游的鞋。
潜网笼罩脚背。

3

雨中
五月向原野叫拜晡礼。

玩偶的进行曲暂留在渐渐淡化的意境。

男性化的女神向江河流域高高展扬双臂。
一丈白绢撑开帕米尔冰山圣洁的轮廓。

1986.6.15 初稿

两个雪山人

一架吐蕃文书。
两个雪山人背影。

似曾相识：其人束黄金带，登厚底靴。
青莲色锦袍织满寿字图纹有如闪光的豹皮。
剑鞘修长，从腰际曳出一端。
埋首书卷，苦修者米拉日巴与他论道。

其右体态婀娜，裹覆在一头乌发编织的霞帔，
看似一个青铜女子。霎时间
我记起自己不曾沐浴雪山的紫外光有年，
而心灵震动，心想是绿度母以青铜之思
传唤她的旧臣……

豹皮武士已在默诵一首《道歌》。

       1986.6.15

司命

最隆重的日子，山雉
在风中招展腰身全副披挂的炫目旗帜。
圣灵的圣油在圣坛同时展现几个侧面，
仍旧是山民后裔崇拜的火炬。
悲戚的是遗忘的小径，
在大山额头留下苦恼的皱褶。
何时可了。女婴已作为母亲。

不闻霹雳的日子，
耸峙的太湖石
在老人们的圆桌
立起一片世纪的荒凉。

阳光纷纭如落雨。

1986.6.19—20

太阳人的寻找
——H·N、H·H姐妹徒步黄河寻找太阳人

寻找太阳人
逆大河而行，退至时间，退至羲和御日歇马夜宿的那
　　片草场，溯源物华天宝，自忖已潜抵人神未分的那
　　枚胡桃核，然后沿河而下，将天堂的泥土踏回尘世。
信仰，是一种至大的爱。

壁立千仞，香火寂灭，石窟宏阔，
回见躺倒的河，一溜行旅还在卧佛拇指长途跋涉。
几声风铃，千张窗叶掀开，云间纷纷震落玻璃。
太阳人又去万里之遥。

1986.6.19—25

刹那

门外是街。镜窗
在我胸口林立,
贸易风从东南带来骚扰的鳗鱼。
心头是过敏的虫,
怕有了卡夫卡式变形的甲壳。

荒唐在两个潮期之间徘徊,
常是骑驴寻驴的窘境。
醒见物欲肆虐,
卡车前肢骑上了客车后肢。
有一激进的诗人投书友人,
自称常以抨击时弊为快。
颇有同感。但这世界有你无你无关宏旨,天下事本有
　　天下事之解决。
黎明在多维中结构承重的桁架,
命该有跨世纪的忧虑。

　　　　　　　　　　　　　1986.7.8

回忆

白色沙漠。
白色死光。

西域道
汉使张骞凿空
似坎坎伐檀。
晋高僧求法西行,困进在小雪山的暴寒,
悲抚同伴冻毙的躯体长呼——命也奈何!

大漠落日,不乏的仅有
焦虑。枕席是登陆的
码头。

心源有火,肉体不燃自焚,
留下一颗不化的颅骨。
红尘落地,
大漠深处纵驰一匹白马。

1986.7.25

幽界

山岳的人面鸟
以夜城灯火为饮,
灌育胸臆朦胧的冲动。

星空补丁百衲。
路,因狗吠而呈坑洼。

列车在山脚启行,龙骨错节
发出一阵链式响尾,
拉长了夜梦。

车椅在铁轨奔驰,
好面孔失之交臂,
隆隆化作远方的追怀。

视野平阔:
白杨亮出一瞬嚣叫的旗帜。
水波留雨打的疤痕,

蹼掌溅起泥泞，

一只凤凰独步。

1986.7.26—9.2

灵霄

新月傍落。山魈的野语。
细风时时飘忽掠去。
悄行的步履成为异我之存在
猛可地惊怵。这时
悬崖上的天女
已从石火裸现,鲜艳,窈窕,
长披美发丝。
她转体腾空,前展双臂,
一头跃向期待燃烧的深湖。
瞬刻火鸟群飞,林林总总
一千条透明的笋根从地底喷射琼液
盛大世界升起再生之光华。
我眯闭的瞳孔骤然洞黑。
掀开斗篷,听到自己的耳朵不复存在,
早与光明合为一体……

1986.8.9

冷色调的有小酒店的风景

雨季延长。雷电一夕苟且，新麦
于穗头提前萌发。重力在膝盖
缓缓弯曲。我的行期再三耽搁，
岁月又添加一圈年轮。

雾晨。小酒店珠帘红绿微动，东方沙漠
鼓乐喜庆的旋律自店家结队驼行。
门首一辆牛车，车主不在，轭下老牛
闷头嚼食筐中草料慷慷慨慨与世无争。
车尾拴系的绵羊回顾小酒店珠帘红绿
微动，意识到即将的归宿而啼叫孤独。

蝈蝈笼悬在窗棂，
日月的喧哗弧面转接，
山林的浓郁，
比去年多了几斤分量。

断桥歧路，柱头石核噙一颗露珠瞪视已越千年，茫然似植物人的眼神。

我仅吐出一个字：——Hai！

1986.8.15

长篇小说

全部世界(在崇高的声调中)的叙述叫作史诗;私人世界在私人声调中的叙述叫作"长篇小说"。

——摘自沃尔夫冈·凯塞尔著《语言的艺术作品》中文译本第474页

疲倦是衰老的方式。
银币相加,二圆
切出一声万古寂寞。
短褐在金风里萧萧。

有人独处:深感逃离亦乃生之圭臬。
逃入墙壁。逃入夹墙的夹层。逃入电梯。
荧光有贫血者美丽的苍白。
消逝。像是秋风落叶了然无踪。
像是巴格达窃贼潜越在暗堡的暗道。
咒语背后已无处可寻。

佯狂给私心戴以假面。

铁棺使贵人拥有厚重的安全感。

1986.9.10—12

周末嚣闹的都市与波斯菊与女孩

波斯菊篱墙
径接郊原亮色的黄昏。
街车肿胀失去脚趾
在街角作九十度大转弯,
线条的喧哗薄烟一样滑动。

一滴夕露自古榆的树冠悄声
沉落,如鸟矢,燃在老人额头。
高峻的颧骨厚积岁月尘土
始得蜡质般软化。

女孩
无视街车与都市与嚣闹与老人,
沿着波斯菊篱墙轻逐一只彩蝶
踏向亮色的天街。负累者们
窥见她纯情的神明是两行鸽哨,
谜的恍惚怯如易惊的薄镜。

1986.9.17

猿啼

英雄使命。
机遇先于公正。

有谁长啸。

当他怔忡从插帐的土垒拔地起立,
壁上杂音粉尘在明镜积淀。海面落雾。
海上旷日的竞技仍是无尽的栅栏。
仍是跨栏跳跃,一路突围。
他闭目,花钟萎谢。虎斑
逃离虎皮游如系列野火。
蕨根晶粒射如阳光淀粉刺伤四荒八极。
弦弓在射手的酒杯震落秋林秋叶。
艳猎的追逐者时已蹬车蜂拥而至
四寻艺术返古的庖厨。
而他
生命之筏

早乘血潮冲决幽谷而下。

一声白猿。

1986.9.27

广板：暮

东方诗国负笈山行的僧人
薄暮始达谷底阴冷的界河
涉渡。当其回首，遽然望见峰岭
一束山火犹在他昨日夜诵的云林
透红。念及弃置的芒鞋今竟长此留在那边苍苔
而动了几分伤感。

略一迟疑，雄心已如古瓮破裂
倒扣在石岸宿命的白塔。

1986.9.29

冷太阳

无声的永久冻土带。

冰雪百合……遥远的冰冠触手……我听到生命的独语
  似三股冷风。

土丘蠕动。牧人蜷缩的白板羊皮袄

似土丘崩陷。

三条男子

偎依着

袅袅一炷

女子。

卵形太阳被黑眼珠焚烧

适从冰河剥离,金斑点点,粘连烟缕。

她说:冷——太——阳!……

男子们的胸膛蓦然一惊,感应了冰冠触手摆动的回声。

祭司般的庄重。复归于眩晕的空寂。

冷太阳才又稍稍升高了一点儿。

1986.10.11 于兰州旅邸

达坂雪霁远眺

雪霁之后。排空的白玉版
节奏琳琅琮琤，御风徐徐
东下。是弥天驱驰的白玉版。
红衣海客目击晴雪之豪华
是排空万里浩荡东下的白玉版。

渐趋旷远：犷悍遨游，野牦牛
碰撞的黑脊背与云影碰撞在沟壑茂草的枯黄。

1986.10.24 自祁连归

眩惑

1

寻找……或是眩惑……
那时他品味这管根雕红木空烟斗
像摩挲一只残臂,
像畅游一条河流,
像鉴别一支玩具枪。

那时,他应邀乘上你来自东方的巡洋舰,寻找被劫掠
　　在西部泥泞的纯金。想象不到这种洄游会留下何种
　　印象,但总要使你觉着一点盎然古趣。
他要指给你看那里一群叽叽喳喳的红嘴鸦,
说正是这些稀世的飞鸟在这条河谷
最初迎接了被跟踪的担囊负笈者群。

他不信红嘴鸦于今真已飞失。
失去了象征的空烟斗还有什么价值。

2

眩惑……
一只老谋深算的黄鼬栖藏在耳穴。
寻找从一开始就信心不足。
三十年面目全非。
石门剥蚀，朽骨
立在故园形同枯鱼。
复苏了原始宗教的禁忌。
我记起自己曾为走出这面镜子多方碰壁。

我记起古坟千年未朽的棺木
假手盗墓人做了老寿星的寿材。
……令我恐惧。

哲人弗洛伊德如此告诫：
只有你熟悉的东西才会使你害怕。

反修瓜在书案摇动。
地震意识渗透毛孔。
高峻的年代一齐在酸风酥软……

3

我炽热的意念
重又突起牝马雄壮的肌肉块群。
白牦牛图腾族源
予我一片金黄的时间。
而最早的记忆还是长生不老的记忆:未悟生从何来,
　未悟死的真实——孩子确信自己是他的父亲树长出
　的瘤子。

我被唤作火星来客。
至于他们,今夜
仍会在暗中虐待我的
名字,替我去雄……
我知道这一切的谜底。

寻找……或是眩惑……
这是艰难的作业。那时我们
从车上抽掉毡毯和婴儿臀底的坐垫
铺放在轮下的流沙,弯身
将车乘一寸一寸推出陆沉。
在戈壁的寒夜也有惊梦的男子身轻如飘

与马群争食,护卫仅存的那一袋稞麦。

我们降生注定已是古人。
一辈子仅是一天。

4

真实是一种角度。
史迹不具有恒久的贞操。

远不是那片积雪。
远不是那座营台。
远不是那个古人。
不是那张剥展在月下流血未止的牛皮。
不是那群披毛牴角嗥天悲血的月下野牛。
你觉不到一点访古的兴味。
红尘已洞穿沧海。
眩惑:夜天的华衮镶满铜钉。
钻戒使腕臂浸润富贵。
长筒丝袜在风中干瘪。
游牧部落失传他们的土风。
钦差祭海的神庙游离海隅。
淘金者的脑颅筛漏淘金的山水。

我们还是追怀那一行蹒跚在高地的木轮车。
记得高轴的轮辐高高沾满亮光……

5

再也寻找不回那些纯金。
红嘴鸦飞失了。
泥土隐去许多重要情节。
血肉材料已抟塑成器。
素秋在脸孔揭开一场残局。

在青鹿发情的季节
母鹿纵队听唤于鹿王的呦鸣,
骤升为跃起的峰峦。
每一根荒草都是一声长唳,
警示僭越的造价。

蒸汽机车头短促的啼叫在朔风镂空为塔,
每一洞龛立起一个托塔超人。

       1986.10.26—11.2

锚地

抛锚。在这个生存圆的大环形顶端
汽车早是意中的一幕……兀鹰盘旋，落栖在喇嘛庙屋
　脊转轮王的法轮。
很快就已感觉到霜风的震级。
驾驶员拎起活动扳子和副手走进舱门。

冷空气闪烁发亮，嗜铁时间细菌
将每一记铁的声息吞噬。
野地无边，鼠穴涌动，黑泥土发酵膨大。
漫长是背后的期待。
一辆越野车箭直经这里擦边而过，
生存圆留下一道深深切口……

雪山狮子……我想那应是很早以前的事了。
还有象皮鼓祥瑞的爆炸……产妇的肚子……
觉着午前十点钟太阳在肩头才升起一会儿。
偶然抬头，大半轮皓月正垂直吸附在鲜蓝空际，
如门楣一只吊丝的铜蜘蛛。不可疗救的静寂。

拧紧最后一只螺母,舱门砰然关闭,
一切复成为记忆中的冒险。

1986.10.28

生命体验

1

祭：古典夕阳中的牺牛之献。
狡兔绝迹，冬风在沟渠哭肿了嗓子。

无话可说。

鹏举万里，旅进旅退，
不用细述你已湿润了眼皮。

2

猫城。招摇过境，
耗子娶亲的凯旋式。
声嘶力竭之后，一日三餐，
哑巴卖刀的苦恼
无话可说。
银烛在银台自怜自恋。

母亲从秘密耳道听见了胎儿在胎盘痛哭。

唇枪舌剑,一夕之间语言骤现陌生。
长吁短叹弥合在心灵裂隙,

以精气为涂料。火烧地
毛毡残剩,遥如劫后的花轿。
无形的手指不时捋捏山羊静默的胡须。
漠原一片空旷。

3

无说可说。
女尸骨殖躺卧在安乐椅死而不僵。
心肺垂吊如黑色子囊。如虫卵。如黑色的梅。

移情的花厅
歌楼凤冠的亮片海淫海盗呼应山中晚霞的宝石。
超现实的骏马在马鞭的起落间已越千山万水。
气息浑成,使军士的精骨高雅脱俗。
迂夫子对月拂袖。

痛苦的食物链。

纸币在河上趋之若鹜。

黄土挥霍成金。

世俗化加速进程。

我游毕大江返回驳岸

不见了寄存的衣裤。

4

无话可说。

激情先于本体早死。

腐烂的沼泽

牧马少年垂坐石阶

双膝夹紧沉闷的额角。

鲜血继续渗透时间。

一只蝴蝶。……

马蹄飘去，翩跹独舞。……

太阳眩晕。……

少年的额角低垂。

牧马少年的额角继续低垂。

黑夜完全降临。

一个失声的世界。
一个年青的世界。

盘蛇散解,
青铜古钟嗡嗡尾韵
铸十万八千颂,
有展翅雄鹰……四处远翔……

5

日曜日之晨。日边
拱起的猫背如失火的一部缎面精装书。
诗人的诗页已横挑在大街发售报刊的邮亭,
滴沥绿色胆汁。
蟹爪莲异军突起。

孤愤。大丈夫拳头蓬松,臂展如簧,落点疲软。
他只惨叫了一声,败北原在意中。
美容室升值。
垂亡的老人

生命意识只是瞳孔一个无限扩大的圆。
一切从此关闭。

无话可说。
月光溅落,
惊群的御马在车站广场分头逃奔。
婴儿朦胧的记忆乃是宗教之胎动。
我的高温肤体天生一副铠甲。
我谦恭得近于自卑。

6

人生有不解的苦闷。
拨弦,吟以自慰,蓝色的忧郁降至深渊,
如如豆的目光。
如一粒液态硫黄。
睫毛抗拒不了梦的诱拐。

储银的瓦罐跌倒,
黎明之火在坟场尽头流泻。
冷兵器折断石板。
黄金水道从志士肩胛剪开。

人体与兽同时奔往盐湖泉水。

岁月已涮净灰质牛头。

燔祭的情节线——

百万吨死亡率 0.64……

狐疑，如小鸡啄米

在沙面点出命运不识的文字。

无话可说。

1986.11.17—12.16

1987

洞

洞：剥啄之声。

内宇宙核壁

雏鸟破卵而出，

未启的眼，

血，是唯一的阳光。

沼泽鹤唳，

高贵的后鼻音随草庐归隐，

泥足垂直耕过云水，

双翼如鼓，

哗动只为心跳。

天理以数排列，长横短横，

思想者的圆颅顶驰去虚无的车马。

1987.1.5

淡淡的河

淡淡的河以淡淡的影踪流荡原野,
使人觉着岁月悠久的一缕思绪。
像堤岸的树无声。

淡淡的河
使凝望着的人们眼里浸满泪水。

1987.1.25 晨

庄语

我必庄重。
黄昏予我苍莽。

烟,守住漂木。
不朽的制陶时代。
不朽的黏土造人。
石脑
体胴
酋,——或执酒人
沿阶梯起伏
与黄昏苍莽之蜡
同在流溢

我之愀然是为心作,声闻旷远。
舒卷的眉间,踏一串白驹蹄迹

我必庄重。

1987.6.17

日落

日落是沉重的吧?
乘筏的漂流者自觉走向水神。

日落是轻盈的吧?
烈风。高标。血晕。
河上聚满黄沙。

1987.6.30

诗章

1

预警,这是在探险家的处女地
食人巨蚁烽火台般耸布的魔宫。
这是航天机翅翼一端斜阳书写的
红字。

长戟与马鞍枕藉在一堆芦柴。
昨夜我看到两条花蛇交尾并立。

昨夜……昨夜你还听到了谁在奏乐?

2

音的雕砌;感奋的玻璃杯、红蓝宝石
因夜光而倍加华美。
灵魂劳损自我修复透出安详的韵律——
如一百二十张骨牌站成纵列挨次扑倒发出的

叩击。如一百二十尾游鱼喋喋
十二分地知足。
如天鹅湖上的一组水晶鞋。

3

窗前的河水涨了,泡沫带来田野气味。

昨夜河流在雷击中掀动影子
好像水藻或隐形林树。在洲沚
淘沙人留下的洼坑潴存雨水像硝盐洁白。
像阵亡武士护心的胸甲。
我一夜站在阳台监察水文,设想自己仍是披着淋湿的少
　年的长发,脸上的雨和泪光漫漶。我设想自己百年之
　后会以另一种物质形态注视我此刻站立的阳台。我设
　想自己投射在河心的身影是永世不得登岸的蠕形虫。
桥墩在中流以山峰的姿态振响夜色。
而海上贝壳正扇动晓月。

4

我感觉疲倦。

我时为战胜波涛的催眠术而加速心脏弹跳。

我为追求新生而渴作金蝉蜕皮。

明天不属于每一个人。

沙枣飘香的季节我才走到山腰。

崖头断层结晶向我闪烁着螺钿的光色。

村口一位红衣女性伫立黄昏像一盏照明的灯。

紧挨她身边是一棵树蔸雕凿的矮人,我读出烙在这丑怪
    袒腹的四个疤痕原是一句狂言——"你可来了"……

狂人的价值仅在癫狂之后。

海上贝壳正扇动阳光。

5

翠鸟

自桥畔鸟市遁逃

栖落溪间石楞

见主人涉水偷渡

而得以逸待劳。

微雨中一场退休者的门球赛,

旌旗森严,场地寂寥,前胸后背红黄对垒。

帽盔下的老人们手持槌棒排立，目光骛远。

缄默的嘴角线

悲秋胜于竞技。

6

这是凌晨。

于是我听到了那声音。

感觉自己先天的记忆重又蘖生出了种芽。

那声音照例含有几分羞怯，如试探而泛游在河面，越
　　过芦荡……高台……被大山雄魂吞噬。

接着的一声更悠扬，高了八度，多了一些自信。

这是拂晓许多人在似梦非梦中听到的那一声鸣唤，像
　　海绵体饱和着异香，让灵魂从深邃的迷潭苏醒。但
　　你听不懂。

不，那仅是一个机会。仅是一种虚构。一个虚词。仅
　　是一声感叹。……

又是一声拖长了的鸣唤，而音程已回复到原来的高度，
　　因之感觉河器反而更强烈了。

而太阳从云隙落照河面。

感觉早晨因灿烂的河光金斑翻飞而渐次模糊。

而那声音却已无处不在。

海上贝壳正扇动
阳光。

7

磁石永动器
不锈的永动杠杆
为城市之门转动时间节拍。
爬行的鳄——
结满角质鳞片的黄瓜
自铜绿的年代爬行而来
伏在柱础。
郁结化解,楼门飘起一片蓝色雾。
是……窗帷。口哨。风。……
或田野。

三个婴儿携手步出大门喃喃自语,
表情有了早熟的肃穆,
在身后投下了老人的虚影。

1987.6—7.12

玛哈噶拉的面具

（神舞印象）

玛哈噶拉的面具是遗忘的故园。
是某座岩穴。是某处祭坛。是某个吮嘬乳泉的记忆。
玛哈噶拉的面具与热贡画师与白塔
共守岸南丛林遥远如同矮脚星。
玛哈噶拉的面具青莲变色，如同城头的牙旗。
如同善的威慑的本体。
那时，他们说我陶醉
好似塾师吟诵诗书摇头晃脑了。
那时我确如吟咏一卷诗书。而我真是摇头晃脑了吗？
我全然不觉。
那时，玛哈噶拉红袍加身，仗剑
以白蛇为丝绦，串以骷髅为璎珞
屈腿金鸡独立，左旋，右旋，掀起旋风，
两庑侍立的熊罴亦悚然震怖
感受到了威德，那时瘫坐殿前台阶的
比丘尼解答了我有关玛哈噶拉的叩问，
她如此诵念玛哈噶拉的名号：

——护法……玛……哈——噶拉……
　　　　哈……玛……噶拉……
　　　　　　噶拉……
我惊喜她拼读的那一串音节如晴空冰河破裂，感觉那
　　响动如霹雳之舞在云霄徘徊了许久直奔天的尽头，
　　是美力炫赫。是原型模式。是摇篮。是面具玛哈
　　噶拉。

玛哈噶拉面具的寻找是远行者还乡。

1987.7.5

听候召唤：赶路

1. 太阳

太阳说：我召唤你。
而你的第一声回答懒洋洋，漫不经心。
此后你听清了那个诱惑的词，于是情感的油脂立刻润滑你的嗓眼，庄重的髯口随之矫饰你的假面。你起身，举态儒雅而风流。你每一吐字归音都饱满如你共鸣箱似的雄实胸廓。你一扫全部怠倦而有了用之不竭的飞扬神采。
此后你的每一声回答都富于深长意味。

太阳说，你会是一名好的竞技选手。
太阳说：你会是一名好演员。一匹好走马。

太阳说：来，朝前走。

2. 峡谷

峡谷，我听到疾行的蹄铁
在我身后迫近。我不甘落伍。
而我听到疾行的蹄铁如飞掠的蝙蝠
在我身后迫近。我不敢懈怠。
我听到冰河破裂一泻千里，而我可能乘坐这裂帛似的
　　一声惊呼逃之夭夭？
我深感落伍已不可避免。
我可有隐身术？
我可如脱衣一般抛却身后的影子，
我可否化入追逼的巉岩与追逼者合为一体！
我不敢懈怠。我欲飞翔。于是我就飞翔了。
我跃过一道深渊，察悟那窀穸就是临穴惴惴的五百甲
　　士葬身之所。
我跌倒。而他们终于逼近。
他们跨越我的目光奔驰而去了。
每一骑士都兼领两匹备乘的马骑。
他们张开四肢与奔马一同腾飞，巍峨如叠次耸峙的城
　　楼。石火在每一瞬动的铁蹄绽开十字小花。
我听见马蹄磕碰如金箔弹跳脱落……终于去远了。

我忽觉胸中陡然袭来一阵急待抓挠的焦渴。

我瘫倒在冰河，一种被陌生胸膛灼伤的战栗锥刺脑髓。

　　我以我的火舌探入冰河风蚀的裂隙匆匆一阵掠食，
　　而后摊平四肢。

而后我听见了引擎的巨大震动。

我坐起，见直升机穿行太阳初升的峡口低飞盘旋如一
　　支竹蜻蜓，如一只倾斜的陀螺，让周遭寒气放射一
　　圈白光。而我听到疾行的蹄铁如飞掠的蝙蝠又已在
　　我身后追近。

3. 黄金虎皮

啊，雄性攻击！

啊，利器！啊，锐角！

啊，山野！

啊，黄金之路！

啊，彪形大汉！

在河的阴影遁行的淘金者

秘藏金沙绕道关卡横穿戈壁从雪山下来了。

又从河阴踏去。

黄金为他引路。

黄金是记忆。是烟草。是生命与梦。是妻室儿女。是温柔敦厚。是长幼尊卑，是色胆包天的黄金虎皮。

淘金者驱驰着黄金虎皮在河的阴影朝向故里遁行。

啊，黄金之路！

啊，放牧羊群的老奶奶已从袍襟取出揣得亮热的铜罐在向阳崖石升起午时的茶炊了！

后来的淘金者是觊觎的淘金者

觊觎在通往金地的分水岭了。匍匐在卵石搭起的卵形小屋而不能穿凿晚期肺气肿摘取伸手可及的黄金虎皮。而耗尽盘资从天堂的门槛跌落生身的尘埃。

啊，太阳已经下沉在黄金之路！

啊，五个金沙失盗的淘金者已相抱痛哭在归来的山崖。老奶奶煨茶的三片石冰凉了。金沙失盗的淘金者心地也冰凉了。五个淘金者相挽从崖巅一声作别，感觉身子一齐向着月亮飞升。妖人的毒吻已是峡底遍生的蘑菇。

啊，无数双红手摇撼，黄金虎皮在山里驱驰。

啊，我永在向往的海就在西天显现那一时的荣华了。

4. 络腮胡须

你，旅行者
沿途立起凿刀
以无名雕塑家西部寻根的爱火
——照亮摩崖被你重铸的神祇。
在荒城之夜你又精心喂养自己的篝灯了。
而篝灯
不是也在喂养你贪夜的一丛
络腮胡须？

你的
在火光洗濯下的胡须多美，如溪流圆石边缘随水纹微
　　微摆动的薄薄苔丝绵软而动情。
你不曾察觉
你苦心经营的胡须并未带来你所歆羡的犷悍或西部汉
　　子狡黠的美气质。
你柔柔的胡须可爱如婴孩耳际柔柔的胎毛。
你的眸子红嫩水鲜宛若刚自澡盆浴毕漂净皂沫。
而你项颈，一串吊链
将金丝腿变色镜垂挂胸襟，
蓝色镜片幽远如同鱼目之睡眠。

啊，西部寻根者望月的络腮胡须苍老已如牛筋。
西部寻根者抚平的城壁枯槁已如史籍之羊皮封。
听风的西部寻根者如闻沙丘中一部芦苇的长歌。
西部寻根者
自岁月的定格
反看历史围场的哨口
晕轮交错，
如闻自己的长发迎向朔风号泣，
如见呐喊的独臂探出瓶颈之外，
迸如开花铁树。

巨大的一只屐履正冲向金沙江宿命的暗礁。
在感伤者眼底
中亚荒原突厥石人的造像
复归是外星人的风帆。

啊啊啊啊啊啊啊啊啊啊啊啊啊啊啊啊啊。
北去的白鹤在望月的络腮胡须如此编队远征。

5. 血路

它来敲门。

它的前肢搁在门槛支撑两肋。

它的脊梁坍塌如雪崖崩陷。

它的臀尾与后肢挤压粘连成为一片无用肉膜夹带血污、草屑与尘埃附丽身后。

背后是夜，是不可细察的痛苦或冒险。

它反而宁静了。

它哆嗦了一下。

它低头舔舐自己胸脊那块曾经美丽得乱爆电火花的毛皮，——它的毛皮。它久久地舔舐，仿佛一个迫不得已而典当售卖自己大氅的失意者为心爱之物做最后梳理，

它终觉疲倦而眯闭起眼睛。

它的旋风结束了。

然而此刻它于磨难显示的超脱不也足以与它在雄健搏杀中曾经享有的高贵相匹配？

它睁开眼，沉重地

看了一眼屋宇内所曾出没的深谷、雄关或栈道……转过头去，向左迈出一步，就这样侧转身来交替移动仅存的两只前足拖曳起软缎般覆地的残破下体慢慢

踱向灭寂包容的普遍仁慈,走向必定的觅食。

血路:一支长途迁徙跋涉的部族。

血路:一个在鞍马血崩咽气的母亲。

血路:一具弃置坡头的裸尸。

血路:一条从肢下被山狗叼衔蜿蜒牵伸去远的羊肠。

母亲剪断月魄的记忆微痛如听箫。

大地

每刻落地开花生根的名字

像密林

悬挂的青枝

然后在某一天

同时衰老

羊羔

甜蜜的叫声

是母爱

苦难的

陷阱

物种世界的喧哗

测不准的玄机。

6. 爱

你战栗的软体

蜷缩在我新月形的合抱

你是我宇宙的涵蕴

我是你外具的介壳

热病似的黑夜

伸展的吻

似蚕宝盲目

期待赐食

美的呻吟

地平线蓦然弯曲的牧歌

供你赏尽千年一瞬的碧绿

注定痛苦

爱的撞击

破碎的火星堕入无穷的坠失

如殒命的飞鸽

如一条河、一次流血、一棵树

遥远如同再生

7. 水月

太阳说:来,朝前走。

——摘自首章《太阳》

太阳沉落时,

步印

飘荡。

飘荡。……飘荡。

太阳沉落时我永在向往的海就已在西天短暂地显现那一时的荣华。荣华。荣华。

我遥望红色海流不断升起来的暗影依时序幻化流变渐远如我们无闻的岛屿,如村烟纷扬零落。如靛蓝染布一匹匹摊晒海涂。如锻锤下一串串铁屑飞进冷却变色。……赶路的人

移步在浩瀚沙洲

喟叹眼中遥隔的时空

永是不可沟通的水月。

赶路的人永是天地间再现的一滴锈迹
慨叹无可自拔的臃滞。

太阳沉落时永有赶路的人
痴望一席归享自己的卧榻。

瞬时
夜的子囊
将一切弥合,而你已被孤独激怒穿越恐惧,终于攀登
　　在明月的海岬,感觉海洋铜管乐搏杀的节拍长短参
　　差闪击
织为黎明之皇冠。

太阳沉落时我为归宿张皇。
太阳涌动时水月隐形
我重又再生出征之勇气。

　　　　　　　　1987.10.16 写毕

1988

悲怆

西部的一条举世瞩目的路,一条纤细的线,一件宏大工程。但是那时我感到这条路更像是一条绷紧在云空的钢丝,结伴而行的两部三菱长途客车则如踩钢丝者脚着的软底绣鞋互为前导,行为滞涩谨慎。那时我们似已与世隔绝。那时藏羚逃向遥远的湖泊,后来那些湖泊也跃动着逃向遥远了,只留下镜子似的反光。而筑路工人的村落遗址总以墙的古旧感扑面而来,陡然给人留下岁月荒远印记,满目生疏。那时更可关切的只有脚底这条严峻的路。只有这段钢丝,只有这条不容退缩的路。我知道路的南端是著名的太阳城,秉烛者正弯身鱼贯在一座宫堡,沿着梯道朝向灵塔殿攀登,那座大殿的每一峰山岳都以金银宝石镶嵌,内核是不朽的佛胎。我知道烛影摇动之下人们仰观这些山岳时,会如直面法老金字塔时似的内心激动,为自身的微不足道而甘愿承受劫波磨难,谦恭如同卑怯。

这是西部寥寂得直使人或鸟兽欲一啸叫的道路。那时,开车的是一个瘦小、干巴、墨黑如炉火煅烧的鬈毛小伙,一副墨镜支起在鹰钩鼻梁。他的同事,一个同样瘦小、干巴、墨黑如炉火煅烧的髦毛小伙正放松筋骨倒在座椅靠背小憩。那时,窗外后视镜弯头系着的由远行人敬献的一大束哈达绫子,正随雨雹冰风抽打有声。那时我听到头顶气窗隐匿的扬声器里正传出一阵节奏强烈的摇滚乐,有悦耳的婴啼穿插其间,好像天堂泄出的一股仙风,人们顿时感到快意。客车就在这种快意的节奏中快意颠簸。蓦然又是一阵婴啼,离得好近,那时仿佛我们的车篷已经切入天堂弧面而在云涛中前行了。那时我不怀疑听到的婴啼是天堂赤子的啼哭,是很美的啼哭,是很美的摇滚乐。但终觉感伤莫名。

那时,我想着在将要写给一位海外诗人的信里对我们天涯狂客的旅途略一描叙之后将如此感慨:"是啊,那时即便一声孩子的奶声细语也会如同一声号啕而令男儿家动容,能不感受到人生的悲怆么!"

然而,在我伏案作业的此刻,谛听到的却是西部淘金人在那边踏出的一条间道。

是黄昏,械斗的黄金地带一部挂着拖厢的手扶拖拉机杀出一条生路。车上载着四个农民:机手、两个汉子、一具死尸。九个黄昏过去,车灯仍不曾开,车子在凝重的墨色里爬行。那时三星高照,车子卜滑一路撒欢。马达后来突然不响了。再也没听到响动了。一点迹象也不得听闻。那时即便一声孩子的奶声细语也会如同号啕令男儿家动容。

1988.11.15

盘陀：未闻的故事

盘陀原野如同周鼎剥蚀的夔龙
为敬畏祖先的后裔们觳觫礼拜。
在浩瀚而干枯的内陆，
在你们的脚踵尚未触及的远方，
贫血的母亲将婴儿栽种于贫瘠的薄土，
根叶萎黄听任物竞天择。
求生的人们就这样趴定在浩瀚而干枯的原野
像趴定在磨盘的喜蛛感应着前面未详的威慑。
在雹霰雷殛灾变的绝域
长不高大的乔木屈曲天边
遥与侏儒村里躬耕的小矮人世代为邻。
在不仁的原野，珠泪更宜成为与人通好的古币。
在月亮照明的夜晚，老人失却痛感
掰断脚趾如数冰冻的石笋向墙外一一投掷。
在男女偷欢的原野镰刀正为妒恨收割人头。
而昨夜的处女悼惜失盗的红绡女裤。
生活总是一场败局既定的博弈？
在所有的通路为你们一同蜷曲遁逃的远方

哀悯已像永世的疤痕留给隔崖怅望的后人。

是永世的觳觫。

1988.11.27

燔祭

> 高树多悲风,海水扬其波。
>
> ——曹植:《野田黄雀行》

1. 空位的悲哀

不将有隐秘。
夜已失去幕的含蕴,
创伤在夜色不会再多一分安全感。
涛声反比白昼更为残酷地搓洗休憩的灵魂。
人面鸟又赶在黎明前飞临河岸引颈吟唤。
是赎罪?是受难?还是祈祷吾神?
夜已失去修补含蕴,比冰霜还生硬。
世界无需掩饰,我们相互一眼看透彼此。
偶像成排倒下,而以空位的悲哀
投予荷戟的壮士,
壮士壮士壮士
踩牢自己锈迹斑斑的影子,
碎玻璃已自斜面哗响在速逝的幽蓝。

2. 孤愤

天堂墙壁
独舞者拳击
靶孔
如雪片飞扬
孤愤。

美丽忧思
厚如冰山大坂
如一架激光竖琴
叩我以手指之修长
射如红烛。

闭目。沉滓泛起。
蓝军紧促的梆子声。
士兵弯身奔逃的残肢。
预习的死亡
与我儿时的山林同步逼进,
早为少年留下残酷种芽。

大自然悲鸣。

冰风自背后袭来。

3. 光明殿

这里太光明,寒意倾泻如银湖。
峭壁冻冰如烛台凝挂的熔锡。
这里太光明,回旋的空间曾是日珥燃烧的火海。
我如何攀登生满鸟喙的绝壁?
我如何投入悬挂的河流做一次冬泳?
我如何承受澄明的玉宇?
太纯洁了。烟丝不见袅袅。
穹顶兀鹰翼尾不动,不可被目光吞噬。
这里太光明。
我看到异我坐化千年之外,
筋脉纷披红蓝清晰晶莹透剔如一玻璃人体
承受着永恒的晾晒。

4. 噩的结构

噩的结构为情感带来惊愕的宝石。
灯光释放黑夜。天空穿透湖水。

情人的贴面舞骤然冷风嘶嘶。
地穴燃起生命残剩的油脂。

每天的阵痛的大路。
每天的放倒的男子女子。
每天蜡质般绽开的人脑如石榴碎瓣。
每天的时轮的燔祭线。
每一刹那都是最后时刻。
每一刹那都成故垒。

宁馨儿,你如此的宁馨儿
原是一声"这么好的孩儿"。

我如此孤独而渴望山鬼了:
盆地边缘她以油黑的薄发为我而翩翩飘曳,
如乡村酒垆飞动的酒帘。
零落的号筅已因沙漠鼓铸而倾斜。
赤铁矿粉末一夜之间挂满千棵树,
而举起了玫瑰之旗。
耀目的男性物质如荆条扎手。
衣冠文物之邦,
道学士的孤旅南辕北辙。

在祖先遗体熟化的骷髅地

好事之徒每若得幸会抱还一架女人骨殖,

而满足了跨越千年的窥视欲。

平卧大理石灵床听人声伴唱,

默默感受噩的美艳百代永垂。

5. 京都前门·狮面人

京都前门

餐馆马赛克幕墙美国加州蒙古烤肉的烟燧如梦升起。

   停车坪遂罩在牧场的黄昏。

牛仔归迟。

每一滴落日浑如嘶声炸裂的热油脂。

每一粒尘嚣亮如时装辉煌的金拷钮。

我走向环城河边蹲坐的狮面人。

我依傍玉石础柱感觉梦幻的夜色逐刻加重。

我偷觑沉默的狮面人如同孩子偷觑父亲。

我偷觑狮面人威猛的沉默。

我感觉他前臂肌腱略一抽动。

我感觉他浴在水边的前臂才挽罢垦荒的犁杖。

我感觉他眉间微蹙的悒郁造境遥深。
我感觉他瓣额几许嘲讽悠然意远。
我感觉他如环散开的鬃毛雍容儒雅。
我感觉他如火照人的瞳孔透出疲惫。
我深知如此潜在的悒郁是我难得洞悉的悒郁。
我深知如此的悒郁是使我如此震撼的深刻原因。
狮面人的痛楚是我们直接嫡承的痛楚。

6. 箫

伪善令人怠倦。
情已物化，黄金也不给人逍遥。
失落感是与生俱来的惆怅。
人世是困蝇面对囚镜，
总是无望地夺路，总有无底的谜。
理智何能？图像尸解，语言溃不成军。
死有何难？只需一声呜咽便泪下如雨，
蠕动的口型顿时成为遗言的牢狱。

一切是在同一时辰被同一双手播种。
一切是在同一古藤由同一盘根结实。
命运之蛇早在祭坛显示恐怖的警告色。

火花时时在导火索的嘶鸣中追步。

恐惧原是人类的本性。

而痛苦生性孱弱,道学孳乳多疑。

别再提问丑恶可免否。

理解了魔王也就理解了上帝。

不是诅咒就是赞美。不为呻吟就为呐喊。

自信不足则谄笑有加。无心鼓噪则请沉默。

神已失踪,钟声回到青铜,

流水导向泉眼,

黄昏上溯黎明,

物性重展原初。

巫女巫女,我的眼波是你们狎戏的浴盆。

听淡淡的箫。

1988.11.30

内陆高迥

内陆。一则垂立的身影。在河源。
谁与我同享暮色的金黄然后一起退入月亮宝石？

孤独的内陆高迥沉寂空旷恒大
使一切可能的轰动自肇始就将潮解而失去弹性。
而永远渺小。
孤独的内陆。
无声的火曜。
无声的崩毁。

一个蓬头垢面的旅行者西行在旷远的公路，一只燎黑了的铝制饭锅倒扣在他的背囊，一根充作手杖的棍棒横抱在腰际。他的鬓角扎起。兔毛似的灰白有如霉变。他的颈弯前翘如牛负轭。他睁大的瞳仁也似因窒息而在喘息。我直觉他的饥渴也是我的饥渴。我直觉组成他的肉体的一部分也曾是组成我的肉体的一部分。使他苦闷的原因也是使我同样苦闷的原因，而我感受到的欢乐却未必是他的欢乐。

而愈益沉重的却只是灵魂的寂寞。

谁与我同享暮色的金黄然后一起退入月亮宝石?

一个蓬头的旅行者背负行囊穿行在高迥内陆。

不见村庄。不见田垄。不见井垣。

远山粗陋如同防水布绷紧在巨型动物骨架。

沼泽散布如同鲜绿的蛙皮。

一个挑战的旅行者步行在上帝的沙盘。

河源

一群旅行者手执酒瓶伫立望天豪饮,随后

将空瓶猛力抛掷在脚底高迥的路。

一次准宗教祭仪。

一地碎片如同鳞甲而令男儿动容。

内陆漂起。

1988.12.12

恓惶

在恓惶的夜啊

她为我登高挑亮的灯,

不幸是蛇吻瑟瑟吐吸的剑。

我的箴言在恓惶的夜阴差阳错,

不幸是施术的咒语。

1988.12.21

1989

元宵

寂冷如海上花灯堆放通宵达旦独自璀璨
时光如淅沥细雨催发芭蕉留下淅沥不尽的瞬刻

回味翠柏生苔燧人作古碧螺冰天映照白雪
生的妙谛力透纸背石破天惊直承众妙之门

1989.2.21

听到响板

静啊。听到响板模拟山林。

是绿林响马月下失足折断幽篁老根。三两声是响板,骤然地三两声拍击灵魂。情节诡谲。空荡荡是影子,黑黢黢僵仆,倒地急促。一片秋的肃杀。冷汗之后,过了好久好久,静啊。惊心又是响板出其不意,是三剑客照面三岔道击掌初交手。亮相。哨头落地。秋的一片肃杀静啊。三两声响板,是谯楼敲击更鼓?

1989.3.2

骷髅头串珠项链

接受隆重委托去 L 古寺商业街购求一件尚不曾得识的骷髅头串珠项链。我为这一差遣不胜荣幸：逼视死亡究非人人所能，而况这一死亡信物又是生命的华贵装饰。而况这一华贵的生命装饰竟是对死亡之嘲戏。

现在我的内心满是对于此行的虔诚向往：骷髅头排列在我的灵视远远闪烁，不啻是海上女皇手里有待勇士跨海盗取的宝器那般发人遐想。是的，山里的泉水一直就是那样流淌着的，让所有绳纹陶器、彩绘遗存漉尽岁月的苦汁，地垄也一直是被农耕的手那样地掘松随心抟塑。

走进那家店铺时馨香淡雅袭人缱绻如小径似曾相识，让我暗自惊叹通向幽古的人性原是无可救药。我鼓起勇气，臂肘支起在玻璃橱面，让目光紧扫过叠床架屋般分置店内的古剑铜佛、汤壶净瓶、牙雕宝玉、狐帽锦衣、波斯银币、印度熏香、织毛壁挂、水獭花边……而寻求那一死亡赠品。

我来得过早，年轻的女店主还在内室为孩子梳洗盥沐，她抱起孩子掀开珠帘歉意地走进店堂，在与我相隔着的柜台将孩子放好坐端，歉意的目光是无声的。我重复了一遍我的请求，她的回答是歉意的目光。

这样，我看见孩子就那么乖巧地攀紧在她的前胸了，从粉白的衣襟下面终于寻到了她紫桑葚般突起的乳头，我听到乳汁吞咽如深井涌流回灌，而她则以纤指为孩子梳理软软的细发丝。那时我感觉勇士的渡海理应开始了。不过我又真的敢于跨海逼视死亡么？

是的，山里的泉水一直就是那样地流着。

那天的太阳十分明亮，镏金的大金瓦寺宝顶似一片黄金大陆格外辽远。一位极年轻的喇嘛从八座白塔那边走过来，揭起的一角红袈裟绕过脑后盖住前额遮挡午时炽热的阳光。那天一辆满载的朝圣卡车从街心驶过，插立在车翼的白布经幡像竖起的一支大鸟翎毛满是尘垢。而我感觉通向幽古的馨香缱绻如小径，不胜疲惫。但当我鼓起勇气再次求索那一死亡赠品或生命饰物，她探手从玻璃货橱取出并迅即抛给我检视的只是一柄武士金刚杵。

1989.3.15

眉毛湿了的时候

> 眉毛湿了是因为吐了一口气
> 啊,春天,难怪呀
> ——日本黑鸭子四重唱小组演唱团歌曲

古旧而刻板的方式重新轮始。
远近钟声连动如彩色布带在风中翻卷。
铜灯长明排列如仪,
那木鱼的七声旋律
便让夜行者感觉是行走在卵石崎岖的河道
时有失足的苔藓提防。透明的眼
水网密布,总在回味中悄声润湿。
苏醒就是时间。

当镰刀轻轻敲击另一把弯镰,
褴褛形如枣核如茧蛹,
哑女的手语展示铜雀,
音频弯弯一环套着一环远远飘散去。

此时众多脚踝一一踢开浮尘,
夕阳又已在山坡结满了窠巢。

1989.3.16

干戚舞

> 夫乐之在耳曰声,在目者容,声应乎耳可以听知,容藏于心难以貌观,故圣人假干戚羽旄以表其容,发扬蹈厉以见其意……诗序曰:咏歌之不足,不知手之舞之足之蹈之……此舞之所由起也。
>
> ——杜佑《通典·乐》

请操琴司鼓,
我们干戚舞。

眼皮浮肿,沉如穹门,
是前行还是却步?
感觉眼角掠过一抹仓皇的余光,
时间反差在竖子躯体染作一片幽蓝。
总进程如期在宇宙各部推进。
最后一个堂·吉诃德已告永别。
四野茫茫,一声落照,
漫山隆起死亡的居巢,
而毛发仍在世纪的交接寻找附着的皮。

儿子复制着父亲，苦媳妇熬成了婆婆。
悲喜毋宁是造物的导演？
父性雌化。英雄末路。廉颇老矣。
干戚舞。干戚舞。

北川萧瑟，而人声辉煌，
醒来，红番茄、紫苜蓿的土地杂色飞扬。
人像是多么奇妙的光学混合，
每换一个视角都有一次残酷的历险。
季节流转却与四时衣着一样刻板。
软雪在脚边散发温馨。
女性唇边一点光晕鲜如瓣橘。
牛骨仍自汤锅吐血新如桃花。
山羊昂向空旷捋捏自己静默的胡须。
眉毛是霉菌爱吃的翠竹。
糖炒栗子使寒冬微醺。
紫铜电缆导向一次远航。
当人们去追逐雪地上的银狐，
我却搜遍石室擒拿宿命的母狼。
我的裤管溅满跋涉者的泥泞。
我是最后走出谷地的皈依者。
一朵椭圆的灰云落在山门如我蓬松的枕。

干戚舞。干戚舞。请
操琴司鼓我们干戚舞。

是前行还是却步?
落日又在重复最后的一次滑翔。
行旅回首平川频频迫近的阴影挟着飒飒风声
若恢恢天网比乏走的马儿迅疾必欲一网打尽。
瞬间都在晚景。
而夜晚的渴望总有着无穷的内蕴。
何时再跨越戈壁奔向水声潺潺的盥洗池?
何时再见香波冲涤红嫩梳齿、冷泉注满奶瓶?
夜幕已经拉紧,电话亭空无一人
路标立方体全部如人倒毙,
汽车站牌同时中魔从此佝偻。

时不我与,是前行还是却步?
嗅着山的气息有如老虎的气息。
我们也将开始我们的睡眠。
醒来我们已是子弟。

干戚舞。我们
干戚舞干戚舞。

1989.4.15

窗外有雨

窗外恐怕是下雨了。今夜
把窗户打开还是依然关拢?

道路肯定是在雨里沐浴了。
湿泥土的气味毛茸茸地挤进屋子
像是灰鼠成群结伙蹑脚走过地板。
软软的夜在玻璃窗怪气地挂着。
外面肯定是下着大雨了。
一身金色雨衣飘起了白烟瘴。
但广场粉红的那一位更像是英才。
你还觉得鼻塞吗?
而你敢不敢为我踏上拖鞋去到阳台
把所有窗户打开?

1989.5.10

小城淡季

淡季的小城。

淡季是一张不辨性别的扁平的脸。

淡季是不流动的河。是静止的湖。

淡季是走走停停的一列慢车。

淡季是人人必说的陈言套语。

淡季没有引人入胜的剧情。没有灵魂悸动。

淡季是无声无息的季节。

淡季使人尴尬难堪渴望自我解嘲。

淡季是神经毒气。

淡季是街心花园。

淡季在每一畦埂的交点生长一棵绿树。

淡季在每一树底端坐一位抱膝冥想的女士。

淡季在每一女士的棋盘格女装背影与环境相容。

（偶尔也透出一点激情。

好比眼巴巴望着一乘花轿远去。）

淡季是一只倚着床栏惯会享受的丰腴手臂。

淡季是一衣架不沾汗息的春秋衫。

淡季诱人佻薄。

1989.5.12

一只鸽子

一只鸽子惦记着另一只鸽子。
旷野有一只鸽子如一本受伤的书，
洁白的羽毛洁如书页从此被风翻阅，
洁如一炉纯净的火。
而她安详的双眼已为荫翳完全蒙蔽。
太阳黯淡了。有一只鸽子还在惦记着
另一只鸽子。在不醒的梦里
旷野有一只鸽子惦记着另一只小白鸽。

1989.6.17

记诗人骆一禾

得知一禾去世噩耗时,我几乎是以一知情者听到谣传时所能有的漫不经心揶揄调侃了对方,声称事情完全被弄颠倒了,只应是一禾为故去的诗人海子料理后事而非一禾本人蒙受不幸。

其后不久接到一禾夫人6月27日的来信,写道:"……5月11日—13日他连续熬夜为海子著书著文,又上班,饭几乎每天吃一顿,身体很虚。……14日凌晨1时45分左右他突然发病,……他惊人地挺过了开颅手术,又坚持了18天……在5月31日13时31分一下子停止了呼吸,自始至终没能发出一句话来。"

至此我始信一禾确实是远行了。后有友人汉卿悼惜一禾的一句话曾长久留在我耳边令我思索,话称:"生命真奇怪,越是精美,越是脆弱。"诚哉斯言。但我仍有不解:精美就必脆弱吗?一禾自己倒是以"韧性"对待自己的生命,而打算在其一生中还要做许许多多有意义的事情,其一即于诗。他欲效法庞德为英美诗人工作的榜样,拟将一部分时间为中国新诗的繁荣做一些力所能及的服务。他说,"如果缺少着眼于中国诗歌的胸怀,一个人的成名是没有意义的,因为最后只等于一事无成"。他相信"平凡的人驮着更大的世界",断言"一个人不能只为自己做什么"。因之他要以"韧性"自许,并让我相信他所表示的"路遥知马力，日久见人心，以韧性的战斗将工作切实地做下去"的决心原就基于献身的自觉。那么又怎样去理解生命的"脆弱"？

结识一禾仅有两年多，记得是1986年的秋冬之际他给我写来第一封信。此后收到过他八九封来信，少则几百字，多则千言，我将其看作是一禾方式的诗话。直到1988年初夏我去北京办事才得去《十月》编辑部拜访这位不曾谋面而神交有年的年青友人。见面初始，我特惊异于他那一头鬈曲的蓬发，竟少见多怪地在心底为之咋舌，以为不可想象。第二天他到我投宿的一家浴池来看我，身着一套布料的墨黑西装，左侧领襟佩着一枚硕大的彩绘太极八卦图式胸章，同样出我意料（后来才揣摩出他对《易经》颇有心得）。他憨厚地笑着，为迟误了约会表示歉意，一面用手帕擦拭额头的汗水。那天极热，我给他买了好几瓶汽水并看着他一瓶瓶喝下去。事后他对我也好生奇怪，以为常人的方式应当是陪着他一同喝，哪怕是仅只做个样子。我们最后的一次聚会是在其后的第二天夜晚，他约我在他的一位同学家里吃饭。他对主人的安排十分满意，心境格外舒畅而无拘举止。他喝了不少青岛啤酒，并且是自斟自酌（我与主人均不善饮）。对于此种氛围我也有了一种宾至如归的感觉。但见他渐渐地进入了一种微醺状态，只有在那时我才得见进入完全的自我时的诗人一禾之心性。我们不太插话以免惊动他，唯听他独语：或阐发见解，或背诵《神曲》章节，或引述名人语录，一任思路所之。我暗自慨叹他超常的记忆力与知性。无疑，他的经过切实思考而做出的对一些事物的独到判断更易给人留下印象。

我以为一禾是一位可以期望在其生命的未来岁月会有卓越贡献的诗人或学问家。如果说，他有可能成为一片新的陆地，但那陆地仅只是刚刚展开一道脊梁就已被无情的浊流吞没；如果说他有可能成为一环辉煌的彩虹，但那一作为太阳投射的生命的焰火刚刚呈示勃发的生机又未免熄灭得太过匆促；我们只听见一位伟男子的脚掌正待步下楼梯，但那人背转身去，从此我们再也听不到一点声息。一禾的去世太让他的朋友们感到悲哀。

近日特意翻检了他生前写来的信札，当初不曾为我特别留心的言语此番读来仿佛都另有深意存焉，如称："华伦斯坦在中年之际说了一句话：'人生是这样紧而窄'，这不是郊寒岛瘦似的缺少气象，而是指人在勉力前行时的感受，我值青年之际竟能领会一句中年的人生感叹，……"如称："苏格拉底说：'你们去生，我去死，哪条路更好，只有天知道。'"如称："我愿我的河流上／飘满墓碑。"……是指向未来的预言？或是对于生命的感喟？然而一禾终已无可挽回地永逝，隐忍不言可矣。

1989.7.12 匆草

1991.1.14 删定

哈拉库图

城堡，宿命永恒不变的感伤主题，
光荣的面具已随武士的呐喊西沉，
如同蜂蜡般炫目，而终软化，粉尘一般流失。
无论利剑，无论铜矢，无论先人的骨笛
都不容抗御日轮辐射的魔法，
造物总以这灼灼的、每日采自东方的花冠
冷眼嘲弄万类，可不寒而栗，
而唤醒世人天性敬畏的情感，
让思图妄动的手足虔诚肃立而惧于非礼，
而有一缕温馨袭来如柏木的清香呈示善的氛围，
按摩孤寂的灵魂，予人无限幽远的思绪。

城堡，这是岁月烧结的一炉矿石，
带着黯淡的烟色，残破委琐，千疮百孔，
滞留土丘如神龙皱缩的一段蜕皮在荒草
常与牧羊人为伴。
是在秋季，满坡疯长的狼舌头
在霜风料峭中先后吐露出血色，

太阳奇冷莫测已灼痛访古旅游者的细皮嫩肉,
山野细微的嚣声如同阴影骤然浓重,
好像自境外起飞成群袭来的蝙蝠,
好像灵魂自身的压力。
坡底村巷,一列倚在墙垣席地端坐的老人
仍留在夕阳的余烬曝晒,
面部似挂有某种超验的黏液。
直到贩卖窑货的穆斯林商旅终于重新吆喝起修讫的木
　轮车,
蹚过村边小溪的过水路面隐没在村外雾霭,
没有一个世人能够向我讲述哈拉库图城垒。
记忆的负重先天深沉。
人类习惯遗忘。
人类与任何动物无别而习于趋利避害。
而遵循快乐原则。

乡亲指给我说:其实历史就是历史啊,
我们年轻时挖掘的盘山水渠还在老地方,
衰朽如一个永远不得生育的老处女。
那是一条不曾走水的水渠。

但是哈拉库图城堡有过鲜活的人生。

我确信没有一个古人的眼泪比今人更少,
也没有一个古人的欢乐比今人更多。
那时古人称颂技勇超群而摧锋陷阵者皆曰好汉。
那时称颂海量无敌而一醉方休的酒徒皆是壮士。
我正是从哈拉库图城纪残编读到如下章句:
……哈拉库图城堡为行商往来之要区,
古昔有兵一旅自西门出征殁于阵无一生还者,
哀壮士不归从此西门壅闭不开仅辟东门……

啊,你被故土捏制的陶埙
又在那里哇哇呜地吹奏着一个
关于憨墩墩的故事了。
唯有你的憨墩墩才是不朽的大事业么?
啊,歌人,憨墩墩的她哩为何唤作憨墩墩哩?
你回答说那是谁也说不清道不明的事哩,
憨墩墩嘛至于憨墩墩嘛……那意思深着……
憨墩墩那意思深着……深着……深着……
啊,你被故土捏制的陶埙莫不是在奏着一个
从古到今谁也不曾解开的人性死结?

时间啊,令人困惑的魔道,
我觉得儿时的一天漫长如绵绵几个世纪。

我觉得成人的暮秋似一次未尽快意的聚饮。
我仿佛觉得遥远的一切尚在昨日。
而生命脆薄本在转瞬即逝。
我每攀登一级山梯都要重历一次失落。

下雨了。我仍回到乡亲往昔的小木屋，
主人让我盘膝坐到炕头，为我撑开雕花窗棂。
他说再没有一个匠人造得出这样的雕花活计了
他执意不肯换装新式玻璃窗扇。
他让我隔着雨帘观赏远山他的一匹白马。
这是他的白马。
马的鞍背之上正升起一盏下弦月
雨后天幕正升起一盏下弦月，
映照古城楼幻灭的虚壳。
白马时时剪动尾翼。
主人自己就是这样盘膝坐在炕头品茶
一边观赏远山急急踏步的白马
永远地踏着一个同心圆，
永远地向空鸣嘶。
永远地向空鸣嘶。
这一晚夕主人让我独自留宿在这间空屋，
他劝我不要再寻思城堡的事，

他说那里很脏很脏很脏,

他说那处填满卵石的坑穴刨出过许多白骨。

他让我早些安歇。

临别却又担心无人与我伴睡是否害怕。

他说奶奶们会因我的归来而高兴。

子夜,一头狮子猫闯入我的枕席

刮起了一阵痉挛的旋风。

早起,主人发觉供在香案的一方酥油已被叼失。

主人解释说奶奶们昨夜见我归来竟已如此高兴。

啊,情感的一切玄思妙想原就早都有过的了。

唯古卷散轶,案牍焚如,每日几成绝响。

想那活佛驻锡,巫祝娱神,行空荒之地千里。

想那王子百姓衣皮引弓之民驰骋凭陵插帐筑墩。

想那金鼓笛管简板木鱼布先王八卦书童诵《易经·天
   地定位》之章。

想那锦盖幡幛绅民皇皇。

想那驻牧山头的妇人聚牛乳九筒礼佛。

情感的一切玄思妙想原就早都有过的了。

衰亡的只有物质,欲望之火却仍自炽烈。

无所谓今古。无所谓趋时。

所有的面孔都只是昨日的面孔。

所有的时间都只是原有的时间。
被烧得高热的额头如一只承接甘露的黄金盘,
仰望那一颗希望之星
期待如一滴欲坠的葡萄。

啊,昔日的美人,那时
她的浓浓的辫发乌亮油黑如一部解开的缆索
流溢着哈拉库图金太阳炙烤的硫黄气味,
而那青春的醉意是一雏鸟初识阳光时眉眼迷离的娇羞,
而今安在?
青春予人享有仅是一次性的权利?
我记得先是看见一个女孩擎举着自己的花朵
走向婚寝,而后得知了那一世代相传的结局。
故人向我告知她的大孩子原已一病不起。
小儿子服药耳聋成了哑人。
瘸腿的丈夫被山洪冲倒从此胳臂残缺不全。
故人说她常犯癫痫而咬碎舌尖。
美丽的容颜只是春日的花圃顷刻即会凋敝?
如果时间的真实只是虚幻的心像,
哈拉库图萧瑟的黄昏还会可能与众不同?
一切都是这样的寂寞啊,
果真有过被火焰烤红的天空?

果真有过为钢铁而鏖战的不眠之夜？

果真有过如花的喜娘？

果真有过哈拉库图之鹰？

果真有过流寓边关的诗人？

是这样的寂寞啊寂寞啊寂寞啊，

像一只嗡嗡飞远的蜜蜂，寂寞与喧哗同样真实。

而命运的汰选与机会同样不可理喻。

正午，我与为一少妇出殡的灵车邂逅，

年老的吹鼓手将腰身探出驾驶室门窗，

可着劲儿吹奏一支凄绝哀婉的唢呐曲牌，

音调高亢如红装女子一身寒气闪烁，

传送了一种超然的美丽。

我跟随灵车向墓地缓行

我听见心尖滴血暗暗洒满一路。

没有一个历尽沧桑者不曾有落寞的挫折感。

没有一个倒毙的猛士不是顷刻萎缩形同侏儒。

死亡终是对生的净化？

秋天啊，秋天啊，秋天啊……

高山冰凌闪烁的射角已透出肃杀之气，

阔叶林木扬落残叶任其铺满昨夜的雨水，

唯此眉眼似的残叶还约可予人一派蕴藉的温情，

以不言之言刻意领悟存在，乘化淡远。

竟又是谁在大荒熹微之中嗷声舒啸抵牾宿命？
贩卖窑货的木轮车队已愈去愈加迢遥。
哈拉库图城墟也终于疲惫了。
而在登山者眼底被麦季与金色芸薹垄亩拼接的
山垴此刻赫然膨大如一古代武士的首级，
绿色帚眉掀起一片隐隐潮动的嚣声。
他为眼前这一突然发现而震悚觉心力衰竭顿生
恐惧。他不解哈拉库图的译意何以是黑喇嘛？
历史啊总也意味着一部不无谐戏的英雄剧？

        1989.10.9—24 于日月山牧地来归

仁者

——为蓝海文博士《留在世上的一句话》撰稿

人生困窘如在一不知首尾的长廊行进，前后都见血迹。仁者之叹不独于这血的真实，尤在无可畏避的血的义务。

1989年

惟谁孤寂

惟谁孤寂?
我召来雄鸡在我阳台巢栖,
听热血以时呼唤清如烟燧。
我间日去到阳台斩断自己的胡须,
将其剁作肥田粉末投进花盆。
我燃烧眼泪如同夜明珠
却常常是对于人格的祭祀。
不是每一瞬笑容都为献与。
诗人不是职业。而鸡鸣喈喈。

1989.12.21

两幅油画:《风》与《吉祥蒙古》[1]

两幅画,我选择哪一种?

任一种选择都将费踌躇而意味着别一的丧失。

这是为金黄、猩红与铁青信仰交辉的吉祥蒙古,

女眷之授受具有仪式般的血缘涵蕴高贵而古典。

髭发的脑门无声之肃穆已刻骨铭心,

如闻远古弥散的白骏马。

与生俱来的使命感仍旧是美的沉重?

那就选择风吧。这是享受的风。

田野赤足奔跑的少妇微微张扬身子

仿佛沉溺于跳绳的幻梦。

短裙蓝如月色。领颈留有日光皂息。

她恣意与土地起伏,纯真、透明,扑朔迷离。

在血红夕照之后一种轻盈之美对于灼痛的创口

无异于蛋清调制的一层药膜。

那就享受风吧。享受风的抚爱。

而美的别一丧失已复构成选择之痛苦。

1989.12.29

---

[1] 油画《风》(刘仁杰)、《吉祥蒙古》(韦尔申) 见于《美术》杂志1989年9月号。近闻两幅作品均在第七届全国美展获奖。前者获银奖,后者获金奖。

远离都市

远离都市，车夫的马车在流澌的河道颠踬驱驶。
水流抹平马腹，有人惦记水寒伤马骨。
北方的原野广袤无垠，伶仃的马肢
在马铃散落中措动节肢，步态安适。
忧戚的眼神掉在忧戚的河道，天边长出
蜷曲的鬣毛。

1989.12.30

1990

故居

故居已老如古陶。世界阒然。
内室清明，窗玻璃贴满眼睛。
天花板有飞鸟迷途。
门枢不时膏注传奇免生蠹虫。
楼道脚踪迤逦如船队穿梭海峡。
青草地点燃新月鸡鸣照亮篝火。
檐滴溢满几代隐身人的梦戏。
摘掉了字画的墙壁有摘不掉的伤疤
挂在老地方。秒针仍在叩动过去时。
我嘲弄过这间螺蛳壳儿。
我为自己在一根扁担安身曾反复论证。
我曾以草绳图谋吊断自己的后颈。
有过三娘教子，九节鞭抽杀傍晚。
而火警与花盆同时留下悬念。
老邻居的容貌已记不太真切。
最近有人告诉我殁的已殁，走的已走。

来的已来,生的已生,活的尚还活着。
我哭了。无疑我们都将是隐身人,
故居才是我们共有的肌肉。
柔肠寸断。你才明白柔肠寸断。

1990.1.9

紫金冠

我不能描摹出的一种完美是紫金冠。
我喜悦。如果有神启而我不假思索道出的
正是紫金冠。我行走在狼荒之地的第七天
仆卧津渡而首先看到的希望之星是紫金冠。
当热夜以漫长的痉挛触杀我九岁的生命力
我在昏热中向壁承饮到的那股沁凉是紫金冠。
当白昼透出花环。当不战而胜，与剑柄垂直
而婀娜相交的月桂投影正是不凋的紫金冠。
我不学而能的人性醒觉是紫金冠。
我无虑被人劫掠的秘藏只有紫金冠。
不可穷尽的高峻或冷寂唯有紫金冠。

1990.1.12

象界

像是在一个大雾的早晨。

像是在一处大海域。但看不到海水。海水
都汽化成雾,浓重而稠密,蜡封了整个世界。
于是世界就在雾霭厚厚的保护中甜蜜地休眠。
那时飞箭不飞,飞鸟之影未尝动也。兢兢业业
一世的我的神经也在顷刻得到解放而自然放松。
这时我听到一对童男女在空蒙唱起一首童谣。

古瑟古瑟当当
昴衰窕岛冈桑

恍兮惚兮。
而那声调朗朗盘桓往复直是童子,只觉着祥瑞喜气。
我仿佛被胳肢着而由不得格格地笑成一颗葡萄失去
声息。后来我感觉身子徐徐展开缓缓进到一个童话
结构的古朴乡村,我熟悉其间的红漆箱橱、乌亮的
上马石和镔铁门环。被唤作花大姐的二十八星瓢虫
珍贵如钻石。我恍然觉得自己是一个孩子也就跟着

信口唱了起来。

故事故事当当
猫儿跳到缸上
缸扒倒，油倒掉
猫儿姐姐烙馍馍
馍馍呢？狼抬掉
狼呢？进山了
山呢？雪盖了
雪呢？化成水
水呢？调成泥？
泥呢？拌成墙
墙呢？猪毁掉
猪呢？一榔头砸死了
猪头顶门扇
猪耳朵抹掉碗
猪尾巴扫案板
猪蹄脚架掉火
古瑟古瑟当当
昂哀窕岛冈桑

那是在一个大雾的早晨。后来

太阳出来，大雾消散，原来我是垂立在人海，
童谣虽隐约可闻，时我已恍兮惚兮似解非解。
我们重又体验苍老。我们全角度旋转自己的头颅。
世界如此匆忙。

1990.1.14

鹜

趋也是鹜。

遁也是鹜。

落潮不称潮。热门不见门。

失去意义的日子无聊居多。

好时光尽在青果腐朽。

一枝梅几个骚士饶舌。

山里有滥觞之水可以濯吾足。

山里有滥觞之水可以濯吾缨。

君子何曾坦荡荡。

小人未许常戚戚。

坐也无眠。起也无眠。眠也无眠。

春雪已飘飘,春雪又飘飘。

春雪常飘飘。

1990.1.16

苹果树

一只刚从树上采摘的苹果摆放在茶几。

我抱起脚掌横陈膝头，然后用一把刮削器刨除那层苔藓般包垫在脚底及其周围的老茧。我丝毫不觉疼痛，直到这段苍老如同阴沉木的脚跟透出红嫩而圆润的光泽，直到整个脚掌如同一件陈列在现代艺术殿堂的精美圆雕。然后再去修缮另一只。然后我收集起掉落在地板的皮屑去室外抛向草丛。心里想着，觅食的母鸡会很快啄净其中大部，余下的细碎皮屑也将成为微小生物或草根的养料。其实在长年累月中我身体的每一部分早已潜移默化地一点一滴变作他物了，而他物又已成为他物的他物。

那么我是谁呢？

我想，我的骨骼是钙的化合物，当我留心保护好自己的骨骼免遭断裂，这种由百分之六十五以上的矿物质构成的实体也就有了自我意识。岩石也有了意识。生命与非生命体也就在这一同构中相通了。

那么我又是谁呢？

我想，我就是万物，死过了，但还活着。

奥妙的宇宙啊，你永远有理。

于是我不由兴致勃勃仰身承接阳光搓洗双手。想起阳光底下的苹果树也是这样捧起阳光搓手。想起了树的馈赠。于是取过红苹果操起小刀品尝甜美多汁的果肉，直到掌心只剩了一颗果核。我没有扔进火炉，而以手帕携往野地投进泥土。炉火将使苹果树疼痛。

其实又是我疼痛。谁能模仿我的疼痛。

山巅一只假肢开着苹果花。

1990.1.20

极地民居

原野苍苍。

所有道路都被一宿风声洒扫。

天下好像不曾走动过脚踵。

记不起有无客来。布幡褴褛。

穹隆甚低。野鸡翎插在墙壁。

酒杯已朽。我不再擦拭铜壶或礼器。

烛光在窗纸晾干。屋脊不再呜咽如狼。

书稿摊开撒满废字。是鱼目刺痛眼珠。

山阿里有融融唢呐声融蚀烈女的郁结。

冰河与红灯谨守着北方庭除。

一切平静。一切还会照样平静。

一弹指顷六十五刹那无一失真。

青山已老只看如何描述。

1990.1.22

陈述

我所不知的惊赫如一男子
自古井的最深层踏往井口之渺茫,
足迹带着时光旷远的绿斑响如破竹。
那时惊赫如同旷远的一声伤痛令我惕厉。
入寐,我在独守的一隅常突然乐醒,
我所不知的喜悦适如婴儿成因不明的
浅笑。

1990.2.3

一片芳草

我们商定不触痛往事,
只作寒暄。只赏芳草。
因此其余都是遗迹。
时光不再变作花粉。
飞蛾不必点燃烛泪。
无需阳关寻度。
没有饿马摇铃。
属于即刻
唯是一片芳草无穷碧。
其余都是故道。
其余都是乡井。

1990.2.7

僧人

一个闯荡人世而完全不知深浅的家伙
或有可能被上帝蠲免道德体验的痛楚。
但你是一个没有福分的人,
因此许多固执而虚妄的观念继续将你侵蚀,
有如氢氟酸液在玻璃刻下粗重的纹路。
你自命逃避残忍。
因此你继续追寻自己的上帝。
那强有力的形象以美妙的声音潮水般袭来
冲洗灵魂,让你感受到了被抽筋似的快意。
这就是信仰吗?那么信仰仅在信仰的领悟。
那么无信仰就属于麻木。
那么失却信仰就叫空虚。
那么信仰就是领悟人生五味。
难怪一声破烂换钱的叫卖就让你本能地忧郁。
你自奉人生就是一次炼狱,
由此或得升华,或将沉沦。
你是一个持升华论者。
你必须品尝道德体验的痛楚。

在你名片的左上角才有了如许头衔：

——诗人。男子汉。平头百姓。托钵苦行僧。

在你的禅杖写着四个大字：行万里路。

你自命逃避残忍。

而逃避残忍实即体验残忍。

语言的怪圈正是印证了命运之怪圈。

但那一强有力的形象总是适时给你以爽洁快意。

你总觉得头顶有一片网系密布的河流。

或是五光十色无尽飘游的丝絮。

或是似乎一刻也不曾脱离你脐孔的胎衣。

你所感觉的不过是你心室的杂音。

而你痴信那一强有力的形象远在头顶

与清澈同在。与氧同在。与幽寂同在。

与高纬度的阳光同在。

你于是一直向着新的海拔高度攀登。

海域在你身后逐日远去，

大河在你前方展示浩渺，直到源流穷尽。

你已上溯到恒静的高山极地，

光明之顶就在前方照耀如花怒放。

太阳就在中天冷如水晶球使你周身寒瑟。

这是惶恐的高度。

这是喇嘛教大师笃行修持证悟的高度。

你感觉呼吸困难而突然想到输氧。

你如紧持盾牌逼向敌手的士兵瘫软了。

但你孤立无援。

你瓢泼似的呕吐。

你将像乌贼似的吐尽自己的五脏六腑。

你本来无须逃避残忍。

你本来就拥有行使残忍的权利。

但你却想从残忍逃亡。

你想从危机逃亡。

你挣扎。你强化呼吸。

你已如涸泽之鱼误食阳光如同吞没空气。

你懊丧了吗？你需要回头吗？

但你告诫自己：冷静一点。再冷静一点好吗？

你瞪大瞳孔向着新的高度竟奇迹般地趔趄半步。

又向着更新的高度趔趄而去。

光明之顶始终没有从你的瞳孔逃逸。

假如你明白世俗的快意原就在自己身边

如同电气机车进站哞哞鸣响发音器一样真实，

假如你明白富氧层就在你最初出发的地方，

假如你还能回忆起多氧环境的种种舒适，

假如你还记得鲸群在海流如此唱歌：

我们在这里，我们在这里，我们在这里……

你是否悔恨失去了许多机会,
顷刻间你是否感觉一切都已迟暮?
假如你明白富氧层就在你最初出发的地方,
你以为自己将腐烂得更快一些吗?
光波以超常的压强一齐倾泻使你几欲狂躁。
此刻你渴望昏迷如同渴望黑夜。
你将因窒息而毙命。毙命也就得到安息。
但你拼命喘息像一位乞丐吮嗍一块羊脊髓。
你感觉到的屈辱是什么色彩?
肉体的花苞枯萎了,褪尽桃红。
你对自己说:不要难过,从阿谀者听到的
仅是死亡,而从悲歌听到生的兆头,
你听到氧元素远在头顶与鲸群对歌,
光明之顶被罩在你放大的瞳孔,
那强有力的形象滚滚而来使你感觉到了
被抽筋似的快意。你又向前趔趄了半步。

        1990.2.11—20

江湖远人

江湖。

远人的夏季皎洁如木屋涂刷之白漆。

此间春熟却在雨雪雷电交作的凌晨。

是最后的一场春雪抑或是残冬的别绪?

时光之马说快也快说迟也迟说去已去。

感觉平生痴念许多而今犹然无改不胜酸辛。

一年一度听檐沟水漏如注才又蓦然醒觉。

我好似听到临窗草长槁木返青美人蕉红。

夏虫在金井玉栏啼鸣不止。

又听作是庭隅一角有位年青仕女向壁演奏圆号,

那铜韵如盘雅正温暖为我摹写睿智长者。

气度恢宏的人生慨叹,

疲倦的心境顿为静穆祥和之氤氲沛然充弥,

泪花在眼角打转却已不便溢出。

人生迂曲如在一条首尾不见尽头的长廊竞走,

脚下前后都是斑驳血迹,而你是人生第几批?

远人的江湖早就无家可归,

一柄开刃的宝剑独为他奏响天国的音乐。

如火炭扑哧入水,那一柄宝剑正当开刃,
便奏响了天国的音乐。

1990.4.2 凌晨雨韵中

雪

大雪的日子不过是平凡的日子。

大地转动如纺轮不过是纺着些绵薄的雪花。

雪地葱白不过是雪的葱白。

雪地寒峭不过是雪的寒峭。

四月十一日大雪的日子鸟儿哪里去了!

没有一声鸟鸣的日子是空空如也的日子。

雪风长驱也不过是风之长驱。

雪人啼号也不过是人之啼号。

        1990.4.11 晨记

空间

  老妇人手推一部安装有四个轱辘的摇篮，顶着黄风踱向街口对侧而没察觉驶近的街车。女司机及时控动了制动器，于是所有右行转弯的车辆都次第停稳并亮起红色尾灯。人们注意到从车前觳侧着身架通过的老妇真是弱小得不足道啊。而那时我却想道："有谁记得空间点阵的排列方式呢？有谁又记得？"的确，那是组成晶体的质点依照一定规律在空间排成行列的方式，是决定晶体物理属性的方式。而且，人们通常总是觉得只有金刚石晶体质点排列的方式最美。但是老妇人和她的婴儿及摇篮车终于远去，黄风也完全遮蔽了人行直道匆匆赶路的人众。风声更紧了。

  那么，有谁如我似的记得夜晚厅堂灯笼投射的烛光？在烛芯漾起的一圈蜡液里，滚烫的烛光像是德伯家的苔丝小姐噘起的唇瓣，那么水汪汪的，深情极了。辉映四壁的烛光深情极了。像是石板上薄薄漫溢的溪流揭去一层又是一层。好像面唔知交，从寂然无言中也能感觉其间有着灵魂热烈的絮语，温暖极了。

1990.4.24

齿贝

古人以贝壳作为货币真是一个绝妙的主意。

然而那第一个萌发此一念头的钟情者是谁？

一切都太迷人了，这犹如我曾痴想过的另一种谜：原始制陶时期不同种属和地域的居民，是凭借怎样的灵感使他们不期然而然地创作出了有着相同风韵的陶罐？而且，又是怎样的默契使他们经历了同样的土风舞时期？

现在我却是对着齿贝发痴。

我从海拔四千米的西部郡治一家藏医药房得到三枚作为药材储存的贝壳。是我从来不曾见识的小小的贝壳。壳体呈流线形隆起，鼓鼓的褐色釉质层面纹理析出，酷似一篇回鹘文书。腹底有一纵向裂唇，细密的齿痕留在唇口两侧几可啮合。三枚贝壳像三枚泥哨。像编队中的一组甲壳虫。像三枚眼球停在我掌心，精美极了。那时我稍稍合拢手掌（手感诱人），它们就相互挤压发出好听的瓷质的叽叽声响。我于是翻检一本可靠的参考书得知它们叫齿贝，即如古殷周时期作为通货贝币流行的那种齿贝。我于是明白了古人的选择。如果我是当初的古人也将可能做出这种选择。我的根据（或者理由）仅仅是：它们是如此意味蕴藉而与常情暗合。因此齿贝或陶罐、土风舞被人选择是非常自然的事。

那么爱也是非常自然的事吧。然而爱却远非平常的事。我这样地想。

1990.7.19

头戴便帽从城市到城市的造访

从城市到城市
我以铲形的便帽向着沿途的城市致意,
而不只以胡须。系好背囊
我已加入S市的浩荡的午潮了。

不知太阳从何处升起又向何处降落。
不知风从何方吹来。
但我知道渔火与龙骨发育的土地,
黝黑的河流盖满色彩斑斓的货船了,
而老街镶嵌的古井意兴阑珊,那里
涮净的马桶排立石栏形如古风淳朴的酒罍。
暑气在我的长发云蒸了。
我比长发女人更能体验日子的热烈。

我开始寻找一条小小的弄堂。
寻找一位被岁月埋没的诗人。
他在蜗居推演八卦研讨命运开凿淘金之河。

这个世界再没有向导能够为我指明这块门牌了。
他们不喜欢我的便帽。这里不记得便帽。
然而那头戴便帽的一代已去往何处?
感觉眼中升起一种憔悴。
我的便帽也蓦然衰老了。
从脸孔似的面具直到面具似的脸孔,
从岩熔似的屋宇直到屋宇似的岩熔,
艰难的跋涉属于心理的跋涉了。
我从风景似的广告走向广告似的风景,
花匠仍以例行剪修着每日的缺少激情的花篮,
无意旁骛。没有什么还会在花蕊上闪耀了。
他们不喜欢我的便帽。

现在我重新体验缺少激情的生活的劳累了。
难道花匠、城市与便帽之间会有一种血肉联系?
我猜想这定然是一座歧视帽子的城市了。
那么谁还记得土耳其诗篇《关于便帽和呢帽》?
那么谁还记得诗人希克梅特每周六天头戴工人便帽
骄傲地走向土耳其城市大街?
诗人梦想着自己将占有两千万顶呢帽。
那是一个护卫花冠如同生命的乐观时代。
那么谁还记得有过一代纯真而可爱的遗老?

我想起一群青年为矢志远投边荒的朋友饯行，
行者喋声，送者失语，举觞投箸不能尽，
席间有着萧萧易水的寒凉。
我恍若自己就是那位决计西行不复的壮士了。

而那时我寻觅的隐士以电声向我传送他的歌吟了。
他引领我穿过迷宫似的街区，
为我打开铁栅防盗门，再打开二道板门。
我探询主人会不会因为我的便帽而觉遗憾。
他全无保留地赞美我的便帽并称誉我狂放的
发式及胡须。我们同声大笑脱掉鞋履步入内厅。
这是一间被主人精巧藏匿着的蜗居。
他的夫人已将甜羹一碗一碗盛放桌面了。
是晚有一次沙龙式的诗人聚会。
不久他们都陆续光临这间书斋。
从诗人的握手我才真正觉出进入城市的快乐了。
于是我以铲形的便帽频频致意。
我讲给他们便帽的故事。
他们说那时还有聂鲁达、勃洛克、马雅可夫斯基、洛
　尔伽……惠特曼。
当然还应该有 S·M·阿垅……

A 国学者 W 侧转他那列宁式的椰果似的脑颅,
讲说彼岸他的北美大陆正在兴起希克梅特热。
而我插言说早在 50 年代我们就已热过了。
硕果仅存的一代只是唯一的我们。
苍穹之下未必还有比这更值得一记的恳谈了。

从城市到城市
我坚持以我铲形的便帽向着沿途的城市辞别。
除此而外还能以何物展示我们高贵的平民精神?

习习夜风中商界林立的旗帜潇洒地飘展了,
喷泉广场的金属旗柱以峻急的嗡鸣竞相呼应,
我记起西部荒漠疾风催生时的凛冽了。
而我的胡须作为不凋的草木已在车轮摇滚中进入梦乡。

1990.7.22

先贤

五个

看湖水的人隐约蜷局在金色沙洲的边缘。

是五个看湖水的鸟。

是五个佛吗？是五个佛隐约蜷局在沙洲的边缘？

而无论人鸟或佛此刻都是乡绪的诱因啊。

耄耋之年

老人无悔的追忆仅有着对于世事的万般宽宥。

1990.8.24

黎明中的书案

当东方微白
流动的意识尚还梦游在涩滞的墨底。
而闹钟及时的报警使时间与神经网络同刻挛拘。
信笺摊放案头,青丝在啼血的一页已悄悄萎黄。
陨星终于隆重完成与大地的对接。
河流从黎明的伤口再度获得新生,
而那一份鲜活的气息吹来窗纱
在愈趋清爽的光照间淡淡飘忽。

1990.8.27

她

梦醒，我做着徒劳无益的回忆，搜尽记忆之舱也丝毫寻找不到她在我生活中的影踪，而刚才在梦中还分明记得她是我唯一的挚友（不，还不仅仅是挚友）。现在我被逐出了梦之门，有关她的记忆也随即被剥夺得一干二净，甚至于丢失了她的容貌：她只是一个与梦浑融的念头。现在，我是在梦的背面了。

多奇妙：人生实际上有着两种自我，然而哪个更惬意或更真实我都难于启齿。但可肯定忘川是无处不有的存在，悬如瀑布，不仅要从我体表，且渗透到灵肉的每一切面将我过滤似的淘洗尽净，最终的我也只将剩下一片冲淡的虚影而最终消弭于虚无。但我现在还确信记得那个她人，自信在我心间还保留着那个她人给予的一团莫名的温热，这事实究竟是幸福还是残忍！这种情形让我记起四十年前看到的一群死刑犯在处决前片刻的接耳交谈，那时，我仅能从一个孩子的眼光思考，心想：他们的交谈究竟还有什么意义？

1990.9.10

作家劳伦斯

D·H·劳伦斯（1885—1930年），可怜巴巴的人。他玩弄文字积木。他施展第二信号系统的魔法以妖言惑众。他败人名声误人子弟践踏良家妇女的清白。他制造悬念杜撰情节无中生有。他诋毁死亡弘扬肉欲模拟"龟的叫喊"。如此种种无异于恶魔匪徒娼妓，岂不可怜巴巴？然而当你得知他竟也为金钱短缺而忧心如焚，当就更有理由称其为"可怜巴巴的人"了。请看他在1918年3月17日致友人书如此写道："请转给我的支持者，帮我争取到一百英镑。这笔钱对我来说是雪中送炭，是个很大的恩惠。"他五次提到金钱的数目。在同年6月3日致同一友人书里如此写道："可怜的韦伯利，他是多么的善良，想替我搞到点金钱，不知是否能够如愿以偿？"而在6月14日致另一友人书里称："我刚刚填好了申请表——向皇家文学基金会要求帮助——但是我既不客气，也不肯折腰，所以很可能什么也得不到。"还可以从他的许多信里读到这样一类抱怨："我对时常病魔缠身、手头拮据这些情况感到非常厌倦。……严冬降临时我感到非常痛苦。噢，请必给我寄一些钱来，我快要到身无分文的境地了。……什么时候才能不为吃穿二字发愁呢？"……

诗人劳伦斯：苦闷的纪程，为人性受辱的雕像，印象难于泯灭的只是他的时代。

1990.9

西乡

西乡的寺院梁木虫蛀。
头戴猩红呢帽的僧人从街角双双而去了。
情人的铃鼓早就上路,
过了西域还得依然地西域,
预想变作了期盼中的追忆,
只恐怕王子已经赶不到突厥王廷。
这如何可以?一旦听到寒霜降
又是岁草荣枯四时轮转似曾相识。
你哪,看到路边半点红漆
就要疑神疑鬼肉跳心悸惆怅满腹。
男子,你从男子的缘分踏来,
造物给你胡须、宽肩阔背和指环般抠紧的喉突,
而你已羞于识别自己的声音。
这如何可以?酒与泪虽都属于生命的分泌,
而酒只当赐予光荣的武士。
女人已经接替你搁置的长矛和盾牌。
淫雨季较之枯水期同样难熬啊。
前川的寺院已经年久失修殿堂坍塌。

我独自一人过桥往西

留下马蹄与石子相磕的节奏落在夕阳

蜂蝶一般也恰合时宜。

太阳风的旋涡有一农妇淹没,

张扬的筒裙笼罩在田野秋日的铃鼓,

她趁势曲起腘窝并以肘臂掩饰射来的光雨,

那份幸福感从她如诉的眼神暴露得淋漓尽致。

在西域以西一匹红布刚刚覆盖住死者的天空,

油灯已在脚底照亮亡人装殓齐整的绣金绲边双鼻梁
　　马靴。

再生如同土崩。

可叹那活泼的灵魂如同自由的瀑布独爱险绝,

当他处于无可逃亡的追逐总会急中生智纵身一跃

喝叫一声起飞,于是他真的就已腾空隐遁。

可叹啊,他终于无可逃亡。

可叹血温就在岁月消歇。

喀斯特溶岩惊心的水滴贯通夜晚千年的干旱。

就是这样,时间咒语让后来者醒来,

又复令前驱者神迷。

瞌睡虫已将万物涂上梦魇浓浓的油脂。

那胸襟的勋绶会比树叶更长久?

有意无意我将一方纯白手帕折叠成了花朵,

永远遗忘在亡友案几像是走入一次冬眠。
当听说深山的寺院法器被盗石幢毁损,
我正只身自西乡西返而怅然有怀。

1990.10.19

1991

处子

  我自瓦罐取来煮熟的鸡卵，揭去拍打松软的壳衣，凝冻如玉的蛋白体就完整地裸现眼底了。我暗自激动，因为那时我忽有青春之思：——是啊，这真是处子一样的丰润啊。这真是处子一样的纯净啊。这真是处子一样的娇嫩而鲜美啊。因此，青春的胴体才要殚思极虑调摄天地之精以抗拒衰老的迫近？……啊，真是嘲讽的象征呀，被认作成功地却拒了衰老者唯有狂士，唯有凡·高、尼采，唯有接舆而歌者流不羁的幽灵。忍受着自己思想之挤压、煎逼的精神果实，终于如沸煮后的鸡卵冷却剥离物化。是对于生存的憎恨？是对于所爱之反哺？但那一自我完成的毁灭也属于热情之火，而火又如何衰老？毁灭其于青春的寓意又是如何地让人深感愕然啊。

1991.1.2—3

图像仪式

他站立黑石戈壁如同觇标。在其身边,与人等高的一块向天空发出指示的彩色模板呈仰角侧立。相距稍远的正前方处在同样的一块模板旁边是取同一姿态站立的人,好像是以骨牌方式排列着的操练中的士兵,浩浩荡荡如此一直通往太阳所自坠落的远方。

他站立着,像教徒忠于自己的信仰与职守。

升起在蓝天与黑石戈壁接壤的间隙,一架担负特殊使命的小型飞机朝向这一行以人体组合的中轴线飞来。他站立如同一座觇标。他好像就要高声呼叫:请朝我的怀抱径直扑来。他看清机头两侧桨叶扇起的光耀了,像是密纹唱片对称两翼反射的螺旋那么美丽。飞机从他头顶上空一掠而过。黑石戈壁的抖动达到了高潮。然后是另一轮回的开始。是另一次抖动。

我喜欢那种图像。今天我仍心仪着那一严整的图像仪式。那里有神圣男子的事业。但也不乏女性之花朵,唯需识别者具有识别无花果的知识与识别的虔敬。——谁又最理解大地?

1991.1.25

暖冬

暖冬的红泥土在崖巅保留着圣火的意念。
涸泽为萎陷的秋水刻下退却的螺纹。
推土机佩一把铲刀向着迸发的原野大肆声张。
像孤独的旗帜调转身子而又突突远驰。
长久地沉默只有三五座桥涵龟缩河渠。
倾听岁月这般逝去总是汹汹不止。
当玫瑰花瓣被工匠竞相伪造。
不冷的冬令不也堪称冬作之赝品?
说话人的齇鼻透出了伤风的鼻息。
情感充溢的男子狂想起一个雪霁的夜分。
那年景多么年轻多么年轻真是多么地年轻。
他独自奔向雪野奔向雪野奔向情人的雪野。
他胸中火燎胸中火燎而迎向积雪扑倒有如猝死。
他闭目凝神闭目凝神等待心绪渐趋宁静。
仿佛只在冰床安息他才得以从容品味蓬勃之生机。
他已梦见夜的沃土细雨润物蘑菇孳生
粉红的菌冠和肉感的菌柄钻破晨光之曦萌。
漏泄的泉水正像融凝的蜡油汩汩积聚。

注入生命的节律像甜蜜的炼乳。

感奋的热点早自悸突的地层重新接通。

每株毛孔都忙着奏响自己的音符。

阳光那时就是如此的一张皮肤。

而今我觉暖冬铿锵的色块

如自杜桑名画走下楼梯的裸者

是蔻丹。是挑战。是浓稠的焦油。

1991.2.4 立春日

圣咏

穹苍。看不到的深处

喜鹊的啼语像是钟表技师拧紧时钟涩滞的发条。

这么好听的暗示总会无一遗漏被人悄藏心底。

日子是人人遵行的义务。

昨天我还肃立在布满车辙的大地高声圣咏,

诵念一个由寒转暖的黄道周期功德圆满。

农妇躬身菜畦揭去草垫让秧苗承接太阳的恩施。

远处地沿有几罐柏枝燃起了烟篆,

吹送的薰香脱尽俗气。

看不到的穹苍深处有一叶柳眉弯如细月。

风筝牵连的季节,儿童奔跑放飞自己的折纸。

诗人对窗枯坐许久深信写诗的事情微不足道:

一个字韵儿即便珑璁透剔又何如金黄的虫卵?

楼顶邻室的缝纫机头对准我脑颅重新开始作业,

感觉春日连片的天色随着键盘打印出成排洞孔。

河间瘫软溢满肥沃的流水。

喜鹊的啼语复使穹苍体态婆娑。

有位明星头戴酋长的羽饰站立花丛。

猎人弯腰模仿野兽作一声长嗥,
变形的真实遂有了永恒的品格。
日子是香客世代参拜不舍的远路。

1991.3.3

冰湖坼裂·圣山·圣火
——给 S·Y

冰湖坼裂：那是巨大的熔融。
一种苏醒的自觉。一种早经开始的向着太阳的倾斜。
是神圣的可敬畏的日子。
天光明亮。背手牵马的人满怀心事
嘴角衔一茎草叶想着明月照人的目光，
隔湖背向岛屿走在通往深山的路途。
他听到身后冰湖坼裂仅如一种轻微的叹息。
一种自皲裂的缝隙送出的生命的吹息。
他从中感到了鸟鸣般的翔舞。
感到一种笼罩，一种凌轹，一种铺张扬厉。
感到一种大音希声式的弥盖。
是纯然完整的有机形态。
他感到植入地壳的湖盆正为日月盈亏牵动，
即便一声呢喃都如心悸具有血潮的活力。
他感到风中硝盐的扩散像毛发狂张了。
他满怀心事回转头去望湖暗自默语：
——我走，是为了跟你说一声我将再来。

在煨烤着松柏针叶斋戒的夜晚,

老丈在兽皮结跏趺坐。

军士奏以胡笳之章秣马。

瞌睡的孩子在母亲腹部分泌梦的蜜糖春的龙涎。

产期临近的女士自温泉沐毕来归。

冰湖的坼裂是不可回避的仪式。

他感到一种快乐得近于痛楚的声音。

他感到一种痛楚得近于快乐的声音。

一种窸窣一种火花切割之声。一种传感。

一种为硬笔在纸上疾书的声音。

如同指甲划过平板玻璃引起的心底痉挛。

他感到一种不很锐利的呻吟在穿透宇宙。

他感到大浪拍来如肉芽冲决满湖痂瓣,如花冠丛丛。

他如何分辨呻吟的痛苦或呻吟的快意!

他如何免于浅薄的自作多情?

他感到一种火的战栗,一种酒的苏醒,一种踢踏舞步,

一种飘然放大的笑容,一种拥抱,

一种扁平如筏的放射

凌空切入灵魂一扫而过印象深刻,

让他相信没有任何力量能够阻遏,

像信风准确,而不可被欺骗不可被蛊惑。

像权利一样严正。

他满怀心事背手牵马从地毯覆盖的山道
走向白云喷薄而出的高处。
当他这样在心灵设想着脚下并不存在的红地毯，
那完全是意味着走向圣山时怀有的庄重。
而他随时准备匍匐在地亲吻泥土。
在冰湖坼裂的原野，在原野坼裂的冰湖，
崇拜的渴望就直接体现为存在的意志。
不是所有的人都能走到昆仑、念青唐古拉、巴颜喀
　　拉、冈底斯。
不是所有的人都有缘分在茫茫原野邂逅。
莽苍之中难得一遇的行旅
就这样渴慕地遥向对方靠拢随之交臂远离以至永世
　　永生。
不是所有的人都能领有冰湖坼裂。
他再次回转头去望湖暗自默语：
——我来是为了说一声我又该去但我仍会再来。
当他这样设想着自己是行走在无尽的地毯，
那是意味着走向圣山时怀有的庄重。
他看到采集圣火的女子在山麓前膝微踞，
举案齐眉地持平存储火种的盒饰。
她们梳理的髻鬟坠依项背如同乌云。
他感觉自己的指尖生烟

右臂坚挺如同湖边祭祀的火把。

他就这样挥手站立听着冰湖坼裂如同燃烧。

1991.3.14 初稿

1991.3.24 改定

涉江
——别 S

涉江。听时序在河床艰难错动：
水风、白雾与凉意徐徐推来。
啊，漂流，漂流，永在地漂流……
前有灵犀圣洁如现，已令阿谀者感到大气沛然。
此际我可脱卸肉体如弃敝屣，
为渺茫之中盘舞的鹰群抛食。
如果人格的精义只在燃烧的意志，
我恰已期待你给予那一粒星火。
爱是源泉也会是归宿。
大江拖驳正领航逆流北进，
让我看作人生契约无改之祭仪。
想那江岸巨石切痕凿凿如自山岳割取的脑颅，
被砌造的关楼犹然万年大业。
都已苍老。当一对情侣站立人海执迷如树。

1991.6.10

91年残稿

重新开始我的旅行。我天性是一个活泼的人，但又本质抑郁。我曾在不为人知的广漠原野耕耘，胸中突然的冲动会让我辍耕，而将某种启示的含义速刻在犁杖。我曾是亚热带阳光火炉下的一个孩子，在庙宇的荫庇底里同母亲一起仰慕神祇。我崇尚现实精神，我让理性的光芒照彻我的角膜，但我在经验世界中并不一概排拒彼岸世界的超验感知。悖论式的生存实际，于我永远具有现代性。我理解书法家张旭何以乘醉举笔呼喊狂走。我也理解书法家怀素酒酣兴发为何将所目遇之门墙器皿衣物尽数挥毫泼墨无一幸免，因之龙蛇夭矫、雷鸣电掣。心有浩然之气啊。是的，我应当深解咏作《天问》的楚国诗人何必一气向苍天发出一百几十种诘难了。重新开始我的旅行吧。我重新开始的旅行仍当是家园的寻找。很久以来，每天破晓，总有同一只鸟儿飞来河边，以悦耳的啼鸣向着幽冥中一只沉默的鸟儿呼唤，我当作是对我的呼唤。但我并不沉默。灵魂的渴求只有溺水者的感受可为比拟。我知道我寻找着的那个家园即便小如雀巢，那也是我的雀巢。

1991.6.28

呼喊的河流

呼喊的河流,你是

一棵大树主干对半剖开的那一片:流动的木纹细密黄灿灿,仿佛还包裹着树脂的幽息,我一定是感觉到这种触痛了,所以,你才使我深深感动吗?

生活,就是一台在这样的河岸

由着不敢懈怠的众人同在一匹奔马肩背完成许多高难动作的马戏,惊险、刺激而多辛劳。

但是永在前方

像黑夜里燃烧的野火痛苦地被我召唤

而又不可被我寻找到的或是耶和华从被造者胸腔夺去的那一根肋骨?也是我的肋骨,所以呼喊着自己另一半的河流才使我深深感动么?

所以河流的呼喊才使我深深感动么?

1991.7.11

盘庚

> 予告汝于难,若射之有志。
>
> ——《尚书·盘庚篇》

远征。排箫还在吹。
远征,超越痛苦的遗产无论从舟车或飞船
都是一样痛苦。
长途列车已在黎明燃烧。
奔驰的列车已在奔驰的长途燃烧。
黎明留下了炭精:焦黑的炭精。
不不,长途列车还在燃烧中奔驰。
东方红霞,理想者的排箫,
吹呀,吹呀,以整个身心。

东方之彗星,
喷火的天地轰隆轰隆响,
燃烧的长途列车燃起了焦黑的黎明。
不不,黎明不会焦黑,黎明不会死亡。
长途列车在每一个窗口的每一个黎明永远燃烧。

我的胸口在燃烧,手心在燃烧。

我的呼吸在燃烧。

理想者的排箫还在吹呀,吹呀。

1991.7.20

露天水果市场

季风流着白花花的银子。
盛夏的露天水果市场成批箱笼堆积鲜桃
随着远程车队载入载出,
浓艳如我草地的民间歌舞。如十二木卡姆古曲
骑乘而来。渴慕,有如我之男子骑乘而来。
渴慕伟力的男子结伴骑乘而来佩剑踱步场坪,
想着足下已为水泥密封的沃土不得撒播种子
正是一种必然结果。
千里之外一片桃林的空枝又会是怎样的情感?
阳伞遮掩的仕女脸庞白净,
但那位女商贩托起箱笼的膀臂也许更健美?
面对正趋闹热的鲜桃,
渴慕伟力的男子抚剑自惭出生就已白头。

　　　　　　　　　　　　　　1991.7.22

偶像的黄昏

遥远的兴都库什山里
西还的教主查拉图斯特拉累倒在巉岩大口吐血,
蒸发之血气在亘古的冰峰燃烧
好像波斯宫廷诗人热梦中寻求的郁金香。
他感觉弥留时刻的生命重又透射出那一黎明色。
但是血近枯竭,转瞬天黑。
西还的壮士感觉在遥远的东方海面
他所心仪的火鸟仍如常日冉冉升起。
一切都在意中:魔难于是也因爱力的完全消解而同归灭寂。

1991.8.3

秋客

厉风刺马耳

马车夫听风又是秋了

茫茫原野还是行走着三套马车

博大的寂寞在每一声秋里扩散

虚无正如初始

一层黄沙落

两层黄沙落

三层黄沙落

慷慨总还是马车夫的慷慨

对秋扼腕只余风前的秋客

1991.8.27

这夜，额头锯痛

这夜，额头锯痛如同夜灌田园，
鼾息轻匀荒芜了天空。极不真实。
我仰卧：荒诞总是一种悲壮的享受。
现在我听到了大提琴对钢琴的倾诉。
忧郁？那是为什么？怎样？从什么时候开始？
仰承呵息，答问如流，一如与良心对质。
现在我听到钢琴对大提琴抚慰了。
听到停顿。听到抢嘴辩白。听到劝解。
感到錾刀崩卷，思维的刻线在蓝水晶石料
留下警示性句读。
如何？怎的？又是怎的结局？
混茫。眼中包孕泪水如同消痛的乳剂。
哭是很舒服的事。死是很容易的事。
莎菲女士奈何在病榻叹息"死也这样难"？
人类总有致命的痼疾。总有飞短流长。
各人扮演一个艰难的自己。
软面具忧患莫测。硬面具有着宗教的意底。
而灾变在我情绪记忆总是蒙覆着梦的伪装。

而总见远祖散发披头翻滚斤斗疯狂飞越原野径自与洪
　　峰夺路。……
现在我重又听到大提琴对钢琴的倾诉了。
揉啊，揉啊，一片风中的叶子柔柔地揉着。
脱掉纸人，我们自己裸露修补伤口，
锯痛的粉尘落在额头成为乡土高贵的文献。
溶溶晨光里一盏不熄的路灯骤然显得遥远。

1991.9.7—11

俯首苍茫

我消瘦，因为热病总在燃烧我的膏脂。

我默寂，因为我常要听待心智的吐诉。

是在关西。

他是关西大汉。是行吟歌者。

他不幸一生需以手掌代步浪迹国土。他挪动左臂牵引躯干朝前，而在大道撑行，每一次位移都使得他紧缩了体魄如同投向大地的夯砣碜石，而他伤残的右腕毫无意义地举起，像是木桩停着一只垂死的肉鸟耷拉头颈柔软丑陋。如此以手掌在土地划行，每前行一步他必憋紧喉头运气行腔，仿佛是突然地醒悟，而后一仰脖梗发出几声爆裂的音团——男性之呐喊，其韵丰盈，像是匍匐波涛将溯流而上的船只难艰推进，像是拼死穿过由无尽的脚肢组合的肉体丛林。

我感觉目光飘落如秋风漫卷中的黄叶。

我听到的是从来不曾听到的发自灵魂的杀伐之声：短而促，顿挫有力。那节奏是大吕黄钟，铜琶铁板。是叫板。是红光。是人类童年围猎野牛所发出的号呼。那声响惊怖、寒心，但却振奋之极，让我意识到野牛之血中那一英雄的阵亡：彻底的阵亡。

但那里只有战士的落泊。

他渐渐远去，只有我是行丐，消瘦而默寂，感觉自己渴望震颤的心灵仍在期待他的给予：意志与伟力的给予。我这样期待，好久好久。

　　啊，升起来了，你们——无穷众多的仙鹤，提升起洁白的羽衣，有如白光璀璨的幻湖一齐喷射空际，荡漾荡漾……像是祭坛的奏乐。远近钟磬随之悠扬地鸣响。但那唯一的鼓声隐隐约约，仍似因果莫测的警示不忍与人远绝。

　　人类骨灰撒播的一片沃野。

　　朝向苍茫俯首。

1991.10.6

拿撒勒人

穿长衫的汉子在乡村背后一座高坡的林下
伫候久久。……又是久久之后，
树影将他面孔蚀刻满了条形的虎斑。
他是田父牧夫？是使徒浪子？是墨客佞臣？
肩负犁铧走过去的村民
见他好似那个拿撒勒人。
穿长衫的汉子伫候在乡村背后一座高坡林荫，
感觉坡底冷冷射来狐疑的目光。
拿撒勒人感觉到了心头的箭伤。
而那个肩负犁铧走远的村民已尽失胸臆之平静。

1991.11.26

1992

怵惕·痛

将军的行辕。
秣马的兵夫在庙堂厩房列次槽头扭摆细腰肢,
操练劝食之舞蹈并以柔柳般摇曳的一双臂,
如是撩拨槽中添置的料豆。
拒不进食的战马不为所动。
这是何等悲凉的场景。

秣马的兵夫一顺儿不懈地操演着同一劝食之舞蹈。
他们悲凉的脸蛋儿是女子相貌。
他们不加衣饰而扭摆着的下肢却分明
留有男子体征。我感其悲凉倍甚于拒食的战马。
这场景是何等悲凉。

秣马的兵夫从被自己体内膏火炙烤着的额头
不时摘取一绺髯口般吊搭的发束,
他们就如是舞蹈不辍,

而以烤熟之发束为食。

宛如咀嚼刍草。宛如咀嚼脑髓。

此一加餐是如何险绝而痛苦。

拒食的战马默听远方足音复沓而不为所动。

这又是何等悲凉的场景。

1992.3.2

圣桑《天鹅》

你啊,兀傲的孤客

只在夜夕让湖波熨平周身光洁的翎毛。

此间星光灿烂,造境遥深,天地封闭如一胡桃荚果。

你丰腴华美,恍若月边白屋凭虚浮来几不可察。

夜色温软,四无屏蔽,最宜回首华年,钩沉心史。

你啊,不倦的游子曾痛饮多少轻慢戏侮。

哀莫大兮。哀莫大于失遇相托之爱侣。

留取梦眼你拒绝看透人生而点燃膏火复制幻美。

影恋者既已被世人诟为病株,

天下也尽可再多一名脏躁狂。

于是我窥见你内心失却平衡。……

只是间刻雷雨。我忽见你掉转身子

静静折向前方毅然冲破内心误区而复归素我。

一袭血迹随你铺向湖心。

但你已转身折向更其高远的一处水上台阶。

漾起的波光玲玲盈耳乃是作声水晶之昆虫。

无眠。琶音渐远。

1992.3.9

现在是夏天
——兼答"渎灵者"

现在是夏天,主体工程早经适时奠基破土。
班机盘桓上空重新留下世纪的震荡。
人们步入深渊如同开拓金矿的矿工
感觉到不容置疑的灵异光辉的投照。
都市深渊这样的蚂蚁一样施工的大军
无数双手从无数个立面编织钢筋,
将行云流水、江河桥路连成庞然一体。
啊,是廊柱、墙的迷宫。是竖琴、金属花园。
是天堂积木、不败的甘蔗林、铁皮鼓……
昼夜超拔的节奏为新神谱系添立四射之威棱。
应让一切渎灵者无处蝇营狗苟。
如此忧郁。只有热浪与工程缓解信仰之创痛。
不要说已经将我逼入绝境。
我从不认为自己须臾离开那一被你们视作不祥的穷途;
我的手心茁长过稞麦,仍必同样适于稞麦茁长。
我的手心熔冶过矿石,仍必同样适于矿石熔冶。
够了。让我享有缄默。

现在是夏天,日光酽浓,红漆一样搅拌。
焚风炙烤,沥青胶结,燃气厚重涩眼。
主体工程夹峙在都市潮中如海流间的岛屿。
有人探手篱墙悄然抽走一块铁模坯具。
但是蓝色的主体工程像靛蓝的布匹一样素朴,
涮洗净皂沫后似的美洁,正祛除我们的忧郁。

1992.6.6

一滴英雄泪

一滴英雄泪。

大巫师诅咒了：那是致命的一击。他将死。

不错，从伤口钳出的骨刺确属蛇的毒牙。

血流汹涌。但人还活着。说也惭愧竟还活着。

命运啊，你总让一部分人终身不得安宁，

让他们流血不死，然后又让他们愈挫愈奋。

目的的意义似乎并不重要而贵在过程显示。

日子就是这样的魅力么？

1992.6.30

面谱

为那隐忍之痛,本质的人
已将笑容坚壁清野留下一片荒冷。
为了那深深的原因,情感的涓流顷刻封冰。
于是最具本质的面谱遂成为与之共存亡的义士据守其
　　间的铜墙铁壁:
许多具战马。许多具弃尸。

去吧,吾已颓丧。

1992.6.30

烈性冲刺

当创造力暂蒙迷顿，你应该为他轻声唤醒，
须知惰性抗拒只是物性方式的另一种狂悖。
是无可如何。是很蹩脚。但你的判断亦欠公允。
请冷静。请再多一点冷静。
两天两宿我正襟危坐磨砺生命。
可耻。一败涂地。威信扫地。无颜见江东父老。
只是我不能忘怀你。
此生注定是永远走在一条崎岖险径，
此时是生死存亡更见艰危的一段。
雷火电光又在树梢扫过了。
那形枯影瘦的落魄者永远是我：可憎的人。
现在火焰又在烧灼。过后必信是洪水。是大风。
我自当握管操觚拼力呼叫拖出那一笔长长的捺儿。
那是狂悖的物性对宿命的另一种抗拒。

1992.7.12

致修篁

篁：我从来不曾这么爱，
所以你才觉得这爱使你活得很累么？
所以你才称狮子的爱情原也很美么？
我亦劳乏，感受峻刻，别有隐痛，
但若失去你的爱我将重归粗俗。
我百创一身，幽幽目光牧歌般忧郁，
将你几番淋透。你已不胜寒。
你以温心为我抚平眉结了，
告诉我亲吻可以美容。
我复坐起，大地灯火澎湃，恍若蜡炬祭仪，
恍若我俩就是受祭的主体，
私心觉着僭领了一份仪奠的肃穆。
是的，也许我会宁静地走向寂灭，
如若死亡选择才是我最后可获的慰藉。
爱，是闾巷两端相望默契的窗牖，田园般真纯，
当一方示意无心解语，期待也是徒劳。
我已有了诸多不安，惧现沙漠的死城。
因此我为你解开辫发周身拥抱你，

如同强挽着一头会随时飞遁的神鸟,
而用我多汁的注目礼向着你深湖似的眼窝倾泻,
直要漫过岁月久远之后斜阳的美丽。
你啊,篁:既知前途尚多大泽深谷,
为何我们又要匆匆急于结识?
从此我忧喜无常,为你变得如此憔悴而顽劣。
啊,原谅我欲以爱心将你裹挟了:是这样的暴君。
仅只是这样的暴君。

1992.7.27 初稿
9.21 改定

傍晚。篁与我

傍晚。篁与我携手坐在刈割后的田野。

晚霞逐次黯淡下去。远处,矮小得出奇的人影已如香菇游移在地沿难于分辨。月光的出现终于使一切物象凝冻而呈颗粒性弥漫。

美啊,美得不能再美了。

如果说,此前的我们还是结庐在人境的奋斗中的角色,此际的我们已是远距世间,以局外人身份安坐田堤观赏着这种角色的看客了。

我将篁的手握得更紧一些。篁以相同的方式回报我:同谋者才有的灵息的沟通。

忽然,仿佛发自体内的一声呼唤,在密闭的前方,一团焰火陡地裂开,像是斗牛的饰鬣飘展,接着是两团、三团……是火链般飞动着的斗牛的狂阵,还似乎听得见人们如醉的喝彩,如此远去。一定是麦田刈割者将地上的杂草和残剩的秸秆点燃了。

篁,与我对视。我们各自从对方的瞳仁看到了跃动的斗牛的激情:火的激情。幸福感令人眩晕:一种英雄方式的对于平庸的排拒。

美啊,美得不能再美了。

阖上眼睑。当我们再次睁眼朝前望去,黑夜的那些火堆已不复存在:斗牛应已全部倒毙,或是逃亡。

静寂:永恒的体验——非意志所能左右的一场戏剧之终结。

自须臾体悟通古之道,打了一个寒噤,我与篁依偎得更紧了一些。

1992.9.2

烘烤

烘烤啊，烘烤啊，永怀的内热如同地火。
毛发成把脱落，烘烤如同飞蝗争食，
加速吞噬诗人贫瘠的脂肪层。
他觉得自己只剩下一张皮。

这是承受酷刑。
诗人，这个社会的怪物、孤儿浪子、单恋的情人，
总是梦想着温情脉脉的纱幕净化一切污秽，
因自作多情的感动常常流下滚烫的泪水。
我见他追寻黄帝的舟车，
前倾的身子愈益弯曲了，思考着烘烤的意义。
烘烤啊。大地幽冥无光，诗人在远去的夜
或已熄灭。而烘烤将会继续。
烘烤啊，我正感染到这种无奈。

1992.9.25 晨 5 时

花朵受难
——生者对生存的思考

大路弯头，退却的大厦退去已愈加迅疾。
听到嘀嗒的时钟从那里发出不断的警报。
天空有崩卷的弹簧。很好，时间在暴动。
我们早想着逃离了。但我们不会衰老得更快。

我们横越马路时刮起秋风。
感觉女伴被自己的视觉蜇痛了。
她突然色变，侧转身跳开去，猛跑几步，
俯身从飞驰而过的车轮底下抢救起一枝红花朵。
时间对抗中一枝受难的红花朵。
快抱好我的献与。——女伴说。
她翘起小指尖梳理一下鳞瓣花页这样递给我。
这是我平生接受馈赠的第一枝花朵了。
修篁啊，你知道大丽花是怎样如同惊弓之鸟
坠落在车道的么？似我无处安身。
你知道受难的大丽花是醉了还是醒着？
似我无处安身。

女伴与我偕同大丽花伫立路畔。

没有一辆救护车停下,没有谁听见大丽花呼叫。

但我感觉花朵正变得黑紫……是醉了还是醒着?

我心里说:如果没醉就该是醒着。

夕阳底下白色大厦回光返照,退去更其遥远。

时间崩溃随地枯萎。修篁,让我们快快走。

1992.10.10

螺髻

螺髻那面,贞童的合唱应时开始:
……阿里露亚、阿里露亚、阿里露亚……
抑扬顿挫的阿里露亚响彻远近空蒙。
我先只渴望休憩,继而神清气爽思维振奋,
好像天涯孤旅遽然听到山中号角。
但我终无意猎犬的角逐。
我的征途是入鞘近半之长剑。
且萌念归去。看啊,尘埃落定,大静呈祥,
法林珠苑,鹿鸣呦呦绽开宝蓝光。
好像那壁厢,头戴金步摇,身佩玉如意,
有女如许,示我云鬟乌螺髻,
烟梦迷茫。路断海洲。黑色涡漩喷射生命流。
阿里露亚阿里露亚,那是何等动心的呼叫?
竟令弯身大道寻拾金币的众生一齐回首。
于是我听见贞女的合唱曲随之续作一片,
好像天使布道谆谆播撒福音。
尚感抱憾!失意?沮丧?饮恨?凄楚?……
我竟已感觉自己边缘模糊与物同化渐入逍遥。

还是怠倦啊。男子汉的怠倦最足怠倦了。
软骨病早成人类之宿疾不可药救。
还试图绷紧脊椎奏出锯琴铮铮的旋律?
屈辱诸多。进退维谷。唯大智无言。
但你卓荦不凡的螺髻为我显示了热核之反应。
我记起这经验如同四季花园剧烈转换,
失去疼痛,不觉利刃阉割竟如清风徐徐吹我。
阿里露亚阿里露亚正有驼队持牒叩关西渡流沙。
如许螺髻却是我美感的归宿。

1992.12.6

场

（精神的。辐射能的。历史感的。……）

我看到天涯斑斓的色块斑斓翻卷，
永远没有声息，但却永远逼真。
我从如盖的风中听到挣扎，伸出乞讨的手
为找回输尽的世人之爱，不甘被时间淹没：
还诚然是一种掠夺。
没有什么比轮下的轰隆更恢宏了，
但一忽儿悠远，一忽儿凌厉，一忽儿隐迹不露，
故也更让人伤感。也没有什么比多部马达
相继启动时刻皮带瞬间的摩擦音更让血液沸腾，
那蜗行的刺心愉悦油然而起，似太空氧气音乐
尖厉的进行曲式，故也更让人神往。
子夜后刻的静寂中，修行者们
造型各异的塔楼尖顶悄声向着居民区密集渗透，
是一场不宣而战的侵凌。
面对一种冷场，朝觑生命寒射的光照，
如在烧红的铁板感应蹦起的鱼。

1992.12.16 晨

晚云的血

请看,晚云的血……
我忽然想到先王的铜鉴或已生锈!
啊,是的,铜鉴生锈了,菌落斑驳覆满青铜。
我们无从体味母体的滋润了。

但你侧立打靶场向环靶扣机点发的短枪射手,
弹无虚发,阵阵滚雷雄气勃勃挟着硝烟推进,
像礼炮齐鸣滞涩地覆盖过城市屋宇。
文明地施暴,你有的是贵族青年的冷酷。
我们已无从指认故乡的畈田篱笆。

1992.12.20

1993

降雪·孕雪

恕我狂言：孕育一个降雪过程，必是以烝烝众民为孕妇，摄魂夺魄，使之焦虑、消渴、瞳子无光，极尽心力交瘁。

而雪降的前夜，又必是使烝烝众民为之成为临盆的产妇，为难产受尽熬煎，而至终于感受到雪之既降时的大欢喜。

我就这样卧床不起了，不绝呻吟，仰望窗牖喃喃期盼：此夜太长太苦，天为何还不见亮？为何天还不见亮呢？迷瞪瞪昏死过去，一忽儿醒转，天仍是不亮，实苦不堪受。当迷瞪瞪忽又昏死过去，不知过了几个时辰一觉醒来，天已透明，感到身心竟有无比轻松。奔到窗边揭开布帘朝外一望：啊，果不然么，到底是雪降了。胖胖的雪体袒陈四处正在酣眠之中，有着长途奔波抵达终点后的那般安详。外界正是如此宁静、甜润而美。一切的一切都与昨日截然有别，且涂有一层富贵乡的温柔。于是，我以一个男子而得分娩后的母亲才能有的幸福感受，心想，前此有过的种种磨难或不适对于生机总或是必需的吧，这个情债支付的人生也是永世的轮回吧。

雪孕是一件必行而艰难的事。

我自当逐一去体验我本应体验的一切。

1993.1.1 晨光之中

有感而发

今晚有无感应：卿若不至，吾将有意永诀。
这誓词听之俨然煞有介事卿或觉着可笑？
也是，八仙过海的人生吾已鉴赏万千种绝活，
恍若隔世的我该是早已超脱生死。

据信上帝仅为爱护人类才使人生绝少甜蜜，
但心路阻隔无疑是施虐最为残酷的一种。
气血在蒸馏中消歇，吾才如此形枯影瘦。
今晚吾若不幸永诀亦是对于卿的恶意之报偿。

1993.1.22 除夕

一天

> 我只能赞许那些一面哭泣一面追求着的人。
>
> ——帕斯卡尔

今天终于是一个痛快的日子。
自虐的人秉烛夜咏独善其身。
当玛瑙自我叩响酒宴的盘盏,
颠沛的心头已感受到了月行的韵脚。
肥羊佳禾美食,鼓乐吹歌吟诗,是百姓年景。

人生难得几回醒。
你我费猜的谜底应验了一句句谶语。
一切的终结都重新成为开头。
担承艰辛已是我们自觉的道德原则。
这道路很长很长,这日子很短很短
值得把精神全部投入。
今天,大街涌动着去海上游泳的人们。
但此刻我又见他守在路边,直是一个噩梦。
那脸孔混沌一片,好似熔融的赛璐珞。

独眼空旷红肉外翻重塑了灾变现场。
他咿呀作声向行人伸出帽兜乞讨怜悯。
人们避犹不及谁又肯于施舍。
如果必要的死亡是一种壮美，
那么苟活已使徒劳的拼搏失去英雄本色。
已经有过的种种未必难再，
展开的主题将别有一番咄咄逼人，
好比回炉再生的禁书秘籍，
思想已被漂白，偶尔见得文字的断臂残肢。
死去活来才是如此艰辛的一份义务。

身裹毡袍骑在骡马朝向西天远行，
甘愿佛光将我一时烧得面目全非。
我的眼神从山之唇释出常新的呐喊，
忽听到飞去来器途中一声折裂。
我想象踏稳地盖仰向天穹搭箭挽弓，
鹰隼霎时带起一道俯冲的疾风，
如同大纛对准我肩胛猛抽一记席卷而去。
唯有他们是蛮荒中的王者、王族、诸侯。

弗兰西喇嘛对我究竟说过些什么，
也有过对于信仰的虔诚？

也有过对于血食的妄念?
也有过对于虮虱的剿灭?
兽迹与尘垢已经朽去一百五十载。
年年辛苦,年年迷醉,
筑向天堂的高坛铢积寸累。

今天终于是一个痛快的日子,炮火连天。
连天炮火的狂欢弥散在每一寸硝烟。
这祖传的恶习总难免乐极生悲。
今天是一个弃旧迎新的日子,
面粉是新麦碾磨,香油属于头年的芝麻。
糟糕的是我将仪轨完全忽略,
没有聆听金鸡报晓。
我在山岳凭吊失声的万马。
思想着的人跋涉在哲学的迷宫,
耿耿于元始永恒之索解。
我歆羡他们环体披覆的独幅布衣,
褶襞修长舒展与修持的溪野相映成趣。
可是万物都在趋向衰老。
倦怠无疑是衰老的先兆。
厌恨老境的诗人请以自裁守住蓬勃英年。

静下心来静下心来，过一忽儿手心也就回暖。
我听到曼声细语向我传授自律的秘诀。
这语言引导近似梦魇的暗示。
记起复苏力大无穷，回味一种渊博豁达大度。
大寒的早晨再次灼痛我的耳轮。
交通值班员站在街心花圃围着炭火取暖，
至此我还见那炭火好似玻璃球柱涂着冷漠。
花旗成批悬挂城空，太阳的牙齿才有如此狂笑。
每天的节日，万千男女摩肩擦踵匆匆行走，
大街涌动着去海上游泳的人们。
底楼沿街的墙面正被凿开，闺中名媛冲决而出，
她们披发朝前追赶，投身海上游泳的队列。
鼓号队的少年齐立城中之城热烈吹奏，
理性的光芒苗长成林具有铜器的坚挺。
红地毯使集会猛然提高了规格。
我亦将自己的尊容佩戴前襟，窥如镜中之镜。
有人碰杯，痛感导师把资本判归西方，
唯将"论"的部分留在东土。
但我更欣赏一位经济学家的智慧：
向东？向西？请予我们的战略以可操作性。
于是碰杯。于是我们同时肃立仰起脖梗，
将液体、固体和气体一齐吞咽下肚。

这是丰足之年。

千年的文明冲突凶如猛兽,
几要流尽人类血浆,
跨世纪的福音才见出一线端倪。
当伦理评价遮蔽五千年展开的视野,
历史会将恶当作通向善的中介平复后人创痛。
但为何事我又梦历鸭绿江、清川江,奔赴三八线?
高丽人的巨型牛车停放在月下田园,
好像无数加农炮、榴弹炮……
好像所有火炮顷刻成了高丽人的巨型牛车。
一次次我撑臂跃过竞技的木马,
那位同龄女孩不断喝彩:小嘎儿跳得好!
似乎母亲已被农会关押在故乡的板仓了,
幺妹子啼哭不止。母亲吁请农妇积个善德
给女婴寻一条活命的路。
三十年后我听到了这一情节。
世界需要理想,是以世上终究不绝理想主义者。
我们都是哭泣着追求唯一的完美。

下雪了。向日葵炫目的色彩照亮空间。
我见公园缤纷的气球在儿童手心里牵动。

但在我的心际仍留有彼得堡飞雪的大街，
耶稣和十二门徒随着诗人勃洛克的红旗行进。
一天长及一生，千年不过一瞬。

1993.1.23—24

我见一空心人在风暴中扭打

暴风雨压境而来。

我从栖身的楼隅朝外窥望,见雨脚快步逼进,乌黑的云头翻腾滚动,有耀目的金环饰错落其间,如金盾的沿口。我领有一种营垒中人的安全感。我欣赏着。

我看到了什么?信天翁越洋高翔?自由的海燕、雄鹰?……是街巷飞扬而起的三五张废旧报纸,连同一只彩塑包装袋正扶摇直上,竞相角逐,愈逐愈高终至不见。我还看到了什么?为何这般骇人?——一袭白色连衣裙,悬空吊晾在摩天楼台。啊,这女吊,孤零零,正随吊钩飞旋,翻着斤斗,没有谁去搭救。这空心人嗖嗖有声,吐着冷气。这空心人被风暴吹得鼓鼓囊囊,瑟瑟发抖,而转瞬间又被倒提着抽打一空活脱脱一张人皮。但即便人皮也总有愤怒的一瞬。即便空心也不堪蹂躏。没有谁去搭救。我见它举起双臂沿着铁丝快速滑向一端,果真扑打而去。它已牢牢抱紧支撑在墙面的铁杵恨不得连根拔却。它宁可被撕裂四散,也不要完整地受辱。我听到墙体在摇动。我听到风暴更激烈。我在心里祈祝这痛苦的一幕快快结束,哪怕让空心人撕作碎片从此飘去、飘去……

1993.5.22

自审

疑似之间,有一叹息近在耳旁。是发自一种活体?比决绝还要让人心冷。比赴死还要让人感到沉重。我坐起,但是复归的静寂似已意味着行为的终结:安息吧,一切都已成为过去。在这深夜,月光如水,十二层楼台好似白玉扶梯叠向幽冥。高墙上所有窗眼都蒙复在帘幕的暗影,似在窃听。然而不是什么都不曾发生么?游戏啊,都是游戏。只有游戏。但是生命却未免太认真了,即便不堪一击,却本性刚烈,不告饶,不妥协,自视为君子。只是难耐的痛感才使这种认定常常变得复杂而可疑。因之那君子的叹息也才格外让人惊怖。可是我为何要深究?为何要明白?为何要耳听其详?生命是一个异常酷烈而劳累的过程,即便有默契美德,也难免偶一失声。那么,那使我寒心者莫不就是这样的疏忽,好像不经意间打了一个哈欠,而牵痛了胸臆?而导致隐情的外逸!

1993.7.1

踏春去来

想起春天呜咽的芦梗像是翠生生的指关节。
我深知从芦梗唇间吹奏的呜咽是古已有之的呜咽。
因此快些进入秋天吧。那时秋之芦梗将是成熟的了。

已经饱受生命之苦乐的芦梗将无惧霜风
而视死如归。只有春天的不幸最可哀矜。
因此快些进入秋天吧,对于一切侵凌秋是解毒剂。

1993.7.27

在一条大河的支流入口处

他俩是这片水渚的仙客。她是他的爱。他是她稳定的陆地。女人枕着男人的腿股稍事歇息：做十分钟的梦。这言语连同允诺使爱着的人脸上泛起一抹柔光。

他俩是在一条大河的支流入口处，林木伐尽的滩头布满藕孔似的伤洞，浸泡在波影让人垂怜。蛙鸣清幽，而河音澄净。几个裤脚管高高挽起的少年，从浅水走向前边不远一面水瀑高悬的拦河坝。他们已经走得很高很高了。坝的那面必是一片光明——他做如此之感想。

她是他期待的舟渡。他为她监看蚂蚁。为她遮阳。他们共有一种穿越磨劫远赴圣土朝拜的感觉（一种相约携手的默契）。——"假如万一肉体不能支撑？"不，肉体会听命于灵魂。

这是五月里的一天，我的情绪安详，内心充实。在我前面潴留的浅水波纹细细荡起，令视觉白花花一片。我感觉身边睡卧的爱人在梦里拈花含笑踏行清波如履自动扶梯逐次升高，发髻之后有一缕蓝光似烟，透射出思维深邃的彩幅……

1993 年夏

意义空白

有一天你发现自己不复分辨梦与非梦的界限。

有一天你发现生死与否自己同样活着。

有一天你发现所有的论辩都在捉着一个迷藏。

有一天你发现语言一经说出无异于自设陷阱。

有一天你发现道德箴言成了嵌银描金的玩具。

有一天你发现你的呐喊阒寂无声空作姿态。

有一天你发现你的担忧不幸言中万劫不复。

有一天你发现苦乐众生只证明一种精神存在。

有一天你发现千古人物原在一个平面演示一台共时的戏剧。

1993.8.4

堂·吉诃德军团还在前进

东方
堂·吉诃德军团的阅兵式。
予人笑柄的族类,生生不息的种姓。
架子鼓、筚篥和军号齐奏。
瘦马、矮驴同骆驼排在一个队列齐头并进。
从不怀疑自己的镢枪头还能挺多久。
从不相信骑士的旗帜就此倒下。
拒绝醍醐灌顶。
但我听到那样的歌声剥啄剥啄,敲门敲门。
(是这样唱着:啊,我们收割,我们打碾,我们锄禾。
……啊,我们飞呀飞呀,我们衔来香木,我们自焚,
我们凤凰再生。……)

从远古的墓茔开拔,满负荷前进,
一路狼狈尽是丢盔卸甲的纪录。
不朽的是精神价值的纯粹。
永远不是最坏的挫折,但永远是最严重的关头。
打点行装身披破衣驾着柴车去开启山林。

鸠形鹄面行吟泽边一行人马走向落日之爆炸。
被血光辉煌的倒影从他们足下铺陈而去,
曳过砾原,直与那一片丛生的锁阳——
野马与蛟龙嬉戏遗精入地而生的鳞茎植群相交。
悲壮啊,竟没有一个落荒者。

冥冥天地间有过无尽的与风车的搏斗。
有过无尽的向酒罍的挑战。
为夺回被劫持的处女的贞洁及贵妇人被践踏的荣誉义
　无反顾。
吃尽皮肉之苦,遭到满堂哄笑。
少女杜尔西内亚公主永远长不大的情人,
永远的至死不悟——拒绝妖言。
永远的不成熟。永远的灵魂受难。
永远的背负历史的包袱。

饭局将撤,施主少陪,
堂·吉诃德好汉们无心尴尬。
但这是最最严重的关头,
匹夫之勇又如何战胜现代饕餮兽吐火的焰口?
无视形而下的诱惑,用长矛撑起帐幄,
以心油燃起营火,盘膝打坐。

东方游侠，满怀乌托邦的幻觉，以献身者自命。

这是最后的斗争。但是万能的魔法又以万能的名义卷
土重来。

风萧萧兮易水寒。背后就是易水。

我们虔敬。我们追求。我们素餐。

我们知其不可而为之，累累若丧家之狗。

悲壮啊，竟没有一个落荒者。

悲壮啊，实不能有一个落荒者。

1993.8.5

大街看守

无穷的泡沫,夜的泡沫,夜的过滤器。
半失眠者介于健康与不净之间,
在梦的泡沫中浮沉,梦出梦入。
街边的半失眠者顺理成章地成了大街的看守。

寡淡乏味,醉鬼们的歌喉
撕扯着人心,谁能对他们说教仁爱礼义?
一会儿是夜归人狠揍一扇铁门。
唢呐终于吹得天花乱坠,陪送灵车赶往西天。
安寝的婴儿躺卧在摇篮回味前世的欢乐。
只有半失眠者最为不幸,他的噩梦
通通是其永劫回归的人生。
但黎明已像清澈的溪流贯注其间,
摇滚的幽蓝像钢材的镀层真实可信,
一切的魑魅魍魉暂时不复困扰。

1993.8.18

薄曙：沉重之后的轻松

薄曙之来予我三重意境：
步行者橐橐迫近的步履。
苇荡一轮惊鸟戛然横空。
漫不经心几响犬吠远如疏星寥落。

焦灼的日子留下焦灼的烙印，
一瞬黎明给予我清凉的油膏。

1993.8.28

一种嗥叫

夤夜,一个梦游人——灵魂的受难者沿着街边的阴影踯躅、蹒跚。他憋闷极了,于是,无视后果地耸起双肩,老狼似的对着空疏的长街嗥叫一声:"嚎——"这声音拖得极长极长,这声音拖得极惨极惨,正是灵魂在命运的磨石上蘸着血水磨砺时发出的那种痛苦的声息。

对着深夜的大街嗥叫,较之站立荒原对着群山嗥叫有何不同呢?

如果你有一双望穿金石的眼睛,此刻,你会发现街屋不过是钢筋编织的众多立方箱笼。而奇迹发生了,那些自我禁闭在格子笼里的人形动物听到了那声嗥叫忽有了顷刻的苏醒,倒卧的身子稍做蠕动而侧转头去,谛听,感觉到了灵魂的召唤。

灵魂的受难者是在天地的牢笼游荡。他的对着昏睡的街道施行的嗥叫,较之于对着关闭在岩峰的山魂又有何不同呢?

囚禁在天地之牢笼,较之于囚禁在颅腔、棺木又有何不同呢?嗥叫啊……

1993.9.28

复仇

据说，一种含有某种毒素的植物，能够使得蚕食它的昆虫生理变态，而长出许多个脑袋。被无效生长的脑袋所累的虫豸，因无法进食终于僵仆而亡。于是我骇然作想：那么，这种植物毒素就是植株为个体生存向宿敌发起复仇的一种致命武器了。

以恶抗恶：植物可怖的宗教神话，魔力无边的咒语。天网恢恢疏而不漏。

1993.10.20

生命的渴意

渴望洗手：洗手于洁净身心是一件必行的仪礼。但所有水域，包括大海都长满蛆虫，包括暗河都被涮洗拖把。

到处都找不到纯净的水。

难耐的渴意从每一处毛孔呼喊。

此时奇迹出现，我看到了古原上为沙漠苦旅解饮而设的贮水池遗存，从露出地表的水管弯头一缕泉水伴着吱吱的排气声源源倾注。我疯人般地奔赴而去，将雾一般轻柔的水流抱拢在胸口濯洗双臂。

但这是"伪水"。是冷焰。是硫黄一样肮脏的冷焰。

连火焰都已阴冷而肮脏了啊，而况净水哩！

我赤条条地站立在古原，感受着深刻的生命的渴意，我期望着一种醒觉。

如果我还能期望醒觉——包括面临"处决"那样绝望至极时曾经一奏即灵的自我逃遁？

1993.10.26

1994

寺

寺,非关建筑。非关公署。超乎物质材料。
甚至与独身者的修行无关。也不涉及守灵。
甚至超乎语言。
寺在彼岸为一只丰腴的素手托承于彤色天底。
甚至超乎动与静,无关功利。
我以全部身心这样凝视并感受着一种原始本义。
这一境界我勉为称作——"典"。

1994.1.25

播种者

天下透明而具硬度可资雕琢的物质
有着许多许多，诸如冰凌、水晶、宝石、盐
或玻璃体。无疑宝石最被世人珍贵。
可是我在自己的作坊却紧扶犁杖
赤脚弯身对着坚冰垦殖播种。
每一声坼裂都潜在着深渊或大恸。
而我前冲的扑跌都是一次完形的摩顶放踵。
还留有几滴鲜血、几瓣眼泪。
这样的播种可看作自戕。
我自己似也未解这种类同苦修者的苦行。
难怪那只飞鸟（人称命运）总在前方扑扇翅翼为我
　　焦急，
啼鸣凄然。

啊，苦行中永在的播种者，
你能预期怎样的果实！

1994.2.18

罹忧的日子

没有缄默如何成熟。
一个人，当缄默多于絮叨，当言语备受煎熬，
心猿意马，忧戚的眼神不舍昼夜恰是
河口汇流处一支沧桑的哦咏。

不能超拔痛苦如何成熟。
岁月的天幕垂下海市蜃楼大漠荒洲，
人类巨子思维的光辉在头顶照耀，
痛苦的人走向书丛完成自己的朝圣。
成熟是思想者长途孤独的苦旅，
熙来攘往，擦肩而过，一辆装载典籍的手推车
不比婴儿的乘舆更颠簸更渺小，但却同等深刻。

一个人这样走向成熟。
当其缓缓转过身去陌生的眼瞳
看山不是山，看水不是水。
成熟是生命隆重的秋景。
古瓷不会成熟。古瓷却会老化。

磨合的痛苦使一组轮机配搭有序运作完美。
但仅仅是完美。而挫折、痛苦与素养
让生命最终显示游刃有余的魅力。

一个人这样走向成熟,
却不足以反证人们怎样变作市侩俗子。
当不幸罹忧,在自弃与振作之间
默默走向书肆沉潜在思维的美感
不觉会意女店主已从披肩长发的少女
扮妆云鬟清雅的美妇,形同劫后复归的海伦。
满含清泪默颂时光英明如此。
成熟正如幽室兰花不经意间蓦然开放。

1994.2.22

人：千篇一律

我坐在室内，当寂静一人伏案书写，
会听见潮水涌来如秋气肃杀而下。
当推问四壁，却是一片悄如。
我坐稳，那声息仍复汹涌而至势必将我淹殁。

时间的流水作业，总是
让新的生命一茬接着一茬从虚无中生长，
随之又推土机似的必欲逐一碾平不留些痕。
哲人说：谁是胜利者？

我常常躺卧不宁，体验一种波动感，
发自臀部以下而达于脊梁以远，
好像地壳一时成为软化的糖块。
危机四伏。

混迹于大街人流
广受终生一遇的机缘，
也是印象平平。而我独独景仰你们

肩负一袋袋面粉的男女,排成队列
感受果腹的阳光成品,
好像面对金黄色麦地。
人啊,正是如此领有信徒的虔敬,
又复领有征服者的悲凉。
明智的妥协与光荣的撤退都无济于事。
人,意味着千篇一律。
而我今夜依然还是一只逃亡的鸟。

1994.3.23

享受鹰翔时的快感

痛快的时刻,一个烤焦的影子
从自己的衣饰脱身翱翔空际。
我,经常干着这样的把戏,
巧妙地沿着林海穿梭飞行。
奇怪,每一株树冠顶端必置放一只花盆。
我感觉自己是一只蹲伏在花盆的鹰。
我不想为自己的变形狡辩:这是瞬间逃亡。
永远的逃亡会加倍痛快,而这纯属猜想。
须知既已永远而去谁又曾回来复述其乐?
只有这一次我听到晨报登载一条惊人消息,
说是昨夜人们看到诗人只身翱翔在南疆天宇。
我怀着一个坏孩子的快乐佯装什么也不曾得知。

1994.3.29

近在天堂的入口处

酷似青蛙的一只小动物随我沿着陡直的通向天堂的木梯攀登。它甚乖巧，每待我登高一级，立稳，它才纵身一跃，落到我胯下两脚之间的横木。我们已经接近天堂的入口。而恰在此时，我颤抖的脚肢失慎将那只跃起的小动物中途挡翻。骇然的事情就这样发生了。

我见坠落中的小动物怒不可遏，将躯体迅速膨起，像是一只充气的橡皮球，而在触抵尘埃的瞬间，得以被高高弹起，几与天堂入口平行。可惜重心偏离，没能回到梯级它原在的位置，重又垂直落向地平。然后是同一过程的重复。我感受到了它逐渐升级的不可救治的愤怒，好比一个一再受挫的跳高选手已经是在绝望地跑向自己有待征服的高度，不达目的毋宁死。我为自己的过失痛心疾首，深感愤怒不仅是可畏的事，更是可敬重的事。深信这一青蛙似的小动物，是近在天堂的入口处以必求一死的试验和这种死的残忍向我进行复仇了！

那么，祈望降灾于我也应是一种自我解脱。

那么灵魂宁有大小乎？对于复仇不也一律平等？那么天堂不也只是一种可能？而灵魂的安宁更具修炼的意义。

1994.5.15

小满夜夕

我们弯身将鼻息凑向一丛野蔷薇。
淡淡的清香混合着一袭朦胧月光。
此刻子夜,没有蝴蝶争欢。
然而苦闷横亘在我们之间仍是致命的。
唯独我的苦闷才是致命的。
每当坚守自己都得经受一场歇斯底里的神经战。
没有同路人:谁与我一同进入月亮宝石?
无数个诀别组成无数心理失衡的断面,
于今又多了一层严峻。
灰色的心态造就灰色人生。
黄金播下嫉恨使龙种变性。

如此诀别的日子花朵也让人心寒。
苦闷的心皈依田园概因灵魂渴望自卫。

1994.5.22

灵语

我说：夜市的噪音远比白日甚嚣尘上。我喜欢夜，但讨厌噪声。

它说：我也是。

我说：我喜欢田头地脑柴草的烟息，也喜欢嗅闻草原人家举火分爨时牛羊畜粪焚烧的烟息……而城市的噪音让我莫可奈何。

它说：我也是。

我说：我曾被派往雪域一座原始云杉林采伐木材。再不会有那样的古森林了。我真想回到那样的世界，躺在厚厚的苔藓吐纳林中清气，一点噪音不闻……

它说：让我们同去。

我说：灵魂的居所远比吃饭重要，我需要的是唯一的伴侣。

它没有立刻回答。端详有顷忽神秘地小声问道：我现在有了一种安全感，你呢？

1994.6.3

火柴的多米诺骨牌游戏

一次，送罢友人独自心情沉重地往回走。时近子夜，街边小餐馆在清扫厅堂准备打烊，只有相邻几家出售烟酒的小店尚守着空夜苦苦煎熬。出于爱的痛苦与无奈，我背手强打精神恹恹地（也许还是恨恨地）向着夜的深处步履艰涩地踏去。那时，一个推着自行车的大汉从桥栏高架灯柱底座背后闪身而出，朝我逼近。

"有火柴吗？"他似已等候良久。

我既不感惊怖，也无心答语，只腾出手来朝他强劲地摆了摆，示意别再干扰。仍旧背手向着夜的深处步履艰涩地踏去。

"噢，你没有火柴。"与之擦身而过时听他恶狠狠地咕哝了一句。我囫囵的思绪似乎受到一击，透出一丝亮隙：火柴？我没有？……

已然是旬日之后的中午，我在市中心邮政大楼投寄一份快件。购好邮票，倚着无人值守的一段柜台用自备胶水粘贴函件。此时，一个打扮入时的青年女子确然朝我走来。我当作是与我商借胶水了。她却问道："火柴有吗？"望着她美丽的面孔，一个女子，我看不透这种必要。没有。我确然发出信息。但她决不妥协地（或竟是十分优雅地）竖起食指轻声示意："嘘！只要一根。一根。"

她转身失望地走了,眨眼间消失在匆匆人流。我陷入一种不知所措的彷徨:是的,没有,我们都没有。

我曾为之深感痛苦的友人当再次晤面,也终于如此问到我了:"告诉我:它有吗?"是的,是火柴,而且只是火柴。我们正被导入一种整体性的精神迷狂……痛苦是经常的事。

1994.6.16

街头流浪汉在落日余晖中遇挽车马队

它们走来是在七月一个流火的傍晚，时我和流浪汉们簇拥在这座城市的某一街角。

热浪推逼下的街景，小汽车的方阵像急于从沙漠突围的龟群。其间，一辆无轨电车摇晃着驶来，探伸的滑履集电器与架空电源线频频交接，绽开狂暴的火花。

我厌倦这座欲火熊熊的城市。

正是在那个时候，它们沿着街边姗姗来迟。我隐隐感觉到了那种苦役犯的形象，一种我曾有过并被我熟悉的形象。

它们走近了，峨峨兮若峦峰。它们哑默的样子却是那么高贵。我见它们昂举的头颈成排映衬在城市落日的余晖，那里零落的云块流动，像酒徒颠三倒四的床褥，一片狼藉。

我见它们双双俩俩并辔前行，优雅地抬起前腿，稍稍弯曲，以一种经典样式脆亮地叩响在水泥路面，如同绅士之舞蹈。被牵引的巨型四轮平板拖车在它们线条润美的高大躯臀之后轻灵如同用作体操表演之道具。这种整饬与彬彬有礼对于欲念之城无异于一种幽默。在暑热难耐的七月，我立刻感觉到这种意蕴方式让一切嘈杂退向遥远，而为生命的镇定自若感受到一份振作。我目送着它们远去。

1994.7.10

地底如歌如哦三圣者

这是在一座举世闻名的都会。

一束夕照从金光抖动的长街西侧的地表投射进来，使得过街地下甬道的过厅因着这种瞬间的强光之遮盖而黯然，而似阻隔在一间晦明参半的隐者的洞窟。

这一会儿，三人在这种半明半晦的空间拉开的距离有了一种形而上的超拔意味。这是三个角色：背向洞口一侧，是一体魄高大的独脚男子，腋下架一拐杖，右手则拄一根白铜包头短棍，沉吟的背影有一份老军人的坚毅。约三步开外，仰面向他盘膝而坐者，是一吹笛青年盲人，其沉溺之深，使人相信他决计将自己理解的对于艺术的真诚全数奉献于面前这位不可视见的至尊导师。他的半个身子随乐曲轻快的节拍做着全方位摆动，不时眨巴的布满云翳的眼窟神采飞扬。在这两人之间，有一小男孩交替以他们二人为圆心奔跑着，雀跃着，口呼"呜呜"，是一种旁若无人的舒心之喊叫。

他们只是三人。是结伴还是偶合？是娱人还是自娱？无视都市的存在，仅只他们三人。

那时我恰从三者之间穿行而过，感觉到了高山、流水与风。感受到一种超拔之美，一种无以名之的忧怀。

我遂着意停留片刻：缱绻于忧怀。在这暂绝尘缘的黄昏的洞窟，也许最宜于这种不明分泌物的释放了。

无以名之的忧怀啊。

1994.7.30

深巷·轩车宝马·伤逝

无尽的深巷,绿苔斑驳的泥墙一如夹峙其间的绿苔斑驳的土路,我惊异植根于深古的这种先声夺人的寂寞:我站立在巷口已先自有了一种身心的肃敬。

无尽的深巷,而且是窄窄的。

我惊异于这条无尽的深巷究竟通往何处,而且还能通往何处。没有一个人影。

我窥望在巷口,仿佛止步于岁月之间的一座断崖,有一种苍茫感。

但我凭直觉感觉到在巷底深处有一种门庭夹峙下的隆重:一乘宝马轩车徐徐向前驶出,然而又永远不得驶出。帘子后面端坐着一位称作"士"的人物。

是以我感慨于立于时间断层的跨世纪的壮士总有莫可名状之悲哀:前不遇古人,后无继来者,既没有可托生死的爱侣,更没有一掷头颅可与之冲杀拼搏的仇敌,只余隔代的荒诞,而感觉自己是漏网之鱼似的苟活者。

1994.9.25—10.6

混血之历史

在一个每季必开的例会，邻座藏族学者吉明俯过身子小声告诉我，不久前一位海外藏族学子陪同美国某藏学家造访，向其透露：李白是一位藏族诗人。据称：法国道格拉斯图书馆发现了大唐诗人李白用藏文写作的诗稿手书。"这很可能。"吉明君平静地为我叙述："当年唐室与吐蕃往还文书很多出自李白译笔。"

令我同样惊异不已的一则消息来自一位途经西宁寻根，然后去往拉萨朝圣的新疆青年诗人北野。他有三分之一藏族血统。我们聚会在藏汉联姻的作家朋友风马、梅卓府邸小酌，其时，恰好谈到阿里高原古格王国遗址。值此情景，北野讲起新疆塔克拉玛干沙漠的一片绿洲，称说那里发现了一支从不为外界所知的游牧群落。"谁也听不懂他们的语言。"北野君如是说："他们很可能是古格王国解体后流落沙漠腹地的逸民后裔。"

太让人神往了：无论是扑朔迷离的李白身世，无论是去向费解的古格王国臣民，以及诸如此类的疑案，等等，是如何刺激着每一后来者的想象力。觉得自己背后必定拖曳着一条与之维持了某种关联的根，只是这片根系缠绵纠葛，铺展得太宽太深太远了，谁也无从梳缕解析徒怀渴望而已。人类正是如此绝望地思量着，在一种逼近的隆隆声里完成每天一次的落日残照，仿佛一种混血。也定然是一种混血——历史之混血，我们如此而来，又终将如此而去。

我慨然，而后释然。

1994.9.26

迷津的意味

遁逃的主题根深蒂固。

遁逃的萌动渗透到血液。

寻找一种澄澈，我俩相邀遁逃这座城池向着记忆中的小圆山。我俩出发。

在每一条岔路，我俩打问：有通向小圆山的路吗？

回答也是众口一词：路，在你前面早就有了。怎能没有路呢？横竖都是路。心诚则灵。

我俩还不够痛苦。还不够绝望。还远未达到情绪死亡之境。换言之，我俩尚属于十足的幸运者。因之，我俩的遁逃其实近于一种游戏。

因之，我俩常常落入有趣的迷津。

直到一位长者指着唯一的一条山路，声称那里就是小圆山。

直到我俩一身汗津登上山顶豁口，面对遍山井然排列的大小坟包才如梦初醒，无比澄澈。

此时，比我俩更高，在秋空之下，一架由螺旋桨涡轮推进的民航客机正从苍茫群山那边沉稳地飞越我俩顶空，片刻悄无声息。然后我俩望着西斜的日头向着相反的方向缓慢地坠去。墓地济济一堂排列有序的碑石,反射着煞白如同白骨的余光,这意味着安详、无虑、无畏。

1994.10.13

与蟒蛇对吻的小男孩

是一脖颈盘缠着大蟒的小男孩。那时，他从马戏班场地一侧供演员休息的幕帷走出，就这样踱着方步如同天之骄子拥着怀中的山林之神，从围观的闲众身边走过，径直来到街边，立定，让高原夏日有了几分蛮方的街景。

是一脖颈盘缠着大蟒的小男孩。

他双手交替地摩挲着大蟒悠缓滑动的头颈，鳞斑在其手感之下恍若发出华贵的金属的颤音。那蟒蛇圆睁双眼，口中，不时抽动的信子电闪一般频频朝向孩子，仿佛是一种讨好乞怜，一种问询，一种近似阿谀的试探。

感觉到了那种呼唤。那孩子噘起嘴唇与之对吻作无限之亲昵。他微微启开圆唇让对方头颈逐渐进入自己身体。人们看到是一种深刻而惊世骇俗的灵与肉的体验方式。片刻，那男孩因爱恋而光彩夺人的黑眸有了一种超然自足，并以睥睨一切俗物的姿容背转身去。

啊，少年萨克斯管演奏家的优美造像。

那时，我视这位与蟒蛇对吻的小男孩是立于街头的少年萨克斯管演奏家了。从这种方式，我感到圆转的天空因这种呼吸而有了萨克斯管超低音的奏鸣,充溢着生命活力,是人神之谐和、物我之化一、天地之共振,带着思维的美丽印痕扩散开去。

1994.10.14

答深圳友人 HAO KING

人对于人的沟通迄今绝少成功范例,
譬如按图索骥对着玻璃人体注射针剂,
只证明了理论上一种实现的可能。
完全的交流是拥妃喜金刚式地融合一体。
而开展不畅的对话缘自童男女不负责任的贞守。

疲惫是一种灰色调。
疲惫的人是逐步沉向孤独的动物。
只剩下了活着的感觉。

但是梦态中的奇迹警告人们还应略略走动,
须知独思的人已在西风晚景与坐穿的木凳
一同液化抽空,静静消融。
这很容易。

不必商榷,我实在是一个持悲观论者。
同时还是一个不长头角的食肉兽:目迷五色。
对于河外星系我们却又仅仅是一丁点儿虚无。

掠过兵荒马乱的心境——

最感痛苦唯有精神的缺席。

记起秋风，天渐寒，多保重。

1994.10.23

戏剧场效应

　　临河的一段水泥方砖铺设的堤岸。此之前它一直闲置着，谁也不曾想到会派上什么用场。一天，一个外省来的草台戏班子在这里挂起一面天幕搭台献艺，隔河站在大桥那边，远远地就看见这边七彩生辉的戏装行头，听见电声喇叭吼着梆子腔。不久，又有一个草台戏班子来到这里。于是两个戏班子唱起了对台戏，招来了许多想哭想笑的看客，也招来许多餐饮小贩，使边城僻远的夏季嘹亮而闪烁。可惜好景不长，冬季很快就来了，戏班候鸟似的奔向了温暖的南方，那些设在简易篷帐的餐饮摊点则留了下来，寒号鸟似的栖在原地无所作为。那些痴情的戏迷偶尔顺路绕到这里，在撤走后的场子想着南游的名伶从此人去楼空，感觉自己的心地也尽是一片废墟。

　　夏天去了，夏天还会回来。秋天去了，秋天还会回来。现在是冬天，那么春天还会回来吧。既然春天仍再，那么夏天还会远吗？我安慰期待中的人们，也安慰着自己，这言语让人记起英国浪漫主义诗人雪莱预言式的名句。但是，我这种蹩脚的说法却明显地带着一种"历史循环论"的味道。

1994.11.8

1995

意义的求索

疏离意义者,必被意义无情地疏离。
嘲讽崇高者,敢情是匹夫之勇再加猥琐之心。
时光容或堕落百次千次,但是人的范式
如明镜蒙尘只容擦拭而断无更改。
可见万园之园在不远的过去惨遭外盗火刑侮慢,
帝宫废墟伶仃的柱础盖以国难而具奠祭之品格。
灵魂的自赎正从刚健有为开始。
不是教化,而是严峻了的现实。
我在这一基准确立我的内容决定形式论。
我在这一自信确立我的精神超绝物质论。
时值乙亥年正月初二早晨我见户外漫地新雪。
再三感动。我投向雪朝而口诵洁白之所蕴含。

1995.2.1 雪朝于西宁

春光明媚

春正降临。一群母鸡围着院子当中一堆解冻了的垃圾刨食。的确温暖多了。从堆积的污雪底层不断有细流渗出，闪闪发亮。整个垃圾垛变得蓬松而润湿，氤氲中且散布有酵母菌那么酸腐的气息。因之，母鸡们工作起来格外专注而卖力了。她们一个个收敛双翼，高挺起胸脯两眼向上昂视，先是用脚爪对着面前的堆积层一阵卓有成效地抓挠，然后退回去，用尖喙在翻起的破烂中又一阵紧张啄食。这时，我看到一只黄鸡婆有了可喜的发现，从一团碎布乱叶中钳出一条其大无比的肉虫。我感觉那母鸡因惊喜而震颤了，一身黄毛羽立刻刺猬似的奓立起来，处于一种高度的战备状态。她叼起那物，富于弹性地在地面匆匆甩打两下，好使那物昏厥失去自卫能力，随即惊叫一声，复又叼起那物转身逃遁。因为，她已本能地感觉到心存非非之想的觊觎者们正在发起攻击了。于是，开始了一轮又一轮地穷追不舍。我一直注视着这一事件的发展，看到那条抖擞的"肉虫"已数易其主。同时想道：我是否应该着手干预这件蠢事了？是否应该说明真相？是否应该提醒她们那竞逐之物并非什么美食，而只是人类用罢废弃的一段乳胶管囊——男用避孕套？当然，其中还应有属于某个男子的内涵物质。那么，我是否应该为误食了这物件的母鸡而感悲哀？为此

——母鸡将生的鸡卵而感悲哀?或者,为误食了此一鸡卵的人而感悲哀?……

　　生活的戏剧性真是叫人无可奈何。

　　而富于激情的唯美诗人已在那里如同一只大红公鸡伸直脖子赞美了:"啊,春天哪,生意盎然!"

1995.6.26

百年焦虑

此间的早晨总是迷蒙的，与黄昏相差无几。

因记着"迟早总得解决"的"焦虑"，决心搭乘邻里老 D 的手推车进城交割。老 D 已从户枢卸下门板往车上装载，这是那个担着门板远行以防窃贼入室的聪明人想出的主意。他催我快点上路，而这时，我却不能完全记起焦虑究竟为何了，又何以去城里交割。我请老 D 稍待，好让我钩沉记忆。我拍拍自己的脑门，居然诌出了一首诗：

有思怦然于心：
套不尽的无穷套。扣不尽的连环扣。
遗忘在遗忘里。追忆在追忆中。
永不知所往，有念一闪于忽忽。

独语变作山中石头。
飞鸟展望在凝固的蛋白。

一只灰羊在路侧瞧着这一切。当我注意到它的存在，它就变作一只啮食细草的狗。而当我不要注意它的存在时，复成为一只对我无害的公羊。老D又在催我上路。我对他说：不能确定的意愿，如同目标未明的操作，虽进城又何益。而你背负着自家的门板上路，路虽远，你仍在自家门前操心着呢。而我，是一个无家可归者，只是无谓地挥霍着自己的焦虑，当作精神的口粮。我又如何不聪明，我又如何不犯傻呢。……

老D望着我，终不知所云。

1995.7.6

划过欲海的夜鸟

我被憨厚的一声鸟鸣唤醒。这是高远的夜天中一只独飞的夜鸟。我为这发现喜悦之极。如果描摹那声息,似可写作"嚯尔——,嚯尔——"有一种低音铜管乐器发出的亮丽。同时,让我不无感觉滑稽的是在听到的每一声啼鸣之后,必有地面某处棚户煞有介事地两声朝天的狗吠附丽,像是从善如流的对答。我品味着这鸟兽的歌吟。说实话,我一向敏于捕捉这纯然的天籁。在听腻了歇斯底里的人声喧嚣之后,这样充溢着天趣的音响,让人产生一种认同感。但是,我已隐隐感觉到凌晨早班车的胶轮正碾轧过附近的街市,城市的局部正在重新启动。我同时惊异地发现凌飞于这片欲海之上的大鸟已正确感受到这种信息,悄然噤声,小心地远去了。而那狗吠也随之哑然。我闭拢双眼,追思划过欲海的夜鸟如此神异通灵好生奇怪。复又感受到袭来的倦意并意识到自己雷霆大作的鼾声,最终也未明白自己是否有过昏睡中的短暂苏醒。

1995.7.30

淘空

淘空,以亲善的名义,
以自我放纵的幻灭感,而无时不有。
骨脉在洗白、流淌,被吸尽每一神经附着:
淘空是击碎头壳后的饱食。
处在淘空之中你不辨痛苦或淫乐。
当目击了精神与事实的荒原才惊悚于淘空的意义。

1995.8.1

钟声啊，前进！

钟声啊，前进！

不闻校园钟声的季节，我看到你们三五不等的男孩——清一色的十五六岁的男孩，从自己所在的楼层会合到楼前阶沿，并列一排抱膝踞坐，默然无言怅望远方。我确信是相同的年龄、性别和相同的怅然的原因才使你们一同会聚而默然与时间对峙。

我感觉到了一丝淡淡的哀愁。

曾几何时，一位年轻的母亲对着夹挤在市廛人群向前蹒跚学走的儿子大声呵斥："小伙子，靠边儿走！"那时，我体验到了母亲眼里的自豪及其超越时间的祈祝：钟声啊，前进！

正是如此，一个个婴儿就这样抵达了迈入真正的小伙子行列的最后一刻钟。在这个夏天的溽暑期，我看到你们身着短袖衫抱膝踞坐阶沿，一种心猿意马，一种对未知的远方的窥视，一种复杂的心绪：蜕变，可喜可哀，而又可怖。我感觉到一丝淡淡的人生的悲哀。我似乎理解了水边一只尚未脱净骶尾的小青蛙一动不动胆怯地窥探岸丛的那番情景。一批准备送入窑炉的彩绘陶坯意识到拱顶的烈焰也是如此诚惶诚恐。

1995.8.13

戏水顽童

我对爱我的人说：你已看到矗立在前方河道的水坝。你已看到库容潮涨漫溢过坝肩挂起一面银白色的环形水幕。你已听到那深谷隆隆的水击，同时还有那隆隆的雷殛——乌云滚滚正从天边铺盖而来，冷气逼人。好极了。这样浓浓的氛围。这样独一无二的舞台。这样可遇而不可求的机遇。我要抛掉鞋履涉水站立在那面坝肩，躬身洪流为你我洗净征衣尘垢和血污。我要三次为你打捞出你有意抛沉水坝的金指环——如果你以此考验我的忠诚。我要释放出郁积在我心中的雷电的颂歌。

于是，我只身疾奔过去，半赤裸着踏着坝肩水瀑，在坝的中央站定。突然，我被一种特定的感觉劫持：我已进入与两岸隔绝的境况。我只听到水天隆隆的音响，并被这层隆隆厚厚包裹。陆地上的影子别有一种虚幻。远在河之干，那爱我的人挥动凉帽朝我大声吆喝，但我只感觉到那夸张的口形，什么也无从听清。我以自己的行为成了一个被无形的巨无霸所罩定的"罩中人"。

风在吼。水面已由浑黄转作深黑，翻着泡沫。乌云紧贴着水面包抄过来，有一种凶险中的浩渺。一种森严可怖中的飞动。一种眩晕。我感觉漫过腿肚的水瀑正以可被觉察的速度继续向上潮涨，而不可阻遏。水温已经冷得刺骨了。爱我的人站在河之干朝我启动着夸张的口形。但那时,我本欲与宿命一决雌雄的壮志、一释郁积的大愿、爱情表白、直面精神围剿的那种堂·吉诃德的顽劣傻劲儿……等等,瞬刻间只剩下了顽童戏水的感觉。我似乎觉得河之干立候的母亲正忧心忡忡地召唤我回家。我感到两眼发热就要滴下泪水,但我却开心之极,躬身迅疾地洗涤净征衣尘垢与血污。我听见自己的心在窃窃私语:死亡?死亡又算得了什么?我只是一个戏水的孩子。

1995.8.28

荒江之听

远听荒江之夜一个隐身的人寻求对话的呼喊,
可以感受到一种毛发流荡张扬的生命形式
升起在森林上空:一种强制的自我变形。
一种可怖的异己力量。
人们听到了。很远。然而洞睁双眼保持沉默。
于是那弥散的大呼更继在着一种不失信心的探试。
人们听到了。很远。或者——虽之颇近。
那生命却是恳切、率直、坦然、主动且缠绵。
但是人们持守沉默一如沉默的大地,
而坚信在情节莫名的荒江之夜厚墙内的安泰更为可靠。
但那大呼顽劲地继在着直至浑然不察隐入白昼。

1995.9.27

圮上

我登临 L 城施工经年刚刚启用的一座环形过街钢架天桥。熙来攘往中，我俯身路桥内侧的环形围栏，鸟瞰这座内陆省城节日般的十字街头川流不息的小汽车群在一名训练有素的交警指挥下井然运作。

这时，近旁一位同样扶栏作壁上观的瘦削男子（他不时地扫视已让我警觉）向我靠近了些。他紫糖脸色，鹰钩鼻梁架一副老式墨镜。告诉我，他是一名离休老人。问我还记得他否。说着，双手叉在腰间，等待我的既感惊讶并可感愉悦的回答。

我断定他看错人了，只摇摇头。

他有点惋惜。但出乎我意外，他忽以一种近乎鉴赏的神态端详着我，说道："你还是那么年轻啊。"

我的心立刻因震惊而收紧，有一种被识破了假面的尴尬，使我近乎本能地想到了快要被遗忘了的"垦荒地"。是的，因为只有在那里"我们的年轻时光"才被全数剥尽。而且，显然在他貌似不经意地对我打量时早已料定我就是他所判定的某个人了。

我说出了我的猜测。他说，正是。尽管当年与我不曾在一个编队，但都同属贱民，理应面熟。他称自己叫某某。仿佛重睹一只失而复现的古董，我也记起了这个名字。这是一个和某些奇闻异事及诸如"狂妄""骗子"之类可笑恶谥相关的名字。我对他说,我早就领略其风采。人生何处不相逢?譬如:在此圯上。

于是,共同回忆起一些事件与人物。他十分兴奋,让我感觉他深隐在墨镜背后阴鸷的目光不时迸射出金属似的刚性火粒,——他的紫糖脸色与叉在腰间鹰爪一样佝偻的指掌都予人一种重金属的感觉。

应我的请求,他向我说明了自己随中共中央撤出延安时的身份、职务、无线电台使命,等等,证明向之所传非虚。后来讲起L城上司如何以进修为名用一辆小轿车(他指给我看正从街心驶过的黑壳"伏尔加",说就是那一种)将他送到了远在大山中的垦荒地,而成为事实上的囚徒。说到这里,我不适宜地强调了一句,提醒他:其实我们"右"字头的这批人早在他若干年之前就已关进了那座晦气的"进修"营地。我原以为他会为此而感到不幸中之大幸。但他不再作声,看去有些疲倦。

有顷,我改谈一些有趣事。反应依然。正当我为这种缄默极不自在,突然间,近乎歇斯底里的发作,他大吼道:"啊,我们痛苦过了,痛苦过了。我们受尽了折磨,受尽了折磨……他妈的,让我们保重吧,保重吧。"

他道了声"再见",决然地调转身,以一种"老干部"的傲气那样地昂首阔步,走了。我没想到是这种结局,目送他汇入人流,当要走下楼梯时他曾跑过来,说起自己在L城的府邸,并告以他有个女儿叫Mao-Mao,让我得闲时去坐坐。至今约一年过去，我无意造访，原因是，怕触痛一种高贵的感伤，一种被伤害了的鹰隼所能感受的那种感伤。

1995.10.7

一个青年朝觐鹰巢

对于大山倨傲的隐者、铁石心肠的修士、高天的王……我是一个不速之客。

当我于山光岚气中遥见洁白的一群种属在云与山石之间徜徉放步,初瞥之下,我误作牧人草原逃亡的羊只。

这是休闲踱步的鹰群:一派贤人、士子、学问家的清修儒雅。

然而高天的王者,这却属于浑身透射着金属和辛辣脓嗅的雄性词语。这意味着居高临下展开的甲胄、折落的箭镞或羽毛之横张。而在这里,流寓人间的我,所见仅是匿处僻壤的野性联合体——山野自由公社的自由子民。我心怀向往。

我向山阿攀缘着。对于我的出现它们初始佯装不知,既而,我从它们蠢蠢而动向着悬崖一侧开始的集结,感受到了一种根深蒂固的对于世人的鄙弃与拒斥。但我自许是一名种属的超越者——且将证明我是种属的超越者。我已预期它们对我的接纳了,而以清越的啸叫频频遥致去我的倾慕。我其所以选用这种原始方式是深感于人类软语的缺铁症岂止于表意的乏力与无效,更有着病入膏肓了的拯救的无望。

我艰难地攀缘着并密切注视前方的动向,一种不安的预感随着时间的推移而递增。终于那一直保持沉默的王者将我的激情与决心视作一种不可耐受、不可容忍的骚扰了，掉转身去，倦怠地拖曳起一双冗赘的羽翼，疾走数步，在临渊踏空的一瞬，打了一个趔趄似的，见它张扬的双翅已然向着穹苍雄俊骞骞。我长叹一声——是作为弃儿的一种苦闷了：拒绝即意味遗弃。自由公社的子民于是随其一一腾空，且罩着我头顶盘桓巡视，如同漂流空际载浮载沉的环形岛礁。

不可与群、不可与共、不可与沟通的永恒遗憾：君自此远矣。

当我坚持着走完了这段险径的最后一程，嗒然若丧站立云间基地，注意到巨岩上流年岁久积存的鹰的排泄物粘连脓血毛羽，五彩斑斓杂陈，又意外地体验了一种豪举暴施下次生的永劫的苍凉，我只余茫然的认同感，而茫然提起手杖做了一个上挺的姿势。钻石般的鹰眼一齐向我投射光芒。搏击的气流以刀削般的凌厉在我耳边折转。我自知有所未能，有所未及，有所未忍。默望着自由而豪强的它们远去。三十年了。饶舌是一件可厌的事。但事实本身悲怆的含蕴却有着噤口不言者的面色煞白——惨白。

1995.10.7

梦非梦

怀有世仇的男子遭遇江头，瞋目对视。

寒气闪烁的利刃攥紧在臀后，对峙着。

将会有愉悦的鲜血从对方的大伤口淌出。将会有鲜血蹦跳着，好似一群自长久羞闭中一旦逃逸而出的幼兽，初始喜悦，继而惊讶，而后是对于失去了屏蔽保护的悔恨：血的死亡。

人类无罪的血。

我是谁？模糊地意识到自己是一不忍的因缘正介于两仇之间，且以始料未及之举拥抱了两仇之一。喁喁着。避开武士厚重的唇髭，以狂吻击打他的眉宇：一种善意规诫。他同意了我。

他微微闭合了眼睛。那一刻，天空有大悲悯关注，而我相信自己正临近于开启人性之铁幕。

我只是一种因缘。一种不忍。

现在，两男子悻悻而去：一个沿大江之阳。一个沿大江之阴。他们隔江竞步而行的背影愈趋高远。在上游源头他们还有机会狭路相逢决一雌雄。这是一种悲哀：血的悲哀。

但有一种大悲悯关注着，既非欺瞒，也决非嘲讽。

1995.11.12

悒郁的生命排练

我以无从稽考的理由,相信爱人是天方古国一位长老的女儿。是在一间炕屋席地而坐。爱人身子前倾。与之相对,即我的岳父天方长老。恹恹地,爱人总在对他解说着某一件事。我侧卧在爱人身边,自以为是一个不为人察知的精神实体。我清楚我与爱人年龄的差异是长老久怀的心病:他不时地侧目,眉结双皱。错乱的花季,岂又是花草的罪过?我希望尽快结束这场对白,故暗自伸过手去,从被衾底下将爱人的腓肠肌捏了一把。相信她已理解这一无言私语。但仍在唠叨着,她甚是疲倦。每当此际,眉头就可爱地皱起,前额饱满的天庭会闪过一抹犹疑的暗影。而这一次,我从中窥见了她在未来某一时候忽忽衰老的迹象。这是向我提示:当那一刻到来,我会加倍付出我的疼爱。爱人仍回复原先的状态。听她这样款款交待:"我们不要再多打扰您老的清修,一俟过了'啼哭的礼拜五'我们就立刻启程回去。"我并不十分明白她所称之的"礼拜五",我仅能意识到那是一种必行的义务或功德圆满。我担心过度的感伤会压垮她原本单薄的体质。然而,无论如何我应该为即将的"回家"而倍感鼓舞。

当我发现自己醒来的时候,是躺在一大间设有匠人作坊的穿堂屋里的长凳。伴我的爱人提前外出了。行旅往来其间。而我不胜忧虑的是过夜脱下的皮鞋去向不明,将被迫赤脚上路。闲人正以观赏喜剧的表情默看我何以下场。我已认定偷儿就聚合在作坊暗处,估计那个皮匠定是同谋。但我认可了这种存在。每一生命都为着自己的存在而尝试可能的生存选择。黑道是生命的残酷选择。

我仅踩着一双棉袜上路了,大地冰凉沁人。感觉袜子外面的冷冻正在加厚。其实两脚是蹬着一双冰坨行进。我不再考虑买鞋的事,而专心赶路以期与爱人会合早早"回家"。

我与众人攀登在一座以条形石料砌筑的高山。是碧绿的与金字塔相类的高山。四外都是如此的类金字塔式山体。何等艰难、玄秘的符号喻示。我愈接近山巅,愈是有着一种将与高山一同倾覆的预感。

不知道"啼哭的星期五"是否过去。

但我知道爱人就等候在山的那边。

我因眩晕而觉呕吐,记忆开关随之短路。

于是我发现自己又一次"真实地"醒来。

又从戏剧的戏剧……的戏剧从容走出。

我仍不失为一个胜利者。

尼采说:"梦……倘若有一次延续而完成,那就将是景色和幻象的象征联结,代替那叙事诗的语言。……梦中,我们消耗了太多的艺术才能。"但我却在起床后弯身穿鞋(被失窃的鞋)的瞬刻，忽又记起忘失殆尽了的被消耗的诗的创造，并记录在案：不妨看作是一个人的几世真身——中止的生命排练。从此"中止"又何畏之有？

1995.12.4

1996

冷风中的街晨空荡荡

寒冬的清晨，我站在街头靠近十字路口公共汽车站路牌一侧的便道，恭候约好的一位朋友。空荡荡的大街了无行人。街心岗亭，交通警察立在瑟瑟的冷风里，好半天才有三两部汽车停靠路口，等候他吹一声哨子放行。我就这样立在大街边暂充一名看客。

忽然，我听到歌人一声鲁莽壮实的男中音从东横街那边陡地升起，是一种当地的快节奏乡村小调。那人显然是搭乘在某种交通工具朝着这边疾驶，因之，我感到那歌唱简直是一种强行入侵，一种笼罩，一种响亮的腾飞，泰山压顶而来。我受到感奋，期待着一旦被揭晓的歌人的出现。此时，恰好一辆公共汽车到站——我需要从下车的乘客辨识出我所恭候的友人。正是这一举措未当（我本不必急于分心），那唱歌的人已像一阵"急急风"挟着如此高亢、具有爆发力、勾人魂魄的歌声，就从我耳边擦身而过，一溜烟远去了。当我意识到这一疏失，急忙循声调转头去，也只见到那踏车的歌人疯狂一般向北街飘摇远去的背影——是一块头高大的女人背影，这实在出乎我意料。她单手操把两足一阵阵快速蹬踏,而左臂高扬着,挺身为自己的歌唱重重打着节拍。她的黑色的头帕在肩后被风高高地撩起一角,如同黑色的火焰拍打有声。她穿着女服,且是红底白花女服,但她沉雄豪飞的歌声却属于男中音,这令我莫解。我极后悔一时走神没有看到她的正面形象,因此,也永远解答不了这个谜。这一切仅仅发生在一瞬间,她高唱着节奏快捷的乡野小调远去了,她像疾行在无人的旷野——她的旷野,如同一掠而过的梦幻。因此那些刚刚下车的乘客对此视而不见、听而不闻应属可以理解:那只是一个梦幻、一个怪异的闪念。谁会认真于那骤生骤灭的怪异闪念!那么过去了也就过去了,极不真实。因为现实并不真实。而我却感受到了那一刻的忧伤。她唱的是一支风趣的乡野小调,带有很浓重的胸腔共鸣、脑后音。但我明白,她肯定忧心如焚,且只有在狂奔狂噪中、在头帕如同黑色火焰随她追逐拍打中,或许才获得一刻解脱。因此,她的精力也可能是无限的。噢,是这样的吗?那么她为何忧伤?又为何以忧伤的心境接受这样一支情调诙谐风趣的歌曲?而且,她究竟是保有男嗓的女人抑或是迷狂于女人衣饰的男人?……这就是所谓的享受生活。我再不会见到她了,肯定如此。但她似乎是个快乐的人。是痛心的快乐。而在大街漠然的本性里,这也只是刹那的闪念,与任何色彩并无实质区别。这或就是忧郁的本质之所在。

1996.1.14

灵魂无蔽

我常要去那里进食的一家小餐馆，总有一个年轻力壮的乞食者流连门首，窥伺每一用餐者留下的碗碟有无可资利用的残汤剩水。当有所发现，即带着诚惶诚恐的样子蹑足过去，取来倒在自备的罐子。我不是一个善施者，故总是取躲藏的姿态，而况乎"对着饥饿的眼／美的食品／成为美的亵渎"？我总是尽可能避开那双目光并以身体掩饰住我正扒食其间的碗口。

我自谓这是一种无奈的"麻木"。

但我不久前遭遇到的一个受难者截然相反的目光却让我惊骇之至。那是一个被社会遗弃的青年男子，蓬头垢面，永远沉默，永远趿踏着一双破鞋，身子近乎赤裸——他总要腾出一只手贴在腹下捂住胯间撕裂成两片的裤裆。几年前就见他这样游荡着了。他从不乞食，只从沿街的果皮箱里偶尔捡拾一点扔弃物充饥。我相信他是个耻于乞食者。无论冬夏，鼻孔下面一串绿涕总是摇摇欲坠的样子。有好几个隆冬我对他处境的结局总有不祥预感。但出乎我意料，他总是照样活了过来，这既令我愧怍，又令我对其年轻生命承受磨难的潜力深为叹服。人生的意义兴许就在施虐、自爱与自虐之间，我仿佛才认识到现实的这种隔膜与冷酷。这是在一个暖人的正午，我走在融雪的街头，当行至婚纱影楼一间春色满目的橱窗，见他手捂前裆一副凝神专注的样子，望着陈列其间的一帧红粉佳人的玉照。这使我大感意外，他还保留着对于美的感受能力。他从玻璃的反照中注意到了我的存在，蓦然回头朝我一瞥。我怔住了：见他烧得火红的白眼仁里心灵的炭火竟喷发出轻蔑与愤怒。的确是轻蔑与愤怒——理性无可置疑的觉醒。一颗被社会折磨得太长久了的心灵已经忍无可忍。在我作这样思考的同时，他已调转头去，回复到我平日所见之常态，踽踽踱去。至今我仍能回味在那一瞬间他的愤怒与蔑视所领有的一种不被肉体之污秽所渍染的高洁。

1996.3.14

裸袒的桥

这是一座步行桥。桥身横跨车场密密麻麻的铁轨，连接在城郊崛起的棚户区与市街之间。当华灯高照，桥下线条柔美的道轨伸展而去，停靠在月台的一列绿色车厢却有着去意不定的缠绵。桥上行人走动，身后都拖曳着一团散淡的清幽，萤火虫似的呈现出一种可资品味的梦态。夜光具有艺术家的想象力，意味着魔幻与真实的间离。但是，赤裸却是一种深潜的本愿。

我陪伴修篁来访时恰是在此后一个白日。那些在暗夜里原被灯光修饰、剪裁、省略的部分，都露出本相，其所呈示的意义就像灰色存在本身坚不可摧。我感受着一份心灵的挑战、碰撞、震荡。这是一个仅让有心人才能觉出的热闹世界：目光之所接总予人一种心照不宣的感应。我确信不疑，他们大都保留有一种隐晦（同时又是袒裸）的、暧昧（同时又是确定）的、冷漠（同时又是热烈的）、胆怯（同时又是妄为）的身份。当与那类目光照面，灵魂直如进入一种胶着状态。

我向修篁暗示：瞧，听得见搏击声。

这时，我们已从桥北匆匆脱身而下（我们无意引人注目），携手穿过细密而泥泞、间有积水的土巷，转到台地一侧的路口，取从容姿态向着桥的方向作一较远距离的凭眺。我们以为如此这般远离那里的鲜活群体就可以安然地品味到某种戏剧性情节。

"同是天涯沦落人"——这是我后来的结论。

我们不想谈话。

我们看着桥上从两个方面而来的人影交汇而过,走马灯似的,听不到声息。

也远离开市廛的嘈杂声。

这样过了许久。不,也许并不长久,——后来我觉得时间在当时留给我的只是一片空白。无意间当我侧转过身子,发现数步之外一位黄袍僧人仰挺身子斜倚一间茅厕颓败的外墙,圪蹴在地。他何时来到这里?为何这样端视我们,就如我们对着大桥端视?他紧抿着嘴唇,元宝形僧冠下一双木然的眼睛毫无映动之意。此时,有一股溶液从他下身腿裆袍角遮掩处均匀排出,流向坡沿,在一撮虚土前略被淤塞,而后奔涌直下,好似一种呕吐。好似一种嘲弄。好似一种禅机。我没有向修篁揭示这一幕,而是默默保留了某种惭愧。当然,我的说法也仍旧不错:裸袒是一种深潜的本愿。是缘于生存的意志,而不仅在于沟通或感应。

1996.3.19

从启开的窗口骋目雪原

从启开的窗口呼吸，骋目雪原的体香，相对于枯干涩燥的昨日，以及昨日之前更加久远的隐含了期待的日子，滋润的蠕动感已深入到每一关节的软骨和隆起的滑膜层，既是人体的，也是万象万物被滋润、被膨起的感受。复活的意识如此常思常新。

茫茫雪原在我眼中明亮新鲜纯洁，且温暖。

我看见一辆载满煤炭的铁斗小车由一隐身其后的小男人从对面工厂启开的铁门推出，缓缓行驶在开阔的雪地。我看清了那个推车人。他的头部与颜面下半部都保护在一层厚厚的围巾之中，扶着车把的双手则由一副臃肿的黑棉布手套掩护。他走得极慢且稳，后来转换了一个方向背朝我，斜过雪原推车远去。是黑的铁斗车、黑的煤、黑的向前推动的人体，——我感觉是乐章的一段基本乐思，渐渐淡化下去，无限小。无限之下。而已感觉到的"无限大"作为另一主题动机已随之在这种消息中由雪原的体香那一端平平地升起。

然而，崇高与卑劣，傲慢与无礼，英雄与平庸……都只是为人类才得有之的情感。

1996.3.23

幽默大师死去

(一次蓦然袭来的心潮)

最后一个幽默大师已经死了,这世界再也不存在幽默。

一个本质痛苦的幽默大师,不屑于插科打诨。不屑于滑稽。他虽不等同于讽刺,但也不仅仅只是幽默。

一个本质痛苦的幽默大师,是庶民可引以为荣的自我存在。是庶民可借以获得的自我安慰。是庶民善作解语的另一个"自我"。

一个本质严肃的幽默大师已经死了,再不会有第二个为我们转世再生。在埃博拉病毒、疯牛病毒、艾滋病毒……人口走私、死囚……阴谋……等等相继威胁我们的苦闷中,不会有第二个幽默大师临世接受我们膜拜并替我们摩顶祈福。

但是,世上仍不乏冒名的僭越者、拙劣的效颦者及沽名钓誉赖以为生的小丑。

只剩下了所谓笑的制造行业。

因之,他是最后一个死去的幽默大师。

这世界失去了圣杯,也同时失去了宝剑。

干枯了的人类脐带不再分泌健脑的营养素。

1996.3.25

过客

"寄生性小街区。"当时他托着沉重的额头,正走在 R 市近郊一条仰赖于两座毗邻的星级宾馆而存在的小街,为及时飘入脑海的这一念头感觉惊异。天近傍晚,商店早早亮起了温柔的灯光,对于耽于享乐的人们,即便只是这种灯光情调也能从中感受到一种诱惑的浸淫了。

然而,他属于与此无缘的过客。

或者,他也只能属于与此无缘的过客。

这些商店都娇小而别致,分属两种行业:风味小吃与泳装服饰。他仅对后者持有兴趣。他喜欢那些满天星斗似的镶嵌在店堂内壁的女人胴体模型,由于穿着各式各色的紧身泳装而格外鲜活、逼真。不过,有时也使他产生如同突然面对满墙京剧脸谱那样的错觉。他迷惑不解:这里既不濒临内湖亦不靠近江海河塘,泳装业何以会如此发达?暗暗有些激动。

托着沉重的额头,他为自己仅是羁旅此地的一名匆匆过客而抱愧——从店内服务小姐招徕的目光他感觉出了一种失望,这与他刚才在宾馆大门邂逅的"三陪女郎"眼里所见到的复杂情感似乎并无本质区别:他甚至还能记起那位身子已经明显发福的姑娘顾盼之间匆忙为他扮出的那一丝羞涩。他承认其中定有煽情的魅力。那么，感情即便只是商品的包装，我们又何尝有权责备其虚假？生存与行乐都同样严峻。

"美，有时径直就是欣赏苦难。"托着沉重的额头，他记起了白天在宾馆楼厅旅游文物商店看到的两只人头颅骨碗具：一只大些，一只略小，呈半球形状倒扣在玻璃展柜（法国文豪福楼拜故居书房也陈列着半条木乃伊人腿），在一种半透明的象牙色彩里，纵横连接咬合的骨缝线如同彩色地图上浮现的江河水网标记。碗口经过镂锉打磨，以银饰包镶。这件"艺术品"的价码是人民币五千元。在场的一位诗人告诉他，不久前A寺商业街一只人头骨碗具被一位外国旅游者以两千美金成交。现在，当他重又想起这些谈话，不由疑心起那些人头碗具材料会不会是当代"猎头者"一族以狡诈手段猎杀而得的同代人首级。

"美，有时径直就是欣赏罪恶。"

他这样思考，同时走得更快了。他称作的享乐街已经隐没在身后的灯影里。身旁是一座围以铁栅栏的公园长墙。这段路颇长，且无灯火，属于市郊衔接部。阴影里随时可能酝酿着阴谋。但他并无顾忌。似乎只是出于"尽快结束"那样模糊的感觉，他动机含混地在口里念着"好啊""好啊"这样的言语，既非赞美，亦非诅咒，或许仅是出于对个人的安慰，因为他毕竟只能属于处在人类发展史的"渡过"中一个微不足道的过客，而无可逃避。

1996.4.13

与梅卓小姐一同释读《幸运神远离》

"厄运"是从"水晶念珠的主人"索要你的"银质十字金刚"开始的。当你向他讨回原件,轻轻一摸,镶嵌在这吉祥物的"蓝色宝石"(象征的"幸运之神")不幸轻轻坠地,从此与你远离。

"水晶念珠的主人"与在你脸上"留下阴影的鹰鹫"其实是同一不祥之物,你已暗示了这一先验的因果关系。

"厄运"亦即宿命。其间的利害冲突,在于爱之权衡:给予?交换?索讨?护守?保留?……你选择了护守,而命运却判定为失落。早在你"摸着一串水晶念珠"的顷刻已判定"幸运神"的这种失落。

人生戏剧的演绎阐发,总是如此以偶然性开场,又以必然性落幕。

那么什么是幸运?其实,只有一时的偷安、苟且,终极意义的幸运,仅是一种隐喻,一种诗性虚构,此而外,除非保持始终的蒙昧,须知"智慧之果"的误食才是一切不幸的根源、罪恶的渊薮。

但是人类注定要做智慧的动物。

这就是平民百姓眼里的人生价值——人生即戏剧。

这种戏剧结构,可以抽象为一笔笔债务——情债的前定、催逼与了结。所谓冤有头、债有主，跑得了和尚跑不了庙，天网恢恢疏而不漏。生而为人，就已意味着是一名在这种格局中被黥面的刑徒、兵卒——"志在必败"的角色。还债绝对而不可抗拒，但是人的本性贪婪狡诈，总倾向于债务的逃避。尽管造物主只是个专与人类为敌的恶棍，若人类尚无能抗拒之，还是要投其所好委身于彼，而奢望出现奇迹。这种幻想中的逃避带来心理的慰藉，这也正是宗教、艺术赖以存在的元始根基。是以我们迄今仍借助艺术创造求所超脱，释解焦虑。艺术当与宗教同源。举凡经典之作，若非伐罪者愤怒的檄文，必是皈依者的祷祝或亡魂的忏悔、神灵的启示。你以自己的人生体验理解了这一点，而"将臆想的柴火架起，火就这样到来，它是抗拒恐惧的唯一途径"。

然而"存在"永远是一个有待稽考的课题。这犹如梦与醒，当我"醒着"，我才明白此前梦里貌似正常的一切原来破绽百出且荒唐至极，故证之为梦。那么，谁又能保证我此刻感受的"确而无疑"不成其为又一场梦醒后的又一场虚假？"存在"何以自解？唯释以"人生如梦"无懈可击。故"醒着"状态之追求始终是人生聊可自慰的大事。

其实"醒着"只是直面枪口，徒有几分行色的悲壮，并不能改变潜在的厄运。

人间从来就是现世生者的"涤罪所"，苦难中的形骸思虑营营，历历可见：人满为患，金钱肆虐，半个世纪，尤以现今为最。厄运之不可摆脱犹如存在于细胞核染色体的遗传基因，一个新的生命一旦完成，厄运已潜在其中。人虽不能透过时空预见每一细节，但细节迟早会一一应时而显现。一个后代子孙的命运，甚至可以推其谱系溯源到其远代母亲——尚在母体胚胎发育期中的——卵巢的一粒卵子。这种邃远感，有如从相对的两面互为反射、互为复制、互为因果的镜子中所见无穷深远的物象。必然招致人生悲观的结论。

好了，让我讲一个并非虚构的故事：我见一女孩在游戏中长大成人，又见其在人生艰难中成婚、养儿养女。而后，又见其孩子在游戏中长大成人，又见其在同样的人生艰难中成婚、养儿养女。有一天，这女孩的业已生儿育女的孩子，忽躲进自己曾有三代人悬梁自尽的老屋追随冥冥中的祖辈而去。乡里人按照古老乡俗没有雇请喇嘛为其超度，且剥光他永诀前穿戴整洁的服饰，草草挖个坑穴埋在了远离其祖坟的荒野。族中长者称：就该让他这样赤条条地来赤条条地去。那死去儿子的女孩事后对人说，她在儿子死去前的一刻曾路过其家门，见一见所未见的黑猪在院墙内撞门拱土……那黑猪是她儿子的命运，也当然是她的命运。她后悔过其门而未入。

我已看惯许多的人生。我已看惯许多的人死。我已经饱经沧桑。当我女儿告诉我她姨娘的这一变故，我仍怆然良久。但当我读到你如下诗句——"推门而入时常常碰到伤口／不再那么痛了／不再像表面的痛／那么痛了"，我竟有着一种似曾相识的体验，曲尽而觉余音袅袅，感动之至。

诗，不是可厌可鄙的说教，而是催人泪下的音乐，让人在这种乐音的浸润中悄然感化，悄然超脱、再超脱。

1996.4.21

时间客店

比预定的时间来得早了一些。

其实，谁人说得准呢。

店堂里蒸汽弥漫，伙计们忙进忙出，有几个像我早到的食客已闲坐在方桌边等候服务。我瞄好一个空位走过去，用脚背勾过来一把椅子，——我实在腾不出双手来，因为以受命自负的我此刻正平托着一份形如壁挂编织物似的物件，凭直觉我知道那就是所谓"人人心中所有、人人笔底所无"的"时间"。

刚坐定，一位妇女径直向我走过来，环顾一下四周，俯身轻轻问道："时间开始了吗？"与我对视的两眼贼亮。我好像本能地理解了她的身份及这种问话的诗意。我说：待我看看。于是检视已被我摊放在膝头的"时间"，这才发现，由于一路辗转颠簸磨损，它已被揉皱且相当凌乱，其中的一处破缺只剩几股绳头连属。我深感惋惜，告诉她：我将修复，只是得请稍候片刻。

我俯身于那一物件，拧松或是拧紧那一枚枚指针，织补或梳理那一根根经纬，像琴师为自己的琴瑟调试音准。而我已本能地意识到我将要失去其中所有最可珍贵的象征性意蕴。

此时，店堂伙计、老板与食客也同时围拢过来，学着那位妇女的口吻齐声问我："时间——开始了吗？"他们的眼睛贼亮，有如荒原之夜群狼眼睛中逼近的磷火。未免太做作、太近似表演。我心想。其实，我几已怒不可遏了。

"够了。"我终于呵斥道："你们这些坐享其成者，为时间的开始又真正做出过任何有益的贡献么？其实，你们宁可让时间死去，拔一毛利天下而不为。"我发觉自己的眼睛充盈着泪水。是的，没有人帮助我。我的料想没错，尽管围观者觉得"时间"与他们有关，表现出异乎寻常的焦灼或关心，但他们为"时间"的修复甚至于不愿捐献出哪怕一根绳头，——譬如我曾暗示客店老板，请准许从其悬挂在门楣的索状珠帘中只是让我任意抽取一根。我终究未能、也无能补齐"时间"材料，哪怕只是采用"代用品"。我流泪了。如此孤独。

人是一种有着致命弱点的动物。

而这时，我发现等候我作答的那位女子已不知在何时辰悄然离去，这意味着机会的全盘失却。机会不存，时间何为？或者，时间未置，机会何喻？我痛心疾首。幸好，当此之时，我已从痛楚之中猛然醒觉，蒸汽弥漫的店堂、人众以及悬挂在梁柱吊钩的鲜牛肉也即全部消失。时间何异？机会何异？过客何异？客店何异？沉沦与得救又何异？从一扇门走进另一扇门，忽忽然而已。但是，真实的泪水还停留在我的嘴角。

1996.5.18

醒来

醒来。不知何所来。不知何所之。甚而不知何所处。——人，一旦失去记忆未必不是一种解脱。房间里还有些昏暗。听见院子里一部带铁斗的搬运车由着众人装载碎砖烂瓦而发出尖利的碰撞声。我疑心是此种存心捣乱的敲击声敲醒了我的睡眠。索性起身穿衣。当寻找脱去的衣帽，才发现自己昨夜原是和衣而卧。好生奇怪。但我没去多想。估计已临近破晓，设法拧亮灯具，发现钟表静止于十一点。究竟是哪个时段的十一点？我茫然。其时外面大街早就人声鼎沸，该有着车水马龙一般景观。间有叫卖声。那悠扬高亢的一声"剔刀——磨——剪子喽"近在耳边，类似叫板，想必是借用了京剧演技，煞是好听。我复愕然：到底是哪个"十一点"？……肚皮也有了几分饥饿感。

那么，此刻到底是"今晨"抑或"昨夕"？是"子夜"还是"亭午"？

为什么又是和衣而卧？

到底是什么鬼把戏？……

我说不明白。但觉出个中定有变故、蹊跷。显然只是人们习以为常。人们也总会习以为常。因为我想象不出当白日横空，大街停市，田野罢作，学校停学，人们只是忙于睡觉，谁会丝毫感觉得出此中行为之错乱、反常与乖背人情，更有谁会为之不寒而栗、恐怖？因此我们大家才安之若素成为夜间活动的动物，以夜间为白昼。

　　夜与昼自当引动着。设想的破晓仍晦暗莫辨（或许更幽深了）。听见人海里那个磨刀匠人唱偈似的吆喝声忽隐忽没在市嚣仍十分真切。院子内钝器的撞击仍响动如初。心想：我还是继续躺下去或是出外投入夜里的"白昼"运作？我记不清自己的前生，亦把握不准是继续和衣而卧还是即刻起床梳洗盥沐。因之未来也暂处于停滞。人，而一旦失去前生怕也未必只是一件憾事，当别有一种诗意的沉重。当然，只有"醒着"时才能作如是之想，可一旦醒来，我复归茫然。

1996.5.26

载运罐装液体化工原料的卡车司机

午后燠热。大片阴云从西北天际升起。随之风起,带起一阵雨点。后来是更大一些的雨点。然而,天却晴了。浅浅溅湿的地面别有一股土腥气。西移的太阳更显其灼人的光照。

此时,一辆载重卡车朝这边驶来。是液体化工原料公司的一部超大型载重卡车。仰之弥高的驾驶舱后部是钢制密封槽罐,整个儿以黄色荧光漆涂饰——一种予人安全感的色彩。卡车拐向厂区公路的大转弯时,司机突然来劲,手把方向盘一连完成了几个高难动作,准确、稳健、顿挫有力。他习惯性地透过舱门向后瞥视一眼,在他回过头去的一瞬,过路的人发现这位身穿T恤衫、蓄一圈络腮短须的小伙子在其脑后绾着一束麻雀尾似的短辫。那短辫竟弹跳了一下,略略向上翘着。

卡车开到老地点由人起吊卸载完毕,办好交接手续,由原路空车驶出厂区时,西移的太阳几乎还停留在原来的高度。但已凉爽了许多。司机显然也轻松了许多,将肘弯倚在驾驶舱门敞开的窗口,单手往指尖套戴一副细软轻薄的白手套。门警已适时提前为他打开两扇大铁门。当接近门口,他让车速处于一种近似休止的状态,就势朝门警豢养的一只狼狗打了一声口哨。那条狗从地上爬起,先伸了一个长长的懒腰——热情不足,而后望他摇摇尾巴，前倨后恭。"嘿，哈罗！"卡车司机戴白手套的那只手下垂在驾驶舱车窗之外，拍拍车门，做了一个佯装叩击的手势，一脸的讪笑。其时，夕照亮丽如水，正涂染在他脸部、手臂。他微微翘起的短辫透出一种伶俐、聪明、秀美。后颈的肤色绯红而康健，像新浆洗晾晒的手织土布那么洁净，具有质感。

着装笔挺的门警对此熟视无睹，仍专心致志弯身擦拭自个儿皮靴尖上一处小小的污点。卡车准确无误地从两根方形柱础间驶出了门道，然后加足马力向远方驰去。每日里，这一切都已在不自觉中形成一种程式，配合默契。

1996.5.27 凌晨

玉蜀黍：每日的迎神式

如意宝塔一般，一座摩天楼成为顶天立地的玉蜀黍——时间的雕像。我们欣赏它，以其体块累积的美感、意义深度与耐受的内质，直如朝谒时间本体，窥其堂奥。

我曾以一种极为平民且极为贵族的方式合掌胸前，迎接秋熟后的一穗玉蜀黍，剥去羽衣，光彩夺目，我所能叹服的奇迹，一个个坚实的日子、黑夜与白昼，正是此刻那些镶嵌在坚实墙体因灯光通透而凸现的窗口了：那些饱满的籽实。

生命敏感的区域：是时间。

我在一个又一个日夜的昂奋期待中，因屡屡失望而有所疲惫了，丧失了"感觉"的感觉已像昆虫钝化的口器乃至性器，神性殆尽。

然而，这时在黎明的背景中仿佛恢复的青春，展示了一穗籽实金黄的玉蜀黍，光彩四溢。我惊异生命是这样不依不饶地矗立起自己的时间雕像，永远保留着穿透一切经验的那一神性感觉。

1996.8.9

夜者

我从与大街相邻的一扇铁门出来送一位夜客,——那刻正当闹市夜生活由盛极而衰（或者换个说法,那刻正值寻欢作乐的人们适各得其所而如愿以偿之时）,我回身掩门,听见街侧数步之外一处商店黢黑的门窦里有啜泣声。那人席地而坐,脸孔抵在两膝之间,抱头抽泣。那声音很年轻,我放心不下,疑心那是我自己的孩子。陪夜客走了一段路。过后,我仍旧放心不下,径直以为那哽咽吞声者就是我自己了。

这是夜里暧昧的一刻。

当我与客人分手独自转回来的时候,只剩下一家歌舞厅的霓虹灯尚在无精打采地变着花样燃炽。我有意走近那间黢黑的门窦。但是那里已空落落的,并无那个夜泣者。我向隅而立。透凉的秋风吹起一丝寒意,我忽有了一种物伤其类的悲凉,内心里问道:"朋友,你是谁？是真实的存在么？抑或只是我自己的幻影？又归向何方？你是自惭形秽而离去,抑或是碍于人毫无心理准备地一时邂逅？……"我感觉有一声关怀来自半个世纪:"朋友,如果生活欺骗了你……"

啊,朋友,痛苦也是一种洗涤剂。

不,我是试图说明——痛苦如果也是酒精。

是人生一课必服的酒精?

那时,人必坚韧而趋于成熟。

但在暧昧的夜里我们是失于猥鄙而不辨梦与真的夜者。

            1996.8.14

你啊,极为深邃的允诺

当我几近于绝望了的时候,听到楼舍窗外,孤零零,有夜雨声。夜雨声中,有角质蹄足以时缓时促的速率回环往复在同一片瓦砾场踏步。谛听有顷,以为那杂沓之声似一种灵感,意在向我灌输某种神秘的启示。我立刻意识到那一真实的动机。与之默契,我说道:好吧,我会向长空膜拜顶礼,但当死亡一旦成为审美事实,我本身已经属于广延不朽的宇宙……

而这时,你啊,如同每回已有过的感应,我及时听到了你能带给我走出危亡、给我信念与无穷幸福感的极为深邃的允诺。"请重复一次。再重复一次。"我恳请你。于是我重又听到了那一份美丽。我立刻安宁了。这意味着生命已突破停滞的十字状态而垂直地延续。而那横向的蹄足已完全消失。

1996.8.22

顾八荒

  有的人自许聪敏绝世。有的人自甘沦为终生笨伯。较之前者，我自忖少一点狂傲。较之后者，我自忖多一点豁达自信。人啊，人是一种什么样的动物呢？在异类的眼里，人也未始不被当作一头怪物。走在熙来攘往的大街，盯视前方行人背影，有时会令我尴尬地想：看啊，两肩胛之间端立的那一棱状突起物与乌龟头何异？不也同样形秽而可憎？请看"首级"一词的创制与运用岂止于血淋淋，不亦透露了人对自身形体（器物的一段）的轻贱与嫌恶？——耻为人种，苦为生灵。那时，犹如梦中惊醒的悉达多王子，因见周围流涎酣卧的舞女丑态而有了赴"永生之河"寻求解脱之志，我恍若也在一刻获致了什么"顿悟"……然而，又莫不是陷入了另一种迷惘？

  许多的"不可思议"其实也可归于严肃的废话一类——"至大无外，至小无内"如之何？"宇宙边涯"如之何？"世界末日"如之何？而"熵定律"预示的可怕未来又能如之何？……

  人啊，人是怎样的一种动物！

  智人的头颅已千疮百孔，而道路并不尽是柳暗花明。环顾八荒，墓茔如堵，仍见三五忧患之士寥落于途。

写于1988年
1996.9 改

风雨交加的晴天及瞬刻诗意

我与她并肩沿着 R 肿瘤医院的长廊往楼下走去。楼道很深，很沉，如同建筑物本身历久年深的岁月，弥漫有一种被浸润的沉重。她拒绝了我的搀扶，而刚才我还坐在她病房床头劝慰着。她说不妨一起下楼去花园晒晒太阳。

这是入秋以来最为红火的一个晴日。

她拈一支雏菊，不时偏过头来朝我扮一个笑脸，然后埋下头去深深吸一口手里握着的花息。我觉得，她是有意让自己庇护在一种夸示的梦幻，而她欲以借此冲淡的一丝寒意更外在地泄露于我们彼此闪烁的目光。我只在她旁骛的一刻才加意朝她端详。

同时，我注意到，她说话的时候才是精神亢奋的。她宁愿多讲话。而一旦沉默，她就显得憔悴而忧郁。她有理由回避她所最不情愿的种种。然而这个晴天以及随后的境况，对于她以及笼罩其间的我们，已宿命地构成了一种创伤。

其时我们适巧走到楼梯之间一个弯道的对接处，听到底层响起一阵杂沓的脚步。她止住我，示意随她贴紧墙角让出楼道。慌张的神色中含有敬畏。这时，那脚步已经迫近，击打在心头，是每一个背负重物攀爬赴路的人才有的浊重足音。正是这一意外的遭逢，我窥见了人类平日易被尊崇掩盖了的尴尬——面对死亡威胁的无奈：人啊，何以会被折磨得如同从泥淖中刚被一一拖出的困兽，而落得如此惨境？

那时，我与她如同站在一处深渊之上竦怖地朝向脚边的洞口窥视：一个以红色涂料黥面的可怕男子被无可如何的家人粗鲁地挟持两肋，出现在底层楼口。我见他稍做喘息，乏力地朝上扫视了一眼，仿佛是借此积攒气力。但头颈一软已耷拉在胸前，与齐肩悬置的两臂一齐垂向地面。我惊骇他的指端似乎残存着某种暗绿的浸膏。也许只是泥污。他几乎是被绑拐一般从我们身边带上楼去。步随其后，是一头颅肿大的男子。初看面孔囫囵，了无窍孔，一派混沌。待他以同样的方式被挟持上楼，我回头一瞥，从畸形的脑后发现了那面只能后视的窄小五官。……最后一个受难者是一青年女子，鼻梁四周是出于同一需要以同一红色涂料黥刻的、可感凌辱的矩形标记——镭"照射野"。他们垂向地面挓挲开的掌指是痉挛的语言，呻唤着痛苦。目送着这样整整一支队列过去，我仿佛已度过了一个漫长的黑夜。

待楼道恢复了平静，我发觉自己的内心也留下了空洞，一种受虐的疲惫感。她扶着我的臂弯随我往下走，谨慎地问我是否懂得了那些不幸者的身份。告诉我，这就是作罢了放射治疗带回病室的癌症患者。这种境况想必她曾遇见，而我闻所未闻，只告诉她说，这是件可怕的事。的确，我感到自己像是意外地游历了一次但丁的地府，目睹披枷戴镣而行的幽灵承受酷刑，蓬头垢面，灰色的形体结满血的痂瓣。听到他们内心渴求拯救，——一种在我听来不仅只在生理层面，且是直达于渴求涅槃之境的为人类灵魂的拯救。我在心里慨叹：生命何辜？……而生命是美丽的。被死神践踏、伤残、必欲置之于死地的生命原也是美丽的,但现在还会是美丽的吗?医生的事业是仁慈的,但是,对于回生无望而又痛不欲生的生命,让其保持体面,平静地离开世间,医生的事业不也是仁慈的吗?但是,医院同时也是一个参与残酷杀伐的场所。……我没能向她陈述我彼时的思考。

走出大楼时,庭院内阳光璀璨夺目。我与她走进侧门花园草坪,答应陪她再坐片刻。她身倚着凉亭的朱漆柱础,那枝花朵仍留在指间,但不再有夸示的梦幻。她问我"怎样",我猜想是指楼道里的场景——生命的悲剧过程。我点点头,又摇摇头。同时安慰她、鼓励她。我说,生活就是斗争,挺住就是一切。但是,我仍很难释然。

此时起风了。她看了我一眼,把手伸给我,表示一种信任。同时,眼光呈示的调子也有了一种非梦幻所能有的明晰。我明白,其实她内心的冲突早在入院之初就已平缓地展开。

她说:"树叶开始发黄了。可是,为什么那排杨树中较低的一棵黄得更快一些呢?"

在这个秋日的一个少有的晴天,我们从那晴空中闪烁的黄色光斑与庭院表面的平静,能够感受到的只有更真实的风雨。是杀伤力。是灵魂中交加的风雨。是很深重的寒气铺天盖地。不,没有一点诗意,即便只在瞬刻。

1996.10.12

晴光白银一样耀目

顶着白日当空的晴光，几名身披白衣袍的护士小姐扶一辆担架车从住院部楼舍门洞里出来，沿着一条向前庭辐射的水泥路面走去，她们飘逸的袍角随着光流瑟缩抖动，凛然一股寒意，——毕竟是秋天了。其后不远，零零散散跟着几个俗男俗女。

这一行队列很快就远去了。

我站立在住院部顶楼一间由玻璃封闭的阳台，对着几位等待施行剖腹探查手术的病人说：请诸位猜猜看，那部担架车上被蒙盖在白布床单底下的人体是死尸还是活人？

病人甲说：且注意观察他们往哪儿去……

病人乙说：如果推往东边的小楼肯定是进手术室……

病人丙说：不，他们往北边拐弯了……

病人丁说：那里通向后院"太平间"……

于是，我加以证实：是的，完全正确，他们是往那里走。请看，事情就是这样结束了。就是这样简单。那几个跟在担架车后面的俗人似乎还在交头接耳窃窃私语，大约是在为事情的结束感到一身轻松。谁又能肯定他们与死者的关系？……

今天晴光倾泻，白银一样耀目，且无声息。分隔在门墙两侧的世界，死者睡着了，而生者还在梦中振振有词，强作醒悟。

1996.11.23

噩的结构

每于不意中陡见陋室窗帷一角
无端升起蓝烟一缕,像神秘的手臂
予我灾变在即似的巨大骇异,毛骨悚然。
而当定睛注目:窗依然是窗,帷依然是帷。
天下太平无事。
噩的结构正是如此先验地存在,
以狰狞之美隐喻人性对自身时时的拯救,
而成为时时可被欣赏的是非善恶。
我的因感错愕而生的怒气如此短暂,
以至我更推重一场虚惊后的快慰:珍惜生活!

1996.11.27

今夜,思维的触角

今夜,思维的触角异常敏捷,思路清晰,摇着烛光,带我折回到久远的过去。那样的寒夜,泛滥的冰河澎湃鼓荡,在凝冻里一层层向外渗漏、叠加,冰的覆盖面,吞没河滩,吞没灌木丛,接连浑茫。死亡的呼吸使飘零不定的影物质由液化而凝固、板结。我踏行在冰河之上,不时有坼裂之声沿着河道传布,那声响在空间弹跳,亦因酷寒而有了珠玉的硬度。但我感受到的是命运的笑谑。同时看到西南方正与河源相交的月球,浑圆如一发光的玻璃体,我欲向世间剖白的胸廓为之惨淡照亮,听到心跳伴有钢音顿挫,如同钟表的节律。我猜想那时你已有了隐约的心痛?因为那时我已无视自己所谓负罪的身份而孩子式地幻想着情爱了。故而在这烛光摇曳的夜里感觉到了一种从那个懵懂之年延续至今的历史的纠葛。

我是一个永远的迟到者,而这就是历史机遇为我设置的角色。不绝的挫折是我能于付出代价:不是通向可感幸福的成功,而是永远为我失败论的"情爱论"写作积累数据,提供参数。我已收藏起你赐予的叹息,充作服药的杯具。

啊,瞬间又已退为久远。那是在一个雨后红透的晚霞,面对大海,我们坐在防波堤上的一轮石椅,远望渔民在海浪驾驭一叶小舟孤身奋斗。我的眼睛为他们的搏击风浪而感到了疲劳。当暂刻驰心旁骛，再回首，发现他们有的已经泊岸，一会儿背着捕捞的海鲜品从我们身前跐踏着凉鞋赶往附近的水产市场。他们活得瓷实而风光。夜幕终于覆盖大海，涛声更迷蒙地倾泻在了海滨公园的草坪。灯光蔼然可亲。有两个孩子适时跑拢过来向我们售卖手中鲜花。我至今仍觉那夜辜负了花仙子的好意。这是瓷实而风光的金瓯一角。太华丽。此刻，我在北国雪后的一座省城摇着烛光神游，从青藏高原的冰河启程南海，检讨自己的一生。那个瞬间你还会生痛吗？你正与人结伴去吃感恩节的夜宵。这正应验了一条谚语道出的真理：一方水土养活一方人。

1996.11.28 美俗感恩节

我的死亡
——《伤情》之一

朋友迦檀如此对我诉说：

诚如你所知悉，我在献给她的一篇文章中曾表达过那种敢于为崇偶赴死黄泉的决心——"死亡？死亡又算得了什么？"事实证明，我至少在理论上如此死亡过了并经复苏。那时候——我是说苏醒的一刻——仿佛是为了庆贺我的再生，我听到窗外一个幼童放声唱起一首当时流行的爱情摇滚。他以模拟的成人，大胆得有点故作张扬地演唱了这首原是由一个青年男子唱给其情人的情歌——"傻妹妹，傻妹妹……"我感动极了。懵懂无知的孩童是依据何种堕入爱河的经验传达出一个傻男子的真诚？自居成熟的我们因此才更有理由死去活来地为情爱承受自我折磨而不得彻悟、超度？

诚如你所知悉，我已命定一双赤脚走在这条多磨的险途，历经爱的漫长隧道，于今仍无分晓。而我也并无一丝悔改意，仍为她而深感痛苦。

是的，诚如你所知悉，我从一个长觉睡醒，不知今夕何夕，而天已大亮。窗外为我献歌的幼童不知何时离去。我庆幸自己终于是熬过了又一不堪的长夜，匆忙起身如厕梳洗盥沐。而这时我才发现情况有点异常：这个黎明何以愈加晦暗？

朋友，我还未能做到生死两忘。我的精神与体质也是太虚弱了：——是我的"白日梦"将时序完全颠倒。与其清醒地承受痛苦，我实在情愿重新进入到昏睡状态，即便是一种偷安、一种藏匿、一种真正的死亡。死，也是一种自我保护。不然，我以何种方式强迫将痛苦的时空压缩为我所称之的失去厚度的"薄片"，以达自我之消泯，归于虚无。

当脱去外衣准备重新入睡，我想起了那个稚气的幼童。他是幸福的，因为他还暂处于对情爱的懵懂。但他终将蹈袭前人有如我之现在。可悲吗？颓废？缺少阳刚之气？"天涯何处无芳草"？"天下女人都是同样温柔"？……然而，我总还是执着于那个唯一的她，包括她的体语、气息。

算了吧。——我安慰自己。在那时我仿佛对于印度幸福鸟说给俄罗斯勇士萨特阔的那句咒语"长眠就是幸福"有了一种恰中下怀的解悟。于是我近乎赤条条地重又回到床褥卧倒，紧闭双眼，等待自己再一次地死去。

1996.12.29

土伯特艺术家的歌舞

时近傍晚,土伯特朋友W带我去拜访一个来省垣参加民间歌舞会演的土伯特人艺术团。

我俩身轻如燕,纵身跳过一道道矮篱,又跳过了最后的一道矮篱,来到一处宽广的绿茵地。我俩停下来。我俩的视觉投向对面一端的小木屋。我知道W将开始召唤他的朋友了。

他的召唤方式很独特。我见他抻直两臂,将长可触膝的袖筒一阵抖动收拢到肘腕以上,拃擎开五指,然后双手朝前摊平,对着小木屋敞开的门扉躬身做出一个频频召请的手势:

"阿罗,你——快——来咿——呀!"

音容笑貌是那般娇滴滴的。我心里暗自发笑:他在扮演一个多情女子向情人含羞召唤了。随着这一声悠扬的话语,包括臀部在内的他的身段已如风荡细柳一般扭摆。是一种故作张扬的、戏耍的、嘲讪的……对女性的模仿。唤罢,他就势朝前迈出两小步,期待着。

奇迹出现了。我听见小木屋敞开的门扉里有一个青年女子发出银铃一般颤动的阵笑,仿佛那银质的笑声原就储藏在她心田,只待索取者一旦触碰到了那搔痒处就能立刻流淌如注。

朋友W朝前迈出了两小步,又柔柔地摊平两臂,做出一个向情人频频召唤的手势：

"阿罗，你——快——来咿——呀！"

于是，从小木屋里又一遍地发出了那预想中的笑声。

我感觉那青年女子一排洁白的牙齿就在我前面的暮色里沉浮，像是风铃，像是散播着乐音的银贝壳，甚至西天渐息的云彩都重临了一次回光返照。当 W 重操故技，从那间小木屋里传出的已是土伯特艺术家群体轻浊混声、顿挫雄健的阔笑了：——哈哈哈哈，哈哈哈哈。

于是男女艺术家们从唯一的门扉里彬彬有礼地列队走出，在门前的绿茵地绕场一周，边歌唱、边跳起踢踏舞，以此迎接嘉宾。在歌舞与欢笑声中，我俩已穿越绿茵地来到了他们之间，朋友 W 立刻融入其中，而我则立在一旁，用心观看他们即兴的表演。

他们已开始表演各自的拿手好戏。离我不远，一个瘦削的中年男子饱经沧桑的面孔，让我觉得似曾相识。他抬起左手前臂，向上折转，让腕部屈曲抵在肩胛处，那掌骨蜷缩如团，恰如我在《俯首苍茫》一文中描述过的残疾者的手爪，耷拉如鸟头，他以右手五指弹叩其上，我听见有铮钗的旋律荡漾而出，那是真正自骨骼发出的拨弦声。他告诉我，昨夜的演出，他扮演了母亲角色，问我感受如何。我抱歉地告诉他，昨晚我不在场无缘一睹光辉。他点头表示理解。这是一场具有绅士风度的演出。后来，他们开始演唱一组庄严的合唱曲。只要看一看他们富于变化而又张合有度的口形,就可知艺术家们专业化程度之高了。我注意到队列中一个怀抱婴儿的女歌手,身材壮硕而高大,胸部裸袒,她那庞然膨起的乳房是最受我推崇的一种圆锥体类型,其状如侧身横出的冰山雪峰,泛起油脂似的柔光,这令我惊异而欣羡。我已从这组合唱曲感受到了音质与视觉造型的双重庄严效应。

我同时注意到,当在两次演出高潮迭起之间,他们总要相互抱颈狂吻,仿佛是以此种形式彼此从对方获取必要的能量补偿,好让情感充分燃烧。这是一种最无性别意识的亲吻。

是的,我注意到合唱队里一对萨克斯管演奏家父子正侧身探颈交互抱吻。很长久。很用功夫。他们的花领带悬空飘起。之后,他们恢复常态,重又投入一轮新的伴奏。他们的嘴缘留有一圈被口水噇湿的痕记。

我已不能从他们的性别分辨出我的朋友W了。我仅能从他们共同的歌舞感受到他在此间的存在。我满足于做他们共同的朋友。我正生活在他们之间。我不觉叹息了一声,因为,我感到自己多少年来再没有这样无私地快乐过,而这里每一个人的行为又正是从普遍的人类之爱出发,以承认对方的存在为自我存在的前提,洒脱有度,张弛得体,恰到好处。

1996.12.30

1997

无以名之的忧怀
——《伤情》之二

朋友迦檀如此对我诉说：

是的，朋友，"天下熙熙，皆为利来；天下攘攘，皆为利往"。除了极少数幸运的钻营者或亡命徒一夜暴富，在芸芸众生奔波寻食的尘埃，多数人后颈驮负着的盛装银洋铜钿的皮囊总是羞涩得很的，所蓄不过几顿饭资。其中有一部分又几乎全为所谓的良知、仁智与诗人的纯情塞满，虽是沉重得很，人不堪其负，他们却不改初志，且无晚节不忠。谁知，这倒成了某些人的心病。我曾听到某个"欢愉制幻剂"发明家嘲讽他们是"城市的苦瓜脸，是田野上的乌鸦嘴"，其行为本身就已违背了该先生奉行的"欢愉"的主张了。

然而，我独要称道那些负重而行者是世道良心，其喟然的吁叹是对人间秩序的警示。

滚滚红尘，恩恩怨怨，啼啼哭哭，消磨了古往今来多少白骨人的志气。

是的，朋友，我今天甚至为十字街头某时装店门口一个被店主剥净衣饰、赤裸裸临风玉立的女模特儿模型而感惊恐莫名了。店主以为这种窥视欲的被满足会给他带来财源滚滚,而安坐堂前而窃窃自喜了。我为世上所有女子隐秘的被出卖、被强暴而感到悲哀与羞愧。我低下头来,匆忙走过这爿铺面。当时我想,假如我有钱为我受辱的女子赎免,或以我的被衾为其裹覆?但是即便我真的能够办到,肯定还会有更多女子被以同样的方式施虐,食利者决不仁慈。

是的,朋友,今天是我最为痛苦的日子:我的恋人告诉我,她或要被一个走江湖的药材商贩选作新妇。她说,她是那个江湖客历选到"第十八个"才被一眼看中的佳人。

是的,朋友,滚滚红尘于今为烈。我以一生的蕴积——至诚、痴心、才情、气质与漫长的期待以获取她的芳心,而那个走江湖的药材商仅须说一句"第十八个"她已受宠若惊。但我仍旧深深依恋着她,称她是"圣洁的偶像"。她本也就是圣洁的偶像,而金钱才是万恶之源。

啊,朋友,请将这一切——包括爱情、包括盛放银洋铜钿的皮囊、包括我不可自拔的痛苦……看作一个寓言故事。

1997.1.4 凌晨 4 点

寄情崇偶的天鹅之唱
——《伤情》之三

朋友迦檀如此对我诉说：

诚如你所知悉，我总是去拜见这套居室的女主人——我的崇偶。

几年来，凡是我情感生活中亮丽的光点，抑或黯然沮丧的阴霾，都可以从这一空间找到某种内在关联。这里的每一扇门窗、每一段尘埃都有神圣权利向我传达不同信息。这里的异常气温与含氧量的变化，都直接影响我心脏的起搏与思维的敏捷程度。甚而从叩门的方式，细心的邻人也不难从中分辨出我情绪细微的变化。这正是我的不幸：她的宅邸已成为与我灵肉连属的存在，一旦剥离会流血不止。

终于，我听到这个让人战栗的消息：她将跟人出走。

这一天，我听到她靠在厨房的灶台轻轻吹着口哨：是因为幸福还是悲情难却？

她告诉我不是幻听，确实是她吹了口哨。

我说：这是一笔交易。

她说：你就什么也别去想。

啊，我快要因窒息而死了。

于是，我认真思考了死亡——认识死亡：一个人的死如果让人无动于衷，甚而被戏谑于言谈，死的行为已等同于游戏。但生的痛苦比死亡游戏更沉重，因此痛苦具有了道德意义，——自谴吧，含恨吧，冥思苦索吧，终生不要解脱，而轻生只是一次性到位的支付。

我知道了慢性死亡的步骤：一个人肉体的死亡并不比一株自我摧残的植物更快捷利索，譬如一盆花，先是拒绝享有、受纳：肥沃的泥土、水与和煦的阳光对于垂亡的生命不再具诱惑力，直至生命如轻烟一缕遁逸而去。

我记得一个布道者的话：肉体只是生命的物质形式。只是人的诸种形体之一。

那么，还应有生命的纯精神存在形式？

但我正因精神追求而痛苦。我无罪的肉体已为痛苦所株连，那么，永生的精神于心何忍？

我的物质形式消亡了，但我为之殉情的她还依然活着，——一朵花将为恶所玷污。

痛苦是深及骨髓的事实，让心脏失血，让体表盈汗，让我的四肢、五官在呓语中缓慢地消失。

1997.1.23—25

两只龟

幸福如果只是对环境的感觉，
痛苦却是导致心死的真实出血。
爱与不爱，两只攀爬跌打的龟
在折腾中纠缠未休，而爱的坟茔
正在脚蹼下悄然垒土成形。

这是不可接受的变形：两只龟
共有的灵犀已被坚甲裹覆，
行为愚钝，消融在彼此的折磨。
我当然明白这一灾变的缘由，
但说出魔鬼的诱因却需要勇气。

我再也经受不起这样的扭曲，
一行蜡泪漂白我失神的眼睛。
我听到了友情的劝谕：诗人啊
你应该多思及她的缺点以至错误。
而我尽只追忆她难得的好处。

不，我也渴望过灵魂出窍的战斗，
像赤裸的剑与勇士垂世的英名共存。
不幸今日阵亡者视死如归的疆场，
龟的对阵却是隔着双层甲壳的肉搏，
咬啮或者舔舐只余龟板背后的沉寂。

        1997.1.29

我的怀旧是伤口

怀旧总会包含一个关于"回家"的主题，多少有着哀婉感伤的韵味。仿佛偶然涌上心头，却为着原因深远的内在需要。啊，无奈者的感怀甚至会让郁闷的胸口像铜墙铁壁蓦然发出一声浩歌，——那不可从心头抹去，耿耿于怀的一丝酸楚如此刻骨铭心，值得永世追悔，而改正的机会却可能永远地失去了。而意识到自己也有了几分阅历。

那时，我心事重重静卧在公共浴室的一个床位，邻床浴罢的几个老者，披裹着浴巾盘膝相对，聊起了旧日的浴室，回忆起他们共同熟识的修脚师傅及其女儿都死去了许多年了。他们的谈话有点像课堂讨论，后一个人的发言，必定是对前者的补充与阐释。我强制自己暂刻刹住忧怀，也不必气恼，闭目假寐，而谛听那久远的史乘——那是历史的马车久远了的轧轹。慢慢地我听到了在风中随马蹄声摇摆的铃铎，而远逝的影子已在我的想象中随着说话人的叙述随意补织。听出那是一间宽大高敞的浴室客房，雕梁画栋，四周明镜嵌壁，画轴垂陈，盆栽摆设窗口，白牦牛尾拂尘挂在柱头。大理石地面一尘不染，床位整齐排列，沐浴者先被领到自己的床位，请宽衣，——也多是些长袍马褂、布衣青衿，脱下来由伙计用一根红漆撑杆挑起，高高悬挂在横梁一排衣钩,然后被请到后厅形迹不露的汤池。服务员训练有素,各怀绝技,吆喝与应答带几分拖腔拖调,为室内悠然闲适的氛围添几许闹热。床头柜几放着香茶、点心,热食小炒可打发伙计去门外摊位、酒店随时端来。入浴者在这里总要泡掉半天时光。因之,请去浴室洗澡不只是个人享受,还是宴宾会客增加情谊交往的方式。每年春节临近,浴池张灯结彩,通宵接客。待年夜钟声响过,才真正到了生意红火一刻。最后一批客人必是各大商号掌管银子的账房先生。如此等等。

然而,我却暗自叹息了:老浴客们的怀旧仅是对旧事的品味,无比滋美,我的意念已含参与,却与我何干?我的怀旧是独有的、隐秘的,只有深深的伤口,轻易不敢主动触碰,也不忍对人言,只是那怀旧之情依然要心事重重地袭来,即便是在浴室亦不容我有片刻逃避。我但切望有一种忘魂汤赐我凝冻与麻木。不然,如能像一位诗人所云:"让世上最美的妇人/再怀孕自己一次",——我实在宁肯再做一次孩子,使有机会弥补前生憾事。或者,永远回到无忧宫——人生所自由来处,而这,是一个更为复杂深邃的有关"回家"的主题。但目前,我仅是浴室中一个心事浩茫的天涯游子,尚不知乡关何处、前景几许,而听着老人们的絮叨。

1997.2.1

人境四种

我将要记述的四种意象——拓荒、生命之水、繁育以及与司春女神有关说事,我总觉得其来有因,至少可以追溯到《周易》经文透露过的上古人氏的情感纠葛之前。太玄乎了。噢,且换一种说法:置身于交互映照的明镜,无限复制的自我如果是真实的,那么,睡在梦中的梦中做着睡梦的诸般的我竟会是虚幻的么?梦是性灵的沉淀。我是明镜的梦。

现分记如下:

拓荒。我与先民立于世界屋脊广袤博大的泥土层,垦殖田园。我们从脊檩一侧的坡地取土,铺垫在脊檩另一侧的低檐。我们用铁锨将土地翻耕松软并梳理平整,而后靠脊檩一侧开沟筑渠,再将地块分隔成有田埂连通的畦子。有一把镐头闲置地头成为一种标志。我依稀记得那是我带来备用的农具。劳动是生命的冲动,成为匠心独运的艺术。

生命之水。大地"震震填填,尘骛连天",我意识到是巨人们牵引的水车从山巅那边驶过来了。一会儿,我已分辨不出何为雷霆大作,何为水车作声雷动。那些裸祖的巨人们肩勒纤绳已出现在山前。他们启动活门栓键,铁塔一般排列在车座的巨型水罐于是依次自动朝向山间一侧的塘堰倾斜排放大水。泡沫翻滚着,顷刻，半已干涸的江河一时水涨——是为春潮。

繁育。这是农家一座春光媚人的院落。一位女神模样的年轻农妇端庄地将一支竹竿种植在正屋窗阶前的园圃。她说，待一日竹竿青翠欲滴，她要在其顶端繁育一只鸟。我叮嘱她，须当心猫儿的袭击，而且，狗也是鸟的天敌，应同予防范。我建议：何不在向阳的土墙为鸟儿凿一个洞穴做巢？

司春女神。这时，她——那农妇已为我展开手中的画轴。画幅有着果盘格子般的平面布局。处于圆心那最大的一格，是一株青竹。梢头还仿佛蹲着一只鸟。我们相拥在一起观赏着。直觉向我发出的信息明确无误：爱慕吧。你们相互爱慕吧。爱既是权利，也是美德。她望我拈花一笑。

久违了：劳动的世纪。爱的世纪。繁衍的世纪。我明白，我正为此一常温常新的主题而感动。而相思之苦是我为之付出的代价。

1997.3.14

苏动的大地诗意

当大地沉睡着的时候，我们感觉到的大地倒像是苏醒着。而当大地苏醒的时候，我们自己倒是睡着了。不常常是如此吗？

真是如此。所以我比别的值夜人多留有一个心眼，而得以在一次神志恍惚中从黎明的那一刻体验了为别人不曾体验过的大地景观。我看见梦的幽灵从其附身的高山大岳、江河湖海收拢羽翼，像揭起一面巨大的罗衾，迅即遁空而逝。大地卵胎这才苏动，在那闪现的一刻，泄露给我一个掩饰不住的微笑，而后如珠蚌闭合，只示人以常态。而那微笑的肉体自此我再也无法忘记。

我不能备述的大地，却是处于清醒状态中的我，当大地沉沉欲睡时刻我之所见。我记得在那一秋日黄昏搭乘某航班北行。起飞不久，大地坠入扩散的夜幕，坠落得很深很深，只余一丝亮隙镶补在西方地缘，有如一股焊融的金属丝。最后连那一丝亮隙也为黑暗弥合不见。飞行在黑暗中凝止。而近在眼前，我透过舷窗看见机翼一侧某种脉冲发光器有规律地嗡动，带出哨音，向前方释放出一束束红光，好像是作为讯号对前方莫须有的狼群实施恫吓、驱赶。而我觉得有如在草原之夜朝天躺卧，品味那牛粪灶火投射的火光一闪一闪地刷亮在兽毛编织的帐幕屋顶。帐房杆子斜倚在四周。虫儿作声。狗儿吠着。我明白，机翼下的土地正是我所熟知的中亚腹地,但那已是夜幕深深覆被下的美丽肉体,除非火光与帐幕,我已不能备述。

1997.4.19

兽与徒
——有关生命情节

它，由那些来历不明之徒骑往江湖去了。

从那个漫不经心的年代以来，它一直被置于院内露天一角，任凭日晒雨淋锈迹斑斑。——在岁月的进化里一部卡车的确是一头庞然大兽。

它原孤处一隅，破败、衰朽，使得此间居民对它逐渐失去对于灵异之物才怀有的敬畏。然而，它决非徒具生命形式，如同诸多生物均具有的本性需求——被关怀、爱与情感交流，它无不具备。因之，当后来它的失踪被此间有识之士说成"苦尽甘来"也不无道理。

是在一个月黑风高的深夜，那些来历不明之徒终于前来觐见他们寻访已久的偶像。他们按捺不住内心的激动，那么用劲地扪摸它，用抹布为之擦拭。用电筒为之检视。他们找出摇把插进它前部那个很灵的穴位，用双手摇撼：金属对金属的摩擦正是灵魂对灵魂撞击所需完善的前奏，好似交涉、诱逼。好似倾谈、要挟、劝慰。终于，汽缸喷发出一阵连绵的轰响，恰又似一种哽咽、一种感恩、一种带泪的微笑。那些徒众——或者说情人们——终于成功。在他们眼里，这一灵兽的复活岂只是钢铁构件与燃气有机组合所取得的综合效应。这是真实的生命。于是他们各就各位，洒脱地钻进驾驶台或车体。院门大开，卡车前灯陡然射出两束强光，使得躲在各间楼层偷觑如我的居民个个曝光。而后，它掉转身子向前驰驱而去。

1997.5.5

告喻

一种告喻让我享用终身：仅有爱，还并不能够得到幸福。深邃的思维空间有无量的烛光掀动，那并不能成为吸引年轻人前去的赌场。我想起雨季泛滥的沼泽。怀着从未有过的清醒与自信，我终于信服于一种告喻：仅有爱还并不能够……幸福。

我已习惯准时站在黎明的操场静候天堂之门为我倾洒一片圣光。我已多次赞美灵魂洁净的赐予，那是你们孩童的无伴奏合唱。纯粹的童声，芳馨无比。

我已讲述击碎头壳的暴食。
我再讲述揭去齿冠后的牙腔朗如水晶杯。
暴饮吧，狂怒者，我愿将你竖立的怒发看作一炷烟燧。是观念的反叛。是灵魂的起义。

而仅仅有恨也并不能够……幸福。

1997.6.19

挽一个树懒似的小人物并自挽

出事之前他是一个树懒似的存在，值守在厂房顶楼接通的一组风泵管道弯头。无巧不成书，当我沿着楼梯登到楼道最高一级，背负的笈（《玄奘负笈西行图》里的那种书箱）恰好顶撞到他蹲在着的那个旮旯，将其管道一侧的电闸挂断。我立刻意识到险情的严重，在这千钧一发之际，他俯身一把捉住了跌落中的闸刀，高压裸线捏在手心居然安然无恙。风泵继续作功。这局面之怪异近于魔幻。而我却不识时务地对他大喊了一声："快放手，小心触电！"此举愚昧之极。这等于提醒说：睡着了的老虎也会吃人。蒙蔽的物性正是听到了这一纯属多余的忠告得以恢复本性。他顷刻遭电殛。只见管道弯头在山崩地裂般的哗变中截断，他只"哎呀"了一声就被裂洞囫囵吸入深渊，人体在管道中一层层向下抛落，直达最底层。残酷的过程伴随一个生命的寂灭也终于完结。我深感罪孽，因为正是我背负的笈以及我的多舌成为这一悲惨事故的肇因。一个人死了，而肇事者并不受到缉捕，好像一些人的存在仅是出于有另一些人存在着的缘故。好像纯是为着尘缘的缔结或了却。好像那个树懒似的小人物的一生只不过为着等待我的到来——这一前定的最后勾销。世界到处都是既定的血与既定的杀机。承认或习惯于这一事实也许可以减轻内心煎熬的痛苦。这就是说，我们默认双料的自我既是潜在的罪人也是潜在的牺牲。不胜唏嘘。

1997.7.22

从酷热之昨日进入到这个凉晨

　　这样，注意到了那两位女子的存在。是在毗邻街口一侧，那里的人行便道生长着一排碧绿的高树。在两株相距不远的树蔸边，像蛰伏的鸟，各有一位女子背倚树干蹲坐。是两位来自草原的土伯特女子。我猜想她们是身旁一座有兵士值守的公署里某位官员的亲眷。这事实并不重要。触动了我，仅在于相距不远的两株高树分别据有两个取同一姿势修持般扶膝蹲坐在树底的土伯特女子：身着黑袍。束腰。裾摆露出一角红衬布。黑色辫发从额际下垂，隐去面孔，更长的部分从肩头委蛇而过，束拢在腰臀。有一种远山远水、远云远树、远梦远思……融蚀在那一默然不语，使我为之一振，过后有种被触痛的感觉，像是有关黑色衣袍那样流布在我体内的……遁身术。

　　这样，注意到了那两位老人的存在。是在与前者相对的那个街口，他们背倚栅栏，如一截老朽的树墩站立，翘首聆听各自携来的鸟笼。那鸟笼用黑红两色布料缝制的帘子罩饰着，分别停放在各自身边一截高出头顶的水泥柱头，我想起关于灭寂之道，似闻洞箫，有了一种被触痛的感觉，像是有关黑色羽衣那样流布在我体内的……遁身术。

1997.8.30

秋之季，因亡蝶而萌生慨叹

一叶知秋，而秋色更深了几许。枝头的树叶已经听到北边那逼近的萧瑟秋风的召唤，不好将行期再延搁推迟了，哪怕只是应许再缠绵片刻，——"征人欲饮马上催"，一声叹息飘离寄身的枝柄，那游魂已在阳关以西。这真如梦也似的感染，然后有更多的树叶步其后尘，其壮烈让人触目惊心：怎么，空中尽是远行者赶路的杂沓之声！

我所相识的边城妇人当其从我寄身的门隅走过，庭院以至廊庑早有落叶斑斑点点地铺陈点缀着了。在这一图案样式的斑斑点点之中，有一只赭黄色的蝴蝶镶嵌其间，不为她知，亦不为我知，妇人绵软的绣履恰好蹑足其上。我听到她尖叫一声，知道有了惨烈的事件发生。

是一只赭黄色的蝴蝶。我走去从地上轻轻揭起，呵护在我指端，其体态仍完整如初，栩栩欲活。这应该归功于妇人绣履的绵软。但她只是责备自己。我为之劝导："何必呢，死者死得其所，亦死得其体，虽死犹生，这也是死者的福气。好了，我将在我的诗册为其永生的梦筑一间巢。"然而，妇人是一笃诚的教徒，仍在不尽地痛悔她不慎中的过失。她的小心让我有了几分不耐，于是一段慨叹陡然萌生，如此我对她说道：

——不必了,真的不必了,妇人。你瞧,秋风愈来愈烈了,落叶带着临终叹息在我们周围相继倒仆,我们是凭听着死亡气息进行谈话。一切皆属过程,凡应发生者皆不可避免。凡已发生者仍将如是。蝴蝶在你必经的小径休憩,想必正是为着恭候你绣履瞬间绵软的恩赐,好如我一位诗人朋友的诗句"马群踏倒鲜花,/鲜花/依旧抱住马蹄狂吻",怎么不可能呢,她将为此而感恩……好了,即便你无意此说,这样凄冷的天气,连活人都在啼号,看作上苍又发出了收人的信息,这虫豸无论受你伤害与否至此应必死无疑,也是尽其天年了,又何须负疚不已?而我已没有了你如此小巧细腻的肚肠。对于世间我已存几分厌倦。你瞧,那每年一度呈现于人境的寒来暑往、斗换星移只不过是古今千篇一律运作不止的套式,催人老丑而已。……一切皆属过程。像肠胃要消化美食,像性爱不学而能,发臭的欲望被猥劣的根性一代一代复制,窳败的生活就像洞开的臭嘴让人嗒然若丧,难怪世间不谋而合流传下来这许多不同民族版本的"大洪水"传说以及"末日审判"预言。……死亡倒可能是一种解脱或净化。我的终点早已确定,处之坦然。但是有一种征象却是同样真切:幼婴在,人世将无穷尽,即便仍不免于痛苦;燧石存,火种也不会死灭,——而这一定理现今似乎成了一个只可意会而耻于言传的秘密。……

树叶如同蝴蝶一齐飘失。

蝴蝶如同树叶也一齐飘失。

这个季节,诗人称作"悲秋"。

        1997.11.23

想见蝴蝶

他是一个加入到城市拾荒行列的农民。是冬至到来前的一个清晨,空气中弥蒙着煤烟粉尘以及一夜朔风过后悬浮其间的沙土,颓唐萎靡,一如心之荒寂。他早在人们还在梦乡的时候已经奔走在几个垃圾场之间了。这时,他背着一只几乎与身子等高的用两块苫布缝制的大口袋站立在街角一边:身旁是一个邮筒似的绿色垃圾筒,他刚刚从筒口掏到一个被人扔弃的小麦面烤饼。他未急于揣进怀里,却是仔细地打量着它。这是一只浑圆的、有几分厚度的小麦烤饼,边缘呈象牙色,显出某种华贵的韵味,诱使人生出抚摸把玩的欲望。其正面略略隆起,自圆心向周边扩散开去是一层带着油性的由深转浅的棕黄色,会让人立刻意识到这是经厨娘精心烘烤的食品。然而,他并不急于品尝(冻结了也难以啃食)。他只倒过来翻过去地看了看,将其夹在了腋下。而后从头顶戴着的棉帽褶边摸出半截烟卷来,用嘴含住,并从束在腰间的宽布带取出火柴将其点燃。他的嘴边长满了不曾剪修的毛胡子,那上面挂着一层白霜,未老先衰的他看去确乎更像一个涉世已深的老人了。他立在那里,旁边是一只拾满破烂杂物的大口袋,另一边是一个邮筒似的绿色垃圾筒。他吸了一口烟蒂,张开嘴略略喷出一些烟雾来,同时从腋下复又取出那个如同邮件被他适时收到的麦饼,他侧着头,脸上一阵扭动,贴近眼前审视着,似乎下定了决心要读懂其中信息之奥秘。但是,他读不懂。他终于摇摇头。不过,他仍旧捧着那只麦饼贴近眼前审视着。他明白,在这个城市里不会有人主动与他对话、交流。他原就是属于孤独的一群。他易于感受到的常常只是寒冷与饥饿,及处处都可能遇到的白眼。那么他是向着手中被遗弃的麦饼倾吐衷情了:在他眼里,手中的麦饼不只是可以充饥御寒的食品,且是上苍赐予世人的恩德,每日的进食正是一种感恩的仪式(千真万确)。他口里已在念念有词,并以一个农民的理解用袖口擦拭净麦饼上可看作被人亵渎了的部分。起初,我远远看到他——一个拾荒者那么专注地凝望着手中物,以为他拾到了某种古玩,譬如说,一只罗盘。当看清这一切,我已经满怀感慨。临近通过他身旁时我将骑着的自行车踏得稍快一些,以免我的注目惊扰他。我一路想着这件事:这个流落到城市的农民对着一只冰冻的麦饼反复揣摩、探研。我想起不久前在圣彼得堡俄罗斯国家博物馆见到的一幅极尽诗意构想的油画,描绘的是一对身着民族艳丽服装的农家姐妹勾肩搭背品察手中握着的刀镰:在那刀镰如两轮弯月交映的辉光中有一双花蝴蝶翩翩翔舞。这个手捧麦饼的拾荒者在其灵视中或也见到了那一双麦地上久别的花蝴蝶?而我觉得那麦饼就是无垠的麦地,但我感觉到了一种荒寂。

1997.12.9

语言

一个很冷的冬日黄昏,我揣度自己已不能按预期的时间赶回住地,索性从路旁买了一块烤红薯垫垫肚皮,边吃边扶着自行车往前赶。当我拐过街角不远,只见前方一处人行便道留着一处被人涂鸦的痕记,五彩纷呈,闪烁一片。那不会是顽童的创造。我已看清这虹彩般一层层向下叠加的长横短横是一幅用彩色粉笔涂写在地面的狭长制作,约有两米纵深。——想必那人作此画时是盘腿坐在地面作埋头俯伏状,一寸一寸地朝后挪动着身子。在最末尾一道条形横道的底下,是几行龙飞凤舞的文字。我小心地绕了过去,走到正面,认出是这样两句话:

帮助我这个在世上无依无靠的残疾人。

随意给我几个零花钱吧。

我静默了。我完全失却了当初的好奇心,而如面对一具无名烈士的遗体,仅有了脱帽致哀的心境。但是,我发现除我而外已没有人留心这一存在,尽管走他们的路。这时,最后一抹残阳正从背后大楼高处的一只斗拱檐角隐没。天也起风了。沿街一溜标作"娇妹欢""迷娘栖""昨夜情"之类的店铺已燃灯点火照亮自家招牌(这些可疑行当白日里门窗紧闭)。我立在路边,看着地面留有那个残疾人体温的彩绘与文字渐渐显出寒伧本色,有些瑟缩发抖的样子。那个去向不明的残疾人——他（或者"她"）是何等样人？多大年纪？怎样的残疾？乡关何方？何所指归？……被他忍心留在这里的线条与色彩将与这几尺见方的土地孤独地承受黑夜，随后，会有这方土地承受哭泣。是无名氏的哭泣。是情有所自的语言的哭泣。

语言，出于人类生存本能需要而创造并被感应的音义编码。语言，其本质是示人理解及铭记于心。然而，有一类语言它径自就是善，自有着不可被轻侮、小觑的风仪或高致，唯在不期然之中被良知感受并铭记。看啊，那正是形体，它已经站立在我面前的丁字街口，处于流水般行驶着的机动车群、兽力车群、自行车群形成的旋涡之间了。是一对孤苦的母女：母亲是一个挂着双拐的女青年，萎缩的右腿还停留在幼儿发育期形状，赘物似的吊挂在下体。女儿是一年幼的小女孩，紧紧贴在母亲的身边，双手搀扶着母亲臀部的衣角。这是险象丛生的路段，二人时走时停，打算横越马路走到对过。二人相拥相依着向前挪步：一会儿是母亲带领着小女孩，一会儿又好像是小女孩带领着妈妈……看啊，那小女孩，那母亲，那赘物似的在双拐之间吊挂摆动的残肢，是感人至深的语言啊！

西方人的幽默常在一种出人意表的语言方式中透出机智而令人称羡，予人以无奈中的豁达。自古负累深重的中国人，即便最不拘谨者、最能超脱者、最可放达者,我从中通常所易于感受到的笑谑也多半是些自轻自贱式的自我嘲讽、插科打诨一类的滑稽或疯人疯语。我们从祖先那里继承了最擅长于自虐的民族个性。不么?试举一例:有一天,某个山东籍乡下老头不远万里行乞到了这处穷乡僻壤的市井闹区,他肩背捆束着一卷脏污得发亮的橐囊,使他看上去仿佛有些驼肿——驼子的模样。他把手掌伸向了我,操一口道地的山东口音求乞道:"大师傅发财发财。祝你万事如意身体健康。你吃面条我喝汤。……"我请他别再说下去了,把手伸向自己的衣袋,我摸索,我寻找。我明白,除了叹息,我不具备任何幽默气质。

　　一位朋友告诉我这样一件事:有个少年杀人犯——一个应看作降自"时间隧道"的不幸产儿,被献祭于罪恶、愚昧与野蛮的牺牲品。当临刑那天,从死囚牢内带出,与一批被判定徒刑的罪犯去公审大会场地听候宣判。到了一排囚车跟前,他站定,仰脸问询:"叔叔,我上哪一部车?"还能上哪一部车呢,负责行刑的军警从押载死囚的刑车将他请上车去,而那一句还是十足孩子气的问语成为终古之创痛。

　　那么,"诗"真的只是"到语言为止"了。
　　让人耿耿于怀。

1997.12.20

权且作为悼词的遗闻录

这是 E，一个身感无妄之灾的妇人：她老是听到"水流"，就在她的颅腔，响着。那响声像呻吟，又像嘟囔，躲不掉，驱不散，抠不去。被其折磨，在 E 平静示人的外表下深埋着人所不知的伤痛。这样累人。生活是毫无意味可言的刑罚，只具残酷的本质。E 因长期失眠而熬红的眼睛饱含着楚楚动人的忧郁。富于经验的人告诫 E，世间本身就痼疾缠身，不可以理喻。过敏只会自讨苦吃。适者生存，应该学会麻木。要学会暗示自己："恶声"只是人的"错觉"，久而久之也就听而不闻。这就是"健康"的定义。E 并不掩饰自己小女人的惊愕，称此为"白马非马"式的诡辩：怎么可能是"想不想"的问题呢，想它也响着，不想它也仍响着。自我欺骗式的暗示又是怎样一种强加于生命的残酷。E 终于意识到自己对这世界的蔑视。秉承这种认识，轻生在她看来不再只具被动的"牺牲品"意义，而是抗恶的"武器"。与其脑髓被无端啮食，不如在疯狂中自我引爆。然而，E 仍旧做着无望的期待。有一天，E 油然想起：——那"水流"会不会是出于自来水管"放水活门"的渗漏？……E 就这样奇异地寻思着，脸庞甚至有了几分高兴神色。E 从床上平静地爬起，想好了去"拧紧"厨房涮洗池上方的龙头，而事后被证实，E 当时实施的行为却是打开了煤气罐的阀门。富有经验的人说，E是变傻了。E真傻。这也许是好事。E永远挣脱了这个围困、追捕她的"水流"。对此，修行者称之为"寂灭"，悟空者称之为"幻灭"，思想家称之为"理性悖乱的苦果"，先锋诗人称之为"后现代状态"，某神学院学子则借此发挥了一通所谓"来世末日万教归一"的神示。我不忍拒绝这份资料——在作家笔底，它肯定是一个长篇小说的雏形，在涉奇者眼里，兴许还会看作以多次造山成因被包孕在一块璞玉的金刚石，可供剖取赏玩。但我只肯简略记述这一遗闻。我缺少那份"听候下回分解"的耐性：世事太冗赘，却又太相似，九九归原，终无一新鲜。亡灵地下有知。

1997.12.24

一个早晨
——遥致一位为我屡抱不平的朋友

我感到一些疲惫，不得不在我工作室里兼作座椅的小床躺了一会儿：觉得心脏、肺循环有些衰弱，呼吸困难。

偌大一个青藏高原，煌煌几千里冰川雪岭，透明得发蓝的空气，面对一个小小心脏的搏动，人们会误以为那一广大空间富有滋补生命的氧。其实，那里最实在、最不容置疑的是强烈的阳光，它透析去皮肤的白皙（如若敢于长久裸袒在外），而留下青铜色彩。由此忆及自己的生活之路，想起自己在这里磨炼了几十个春秋。我把世代随雪线升降而栖居在此的族群称作众神。生存一度变得如此简单而质朴：劳动、繁衍生息。享受最具广度的爱情，而后像发酵的面团松解、挥发、溶融，去无影踪，不留给本质洁净的草原一丝痕迹。本然地，也不给后世留一些心理压力。有缘感受这一境界是一种幸福。

这里成为我最后的漂泊地。我回味自己的一生，短短的一瞬，竟也沧海桑田。我亲眼看见仆人变作主人，主人变作公仆，公仆变作老爷，老爷复又变作仆人的主人。我思考自己的一生，一个随遇而安的人，智力不足穿透"宇宙边缘"，唯执信私有制是罪恶的渊薮，在叫作"左"倾的年代，周体披覆以"右派"兽皮,在精神贬值的今日,自许为一个"坚守者",有什么光环值得觊觎者忌刻?是被丧失的机遇?是不改的天真?或者,是额际岁月的丘壑?脱落的牙齿?走近的墓穴?……啊,是所谓迟到的"美誉"?那又怎样?当我表明所谓的"结束"业已结束,就不必再烦我证实所谓的"完毕"已经完毕。一切流动不居,唯有永在的变,没有"不散的筵席"。当喧嚣一旦沉寂,泰然处之仅有做人的本分。……

我摆脱这段恼人的谈话,而想起了几天前接到的一张圣诞贺卡书写着的一段诚挚贺词:"淡淡的记得／或是淡淡的遗忘／都是美的"。那是对友情而言。也许我应该对此说默契,但我却在这里再次暴露了作为一个永不解成熟的理想主义者的执拗、坏习性,寄去的答词竟已加码到"浓浓的想／或者浓浓的恨／反正都是爱"。想到这里,我似乎应该感到些许惭愧。但无悔。……

             1997.12.26

1998

音乐路

一个盲人，他看不见光，心里却是明亮的。他甚至于听得到上天的乐曲。每天出门时，他把导盲的手杖夹在腋下，眼窝习惯地仰向天空，好像那里会多赐予他一份阳光，而他要为此而礼赞着。这恰是一副对人生真诚无悔、专心致志于现实境遇的表情：他仰望天空，探索着前进，下巴连带蓄留的一绺山羊胡须也因而前趋着。他不由自主地感觉到心花怒放了，因为他已听到天上的音乐。——这就是为什么在一个达观而谦恭的盲人脸上总是比常人更多挂满笑容的缘故。

他的确是听到了音乐。这时，他已走到沿街设置的铁护栏——一项将大街与人行道隔开的市政建设工程，他就从这里出发，凭依这道绵延至全城主要街道的路障步行到他想要去的地方。那时，夹在他腋下的手杖末端准确地触抵在栅栏，伴随他的行走，会像一根如簧跳动的魔棒叩击在每一档金属栏柱，有如拨动竖琴的弦索，发出愉悦的乐音。上天的音乐通过他而转换成一组可为人听懂的意符，不仅为他提示安全与平静，也唤醒人们心底常被慢待了的良善与圣洁的美意。这音响在清晨尤为泠泠动人,如果说恰好又是在一个雪后之晨。

　　他就这样每天早早地赶到附近一个清真大寺的门口等待着。是的,莱迈扎乃月份是穆斯林神圣的斋月,人们会格外地乐善好施,教门中的穷苦人也会起早贪黑地立在寺院门首两旁期待施舍。

　　今年冬季,在斋月最后一个主麻日之前的数日,天气似乎比去年同期要寒冷许多。昨夜又有一场不大不小的降雪,平日步行的人多改乘出租小轿车或公共汽车了,街上格外清冷。我骑一辆自行车去上班,当要转入大街,从街口朝前望去,在铺满白雪的人行道上远远地已有一个黑影扶着栅栏蹒跚而行,同时听到那根导盲杖因滑动在冰冻的铁栏柱而发出铮铮之声。那节奏比平日稍稍悠缓了一些。当然,那些黑铁也在白雪的比照之下又浓重了许多。……

　　啊,我却赞美盲人艰难的行路了:——什么"音乐路",难道那隐忍之处不正是他们的痛苦之源?但我转念一想,其实我们多数的人生也都有着缺陷,都有着痛苦,那么,就以各人可能的方式前行吧,就像我们所有前辈已经走完了的那种"音乐路"以完成始终。但我深知,只有"同声相应,同气相求"的人才能感受到那种刺心的音乐与美丽:在那样的人里,痛苦总是整体性的,不只属于个人。

1998.1.22

致史前期一对娇小的彩陶罐

啊,自由的精灵,你们何时与遭难的姐妹
一同落入奴隶市场的围栏被当众标价拍卖。
好像由人捅开伤口再陡然撒上一把盐粒,
我听见那人正借自由之名欢呼私有制万岁。

你们,绝美的象征,秘藏史前期熏烟之气息,
如微汗沁出肤体敷一层远古农耕文明的薄霜粉,
使我加倍延伸的呼吸通向了历史湮灭的胎音,
感受一株人文花朵伴随曙光初露破土而出。

啊,请原谅孤处的我将你们赎身接到我的案头。
那刻我忽有所感悟,发现你们双臂支在腰臀,
恰是陌上歌舞队里身着赭红裙裾的窈窕淑女,
可随时继续排练你们秀色可餐的田园之歌。

然而所为何来,每当工余我凝目投去一瞥,
总见你们惊慌中匆忙还原于一个静杰的舞姿,

永远留下了我不能与彼一时空融合的苦闷,
感慨走来的源头不可逆转地深隐在终古的日食。

1998.3.26

一个中国诗人在俄罗斯
（灵魂与肉体的浸礼：与俄罗斯暨俄罗斯诗人们的对话）

之一：独语

这个时代，无一不可成为商品，从性、灵魂、海洛因、机密文件、明星私语、人体器官、月球主权……直到炒作新闻。很好，于今媒体正在炮炒诗人。他们大咳新诗的衰落，煞有介事，议论救治的办法。有别于这春风沉醉的太平，一条不可见的地裂，正扩大来自脚底的震荡，威胁现存的居所……希望的幻船停留在时光的平面，可望而不可即。耐性急剧减损。一代代美女霎时衰老，触目惊心。人人都是时光对抗中的败北者。似乎只有纸币诱人的气息亘古永存，培育着过敏的心机、蟑螂式的嗅觉，扩散普遍的焦虑。在金钱掠夺的情节剧里，崇高的道德理性，或宽容的人道主义精神，都是不堪一击的面纱。谁再珍藏思维的美学。谁再品味真理残酷的馨香。倒是信守"沉默是金"的人心怀忧郁。而我一再在沉思中顽固地听到乌克兰农奴诗人舍甫琴柯深长的叹息："寂寞啊，寂寞啊……"他是在慨叹大俄罗斯。他的寂寞无边无际。他背着双手，大跨步地躬身疾行在花的原野。……唉，同志们，我也有着许多感慨与见闻，心想倾吐而苦于找不到一种最佳融裁构式。唉，同志们，让我也仿效广结善缘的小说家虚构一条线索。我让吾作为一个对话人贯穿始终，沿着普希金的驿路体验一回俄罗斯。其中不乏高蹈的空谈、假想的靶子、革命的浮沫……但作为人的真诚、抱负、坚忍绝对可信。在口若悬河的对白中也常会透出机锋。我把吾心灵的急就篇奉呈给你们，不加修饰，纵然是灵感一时的戏笔，纵然是借他人酒杯浇胸中块垒。……

之二：与俄罗斯的对话

吾：

对于我说不尽的俄罗斯，你首先是延续在时间的国度，是普希金、莱蒙托夫、陀思妥耶夫斯基、勃洛克、高尔基的祖国，而后，是从援欧华工直到中国流亡者寄身的乡土。不待我走出国门，尽已感受了精神富足的俄罗斯……

俄罗斯：

而现在，你已在我的怀抱中亲历……并且正在认真品味……

吾：

但我是一个多梦的健忘者。就在不久之前，我几已淡忘了顿河上的哥萨克，以及他们的阿克西尼娅、葛利高里。绥拉菲莫维支笔下的游击队员也与我久违。法捷耶夫的宠儿美蒂克也不再怎么让我憎恶。还有普希金的仇敌丹特士,我发现自己竟闹不清他们原有着亲情纠葛。至于老伯爵托尔斯泰倾注心血的可爱婢女柳芭,我仿佛记得这名字的俄文词根,与感受丰富的爱情有关,那么她应该还在前往西伯利亚的流放途中。冻僵在草原的马车夫,我倒还偶尔记得,听着他韵味醇厚的歌,我就两眼润湿,临风落泪……

俄罗斯:

几千年过去只是一刹那,你不必过分认真。你且这样想:那样的物与命,皆是因缘和合派生的梦,自性本空,或痛或痒,转瞬就该遗忘。看啊,在屠格涅夫向你们描述过的阿尔卑斯山里,少女峰、黑鹰峰适巧又重开睡眼惺忪,继续他们有一句没一句的对话。请听,他们又在讥讽被称作"小虫子"的"人",还在排练那一场胡作非为的戏剧……

吾:

不,你尽可说人世饱受沧桑之变。其实不然,梦幻"乌托邦"的痴人并未断子绝孙。简而言之,我一生,倾心于一个为志士仁人认同的大同胜境,富裕、平等、体现社会民族公正、富有人情。这是我看重的"意义",亦是我文学的理想主义、社会改造的浪漫气质、审美人生之所本。我一生羁勒于此,既不因向往的贬值而自愧怍,也不因俱往矣而懊悔。如谓我无能捍卫这一观点,但我已在默守这一立场……

俄罗斯:

请原谅我未免于世俗的超脱。我能于理解你,假如你已被引荐于我们的诗人……

吾:

其实,我真心喜欢你啊,感觉与你有着一种溶解于血液的亲近。这几天,我好像在童话世界漫游,那些洋葱头式的教堂建筑,皇冠似的花园,白雪公主的森林……啊,我已感受了莫斯科秋的原野与圣彼得堡雨雪霏霏的水城,从此而后,我遗留的脚踪作为叩问,当代我永驻幽幽千载之外。对于我,一个说不尽的俄罗斯,浓缩在我眼里,是呈示在时空倒转中一部人性发展的编年史:目标是"向善"。方式是"否定的否定"。我在物欲横流的世间,"堕落"为一个"暧昧的"社会主义分子。此际朝觐几代人精神的家园,纯是一次不期而至的殊遇。而现在,我能够用平静的心境,称自己是半个国际主义的信徒。——"革命不像在涅瓦大街散步那么平坦"……

俄罗斯:

你真的看到了。你在用自己的心灵证实……

吾：

是的，我真的爱你惊人的美丽，以及你的斯拉夫人种面孔下深掩着的东方人的忧郁，——我们总是易于在一个关键时刻，充当一个有着悲剧性情节冲突发展的命运角色。看啊，这是太阳向着南回归线继续移行的深秋。天有些凉。空气湿润，弥散着磨砂玻璃似的苍白。倒是在月明的夜空，天际高大、幽蓝。从波罗的海芬兰湾涌起的白色云团，张扬而上，铺天盖地，好似升起的无穹宫。而东正教堂的晨钟，已在纯金镶饰的圆形塔顶清脆地震荡。街头无忌的鸽群，飞落在行人脚边啄食。然而，有一只渡鸦——或者是椋鸟，悄然飞临了莫斯科作家组织的庭院，落在托尔斯泰铜像的额头啼唱，留下了一泡污，带着铜锈，好像老人颅顶永不愈合的伤痕，终让我想起这是在美丽而又万事荒废的俄罗斯。……这已经是在通往帕斯捷尔纳克故居的乡间路途，翻耕过的田野拖曳着涡流状的漩儿，与我故土的耕地了无二致。有数垄向日葵，过分成熟，蓬乱如苍老之蒿莱，聚在地头一角，性情沮丧。还是在若干年以前，一个俄裔美国女记者踏着这条泥泞小径，探访了隐逸的诗人。他远绝红尘，凭借医生的冷峻，雕凿自己珍视的生命。……天早早地就黑了。莫斯科大剧院夜场的芭蕾舞演出，进行到幕间休息。完成一次社交礼仪，典雅的淑女，仍不忘对着壁镜梳妆，涂抹几许唇膏。有着我所不愿的清风，为我徐徐吹去座边俄罗斯少妇一丝淡淡的腋嗅……

俄罗斯：

你已经看到了，你在用自己的心灵证实……

吾：

但那纯是另一种感情。我难得一刻开心。现在好了，我仿佛分享了一份自豪。我看到历经艰辛的俄罗斯人，至今有效享有的巨大财富仍是十月革命创造的物质成果：结实的房屋，镶木地板，煤气管道提供的热流，为每一个百姓冲洗去隆冬的寒气。富于伟力与气度，厚重的木门货真价实，——手又如何推得动，扣紧在花岗岩拱形门洞，给人以盾似的安全感。而莫斯科高效率的地铁，以强劲的节奏分割巨大的人流。列宁轮廓分明的脑颅，有石雕的刚毅、思维的坚挺，平静地躺在自己的棺椁，活在人们的目光，难以置信。然而无可辩驳的事实，已使我成为一个时代的见证人……

之三：我们在涅瓦大街狂奔

从一个处所赶赴另一个处所，
中国诗人在涅瓦大街徒步狂奔。
车辆梭织街衢，轮胎嚓嚓不可须臾。
我们如何横穿时间的河流？

时雨时晴。中国诗人捧腹狂奔。
面孔痴迷闪烁,映出路人的惊愕。
从一个处所赶赴另一个处所,
我们将时间掰成双份享用。

嗨,彼得堡宾馆不供应开水。
我们吃不惯鱼子酱,饮不惯克瓦斯。
妓女的电话每夜轮番骚扰,睡卧不宁:
"要不要 SEX?十八岁。炉火纯青。"

俄罗斯啊,我们心情复杂莫名,
街头铜像石人密探巡警也被感染,
加入我们的队伍随着一同狂奔:
"但是,等等,你们可是偷渡客?

"啊,对了,你们具有合法身份。
护照上注明——中国诗人。
请从这边走好。请注意安全……
我们俄罗斯传统把诗人看得很重……"

之四：与俄罗斯诗人的对话

吾：

朋友们，你们友谊的沁润令我身心爽洁。你们顿挫有致的语言，逻辑严谨，唤起我对于普希金诗歌四个音步的回味，想起初学入蒙的俄语动词变位法。这种造访，对于我是一次灵魂与肉体的浸礼，从此我可以说，我证实了我精神的栖所乃是出于人性普遍认同的良知……

俄罗斯诗人：

远方的朋友，我们都有着共同的感受……

吾：

我将诉说我的观感，但我意欲指明的处境又岂止于俄罗斯？看哪，滴着肮脏的血，"资本"重又意识到了作为"主义"的荣幸，而展开傲慢本性。它睥睨一切。它对人深怀敌意。它制造疯狂。它蛊惑人心。它使几百万儿童失去父母流落街头。它夺走万千青年人的生命……

俄罗斯诗人：

这是忧郁的俄罗斯……

吾：

啊，我看到工人巴维尔的母亲，手持圣像，跪在彼得堡街头求人施舍小钱。离她不远，排列在过街地洞门，迎着穿堂风，浑厚的和声，是四个挽臂相依的盲妇人，微摆着身子，以四个声部演唱一首似曾相识的民歌。人们匆匆走过，不忍看到她们朝天仰望的瞽目充溢艺术女神屈辱的泪流……啊，我怎么听到了涅克拉索夫的旋律——"在俄罗斯谁能快乐而自由"……

俄罗斯诗人甲：

这就是忧郁的俄罗斯……是的，不要相信历史可以摆脱。不要相信过去已不复存在意义。且让我们回首往事，未来正是从那里开始……是啊，我老了，极少出门会客。但请允许我饶舌。你们的来访，让我记起一次盛大国宴，那时，我还是一个小青年。斯大林将我介绍给毛泽东，说他俩在我眼里不过是个"顽童"——那是暗喻，我是一个儿童诗人。我却是如何受宠。于是我提议：斯大林同志，让我们为毛泽东和他伟大国家的儿童，干杯。当时的儿童，即眼前的贵宾……啊，上帝会赐福你们……

吾：

我十分欣喜，这让我记起我的少年军旅阅历。记起我接触的第一个外国人，是工作在我国北方一空军基地的俄罗斯红军，他带我乘坐他的军车兜风……

俄罗斯诗人乙：

啊，真是一种巧合。在我们前方驾车而去，却是莫斯科新贵，紧随他们左右，是保镖们的车子，他们怕死。他们害怕人民……

吾：

这莫不是一种幻觉。当我从俄罗斯的风雪，匆忙躲进地下室灯光烘热的餐厅，去存衣间脱去大氅，跻身于食客群，仿佛温习了一次出席秘密会议的布尔什维克分子。我似乎听到勃洛克宣布新世纪到来的十二个赤卫军，在俚语佻侻相随的嬉笑中踏雪前进……嗒——嗒嗒——嗒——嗒嗒……

俄罗斯诗人丙：

非常真实。我们不是为了复活，而是捍卫原有的成果。——不，没有改革，只存在社会制度的变更："犹太间谍"出卖俄罗斯。抱歉啊，诗人，我不能久陪，还得赶往另一个集会。但我要留下真正布尔什维克的喉舌——《为工人事业》(За рабочий дело)……

俄罗斯诗人丁：

我们的祖国正成为西方的人质。一个政府应让多数人生活得好,如果只让少数人富裕,那么连傻瓜也能办到……一夜之间成为富翁,这钱不可能是正经挣得,除非偷窃……改革是为民族而存在,于今,民族是为"改革"而苟活……

吾:

朋友的深情烧得我内心灼痛。这让我重新审视前辈的葬礼、流血牺牲的意义。时光不再,一次不意的失却,意味着永远的失却……假如诸位并不介意,作为报谢,我打算朗诵一首青年时代我熟读的诗《Узник》——

> 我坐在阴湿牢狱的铁栏后
> 一只在禁锢中成长的雄鹰
> 和我郁郁地做伴;它扑着翅膀,
> 在铁窗下啄食着血腥的食物。
>
> (原文略。用查良铮译文)

黑山共和国诗人:

"我们飞去吧,是时候了,/我们原是自由的鸟儿"这是普希金的诗篇《囚徒》……我也是一个俄罗斯文学的恋人。我的俄语带有故国方言的口音。因为我是一个流亡者。你们已看到我的胡须有马克思式的浓密。这里是我的第二祖国。工人的事业天然无国界……

吾：

这个世界充斥了太多神仙的说教，而我们已经很难听到"英特纳雄耐尔"的歌谣……

阿尔泰共和国诗人：

我却是黄河流域的子孙。我研究突厥史。熟悉从中亚到库库淖尔一带有关案牍。公元 13 世纪，我们同属于一个大国疆界辽阔的版图。瞧啊，怎样意味深长的安排：我住宿在莫斯科北京饭店，而你们下榻恰在莫斯科俄罗斯宾馆。全世界的左派都不喜欢资产阶级政府。如果我们不能肩并着肩，我们就会背对着背……

吾：

这样的激动。我想起一些人无视诗的哀痛，侈谈诗的新生……

俄罗斯诗人丁：

噢，戈尔巴……？是的，人们已将他遗忘。我们经受了各种摧毁，譬如前面这座房子——杂志编辑部，正是为抵御拿破仑入侵，莫斯科大火唯一的孑存。我们的杂志将为俄罗斯保留可贵的思想，有如反法西斯时期列宁格勒围城中的人们，从活命的口粮保留一份谷物，留作未来田野的种子……

吾：

还诞生了肖斯塔科维奇《第七交响曲》……

之五：独语

啊，皇村落地的枫叶——坠落的勋绶，将俄罗斯多雨的秋天洗涤得金光耀眼。从拜占庭继承的双头鹰旗帜，与莫斯科大剧院缀有镰刀斧头标志的巨幅帷幕，组合出陌生的高贵。圣处女公墓地位显赫的墓葬群，让意气相左的亡灵不得择邻而居。一切都透露了岁月的调和。然而生活之树常青。人类抗拒不公正历史的脚步不会暂停。……再见了，俄罗斯风雪中的秋天、猎犬、别墅、大理石圆柱、红旗、谱架和钢琴、带弧形把手的橡木圈椅、作家档案、将士的头盔、近卫军营房、土耳其烟斗、银色号角、纹章和革命者的辩护词……驳杂而繁富，对立而统一。还有你，一个私有者，盯视我胸前佩戴的列宁徽章已有许久……你咕噜一声"狗崽子"（Сукинсын），但是，我不会感到难为情。对于我说不尽的俄罗斯，是因为它的磨难与高尚的精神追求有关。而"黑面包"已成为催化我认识进程的酵母。我已乐于向人宣布，我从一个暧昧的社会主义分子成为半个国际主义的信徒，正是命运的作弄。……请听，我从中国富翁竟也听到了"有害的社会主义思潮"这样的流言蛊惑……

1998.2.17—20

我这样扪摸辨识你慧思独运的诗章
——代信函,致 M

当一个字符孤零零,它只是这一个
字符。当一个字符与三五字符交相辉映,
其为吟咏、倾诉、喧哗的情态
已成为生命形态独有的涌动。

当一滴血珠孤零零,它只是这一滴
血珠。当一滴血珠与三五字符排比嚎呼,
其为吟咏、倾诉、喧哗的情态
已成为生命自身独有的写真。

当一只蝴蝶孤零零,它只是这一只
蝴蝶。当一只蝴蝶与三五雪花颉颃飘卷,
其为吟咏、倾诉、喧哗的情态
已成为生命图形独有的冲浪。

我这样扪摸辨识你慧思独运的诗章,
密不透风的文字因生命介入而是心灵的织锦,

有你祖居的太阳部落庭庑的深古与女子的善怀,
远在的爝火重又在夕照远在地燃烧。

最美的金曲总是在追忆遗失的岁月了,
从你绵绵意绪细雨润物的潜入感受角色转换,
我,一只微醺的甲虫保持耽乐的积习超然不群,
只知语言因生命与爱的启动而被传授魔力。

而你不竟嘲弄了无谓挥霍着辞藻的庸才游子。
…………

1998.10.20 西宁

苏州歌舞团三人舞《春之韵》

嘀依——阿依呀嘀依——
听见了么，拟人的乐音，春天择木的凤鸟
在解与不解之间说与天地林薮。

嘀依——阿依呀嘀依——
听见了么，洗练的娇女，春天无汗的献与
在似与不似之间罩上一袭幻梦。

嘀依——阿依呀嘀依——
听见了么，让我追缅先王之道
天下为公，丘未与逮。

1998.11.22

陌生的地方

我心事重重地沿街疾行。大风刮起来了，刮起尘土，好多人背过身去用脊背和肘弯挡住那一阵阵起自脚边的肆虐。我向着风走去。我看见升起的冬云像一面庞大的帆凌飞在大漠之上，仰头望去将天空张扬拉扯得高大无比，而尘寰也更其低下矮小了。

我沿街疾行，寻找失落的幸福。蓦然，我听到背后很远的地方有人向我呼唤。我并不去理睬，因为我本能地知道那定然是一种误会。

风，刮得更大了，冬云的影子打从我的身上浮过瞬间远去，让一切涂上一层湿意。而那呼唤我的声音愈来愈真实。我并不回头，我本能地知道，除非在前面被我费尽周折或可寻找回来的幸福，那依然是一种误会。

直至有人驱车从我身边驶过之一刻好心示意：后面有人呼唤我，但是，我并不回头，我的失败告诫我，除了逆行的风和被激励的意志，奇迹仅仅意味着一种误会。

1998.12.13 大风日

我早年记得的陕西乡党都远走他乡了

大约在1954年，我从校图书馆借到了一本大约是一位叫作侯唯动的诗人所出的不薄的诗集《八百里秦川，黄土变成金的日子》，诗句短促松散朴实。内容已经记不清了，但是陕西秦川无限可塑的泥土给我留下了印象。那泥土直接就是含着汗液的金子般凝结的麦粒。我相信我后来与陕西人有了接触后从他们的声腔里所能感觉到的"泥土气息"或许与此先验性的认识不无关系。或者说，我感受到的"陕西人"首先是扑鼻而来的具有泥土味儿的声息，试听"我（读如e）谝闲传（pian-han-chuan）"，对于一个非陕西籍的人来说，陕西人的语言以其"土"，不免让人听了总觉有些喜剧色彩，暗自发笑，不过，最终是不可能笑到底的。假若我们认识到那是一位对于生活执着且真诚的人，我们无权取笑。

那年我二十二三岁，在祁连山里一个"劳动营"做苦工，这样的工友是颇有不少陕西人。其中有一个小老头据称是因"男女关系"被抓进去的，此刻我想到了他，我们在冬季里割麦子，那是一些被早来的冰雪压盖住了的不会成熟了的麦子，其实是一抱麦草。这些倒伏的麦子极难收割，好像永远也割不完，太阳已经落下山了，带队的人还没有让人收工的意思，于是我听到了小老头在背后"嗨"了一声,几乎是唱着说道:"抽袋烟儿,解心烦儿……"这成了他的"口头禅"或开始抽烟的"宣言"。他从怀里掏出烟袋,寸把长的一根旱烟袋锅叼在嘴里,然后用一块火镰一下一下击打着火纸。

对于人的认识——从具体的人再到"共性的人",这是一个从感性到理性的抽象过程。

我心里怀疑:"莫非他真的就'解心烦儿'了吗?"他真的解心烦儿了,固然有些莫可奈何。

1998年底

1999

直面假人的寒战

我有一个在女士看来也许是优点的缺点——反之,男士看来也许又是缺点的优点:每当不得不徜徉于街头熙来攘往的人众我无意旁视。是以我常常可避开那种种极美与极丑的事物而"处惊不变"。然而我应该承认,在今天一种明明白白向着我施展的诱惑作用下,这种效应失灵了,我至今不能理解那其中之一幕。是一小队流落城市的流浪者与我遭遇差不多尽数擦身而过,在我眼角的余光里,一个走在最后边的个头矮小背负着孩子的半大女人映入眼帘,她并没有朝我注视,只是上身前俯,甩动两臂走自己的路。引诱我注目的,是裹覆在她背后襁褓中的一个孩子,那孩子头戴虎头帽,从她肩背后面探出头来望我扮出一个笑脸,我蓦然感觉出一种"不对劲儿",觉出一种袭来的冷气。直觉告诉我:那女人背负在襁褓中的孩子是一个头戴面具的假人,我认识那面孔上死灰的苍白。但是,他们匆匆地过去了,这群诡秘的行旅。其时,我准备转身追上去,再详细辨识一下,可我犹豫了。我等在路边准备讨教自我之后才与其交臂而过的来者,我问:可见其背上的"假人"?但是,他们在听了我的陈述之后除摇头嗟叹之余,皆曰"我们没有注意"。也就是说,"我们皆视而不见"。

我忽为自己的认真觉出一身寒气。

1999.2.25

士兵。青铜雕像。鸟儿

于是,我注意到了这座边城省府门前两个值勤的士兵。或者仿照西班牙游侠堂·吉诃德的眼光审视之,是分别立在"大衙门"两侧的"高贵武士"。然而,我从中感受到的却是一种喜剧色彩,并认定具有某种永恒意义。住在这座城市前前后后也有二十多年了,但我直到前不久才欣赏到这一幕,并让我莞尔一笑,并让我发思古之幽情,应该说也是一种精神享受。

那是两位年轻的士兵。天气属于乍暖还寒之季节,他们身着黄呢大氅。腰束皮带。脚蹬长统军靴。头戴红黄丝绦镶边的大盖帽。他们分列在府门两侧高大的门磴前边,相对而立。其中之一,腰上佩带手枪,而左侧一位则是佩带长枪:枪支紧贴他的下肢之侧垂直立在右侧。他持枪的手势是那么优雅,我见他以大拇指和食指捏成一个柔和的圆,轻轻扣拢枪管,而其余的三个指头却是并拢在一起,骨节亦在朝下伸出,刚劲而有力。而那支长枪与士兵黄呢大氅垂直散落的褶皱与士兵的军靴构成的垂直线条很过瘾很是简洁很有韵味。由此,我明白何以三军仪仗队都以长枪(而不是手枪)作为礼宾演示的武器。

他们纹丝不动。他们的眼光相互对视,仿佛对周围事物一无所见。他们像雕像一样美。

而这时,一个醉汉走到了府门左侧的花圃围栏边,约略犹豫了一下,拟解开裤带对着花栏强行非礼。当我发现这一意向十分惊愕:实在胆大妄为,莫非他真的将士兵仅仅看作是一尊雕像了么。是的,士兵仍像雕像一般纹丝不动,目不旁视。那醉汉又约略犹豫了一下,正待轻松之际,忽然听到右侧那位佩带手枪的士兵在轻不可察的一瞬向他发出的一声"嗞!"醉汉感觉到了这斥责,他振作了一下,收拢裤腰却踱到了府门右侧的花圃,又是准备如此这般行事。这回,是左侧那位持长枪的士兵轻不可察地向他发出一声"嗞"责。然而,那醉汉已经顾不得这许多了。他办完事后扬长而去。那两位士兵仍旧保持纹丝不动,眼光相互对视,仿佛对周围事物一无所见,若无其事。当我走近那个醉汉不再表现犹豫的处所时,那儿的水泥地坪上只留下了一行冰渍。因为这是一个寒冷的午时。我不禁莞尔一笑。于是回头又望了一眼那座府门和门首雕塑般肃立的士兵。

我不禁想起了王尔德《快乐王子》里的那座雕像,——而雕像都是相似的,无论王子、士兵、伟人……都是生命瞬间的凝结,且永恒。假若有一天,会有那些快乐的鸟儿飞到这样的士兵的头上无忌地啼鸣,并且衔来青葱的树枝筑巢下卵那会是多么奇妙的事。而在现实生活中,我的确看到过这样的——而不是幻想的——青铜雕像和这样立在雕像的额顶啼鸣以至于撒污的鸟儿,难道只是"幻想"吗?

于是,我总是要回味起那一刻,觉得余味无穷。

1999.7.26

我是风雨雷电合乎逻辑的选择（未完成稿）
——昌耀自叙

如梦乍醒

一个人生命的苏醒如果特指人降生的初年对周围世界第一次有了如同拨开乌云见青天似的"我亦在其中"的自我意识，这情景，我推测自己当不晚于两岁。但它仅属于长梦完全醒觉前刻的不定状态。它是个人不可多得的记忆。它是理应被忘性冲洗去的生命的感光胶片中被造物主试拍的一部分，只因偶尔的原因而有幸留下了一两个清晰的画面，故失去了时间顺序中与之相属的所有部分。它是留在蒙昧暗夜中闪光的亮点，可被追忆可被玩味。它是记忆层里可供个人挖掘的硕果仅存的古老文物。是的，在我能够推及到的最深远的记忆层里也确乎保留了一两个这样的"镜头"：

其一：我与一位夫人沿着一部宽敞的红漆楼梯拾级而上，我的左手扶住旁边的护栏，夫人拽紧我的右手。我不断受到她的鼓励。而我也乐于完成这样艰难的作业。那夫人是谁？是我的母亲？是我的祖母？她那样地慈祥。那样地爱我。我就这样感受到了人类母爱的光辉并铭刻在我的记忆，永世不被抹去。那一年我当不晚于两岁。在我记事以后,我独自追思过那一"红漆楼梯"究系何处,似杳渺不可解。直到1946年我由湖南桃源乡间回到我的诞生地常德育婴街,看到被日本人的战火毁弃的故宅,我明白,那一"红漆楼梯"已在瓦砾场下永远寂灭了。

其二:是在某地市内一座城郭附近,一部小汽车,后座一位夫人抱我坐在膝头,一男子通过车门向夫人索去车票用器械"咔嚓"剪了一个缺口重新还给夫人……这是在哪里?又是为何故?这是武汉。1950年夏天,我随部队北上驻防辽东,从桃源乘船在武昌登岸,街头一城关门洞触动了我,感觉似曾相识。我确信这一感觉不无根据:1938年我祖父病危去世前曾派人去武汉并在当地报纸刊登启事寻找"大革命时期"闯荡在外的父亲及伯父的下落,我也几次听到母亲向人谈及"武汉跑马厅"如何如何之类。……

女眷留守的城堡

对于长梦初醒的我而言,家的概念之形成始于我桃源故里王家坪祖宅的存在。我在此度过了我的幼年时期。此后,我传奇般感受到的人生世态也是从这个我朝夕身历其间的空间起步,即,我能于完整记忆的个人叙事是从这里向前延伸。

然而,当我此刻回忆起这座老宅的存在,却感到几分悲凉——在它所处的那个年代就予人这种悲凉的氛围。试想,那样一座深宅大院年代久远，老主人相继过世，年青的男主人们长年浪迹江湖并不守家，只留下一两位娘子——年青的女主人留守，岂不让人有一种空空落落的寂寞。我至今还能感受到与我老宅遥遥相对的火焰岗佛寺早晚悠缓飘荡的钟声是那样的寂寞，且又是那样深远的寂寞。

这是一座"封火筒子"建筑。所谓"封火筒子"，我猜度是指那种外墙高大结实、封闭、阻燃性强的"筒子"式建筑。因此"去筒子里"也就成了当地人"去王家坪"的泛称。我家在村东，约占去全村建筑面积的一半，毗邻的西头住着十户左右的人家，多半是王姓佃户。他们的住房虽说破旧，其间仍看得出有"亭台楼阁"的痕迹，我疑心它与东头的建筑原就是一个整体。然而它何以倾圮颓败若此？这里定然有着许多故事。其实，仅就老宅而言，更确切地讲，这是一座被外围乡邻保护而由女眷留守的城堡。它的朝门——即正门——常年紧闭，由插在门道两侧臼洞的一根柱形门杠严实把关。进门则是纵深三进的堂屋，横梁与柱头挂着许多楹联牌匾，正中神龛则是钟磬烛台香炉。凝冻在烛台的红蜡油与炉中的冷灰常令我有一种莫名的恐惧。对于孩子更有一些活力的倒是东头的耳门，这个不仅是它高高的山墙抹得粉白，墙头层层叠加的以黑瓦覆盖的檐角从不同的高度弯弯挑起，显示了女性般轻柔的曲线美，有别于正门的森严凝重之气，而实际上它是这宅院的生活区：耳门东侧紧靠一口方圆可观的养鱼池堰，其北岸是一片各类果树包围着的菜园，与后门相通。就在这前后门之间,是一排谷仓。这里分别住着与本宅老主人有些瓜葛的人们或者受雇的厨师、佣工。他们是除母亲而外让我更感亲近的朋友。在那样孤寂的环境,一个在封闭中生长的男孩,除了他唯一的小伙伴堂妹,更多的时候只有与两三位据说有恩于他祖上或为祖上恩宠的大人们对话了。我说的是一位以织草鞋为生的盲老人陶陶儿,佃户曹和尚及其老伴邓邓儿以及他们的独生女娥儿。这是一座男主人们浪迹江湖而由女主人留守的空寂的城堡。至今回忆起来,我唯一可感"惊心动魄"且值得记载下来的似乎只有一件事,那是在一个深夜,一个骑马的陌生男子以外乡人口音立在耳门叩关叫阵了。兼管大门值守的火徒(厨师)沙和尚与佃户曹和尚站在木梯藏身墙垛背后窥视陌生人的举动不敢妄动。他们听不懂这一不速之客的外乡语音。于是更重地叩关,更响地叫阵。这样地又对峙了许久。结局是喜剧性的:那位陌生男子为女主人捎来了男主人投自远方的一封信函。我在第二天早晨坐在餐桌边从母亲与人们的谈话得知了这一切。他们是以开心的口吻谈论它:没有"响马"(强盗),只是一个误会。

无意于宴居的父辈们

人各有志,或者说,人各有命,但在九九归一这一点上,虽则人生不同走向的选择显示了某种倾向性,而结局并无本质不同。此刻我在回首当年这个大家庭年青一代主人们后果的结局之后，不禁带着一种宗教情感品味那曾经有过的一幕幕而叹息：果真是苦海无边！

先从我的出生讲起。

我于1936年6月27日（阴历五月初九）诞生在湖南常德城关大西门内育婴街17号。据母亲吴先誉对我讲，在我之前还生有一个女婴，由于是生头胎缺少经验，婴儿窒息而死。我祖父有五男二女。我父亲王其桂排行老二。当时来到世间的我既是我父亲的长男，也是我祖父的长孙。但是，我的出生并未给这个正走向新一轮裂变的传统大家庭带来何种喜气。母亲说，我出生的"民国二十五年"是九龙治水，洪水泛滥。第二年抗日战争全面爆发，时局动荡不宁。当我还是一个六岁左右的孩子，已经跟乡村的孩子们熟练地唱着抗日歌曲了："我的家在东北松花江上""向前走，别退后，最后关头……"灾变意识从小就渗入到我的心灵，伴我一生。

在那样一个年代里，我的父辈们大都离乡背井去实行自己的抱负。大伯王其梅与我父亲走得更远，他们到了北京。1934年左右，父亲在北京弘达中学读书，1937年去山西薄一波领导的抗日决死队里干过指导员一类的职务，而后去了延安抗日军政大学。大伯1932年加入反帝大同盟，翌年加入中共，是1935年北京"一二·九"学生运动的参与者与组织者之一，时任北平学联交际股长。他是从这里踏上革命征途。1967年"文化大革命"中以西藏自治区最大的"走资派"受迫害身亡。至于我父亲，他却在解放战争中以"地主不能革地主的命"为由从豫东军分区作战科任上逃回了老家。湖南解放后他逃往北京去公安局自首，判刑两年。"文化大革命"期间他在兴凯湖上作业时从船上失足落水亡故。后来据我小妹讲，他很可能是有意落水但求一死。我还有一个四叔王其棟，他早期的身世对于我至今还是一个谜，在抗战胜利之前，我只从他前任夫人的房间墙壁悬挂的照片框镜中看到他是一副军人的仪表，用人工染色涂红的脸蛋让我联想到血，望而生畏。我还有一位三叔王其棻，他在我的记忆里没有留下过一点印象。他的亡故只让我隐约感到某种"传奇性"，据说他是因宰杀了当地农民一头肥猪而被桃源县官府捉拿归案处死的。50年代我五叔在语焉不详的一封信里曾向我提及此事，说我父亲1939年暑期从延安抗大返家曾为三叔之死"与刘莲仙打官司"。他是作为我父亲的劣迹之一向我这样宣告。我羞于进一步打听事实真相。我至今尚能记得的仅是我作为三叔的孝子头上箍一项用白纸镶裹的细篾条编织的孝帽，骑在一个男人的肩颈带到了灵堂，而后，领到三婶的内室，人们正清理三叔的衣物，其中一件白竹布衬衣上有斑斑点点的汗渍，我听到三婶说："有霉味了。"说话的人都是悄声细语，空气压抑。在旧社会，一个地主恶少将农民的一头肥猪宰杀了，而后官府县太爷将恶少捉拿处死，这只是在包青天那样的戏剧里才可能有的情节。我最小的一位叔叔王其榘——即五叔，我出生的那一年他是在长沙兑泽中学读高中。1949年后他是北京中科院近代史研究所的研究员，1953年我在抗美援朝战争中负伤后转入河北荣军学校学习，曾去看望他。——我们少失怙恃的弟妹其时正由大伯资助托与五叔照管。五叔向我感慨出身于我们这样一个大家庭的成员们所走道路是如何不同，足可写一部小说。他以我父亲和我伯父当时截然相反的两种选择说到人生的不同结局。然而曾几何时，我却为深文周纳罗织的一桩文祸也在劳改营度过了二十一年的青春时光并且影响了我弟妹们的一生。

早年，我是一个比较爱哭的孩子

1940年我的大弟王昌煜出生以前我是这个家庭的独生子，由母亲和一位远房本家姑姑（我称之二姑儿）带大。我记得在此期间的一个时期，我是一个比较爱哭的孩子，无论恐吓或哄逗作用都不大，非要哭到忘记了哭的起因而觉得无聊时才逐渐降低声调，哽咽着慢慢休止。我记得有一天夜晚又这样大哭了，二姑儿用"白脸来了"吓唬我，所谓"白脸"即人亡后盖住面部的白纸，等同于是鬼魂的婉转说法。据二姑儿说，白纸用毕即折叠起来塞在柱头或门的缝隙。我固然有点恐惧，但我被二姑儿抱在怀里却仍有一种安全感，我仍旧要哭个够，只是我不敢看门外，而是盯着油盏中燃亮的灯火。渐渐地，我发觉那灯火透过我眼中泪水的结晶而折射出许多光束，像芒刺，像花朵在我双眼的闭合中且变幻无定，忽明忽暗，忽大忽小，美丽异常，我被这火的精灵迷住了。我安静下来。我还记得在一家住得很远的亲戚家做客,当晚母亲与我住在客房,爱哭的毛病又犯了,母亲把我从蚊帐里拎到床前踏板上跪着,声言何时不哭了何时再让我上床。窗外是山林,松涛带着一派寒意浸透了小屋的夜色,我有点怕了,一边哭着,一边唤着"姆妈",但母亲故意不理睬我。我何以如此爱哭呢,直到我成人之后,我才理解孩子的哭除了因病痛原因而外,多半是出于内心的躁动,是一种感情的发泄。孩子的眼泪定然是纯洁的,应受到成年人的理解与同情。及至我走入社会,尤其在我有了几分阅历之后,每当内心郁郁不平无处诉解,也曾希图有一种欲哭的冲动,但泪泉却似乎干涸了。

难忘的尚忠小学

所谓学校,不过是王氏家族的一所宗祠,离我家约有五里之遥。祠宇修得古色古香,檐下墙头是一溜彩绘《精忠报国图》,绘着岳飞的诞生、遇洪水得救、岳母刺字、大战金兀术、十二道金牌等有关情节。这所王氏宗祠学堂后来初具规模,就以尚忠小学命名。当年送我到这里启蒙时,祠堂正屋及东侧屋为道士占有,西侧屋才是学堂,只有一位左腿残疾靠拄拐行走的卢先生任教,占一间教室,三个方桌,四五个学生。卢先生独有一桌,其余两张桌子分别由两拨学生占有:一拨是些大龄学生,卢先生教他们《四书》。我这一拨,似乎仅我一人而已。那年我约五岁,卢先生用他披阅古文的朱笔将我所要学的自编白话课文写在纸上，而后由我试着用墨笔顺着他留下的笔迹勾填，是谓"填红帽儿"。我就这样发蒙了。大约在第二年，学堂有了初小班，安装了黑板、课桌，非王家子弟均可入学。仍由卢先生任教。于是，我得以和年长我数岁的同宅佃农的女儿——曹娥儿一起步行去学校读书了，并受她保护。在成为我的同学之前，她又何尝不是我的老师！写到这里，我不能不记下她——或者还有母亲、二姑儿教给我的某些儿歌，让我在感伤中记念着她们。

试看：虫虫儿虫虫儿飞，飞到家家（念 ga、ga，桃源方言称外祖母）里去（读音 ti），家家不赶狗，咬到虫虫儿的手。

试看：癞子癞，挑柴卖，挑到三更半夜不回来。鸡儿叫，狗儿咬，癞子脑壳回来了。

试看：月亮走，我也走，我跟月亮粑粑提巴篓。巴篓肚里三升米，一泼泼到阴沟里……

试看：牛角尖。飞上天。天又高。打把刀。刀又快。好切菜。菜又烂。好买饭。饭又软。好买碗。碗又深。好买针。针又尖。飞上天。……

当年的卢先生不过三十余岁，但在孩子们眼里无异于一位慈祥的老者。他虽有戒尺，似乎不大体罚学生，即使打手板也并不狠。大概在那时我还是一个机灵的孩子，因为有一次我竟以一个孩子的得意发现了老师的误笔，那天，在卢先生为我们做板书时，我忽然眼睛一亮，斗胆地喊了一声："卢先生，'看'字底下少了一横。"卢先生并不介意,后来在我母亲跟前竟当面夸奖了一番。

关于卢先生还有一件事不可不记。某日,卢先生正拄着拐杖在课堂为我们讲课,忽然听到祠堂场坪前面一个男子正厉声呵斥。后者执意不出并躲进教室。于是那个呵斥着的男子冲进了教室强扭那人出去。卢先生拄着他的拐杖从讲堂奔到他们中间规劝"有话好好说"。这时,我们听到了枪声,而卢先生仍不顾安危周旋其间,孩子们吓得从一扇小门鼠窜而出,躲到祠堂祭坛跟前。十几响枪声过后,一切都安静下来。当我们胆怯地走进教室,被仇人击毙的那个叫作王福生的男子已直挺挺地横在教室南门口的里侧,身下是一摊鲜血。一把油纸红伞还抓紧在身边。那个带枪的男人已从旗杆解下马匹从容驰去。那天,我们提前放学回家,消息很快被带往四方。我母亲当晚是点着长明灯度过了惊恐的一宿。

这位卢先生应该说是尚忠小学初创期的一位开拓者了。但他的位子不久就由许多师范生以至大学生担任了。抗战胜利前后,他在三阳港集市开了一间布店。人们当面称他卢先生,背后一般称作卢森斯,我不知道他名字如何写才准确,因为我约十岁时就去常德读高小了,而从十四岁起我就已是一个不归的游子,以四海为家。

纵观我在尚忠小学读书的日子,尽管只有四个多年头,但它是儿童眼里的一个微型社会,留给我的印记甚至会因时光的推移而愈加新鲜、愈具魅力，我希望在后面就要陆续写出的文字还有缘触及那二三记忆中的生动，不然，将只归我一人在此生中独享了。依我之见，青少年时光之可贵，概在于其后所余仅是浮光掠影的日子。

1999年（以下辍笔）

一十一枝红玫瑰

一位滨海女子飞往北漠看望一位垂死的长者,
临别将一束火红的玫瑰赠给这位不幸的朋友。

姑娘啊,火红的一束玫瑰为何端只一十一枝,
姑娘说,这象征我对你的敬重原是一心一意。

一天过后长者的病情骤然恶化,
刁滑的死神不给猎物片刻喘息。

姑娘姑娘自你走后我就觉出求生无望,
何况死神说只要听话他就会给我安息。

我的朋友啊我的朋友你可要千万挺住,
我临别不是说嘱咐你的一切绝对真实?

姑娘姑娘我每存活一分钟都万分痛苦,

何况死神说只要听话他就会给我长眠。

我的朋友啊我的朋友你可要千万挺住,
你应该明白你在我们眼中的重要位置。

姑娘姑娘我随时都将可能不告而辞,
何况死神说他待我也不是二意三心。

三天过后一十一枝玫瑰全部垂首默立,
一位滨海女子为北漠长者在悄声饮泣。

2000.3.15 于病榻

第二编

对诗的追求

传统观念里的诗人形象,当是倜傥不羁、能歌善饮——"斗酒诗百篇"的风流才子。严峻的岁月未能把我造就成那样的一个幸运儿。

真正能够引起我的敬意并感动的,倒是"为人生"的诗人。他们以自己的精血(岂只是精血)煎作酒浆让人啜饮。较之常人,他们生活得决不更轻松、更愉快。他们的形象莫不是殉道者?

我只是个诗的追求者。

但可叹的是,我对诗的追求却也更其苛刻了。并非慨于当前对诗的外来影响的怀疑、排斥或肯定,这方面,自可"我行我素"。我要说的、我最感兴趣的只是:

——如果你是诗,你能感动我吗?我的脑子已经磨起茧子,一般的摩挲于我已无济于事。你能给我一点儿起码的"刺激"吗?用榔头"敲打敲打"?但,那也得是你——诗的榔头。你既然来了,即使不允许我看到你的真面目,也应该让我觉着你的来到是像梦魇附体一般的真实,哪怕压得我喘不过气来、挣扎着吼叫一声也好。我毕竟领略到了你那灵魂的力量。

美好的诗，有如"空谷足音"。是诱惑的。是仅有的。是不容模拟的。

那么，我有什么资格在这里侈谈诗呢？首先，我自己就没有这种诗的才智，尽管我已为之废寝忘食，劳形伤神，不知熬干了多少灯油。

我对于诗的追求是否还能继续下去？

1981.8.29

花公鸡

拙诗《意绪》决定刊用后曾蒙编辑朋友约写"诗话"以与作品同时发表,后如约写出,虽未用,但我觉得那点小言论尚不失为个人对诗的一点切身感觉,今且照录如次。

我此生先后对绘画、乐器、书法……有所野心,终未得其门而入空怀慨叹,倒是漫长的逆境玉成了我诗的个性。我甚至要承认,正是这一番磨砺使我一日顿悟诗的"技巧"乃在于审美气质的这种自由挥写:我写我"善养"之"气"。凡人生种种都可成为"气"的涵养。我也试将自己平日对美术、音乐的某种领会移情于诗的创造,这种融合或贯通又岂只是对于前憾的弥补?

"我善养吾浩然之气",于此我心领而神会焉。

陕西民间绘画的稚拙情趣完全切合农民艺术家自己对其生活的直观理解。色彩在画家笔底直接呈现为他们的愿望、情感、情绪,而不必拘谨于描绘对象的实际自然色彩。他们自由自在,从来就无视透视原理,因而容许(这里用词欠准确,岂只是"容许",而是天公地道地以为本当就是如此)花公鸡头部的同一侧面并生两只眼睛,谁敢说"不真实"?谁敢说"不合情理"?他们会奇怪你何以不解，因为"鸡本来就是生着两只眼睛的么"！他们不在乎你们欣赏与否。他们所看重者是自己对生活全身心投入的真挚情意。同样，他们绘制出的草地上牧放的马匹在同一处肩胛又可能长着两三个头颈，谁敢说农民画家对自己的役畜一无所知？他们自小就是牧童，他们太熟悉自己的牧畜了，他们会告诉你："马儿吃草总是要脖颈摆动，一会儿吃这边，一会吃那边。"他们描述了这一感觉。他们对自己所描绘的役畜永远怀有体察入微的关切，谁比他们更动情？那么谁敢说他们的艺术虚假？异端？不好懂？使我觉得有趣的是，今天仍被某些诗评家视作的诗艺"怪胎"，恰恰可以从我们的"老祖宗"——民间艺术里找到这种流变的根据。

我很欣赏这种从生活感受升华的、渗透了创作者主体精神的艺术真实，——心境辐射的真实，形变实即情变得真实，梦幻的、乐感的、诗的真实。

因之，我毫不奇怪太阳又何以不可能是黑色的，而向日葵花盘又何以不可能呼号！

1985.8.5

我的诗学观

认识的局限性永远如寓言《盲人摸象》所谕示的那种情形，有着各执一端者难于沟通的壁障。从局部经验揣度之，谁又能指责他们的见解没有道理？然而，我们所奢望的却是要获知那一最终意义的"全息"的大象！

是流逝的时间帮助我们有所醒悟、有所扩大视野、有所廓清迷幻。以此观之，是时间在造就一切、提示一切、选择一切、昭示一切，唯感受异常灵敏、思维异常活跃的人有希望截获其中一段信息，成为"先哲"，而我们或许仅得感应某种潮动，终究不免于是"事后诸葛"。

比如说，离开时间内容我们能够把握时代审美的转变吗？我们能够理解"艺术叛徒"所具的"离经叛道"精神？"野狐禅"就常常是被这样一些对美的创造不知足者悉意搞出，而被目做"放肆"（意大利威尼斯画派委罗内塞回答宗教法庭审讯时称此为诗意的放肆），但假若艺苑一旦失却这种"放肆"，局面也许会更生动？更有朝气？更多丰姿？

历来如此：人们对美所怀有的欲望、挑剔、不满足……总是与日俱增，其程度之烈当不亚于暴君的贪欲。

君不见为了美的占有，人们甚至于忍痛在自己的肉体刻制具有装饰味的图谱（疤痕）。——离开时间内容我们如何领教澳洲土人劙刻、文身、穿鼻环、凿唇塞之类的"恶习"！

处在时间的流程里，我们总是处在某种盲目与惶惑之中，而当那一部分"流程"变作了历史，我们多数人对已发生的一切才有一个比较客观的鉴别。历史是冷静的，但也是热烈的、雄辩的。

比较而言，对待艺术问题我不太热衷于单纯的论辩，也避免介入其间，这不仅是出于我理论素养甚低，不仅是出于认识难免局限、逻辑论证与概念的语义表达终难周全——总会有懈可击——之类的考虑，更主要的是深感有些问题仅仅是靠实践本身才可做出比较恰切的回答的。

我更关心的是自己思维的触角是否老化？

我更关心的是时间的创造：这，既是指现状，也包含对历史的温习。

我常常感慨美的内涵被时间充溢，总被时间超越，总被时间更换，总被时间……还魂。世间事物演化的结果往往是当事者始料所不及的——饕餮兽面纹作为奴隶主镇压之权的象征，我们今天从商周青铜彝器感受于它的仅是狞厉之美，是神秘、典雅、庄重——时间就是演化。时间对一切有所肯定，有所否定，有所否定之否定。时间强迫一切就范，在劫难逃。

确实，更生动的是时间的创造。

时间流程的总趋势很可鼓舞人心，——这在前几年就是如此的了。这一切来得如此自然，而结果令人如此愉悦：——有人坚信"鸽哨"不可成熟吗?那固然是的。但是愈来愈多的诗国公民却以灵视接受了"成熟的鸽哨"并得感受其美旨。

变革艺术笔墨的愿望并非出于某些文化怪人单纯猎奇的满足,应该说,它一直是多数人都具有的潜在欲望,在封闭的环境条件下,其反映也许不甚明晰,一旦"窗口"打开,感官激奋,被拓展的地平线上也就随之萌发了一代文化心理意识:倾向于追求一种新的审美效应。

几年前,我在一篇短文里谈到要用诗的大锤抡击被滥调、平庸习俗研磨得结了一层硬甲的审美心境,我意指的"大锤"即是某种具有力度的新的艺术效应。当然,这不可能靠纯粹的技巧取得,——能使灵魂震撼的,还必应是灵魂的力,其获得既是历史的积淀,亦是灵肉的体察,必伴有较富的人情味。

也许我无法回避"诗的民族形式""诗是什么"一类的议题了(我这篇短文的标题不幸得很:有了这种学究气)。于此,我的态度是不太乐观的,以为不会达成什么"被一致通过"的决议,讨论仍将旷日持久地存在下去。因为我们对此只能从各自的经验、从命题的特定角度抒发己见,而且,很可能因时而异。

我不知道有什么万世一统的"民族形式"。我理解的"民族形式"仅是一个中国人在中国诗的背景上错落有致地形成的中国意识的凝聚。

关于"诗是什么"我的思索似乎略多一些。——诗是气质?诗是结构?诗是情绪?诗是经验?……但我近来更倾向于将诗看作是"音乐感觉",是时空的抽象,是多部主题的融会。感到自己理想中的诗恰好是那样的一种"流体"。当我预感到有某种"诗意抒发"冲动的时候,我往往觉得有一股灵气渴待宣泄,唯求一可供填充的"容器"而已。

写到这里,该说的似乎都已说了,但我想起9月25日曾应约写了一篇终未完成的"诗话",那仅有的几节片断与我此刻所论还算合辙,且多一点发挥,索性整理于后,或可一并当作参考材料?

片断之一:

曾与人谈到从气质上把握诗("我善养吾浩然之气""天地有正气,杂然赋流形"——诗的最终技巧于此存焉),以为诗是气质的放射,是气质的蒸发,是气质的堆塑……特定审美契机与之暗合。

诗,自然也可看作是一种"空间结构",但我更愿将诗视作气质、意绪、灵气的流动,乃至一种单纯的节律。但那元始的诗意应早在人类纪元开创之初就已在那里流动裕如了,有太初的透明、天真、单纯,随后相当的历史沉积使其变得庞杂斑驳,而多给人雄浑、穆武、壮烈感受——我作如此理解的诗,实质上是一部大自然与人交合的"无标题音乐",我们仅可有幸得其一份气韵而已。

片断之二:

气韵,既是大自然的、历史的赐予,亦是心史蕴含之升华。当其始来,太极莫辨,或可感觉"有写诗的冲动",而后才渐具形状——此之于我多是"痛苦的分娩"。

片断之三：

诗人的含义可以是广义的。我愿以此称美一切富于个性、独创精神、坚韧秉性与高尚情操的艺术家。诗人的称谓之受到古今多数人的敬重，原因大略已备于此。

但我必须说明，更多地为日后所提及的诗人在生前是备受世俗嘲弄的，且为一日三餐所累，厄运总如影子一般与之相随，荣誉与桂冠那是百年之后的事。此类世态炎凉在古今中外概莫能外。

因之，诗人也就被称之为诗人了！

我们于今作为他们的崇拜者可以尽情陶醉于他们的艺术成果，被陶冶、被启示，极觉亲切，我们未必意识到被自己享有的这"圣餐"原是他们的躯体、心肝、病痛……

据说遗传基因在本质上就是自私的，自私与保守当然是相融的，这的确是没法子的事。那么，我们如何不感慨于那艺术先行者们独断独行、独来独往的品格！

请听听那至今仍然不绝于耳的戏谑之言吧——"写诗的人比读诗的人还多！"

不过，我仍然信服一个时代有一个时代的时尚，一个时代终归有一个时代的诗，当然，也应该是：一个时代有一个时代的诗人群。

1985.11.5

诗的礼赞（三则）

一

艺术的根本魅力其实质表现为——在永远捉摸不定的时空，求得了个体生存与种属繁衍的人类为寻求万无一失的理想境界而进行的永恒的追求和搏击的努力（我视此为人的本性），艺术的魅力即在于将此种"搏击的努力"幻化为审美的抽象，在再造的自然中人们得到的正是这种审美的愉悦。因之，最恒久的审美愉悦又总是显示为一种悲壮的美感，即便是在以开朗的乐观精神参与创造的作品那里也终难抹尽其乐观的亮色之后透出的对宿命的黯然神伤。其实，"乐观"就是以承认了"不乐观"为前提的，只是聊以"乐观"处之罢了。生命本身原已定义为一种悲剧精神的奋争。民俗自古讲究瑞兆，这种祈颂吉祥的风习正是从另一侧面证实了与生俱来的人类对厄运的那种原生态的恐惧。一种先天就有的压抑感。孤独的人类幸有艺术做伴。艺术原是孤独的人类用以倾诉内心情绪、宽慰或内省的方式。艺术是灵魂的歌吟。而灵魂的歌吟恰是广义的诗的精髓。被这种"广义的诗"所化育的一切艺术品类因之都获致不同程度的魅力。

诗是崇高的追求，因之艰难的人生历程也得而显其壮美、典雅、神圣、宏阔的夺目光彩。就此意义说，诗，可为殉道者的宗教。

诗是不易获取的，唯因不易获取，更需有殉道者般的虔诚。

而之所以不易获取，唯在于"歌吟的灵魂"总是难于达到更高的审美层次。

而愈是使我们感到亲切并觉日臻完美的诗却又是使我们直悟生存现状的诗。

1986.12.3 续成

二

听说古代猎人将自己退役的老马
总是放还大自然。而这样的老马
也定然不再还家，
也定然不再回头，
也定然不让人看到自己
奄奄一息时的丑陋。
向荒原走去的这样的老马的背影
我难于忘怀。

假如说，倒毙的老马与死亡的肉体一般只会在心境留下

"丑"的印记，这也许仅在于生灵总是习以否定的判断对待死亡之故？

我视生命为宇宙之诗。

我视生命现象为宇宙原始诗意的冲动。

而这种诗意的冲动无一不表现为万类蓬勃的生机。万类蓬勃的体态因之也总是美的。固然，也有人以玩赏腐尸或咀嚼痛苦的死亡为艺事，但在其貌似超脱的背后隐喻的反而是对尘世生命的加倍肯定。——以否定的审美方式对生命价值给予诗意的肯定。

而道学家以阳痿为美，以被阉割为高雅，以裸而健的人体（敏感到包括象征义的兽体）为罪恶，以情欲为龌龊，以病态的心态为荣，由此而生的道德之争迄无休止。

古代猎人放归于大自然的老马确信死亡的肉体只能使美的感受者留下难堪的印记，于是在孤独的老境中孤独地走向自己生命的终点，走向封闭的死。

而美永远地留存下来，谁也未能屈辱，谁也未能放逐。

1986.9.12 初草，25 补记

三

艺术圣徒、塔希提岛的苦修者、由"走运的银行代理人"

自甘沦为倒霉画家的法国后期印象主义画派大师保罗·高更自杀的念头既定之后日以继夜赶制过一幅油画，他为那一预制的"遗作"所拟定的题目实际上概括了自己一生以绘画艺术为事的对人生价值的困惑、追求与实现，此一包容了三个问句的冗长画题我视如一篇史诗的提示：

我们从何处来？
我们是谁？
我们往何处去？

我们几乎无须思解于画布上的种种细节——两个穿紫红色长服的人谈论善恶是非——偶像举起两臂——奇妙的鸟抓着一条蜥蜴……等等，仅就隐含在这三个问句中的象征义、逼人的情绪递进已可让我们的自由联想在规定的定势中拓展，并已为这一困惑的主题探索感动了。这里起作用的与其说是有关"创世记"的问答，毋宁说是作者在句中所暗示的有关"创世记"的情绪更恰切。每一导向哲理性思考的问句其实都可以从整体上把握为渗化了抒情主体情绪感受的意象群，或包孕了若干情态转换媒介的符号组合体。是诗化的抽象。是"略形貌而取神骨"后的最佳存留。很抱歉我不具备文论家们准确杜撰或差遣专门词汇、术语的能力。这里，我之借高更的画题旨在着意：艺术创造的魅力其精义所在莫不是人世生活的诗化的抽象？抽象的基础愈是丰厚，抽象物的蕴积也愈丰厚，因而也愈具可为转换的能量，其魔力有如点石成金的"灵丹一粒"。

艺术抽象是创造的必然，人类天性就轻视对于对象的如实描摹，而看重经过主体精神充分过滤——诗意化的抽象——之后的创造显示。文学抽象的极致可提纯为音乐感觉，一种仅在音乐般的感觉里被灵魂感应的抽象，一种自觉地被慑服的美感，一种难于言传的诗意。

人类生来善喜善怒善哭，人类生来对宇宙人生怀有敏锐感应和超脱的欲求，人类无时无地不处在高更式的潜念——我们从何处来？我们是谁？我们往何处去？——的困扰之中，随时随地本有同声一哭、同声一笑的情欲。这种艺术的表达，倍为世人心灵调节所需。

头绪诸多的现代生活的快节奏总是使人感到躁动不宁与变幻莫测。有许许多多的焦虑。有许许多多的渴望（包括人自身的超脱）。一方面，惑于人的主体意识日渐沦丧，一方面又期求瞬刻地对一切的把握与洞察。在这样的心境中寄情于艺术的人们日益不耐于传统的叙事与抒情及实用功利的说教（哪怕是侃侃而谈），他们首要的是审美的真诚与审美表达的和谐，是理解，是审美悟性的满足。是钱学森教授称之为表达了"哲理性的世界观的层次"、可与个人的"世界观合拍"的"美"的追求（详见《文艺研究》1986第4期）。唯进入此一哲理性审美层次，美的本质特征作为人的本质力量的对象化才有可能充分展示，人的自我实现才具可能。唯其如此，才是本来意义的"美的艺术"。以追求"现代感"为"意识觉醒"而寻求通向世界之路的艺术探索者们正是着眼于这一"最高层次"而给予抽象美与艺术的抽象以前所未有的关注。"美的艺术"正是他们急于攀摘的果实。时代本身已造成了这种默契：唯如此才合情合理。时代与历史也确实具有某种默契，美之为美自具一定规律，不然，我们何以惊异于人类远祖分处大洋两岸、赤道南北，各不相属，却不期然而然地创造了形制相仿的舟车或彩陶。

站在诗的立场，我以为一切为人类美好前景不断奋力开拓新境界的人们在本质上都属于诗人，这样的事业都是诗的精神的最新凝聚，因而是美的。我是怀着如此温馨的感情注视着我们同代人变革生活、变革艺术、变革人类本身的努力。但我也清楚地获知：悲剧是经常发生的。不幸的正是这种不幸深化了诗的悲壮。我又不无动情地朗诵一遍保罗·高更的那幅油画"遗作"——

我们从何处来？

我们是谁？

我们往何处去？

1986.8.17—19 草讫
12.21 小删

艰难之思

编辑朋友让我就"作家是怎样走上创作道路的"为题写一篇文章,并特为嘱咐我说,这一专栏开办以来已发稿近七十篇,深受读者欢迎,云云。如此,我岂好推辞?于是几个日夜埋首一沓稿纸,写了撕,撕了写。老实讲,我测不准自己勉力写出的那些文字究竟有何价值,终于气馁,半个多月辍笔不写了。也是出于偶然,这期间我从两位当代作家的文章里两次听到戏言"在中国当个作家太容易";而恍若有所启悟,想重新拾起笔来。此刻白日当空,我又坐在临河新居的窗前了,河心依然一个身着连衣防水裤的胖妇人下身浸泡在水里正从水底一锨一锨捞取沙石堆在洲沚,等待对岸赶着马车的丈夫下到河滩装载。这不是一件轻活,她很可能因此得了关节炎或是风湿症……我默想着,当我行文至此,脑子一闪念跳出一组意象:白云苍狗……我的笔开始了艰难的移动。

……就这样写下去。

我不能确证我的"作家梦"始于何年,但可以肯定我的"画家梦"当会更早一些。(人类文化学似乎也是这样证明:绘画先于文字,属于人类最古老的审美活动。)想起孩提时代以红泥或木柴余烬在村壁涂抹的那些无师自通的"无主题绘画"心上仍觉温热。我一生于造型艺术有特殊兴趣,几年前还曾壮起胆子报名某书画函授大学,只为力有未逮而勇退了。旅美画家陈丹青说,"一个人的一生只能做好一件事",道尽了人生的遗憾。

总之,我终于插足作家行列,就算是"作家梦"如愿以偿了吧,可在三十来年之后我已全然觉察不到夙愿初遂时的踌躇满志,有的倒是负重跋涉者的感喟:何必当作家?何必舍美术而当作家?既当作家又何必舍小说而当诗人?诗人更是苦行僧。是苏联小说里我曾结识的那个在雪地上赤脚行走而不改其乐的、孩子般纯情的、善良而超脱的斯多葛派老哲人。是那个"生年不满百,常怀千岁忧"的多愁善感之士。是永远的被蒸馏者。

这当然不是秘密:迄今为止我的文学成就毕竟是十分平凡的。如果说"平凡"也是一种成功,我也无意向读者饶舌而称此成功如何在于幼年的我有农家少女曹娥儿教唱"月亮走我也走,我跟月亮提笆篓"……或称母亲梳妆台上的一册木版《梁祝》唱词如何成了我最早接触到的课外读物。我也无意罗列40年代在父亲书架上得以翻阅的《阿Q正传》《浮士德》《夜店》《猫城记》……乃至《重庆客》《豆腐西施》。诚然,熏陶未必不使得某些个为当作家而当作家的人不成其为作家,但我总觉得此种因果推导失之滑稽。

于今,我是如此偏执地信仰:作家之存在、之造就,其秘诀唯在生活磨炼或命运之困扰。无可动情于生命的沉重，无可困惑奋发于人类的命运，我不以为他会是一个本质意义上的作家。

作家意味着对生活的咀嚼。我乐于承认正是1957年之后我才品味到这种咀嚼有多么严峻。我相信：不经一次生死荣辱的幻灭终是难于有作家的顿悟。

想起了一件往事：

1958年5月，我们一群囚徒从湟源看守所里拉出来驱往北山崖头开凿一座土方工程。我气喘吁吁与前面的犯人共抬一副驮桶（这是甘青一带特有的扁圆形长腰吊桶，原为架在驴马鞍背运水使用，满载约可二百余斤）。我们被夹挤在爬坡的行列中间，枪口下的囚徒们紧张而悚然地默默登行着。看守人员前后左右一声声地呵斥。这是十足的驱赶。我用双手紧紧撑着因坡度升起从抬杠滑落到这一侧而抵住了我胸口的吊桶，像一个绝望的人意识到末日将临，我带着一身泥水、汗水不断踏空脚底松动的土石，趔趄着，送出艰难的每一步。感到再也吃不消，感到肺叶的喘息呛出了血腥。感到不如死去，而有心即刻栽倒以葬身背后的深渊……

然而我没有死。生命的本性具有先天的沉重。由此，生命演化出了古今多少深情的文章。

我是岁月有意孕成的一爿琴键。

油然想起了许多往事：

记得九岁那年某个夏日，我双手拎着裤脚管沿王氏祠堂小学门前的小溪流优哉游哉踩着浅水而下三四里而在一座名曰"流港福桥"的地方登岸，在桥头的空木屋里我拾到了一本学生图画作业，而且是彩绘的图画作业，我如获至宝，以至今天回想起来仍得重温那种如获国画大师原作时或有的幸福心境。……

记得十三岁参军那年我身着一套新军服随部队行进在桃源乡间，途中走入路边一家茶馆想讨点水喝，蓦地柜台里侧一位妇女的声音："呀，这不是昌耀吗？"吓得我掉头鼠窜，因为我是瞒着母亲悄悄离家的。……

记得就在那天行军途中我掉队了，傍晚才进入桃源城关，路经家门时我真想一见久别了的母亲和弟妹，但我又甚担心被家人阻留。恰巧看到五弟一人孤独地待在门前，他那么年幼，还不到入学年龄，但我还有一个更小的幺妹尚需他哄带。他那么孤独。他的二哥、大姐、二姐呢？幺妹呢？母亲呢？我远远地叫了一声，他回头认出了戎装的我，高兴地朝我蹦跳过来。那是一种兴高采烈的、忘我的呼叫："大哥哥！……"我已一闪身从街道一侧奔下直通码头的石阶到了河滩，绕过家门从此远走他乡，永远地留下了五弟在家门朝我伫望的影子。二十九年之后我有幸在桃源城关逗留半日。桃源已面目全非，我寻访的我们一家住过的那座小木屋也已历史地消失了，在看似是旧址的地方唯见一片煤场。我疲惫地坐在街边树荫。那是清明后的多雨季节，初晴才不久,我看着春水恣流的沅江从脚下浩荡而去。埠头有几只航船已升起炊烟,晾晒的花衣衫在船篷的绳索上摇摆,一切显得平和而静谧。我感到自己仿佛是一个不该介入其间的外乡客了。

"生活对于任何人都不是一件容易的事。"——居里夫人这样说。

我于1950年春考入38军114师政治部而成为师宣传队队员,授予的武器先是一双小军鼓木制鼓槌,后改作曼陀铃乐器一柄,再改作二胡一柄。是为我从事文艺工作的开始。

值得一提的是在这里结识了我湖南同乡战友、二胡演奏员、诗人未央兄。在朝鲜期间我曾多次借用他的那支咖啡色关勒铭金笔用来涂鸦,他总是为我百拿不倦。那年在桃源乡下剿匪我就已得悉他是一位诗人。那次,他从驻地墙上糊着的一张旧报纸发现了自己刊登的一首小诗,因之谈起他在"省立四师"读书时就已是某小报专栏作家。他有一本用云南建水药房仿单装订的诗稿手抄簿,平日撂在床头任人翻阅而毫不介意。日后我于诗作及诗人不存任何神秘观念而敢于在此领域一试身手或许与未央兄为人的朴实、为诗的朴实留给我的印象不无关系。

我的文学练笔起先仅止于小说,写过几篇战斗故事,动辄洋洋洒洒数千言而仍舍不得煞尾。其中一篇《决斗》(取材我师赵连山英雄连坚守3.1416高地事迹)曾由当时的《东北战士》编辑部通知,拟收入该刊《文艺小丛书》,后来我因伤残转入河北省荣军学校读书而未得确信。我确知发表的第一篇作品是散文《人桥》，时在1952年冬或1953年春，载于上海《文化学习》。

我的诗创作始于1953年秋冬之际，时在河北省荣军学校。此期间校图书馆的藏书为我的阅读提供了机会，我涉猎了郭沫若《女神》、莱蒙托夫《诗选》、希克梅特《诗选》、聂鲁达《诗文集》、勃洛克《十二个》……等一批中外诗集。那是一个值得回味的时期，我的生活兴致极高，蓬勃的青春渴望着爱情。渴望着云游与奇迹。我总是有写诗的欲念。凡所经历、凡所见闻、凡所畅想处多显示为某种诗的暗示。我当初那一卷一卷的诗稿就是蜷在宿舍床铺如此轻松草就，一觉睡醒总有所获，其得来之易于今看来几可称之为是对诗神的亵渎。

那是一个我曾矜持地称之的——我们也曾年轻——的时期。我至今仍清晰记得我从保定城里选购来贴在我荣校宿舍床头墙壁的一张宣传画，画面是一位背负行囊侧身向我的女勘探队员。背景是青藏高原的崇山峻岭。画面底边一行通栏美术字：将青春献给祖国！画中人成了我崇拜的美神，成了我心中的诗神。雪山太阳将她晒得略带黧黑的红彤彤的脸蛋儿，那样的肤色，那样的衍有条形隆起的野外作业紧身棉上装都是理想中的"平民样式"，我觉得很美、很富魅力。以为自己只当属于拥有这一样式的那个群体。是原因深远的默契？是审美感知层内的"同构对应"作用？随后我果真置身于雪山大漠二十余年不改初衷。1955年6月22日出发来青海前夕我记在纸片上的一首《骊歌》有句：啊，大西北,我来了。我瞧见了你雪峰上的勘探姑娘,觉到地下石油悸动。从前,有人说你像巫女在荒漠留下骑者的尸体,但是谁能叫我不爱?……

我兑现了贡献全部青春的许诺。

一切恍如昨日。

我的第一件得以发表的诗作是组诗《你为什么这般倔强》,载于1954年4月《河北文艺》月刊。审稿编辑丁江。丁君是我结识的第一个编辑朋友,我仍记得他在第一封复信中说的第一句话:"你怎么说这不是诗呢?不仅是诗,而且应该说这是很好的诗。"当年评诗优劣习以作者政治热情为最高绳墨,故得丁君如此虔诚赞美。丁君是湖北人,为人讷讷寡言,善为小品文。那年夏我请往大西北,他曾邀我聚会编辑部刘文彬主任家里予我饯行。两年后,1957年,我以《林中试笛》冤案罹祸,听说丁君在彼方亦以文章蒙受不白。

此后岁月里,我才真切经验到了什么叫作"平民样式"。因之,我的已被漠风吹得格外粗糙的心灵更渴待粗糙的手掌的抚摸。我渴待生命力的强劲震撼。二十八年前我在垦荒的祁连山某座台地趴在落满草屑的地铺抄录的几首外国诗歌竟被我保存到了今天而成为那期间我的思想感情的见证。其中一首是歌德作品《普罗米修斯》:宙斯,你用云雾/蒙盖你的天空吧,/你像割蓟草的儿童一般，/ 在栎树和山顶上 / 施展伎俩吧！

> 可是你不要管
> 我的大地，
> 我的茅屋，这不是你盖的，
> 不要管我的炉灶，
> 为了它的烈火
> 你嫉妒我。

下引独白又是如此自豪：

> 宙斯，要我尊敬你？为什么？
> 你可减轻了
> 任何重担者的痛苦？
> 你可遏止了
> 任何受威吓者的眼泪？
> 把我锻炼成人的
> 不是全能的时代
> 和永恒的命运
> 它们是我的也是你的主人？

（均自冯至先生译诗）

抄录的另外几首是希腊诗人柯斯塔斯·瓦尔那里斯的《我的诞生并非偶然》和泰戈尔《飞鸟集》里的作品。彼时彼境我之读诗与其说是出于纯粹的审美，倒不如说是有意于理性感知更为准确。我确实觉着找到了自己的归宿，多么好，我的大地，我的茅屋，我的炉灶，我的把我锻炼成人的我的时代、命运……而我的诞生并非偶然。我直觉自身与人类命运之相通。我似乎更实在地理解了人类成为命运主宰的那种渴望。我欣赏那种汗味的、粗糙的、不事雕琢的、博大的、平民方式的文学个性。起始于1957年的这种气质的变化中经"大跃进运动"、三年饥荒、"文革"……而日趋深沉。

我所理解的诗是着眼于人类生存处境的深沉思考。是向善的呼唤或其潜在意蕴。是对和谐的永恒追求与重铸。是作为人的使命感。是永远蕴含有悲剧色彩的美。

我大致就是这样走过来的。

我厌倦纤巧。

因之，个人的审美感知取向实呈一有迹可循的历史性过程。

然而我说不准究竟是哪一位诗人的作品对我的创作影响更深。我仅好说：屈原、李白、庄子（我以诗人读之）……是我钟情的。我不以为他们的精神与新诗无可沟通。艾青从巴黎带回的芦笛是我所珍重的，我不知当代前辈老诗人里还有谁对我更具这种长久魅力。我也喜读国外的惠特曼、莱蒙托夫、聂鲁达、桑戈尔、佩斯、埃利蒂斯、艾略特、史蒂文森、杰弗斯……阅读他们韵味醇厚的名篇是一种享受，其中必也对我实施了某种潜移默化，但这并不致有损于我独具的品格。在我自己的经历里自有一个可容本人拓展的空间。

在中国当一个作家或者别的什么可能是容易的事，不过我所理解的作家或诗人当是以生命为文、以血之蒸馏为诗的，非如此不足以骋其文、明其志、尽其兴，否则，他尽可销声匿迹。故我所理解的作家或诗人定淡泊于名利，更何苦于叨叨当作家之难易？

世事白云苍狗……我儿时的红骨髓已为黄骨髓所替代，皮肤已变为多皱，时间早已将那个原来的我悄悄更换，并继续着这种恶作剧。我们亦非原本的我们，时空亦非原有的时空。一切无可非议。只是那些"生年不满百，常怀千岁忧"的骚人墨客们多感念于天地万物、生命本体之源的无可穷究而发为人性吁叹使世上大有文章可做。——明天当然会更美好：在又一个旷古后的未来，我们不复认识自己的子孙。

1987.3.27 写毕

以适度的沉默,以更大的耐心

历史可在一个早晨以一声惊蛰的春雷宣告诗坛残冬的终结,而喻示诗坛繁荣局面降临的浓丽春色却只能在难于确定的时日累积中艰难地蕴蓄,使得不耐企盼了的诗人们添许多苦闷。这种春候的律动当不难与新时期一些诗人情感历程的投影取得某种重合。今日诗坛如何?然而那气象又何在?觉得绿肥红瘦仅是多了一些"闹"的春意,而与人们预期的大风范、大气度、穆然肃然纷然整然的宏观大境界还有相当距离。期之太高,望之也心切。但我宁可期之高一些,只说那熟透的春景尚在可盼的望中。

我宁可以适度的沉默并更大耐心静待其变。

这样,诗坛形势又是前所未有之好。只要想到这点也足应感到"前所未有"的畅快。畅快比不畅快好。虽未必比悲观更好,但确比木然要好。不是说无有忧心了,而是意味着可以公然地表示某种忧心了。是一种自以为可以有所作为了的乐观心态烘托下的"忧心"。因此终究畅快。我正是如此对待当今诗坛的形形色色,或是如此地对待有关诗坛的形形色色。

无疑,诗坛多元格局的形成正是社会价值观念多元化的实现,是时代进步的结果,是历史的必然。对民族生存状态的切肤体验使我们感到观念的变化、传统更新之需、审美视点的位移非但不应避免，只怕还宜憾其姗姗来迟！我们才对"媚外忘祖"谤议持极度反感，而对"大一统"的心理之偏狭持某种反省与情感抵制。可以理解，当初一些作家、诗人或纯是出于这样的一种躁动——出于某种"呕吐"的冲动或"泄"的需要才拿起笔来，以为非如此不能恣意表达醒觉的真诚，或达到情的解脱与超越，或完成一种审美变革与新的人生体验。我们的诗当是从那一刻疏离了以现实的政治需要为出发点、以教化宣讲为直接目的的文学价值观而滑向世俗化的。当今，诗所呈示的种种形态或性状必然关涉当代生活流向与社会心理背景。那种无视诗的本土动因，一味认定当今诗的躁动是"误入西方邪门"或"步台湾现代诗后尘"，我不以为可信。

　　我不习惯给诗人划圈子，那是文学史家有兴趣的事。诗之于我，无论时代，无论诗人何属，无论"新诗潮""后新诗潮""某某代"……只有欣赏、不欣赏、不太欣赏的区分。我不知"子夜吴歌"与"竹枝词"与唐诗人刘禹锡"竹枝新词"孰为先进，孰为落伍。我不信服"较量""实力""挑战"（近期又闻"大论战"）"烽烟四起"……这样一类对诗坛格局的蛊惑性描述有其必要。诗坛本无"谁战胜谁"之虞。于审美选择，理性总困于惰性。我只是自己独钟的诗美之仆役。我不知此外有什么"宗派"的功利。我总是基于美的直觉以定取舍，而不盲从荐举或屈从胁迫。我总是乐于保持一种自由的向度，一种可选择的余地。其实，一切事理都是以一种被选择的动态过程呈示。所谓"天下理无常是,事无常非",唯时间一以贯之。即便才是须臾之间重又为今人乐道的"传统复归"又何尝是论者们称誉的那么纯粹而不曾被时间掉以私货?一切宜在一定的时间截面去量取、把握,凡是得以发生、存在或延续者必有其这一切之缘由。反之亦然。我于艺术方法、风格、个性的态度仅是:暂请各行其是,衰荣听任天择。取极端说:世间并无诗名的不朽者。

但是,不欲速朽的诗又必有其不可速朽的生命活力。我想要指出的是:在当今诗的创造意识趋于活跃的背后,我确已感觉到诗的某种"疲惫"——诗的乏力、困倦或无精打采。一种钝化。一种无动于衷。我告诫自己:任一自许心态开放的诗人也不能不经常调节自己的生活视野、感受角度、思维与行为方式,务必使自己融入历史的进程。

作为读者,我又意识到自己确已得了某种诗的"厌食症"——不在于饱食,似还不曾饱食过。——以至于懊恼地想:诗,不好作"画饼",绝对不该多产。诗只应是诗人生活的有限副产品。诗人称号只宜看作是社会赐予的一种殊荣,却不宜为社会职业。人之诗,当是人负有的生活承诺与道义之实现,其痛苦、不屈于命运的抗逆、理想之境、怡然陶然之意……遂都成为审美寄托,而超越诗人一己私我意义达到某种哲理性高度。从中必可感受到诗人生命活力跳荡的脉搏。很遗憾,而今(也许从来如此)易得的往往是一种看多了相似面孔表演后的疲惫。

幸好，我于诗的定义一向看得极宽，宽得可用一切姊妹艺术共有的"美"尽数涵盖：我常从绘画、小说、音乐等艺术获得诗意的满足。在这样的诗人里有我神交已久的小说家张承志。我极愿以他新近寄赠给我的小说集《北方的河》带给我的审美满足结束这篇短文。我想借此说明的还是：诗，毋宁说就是逼视的人格自身，而让蓄意模拟、雕饰者无所措手足。那天，我从随手揭开的一页读起（我的读书经验，能经得起这样几次翻动的书并不太多），是299页，一段文字就这样火辣辣地在我眼底酥动了，如饮醍醐："'那黄泥屋……'苏尕三低哑地说道，'那黄泥屋，我寻不上啦。'他这时已经舍不得挣开丫头的手。走吧，他想，我怎能再说难为她的话呢。只怕我顾不上你呢，我的苦命妹妹。我怕屈着你。你好好一个大女子。唉，苏尕三一甩头下了决心，走吧，死活一道走吧。他抬起眼打量了下这女子。在夜色里，他突然觉得一阵温热。一个实实在在的大闺女紧紧攥住他的衣角角，近近地立在他身边呢，他心里突然起了一阵潮。这潮涌漫得他心里又酸又热，'走吧'……"

命运也就是这样前行。那"又酸又热"的物质是极富个性的生活。是生活丰厚的蕴涵。是诗。我试以此回答《诗刊》编者征询的后一个问题：诗的走向。

1988.1.26

纪伯伦的小鸟

——为《散文诗报》创刊两周年而作

黎巴嫩诗人纪伯伦在其散文诗《幻觉》里如此写到牢笼中饿死的小鸟:

> 过了一会儿,我发现鸟笼突然变成了一个透明的人体,死鸟变成了一颗人心,心上有一道很深的伤口,伤口中流出了鲜红的血滴。那伤口,就像是一位悲伤的女子的双唇。

是怎样的悲哀,是怎样的一种无能为力的徒然的悲哀?是怎样的一种无可言说的生的困惑在诗人心灵留下了伤口,渗出了鲜红的血滴?是怎样强大的悲哀如同牢笼,迫使人心的意象已如死鸟幽囚震撼人类良知流出鲜红的血滴?

这就是我所认识的一种"散文诗",其震撼力足以在人心灵显示出伤口并渗出血滴。

那么,上帝不会以面包牛奶款待诗人了。诗人也无须期待诗神惠予何种诗的灵感了。如果不是这样,又何必成为诗人?常常听到诗人说:"今日得诗若干。"或称:"一日无诗,一日即当白过。"(贾岛更有言:"一日不作诗,心源如废井。")每闻此我亦不胜羞愧：即便百日不得诗又如何？我也是这种雅士么？我也作诗成癖么？我何需上帝款以面包牛奶？我何曾期待诗神给予独惠？诗之写作实如感伤者不知不觉间流出眼泪那么自然。然而感伤者一旦写出心中蕴积就已有某种可能的理由被尊为诗人了。既被尊为诗人，于是出于诗人的癖性即便无伤可感也得模拟伤感写上一些伪感伤的篇什，这就是为什么"一日无诗，一日即当白过"，那么何必有诗人？不胜羞愧。

世上自从有了诗人、诗坛、诗派、"以诗会友"、"各领风骚"……人多以作诗为雅。自从有了这种雅士，诗的受孕几成可疑。

诗，终归不是诗人可随心所欲拈来的装饰品、桂冠或筑巢的羽毛，直到今天我仍然信仰诗是生命化育，"血必浓于水"，而诗人是痛苦的象征。这样的诗人必具有一种超越世俗功利的、与生俱来的生之悲悯。这样的诗人正是人类自己在不经意中造就的一束极具痛感或痛感预期功能的神经纤维。诗人，即更具痛感的人，直面生活，索解命运，勿为形役，人类史上有许多杰出的科学家、哲人、社会活动家都不乏这种诗人的气质。

那么，何必为"诗的散文化"辩说？何必拘谨于"散文化的诗"？我所看重者仅是纪伯伦那只心形小鸟的伤口与渗出的鲜血（那伤口如悲伤女子翕动的双唇）。于此，我只知有纪伯伦诗意的小鸟而已不辨何系散文何系诗。

1988.11.2 于西宁

严肃文学的境况怎样,回答说:还行!
——在《青海日报》社一次讨论会上的发言

人在解决衣食问题之后,精神生活的需求总会摆在第一位,其中就有着对于文艺活动的需求。这既是为着精神的品位,又是基于感官之娱乐。在一个精神追求显得贫弱的年代,往往是后一动机构成了参与这一活动的主体。因此可以说:"享用文艺"原属于人的本能,它最基本(或较原始)的定义是感官刺激的寻求,它倾向于选择最便当、最直接、最易得、最快意的品类,而无须多动脑筋索解个中是否有着什么微言大义(这样的例子可以用玩电子游戏机说明,三角钱就可以扮演一次英雄角色,身临其境地参与一次打斗或历险)。它不在乎品位的档次高低。我国近十年文艺书刊市场大起大落变化着的轮廓线适好从一宏观角度见出精神的需求如何被感官之娱乐所取代,许多情况见所未见,闻所未闻,性与凶杀打斗类书刊的泛滥才是一次乘虚而入的动乱,有人形容作"赤地千里"。我感到很滑稽的是当批评界正纠缠于"朦胧诗"的懂与不懂、"伪现代派"的真与伪,并不朦胧的拜金主义早已货真价实地侵蚀着国内的文艺书刊、音像市场,非法出版商、书贩和捐客正财运亨通毒化一代年轻人。十万套《十二金钱镖》获取的暴利是四十五万元。一个书号的价格是二万元现金。有谁听说《女酋长》《女刑警》《女侦探》……一批"畅销书"的作者"〔香港〕雪米莉"只不过是内地一个由清一色男人拼成的"写作工场"假托的"女作家"！文化出版领域表现出的无序状态，与我国其他社会领域表现出的无序状态，实源于在金钱面前的困窘而至于精神信仰迹近崩溃的结果。

在一个精神追求贫弱的年代，感官的需求每会随着这种贫弱速率的加快越趋放任。以至于全然袒露人性的一切本能的弱点，厚颜无耻而尚不自觉。对于时代的这种变化（民族魂的这种弱化）我曾感到茫然。我以为在这一时风之下任何个人的搏击都是较少可能影响大局的，回天无力。我在长诗《燔祭》的首章《空位的悲哀》里如此慨叹："世界无须掩饰，我们相互一眼看透彼此。/偶像成排倒下，而以空位的悲哀/投予荷载的壮士。/壮士壮士壮士/踩牢自己锈迹斑斑的影子，/碎玻璃已自斜面哗响在速逝的幽蓝。"精神大厦崩溃的情境莫不如此？1988年初夏，我在京都广场护城河一侧连续三日拜谒那里蹲坐的"狮面人"，表达了我的这种悒郁："我偷觑沉默的狮面人如同孩子偷觑父亲。/我偷觑狮面人威猛的沉默。/我感觉他前臂腱略一抽动。/我感觉他浴在水边的前臂才挽罢垦荒的犁杖。/我感觉他眉间微蹙的悒郁造境遥深。/我感觉他瓣额几许嘲讽悠然意远。/我感觉他如环散开的鬣毛雍容儒雅。/我感觉他如火照人的瞳孔透出疲惫。/我深知如此潜在的悒郁是我难得洞悉的悒郁。/我深知如此的悒郁是使我如此震撼的深刻原因。/狮面人的痛楚是我们

直接嫡承的痛楚。"（见《燔祭》第五章《京都前门·狮面人》，原载《诗刊》2/1989）

　　整个社会是一个互为渗透的系统。一切取决于对生活的态度及信仰。民族魂的存在具有第一要义。不在于空乏的说教，而有待于体现，有待于社会整体素质水平的切实改善。高尚的文学，需要一代自觉追求高尚境界的读者。高尚的戏剧，需要一代自觉追求高尚境界的观众。裸体美的欣赏，需要一代能自这种美的欣赏中感受到灵魂升华的欣赏者。最近我听到一位话剧团长谈起他们在50年代的话剧生涯，那是一个多么可为之骄傲的年代，一场新戏排出，爱好话剧艺术的观众在预售戏票的前夜就已赶到剧场门口排队，一个月的预售戏票当天就从窗口全部售完。那是一个让人们自觉追求高尚的年代。那是一个能从剧场内外、舞台上下感受到这种美的呼应的年代。在一个精神追求已趋贫弱的年代，美丑往往被人颠倒，这样获得的感官刺激，不如说是一种吸毒行径。在那样的局面下，美的单纯地倡导或美的单纯地禁绝都难于真正奏效。一个不愿随波逐流的作家或艺术家处此困境，往往可能有两种选择：一是以身作则，不放弃作家的使命感而直面人生，着眼于现实的干预。一是洁身自许，以美为己任，潜入"象牙之塔"，刻意于内心意蕴的品位。后一种难免为评论家诟病，但我仍然以为自珍自爱较之自轻自贱终究有着境界的雅俗分野，不好一笔抹杀，而且我以为严肃文学大体也就是由着这两部分作家苦心经营。也许还有第三种选择，即如所谓"玩文学""玩艺术"的一类。他们以"反传统"为标榜,他们似乎更具现代意识,其实正反映了价值失落后的一种心理失衡,属于时代现象。他们未必真的对现实冷漠到失去崇高与真诚追求。

在一个变革的年代,痛苦的代价与成功的期许仿佛都带有一种悲壮的行色被人们默契于心,严肃文学的存在就是这样的一种象征。因此,也是真正意义上的美的文学,最具韧性与生命耐力。对于这种负重而行的文学家,问一声"还吃得消么?"我愿以此文标题所称之那样的代为答曰:"还行!还中!还吃得消!"社会与人性总要走向进步与完美。任一混沌或浑浊都将复归清明。而唯有这种期待难免让人感觉孤独。我曾在一首诗里如此写道:"而愈益沉重的却只是灵魂的寂寞。/ 谁与我同享暮色的金黄然后一起退入月亮宝石?"

1990.5.4

西部诗的热门话

热心于西部诗研究的朋友Z君给我寄来由他编制的、项目纷繁到色彩与性的《创作与心理调查表》，而在此前后我还收到过几位朋友为西部诗集的编选或新诗史之需寄来的信函，我从这些热心活动中至少感觉到"西部诗"作为在新时期诗坛曾与"朦胧诗"双峰并峙的诗歌潮流又被人们重新提起。或者换一种说法：西部诗作为潮流已经成为过去了吧？或：西部诗在一段时间的困惑之后会有可能走向比较的成熟？乘便我也索性涉足一次有关西部诗的热门话题。然而谁知又能说得清否？也许仍旧是应验了古希伯来诗人一句颇见深刻的慨叹："已有的事，后必再有。已行的事，后必再行。日光之下，并无新事。"但愿我们尚不至于如此沮丧。

一、在西部，最强烈的感觉与印象

这里，我且抄录日本作家井上靖先生的一首散文诗《飞天与千佛》（见于外国文学出版社1986年版《外国诗》）作一借题发挥：

"二十多年前，我曾经梦见过一次飞天。时间是在深夜。数百名天女，衣袖翩翩，朝着天的一角冉冉飞升。远处传来微微的风铎声与骆驼的铃声，一直到最后的一名天女消失在天边。"

敦煌文物研究所的×先生这么说。他在莫高窟的疏林中居住了三十年。接着他又说：

"我也曾梦见过千佛。那是六年前一个寒冬的黎明，所有的千佛都从石窟中跑了出来，一半排在沙漠上，一半排列在三危山的山脚下。那是多少万尊千佛啊！四周是那样地寂静。"

我屏住呼吸，静听着天女飞翔与千佛出动。在漫长的人生中，我从来没有听说过像这样庄严而严肃的事情。

我们从井上靖先生不动声色的描述能不感受到一种惊天动地的壮美境界！简直是在悄悄中进行的佛国兵团的大规模运动。他们去到哪里？是为着怎样的事变？是为着怎样高尚的道义驱使？……始终是一个谜，而偷觑到这一切的幸运儿只是一个躲藏在梦中的凡夫俗子。我乐于承认我们正是如此的俗子凡夫，但我们也是幸运儿。我们能够更深切地体知这种壮美的历史感。不，任一具有诗人气质的人总是敏于一定社会历史内容给予的负载，只待踏上这片国土，一种浩茫莫辨的历史感就可油然而生：是一种苍莽，是一种悲凉，是一种圣洁之情，是一种想要痛哭的欲望，是一种想要献身的意念，是一种轰轰烈烈的沉思，是一种激动不已的预感。我不知道是否还有另一边域使我们从这种审美受惠中获取更为丰赡而醇厚的审美膏油。我无论是在人烟稠密的河西走廊还是在碧草连天的阿曲乎牧场，或是在被称作无人区的可可西里荒漠，我时时都能感觉到冥冥中那行之未远的先人的脚步。感觉到被地层沉积再次整合的人类文化遗存。感觉那一面面如旗帜般坠落在岁月的太阳仍旧火光熊熊。我感觉到自己以思维触角超绝时空限制构筑的透视有了今古共振的谐音。我在1983年1月6日《文学报》发表的一首诗作正是这样写着："……那人儿／听见霜寒里／留有岁月嗡嗡不绝的钟鸣。／太寂寞。是谁在空中作语：／——啊，世俗的光阴走得好慢！／我似乎觉得／高车部自漠北拓荒西来尚是昨天的事……"那么还会有什么"最强烈的感觉与印象"令我更惊异？一如井上靖先生所言，西部，意味着"寂静""庄严而严肃的事情"。

二、西部精神

不错，西部就是这样一块更富历史感的土地，但是，这种感情的催发却有着时代的变故，我愿将其理解为某种苏醒。这种苏醒不仅是促成西部精神的动因，且是西部精神锋芒之所在。被催发了的我们才猛然意识到自己原有着无尽的话语要对着这片土地倾诉。

因之我理解的西部精神原就深深植根于西部故土之恋，是与时代转型期同时来临的一种自觉的生命潮动，然而却是首先在文学意义上表现了这种创造的自觉并发轫于这种文学自觉的生命之潮动，意味着世代相因的坚韧意志与共存亡之努力处在了历史的一个新起点，而成为文学转型期的一种审美期待或审美心理描述。它充分相信自己基质的潜力，把眼光自觉投向未来，而不加意外界褒贬（即或其意识深层也曾隐含着对于在历史的长旅中屡遭冷待的抗争）。有着不尚粉饰的拙朴基调与峻急品格。有着义无反顾的道德操守。有着充满宗教感的善的隆重。有着基于死亡意识的人性悲壮。有着面对现代文明冲击的内心困惑。有着感于文化滞距的历史反省。有着实现理想人格的恣情追求。……其于我又何止于阳刚之气或开拓者的豪迈！

三、西部的诗与西部诗

"西部的诗"与"西部诗"的分属显然已是可以确定的事实，尽管我并不以为这种区分对于诗人的写作确有必要。史家们总是力图证明"各领风骚"的局面，而力求从总体方位上把握住文学创作发展兴衰存亡的脉络，将某类结局的寓意留给世人去思索。因此史家们总是对于流派、谱系的存在给予更多的研究兴趣吧？他们还发现多数流派的形成都是一个由"不自觉"而走向自觉追求的过程：往往是一种"与众不同"引起同代人中尤多留心时尚者的兴趣，从惊异以至倾慕，以至热心提倡，以至认同或归化，共同体随之形成。史家们称这种形成流派的方式是从混沌中产生有序状态。但是从"西部的诗"到"西部诗"的发生似又不完全与这一过程吻合：一些后来被称作西部诗人的诗作几乎都是在新时期到来的始初就从自己所处的"西部人"的历史位置出发了，以不甘平庸、崇尚真诚的艺术个性显示了各自的"与众不同"，因之"西部诗"当其发生就似乎是以一群体出现。那么所谓的"西部的诗"只能是历时性分类，特指西部历史沿革中各派诗作总汇，而"西部诗"则是一共时性构成，特指新时期以来形成的以部分西部诗人的具有相类西部文化心理结构及主题含蕴的诗作或部分诗作。这一诗群的出现显然已是事实，一些评论家正是从流派意义评价这一诗群的存在：或称之为诗派，或称之为准诗派，或称之为诗群。故在近年文学低谷背景之下有人才在流派意义上指称"西部诗的溃决""退潮"，或称之为"先天不足的产儿""试管婴儿"。但西部诗的潮动还毕竟仅是一个开端，因为作为一个开放的历史时代而言也仅仅才是一个开端，而况任何一个有抱负的创造者只知有思路的调整、精神的弘扬而不知有"溃决"。至于"退潮"，我们整个文学现状不也处在同一彷徨期（非西部诗而然）？但是彷徨也必为成熟的文学所需要。时光总是在不断地淘洗，而以西部精神发端的西部诗群也将不断更新自己并相信自己基质的潜力。

不过西部诗概念也确有一些难缠问题，诸如：西部诗是否只限于西部题材内容？非西部人写作的西部诗算不算西部诗（如井上靖写作的《飞天与千佛》）？西部诗人写作的非西部题材诗作又算不算西部诗？……我无力缕析这类琐屑而烦心的问题。诗人们不甚习于逻辑结构而更看重心理感受。我在这里仅想摘录俄国作家果戈理涉及"民族性"时的一段论述，或有助于我们对类似概念的理解？果戈理写道："他（普希金）一开始就是民族的，因为真正的民族性不在于描写农妇穿的无袖长衫，而在表现民族精神本身。诗人甚至描写完全生疏的世界，只要他是用含有自己的民族要素的眼睛来看它，只要诗人这样感受和说话，使他的同胞们看来，似乎就是他们自己在感受和说话，他在这时候也会是民族的。"

对于果戈理这段非常精辟的话实在无需多做饶舌了，我的意图仅在做一替换试验，假如我们将语录中的词语"民族""民族性""民族精神""同胞们"换作"西部""西部性""西部精神""西部人"结果又将如何？诚然那些词语的组合不无试验的危险性。

非常有趣，鸡与鸡蛋孰先孰后式的难题仍常困扰人们，谁能阐明"儿童文学"究竟是指儿童写作的文学作品呢，抑或是指成年人以儿童题材写作的成人文学？……

四、听人唱《河州令》而想到西部诗

如果仅为说话而说话那会多么让人烦厌。那么为写诗而写诗又会比贫嘴更显可爱？我想到了在Z君项目纷繁的调查表格上分列的提问——"在西部，你的创作动机与动力""你认为西部诗面临的困境"，于是有了上述感慨。

但我此刻要说的却是在最近一个周末之夜的聚会，时在友人的一间小客厅。夜已很深，包括我与主人在内的五位男士围坐对酌（独我以茶代酒）。待酒意半酣，主人提议座中男士之一为众人献歌助兴。男士起立欣然应命。他演唱了许多不同风格的歌曲，每到销魂处总要手舞足蹈之，众人同声附和。老实讲我并不太感动。然而及至听了他的一曲《河州令》我们都噤声失语了。这首歌是一位男子自叙对其卧病不起的情妹的探视，每一句歌词末尾都缀以一声长的衬词"格——登——格"，其韵味有似古乐舞《踏谣娘》中的叠句："踏谣，和来！踏谣娘苦，和来！"幽婉而具深情，有千钧重力。我不知还有什么方式比这"格——登——格"的表现力及内涵之包孕更耐人寻味的了。我隐隐感到这首歌曲只为撒拉族男子所固有。座中的朋友告诉我说，这确实是一首撒拉族民歌，歌名也就叫《格登格》。但是演唱了这首歌曲的男士却称之为《河州令》。那么这又是多么好听的《河州令》呢，我一再听他演唱这首歌曲直过了午夜。当我告辞出来，一位男士陪我来到街上，他的兴致好极了，又在夜店购买了一些酒重新回到楼上的客厅去，他们将痛饮到天明。而我在回家的路上回忆起了歌手对话的一个细节，当时我对他说，唯有《河州令》最感人，并断定是他真正进入情绪状态后才有可能获得的演唱效果。那时他即刻纠正了我的说法，认真坚持说："不，是进入感情，是感情，而不是情绪。"我没有深究其间的微妙差异，我尊重歌手个人的解释，的确，唯有动人才得感人。

由此我想到了西部诗一些使用频率极高的词语，如：雪野、沙漠、草原、胡杨、瀚海、骆驼、红柳、篝火、强悍、粗犷、漠风、蜃楼、兀鹰、旷野、诱惑、鹰翅、陶罐、孤独、羚羊、大碗酒、大块肉、长啸、嚎叫、雄鹰、雪莲、胴体、潇洒、献祭、情欲、男子汉、女人、昆仑、楼兰、刁斗、雕弓、牧女、钻井、雄性、戈壁……"站成一棵树""望成一棵树""想成一棵树""爱成一棵树"等等，如果在这一切背后仅是程式化了的俗套，或仅是为写诗而写诗，人们何妨一遍遍听唱《格登格》？

五、对性的理解

性属于生命能量。性既是创造力，也是破坏力。性可以是直接的创造力，也可以是潜在的创造力，但却是唯一可能的生命力。性作为生命能量的升华是其达到的人格高度。

六、在何种情况下放弃西部诗追求

如果我试作反诘——"我何事对西部诗追求",人们一定会怀疑我是否真诚。其实我仅从自己生活其间的社会环境出发以诗的形式表达了我的审美理想或评价。我原不知有"西部诗"之立,后来人们将拙作归流于西部诗自然也不无道理,因为西部到底是滋养了我诗作的子房并是我创作的首选母题。那么我在何种情况下放弃西部诗追求呢?我的回答只可能是:当我心如死灰。但那时又岂止于对西部诗?

七、再谈西部诗:"不存在的流派"

问题还不仅在于西部诗是否存在,而关键在于西部诗作为流派何以不能存在。

一种意见认为:西部诗的提出是鉴于美国"西部电影",其实是"不存在的流派",而且"西部诗"口号的出笼几乎成了诗人的灾难,以至许多人为写西部诗而写西部诗。

我以为这种指责未免感情用事,说美国有"西部电影"然后才有效颦的中国"西部诗"又未免于是一种假设,试想:如若假设美国不曾有过"西部电影"又岂能解释中国之有"西部诗"是在情理之中?流派不是团体,本无参加团体的好处。作品从来不以流派论优劣,即便无流派出笼伪劣之作仍不绝于途,而流派口号既已提出也无须挂虑传世佳品自此销声匿迹。故我以为大可不必以个人成见或功利之想论流派。至于西部诗,若不存在被时代激活的因素,决非"一呼百应"的个人行为所能奏功。因之西部诗也是一种集体的选择吧。

另一种意见认为:西部诗概念确实尚含混不清,其存在与否究可怀疑,况且西部诗也没有提供什么成功的范本。

我的看法是:即今当代意义的西部诗作为一种自觉的诗潮原已无可怀疑地存在并为国内诗坛关注。而作为与时代转型期同时到来的西部诗潮其实原是我国至今仍以多元格局并存的文学革新大潮的一部分,属于一个仍在发育、探索的过程。一如对朦胧诗的评价,人们对西部诗承认、贬褒与否都无妨事实上的存在。固然不一定留下了多么成功的流派范本,但整体的潮动却有可能成为这种铺垫。西部诗的定义也就在这一孜孜不息地追求过程之中包容了,确定而又不甚确定。

八、西部:诗的宝库

我想:拥有江河源头、世界屋脊美誉的西部正是以此独有的景观与文化氛围在朝圣者的心目中日渐展示其永恒魅力的吧?而西部对于当代诗人的意义是煅炉与开刃的砌石。是心灵在祭坛前的净化。

前不久一位从事中国新诗史研究的东北友人 W 君来信,称颂大西北是我们民族的源头，是诗源宝库，以此断定没有去过大西北的人将很难理解西部诗魂。他谈到在1984年夏天他们一行来到阳关的大沙漠，其中一位诗评家"像一个失娘的孩子狂奔着、狂奔着扑向了沙漠，他倒在沙漠的怀里呜呜地哭着，仿佛要淘尽二十二年非人生活的委屈和苦楚"。这位朋友接着写道："当时我真被他这样发狂的样子惊呆了。"

西部其所以是诗的宝库，或也在于西部是这样的听任人尽情倾吐衷肠的土地吧！我们就是如此将所有的人生之忧患、所有积存心底的儿女之情肠尽数倾洒在为己所知的大漠荒野，然后轻松地抬起头来，感觉自己迈入了一重新的境界。

我知道有一代西部诗人正是这样地行走着。

1990.9.17 讫于灯下
9.25 誊正

自我访谈录

受人访谈可以看作是一种荣幸。但也有不尽然,美国作家塞林格(《麦田里的守望者》作者)平生仅只两次应许记者访谈,其间相隔且达二十一年之久。这种"守秘"以至刺激了某记者胃口,而凭空捏造出一篇对塞林格的访谈。与之相较,美国民主诗人惠特曼实属运气欠佳者,一生备受舆论冷落,使他愤愤然,而几度在报刊化名撰文抬举自己的《草叶集》。如何说呢,塞林格对访谈的拒绝与惠特曼对舆论的期待或有实质的差异?在我看来其实都缘于对自己的创作怀有太强烈的自信。但我对于惠特曼的"自我吹捧"倒是十分同情,读其传记时就常禁不住要为他受到的冷待鸣不平,对舆论界的那种偏见陋习,认知或感受能力的迟钝深觉困惑莫解。

现在,我要谈到撰写本文的动机了。我无意与前述两位天才作家攀比,只是想强调:作家当然是要以自己的作品谋求与人沟通,一味受人访谈未必增加作家存在的价值,但一味受人冷遇也未必是作家之初衷。我作为诗人近许多年受到的礼遇也可称红火了,屡得友朋造访为文绍介,我倒是常常觉得有负于他们似的,因为在我看来这些可敬可爱的知音原也是想将我"推出去"——向文坛推出去。这前景虽壮丽但也令我惭愧:我已缺乏大男子的阳刚之气。所以总感到有负众望，况且朋友们也是用够九牛二虎之力了吧。

那么，此次《诗神》约写的访谈文章还是留给我自己炮制，既是我刚刚讲过的歉疚，也是为着答谢。我还要回答指定的问题并要谈到我的有关生平。

三十多年前我从湟源看守所被当作"有文化的犯人"选拔出来，寄押省垣一家监狱工厂并在那里学习钢铁冶炼。我在化铁炉干活，任务是搬运焦炭、铸铁、废钢材到炉膛跟前，过磅配料，由升降机提升到几层楼高的投料口。这是一种简单劳动。但这种前所未有的对于参与大工业操作的体验甚至让我感到有几分豪迈。瞧，厚重的黑色原是我所追求。露天工场到处都是这种黑色：煤粉、铁屑、浓烟、灰渣、污渍，以至于雨天的黑雨、雪天的黑雪。以至于人们嘴脸黑色的汗渍。因之红色的火焰就更显得是我理想中那份撩动的样子而感人肺腑了。理智与情感都让我尽量在想象中否认这是事实上的一座监狱工厂。因之，他如鼓风机与炉膛的吼声都让我看作是受无产者驱动的可感豪迈的自然力、一种诗意的节奏，全然没有今人作为噪声公害对待所怀的嫌恶。

当年在那里的人们记得起形影者还有两个：一个是工长。另一个是工地上唯一佩戴脚镣的同犯，——所谓同犯，仅只是一种称谓，身陷囹圄的人既已丧失互称同志的权利，也就无妨互称同犯。这个同犯在我记忆里尤其印象深刻，这不只是他戴镣，还在于他体魄壮实高大，手操一柄重磅大锤，这一切，以至化铁炉、熊熊火炬在内的被我意念作用了的物象纯是出于一种梦眼中的与我身份不适的自作多情：无产者诗人的梦幻。监狱不可能有勃洛克。同犯未可看作无产者。我其所以对他印象深刻还在于时时漂浮在他脸上的与其高大体魄不甚相容的温驯笑容。

我始终不解他的笑容何以那么温驯。

他的劳动简单至极。诚然简单至极，但并不轻松。他必得完成炉膛每日吞入的全部铸铁的加工，即：他需抡锤将整条铸铁块锭截作数段。他独占一块地。几乎没有谁向他发出过指令。不存在这种必要。他的劳动对象永远是既定的，操作程序是刻板而机械的。脚镣虽使体态略显笨拙，但他本无须多走动，倒像是重心下移使其立姿更多了一份沉稳，更衬托出身躯孔武有力。他就这样在两胯之间双手握牢长柄，微笑着运足膂力，脚尖跷起时，抡动的重锤已实实在在地砸向身前场坪的那一落点，块锭断裂仿佛是沙哑的一声吟唤。而那温驯的笑容似在表示：世上无可惊异。然而，他对于脚上的铁镣却无可如何。也许他从来就不曾意识。命运的魔力惯常如此，就好比堂·吉诃德先生眼底的梦觉。而身处囹圄的我却还要以无产者诗人自居的眼光或灵气揣度其间劳动与人、与炉火的壮美，岂不稚气得可以。真的，有一段时间我以为自己对过去的种种——包括工厂及那一同犯的微笑是淡忘了，其实不，既已残存下来的印象每每是以一种更顽强、更带自觉的精神重被记起。是一种痛苦。是一种信仰。是一种梦觉。是一种执着。是一种更带自觉的精神。

四十年前，我在辽宁铁岭正待去朝鲜，有次收到伯父从甘孜写来的信，他正带领一支先遣部队进军西藏，知我已参军而来信鼓励。四年后我却已作为一个开发者到了与他省区毗邻的青海，这种不只是地理距离而且必也有着命运含义的变易都是在冥冥中让我完成而不自觉。他在"文革"含冤去世，骨灰至今存放拉萨陵园。而我早以50年代中期的那场政治运动成为祁连山的囚徒。

我的历程几可看作是对父辈履迹的某种重合。父亲原是延安抗大学生，曾在山西抗日决死队任过指导员。他肯定也到过兰州一带，因为在他带回湖南故里的行头除有可供我们玩耍的一副防毒面具、一双防水布长统军靴，还有一卷兰州羊皮筒儿，而且我从小就莫名其妙地知道有个兰州。他认定"地主不能革地主的命"故在解放战争中脱离部队。湖南解放后他逃到北京自首，判刑两年，"文革"死于黑龙江省，那里恰是我从朝鲜回来养伤的地方。

不，命运预示得还要早一些。1948年暑假我到叔叔家里做客，从他由南京带回的画报看到画家叶浅予的康区藏族民俗写生，那些大红大绿的服饰，那些紫糖面孔、大耳环，那些裸着脚趾蹲伏路旁摆地摊的藏族妇女，让我既感亲切又觉陌生而可畏，那么谁能想象得出在七年之后我已鬼使神差地到了这片与康藏接壤的牧区，并且住进了那样的帐幕？

将近四十年前。那年我以一个伤残的文艺兵到了保定进入河北省荣军总校，成为学校最年轻的学员。这是我第三次得到上中学的机会。我接触了河北文学界。结识了保定师范文学小组的莘莘学子，以至其中一位被我唤作小露的少女日后在我西来与我决绝的信里有便宣称自己有了"留苏预备生"做新朋友，带给我的刺痛多年才脱净。这是我最可留恋的时期，不仅是校门之外的天地对我意味着多种人生选择的可能，而且中学时代的生活本就提供了这种想象力的无比丰富与可能。

我自然是优先选择诗神。包括郭沫若、普希金、莱蒙托夫、勃洛克、希克梅特、裴多菲、聂鲁达等等一系列诗人的作品我似乎都是在那一时期才广泛接触。我感到自己有着一种风发之意气。我的第一个组诗就发表在1954年4月的一期《河北文艺》，时年十七岁。

这一时期不足两年，但我感觉是我生命史上很长、很丰富的部分。也许我真应该将我的求学期再延长一些，因为这不仅意味着我仍可经常见到小露，还可进入大学以及什么可能的前程。但是，——啊，我还提什么"但是"呢，生活的逻辑常很严酷，随时警告人们，鱼与熊掌不可得兼。于是，我报名到大西北拓荒去了。我几乎是命定需以漠风磨砺意志、实践追求。我的青春已在青海。世界大么？南北距离又远么？失乎得乎？荣乎辱乎？鱼乎熊掌乎？何谓想象得到？何谓想象不到？人生，坚定信仰而已。唯有这种追求与信仰使人免于孤独，免于心死之大哀。

那么，"诗是什么？"

何必是什么或不是什么？我爱生命，但我不是明白了"生命是什么"之后才理解了生命：生命对我是活生生的现实。如果孩子想哭，他不必求索"哭是什么"，哭者本人对于弄懂这个学术问题毫无兴趣。只要他有哭的冲动，于是他就哭了，且必是屡试不爽。哭不一定出声，但既哭出声，总求哭得尽情尽性，确实是他自己的哭。

那么，我称诗就是人最初的啼哭（笑亦然）未始不致让方家撇嘴而哭笑不得？

1991.9.20——25

读书，以安身立命

读到一本慕名已久的好书，有如邂逅哲人贤者，终得一睹风采，若得而为弟子，受"灌顶之礼"，则尤感幸甚至哉。这种快乐与内心的满足，一生不可能太多。或者说，一个人保留这种读书感受一生至多几件而已。因为任何强烈印象都不免因时光之淘洗而褪色，或为某种醒觉而校正。唯其如此，只有真正具有时空穿透力的好书才可伴人终生。正是基于这样的认识，当报纸专栏主持人晓颖约我就自己喜欢的十本书撰文时，我踌躇了：我能够列举十本书吗？不是泛泛地推荐，而是能够说明给予我强烈审美震撼并在人生价值的选择上给予影响的书。我承认自己不能做一准确排名，系统的读书机会，对于像我这样的一代"年轻人"纯粹是个吝啬鬼，除最近十五年而外，阶级斗争、政治风云，劳役拘禁差不多填满了我的青少年时代。我的读书零星而具随机性，多半属文学一类，且视野欠广。我难于肯定它们究竟在多大可能与程度上影响了我的一生。

那么，就从苏俄诗人勃洛克的长诗《十二个》谈起。大约是在1953年，我从北京王府井大街国际书店买到这本书。配有名家插图。在那个年代，诗集作为高雅的艺术品，由名家插图正体现了一种珠联璧合之美（另如我将提到的《聂鲁达诗文集》就配有万徒勒里的精美插图)。这本直接受孕于十月革命,为十二个赤卫军塑像的创作,给人以狂飙突进式的感奋,传达了一种久被压抑的人性呼喊。全诗映衬在一种新的人道精神的光照,揭示出新人的驾临。诗的表现主义特质为读者的阅读提供了新的经验,神秘而亮丽。这是一部感人的作品,以至我在近作《一天》的末尾仍不无感怀地以这种最初的印象作结,写道:"但在我的心际仍留有彼得堡飞雪的大街,/耶稣和十二门徒随着诗人勃洛克的红旗前进。/一天长及一生,千年不过一瞬。"

现在,我要提到苏联作家法捷耶夫的长篇小说《毁灭》。是鲁迅先生译本。读罢三十余年过去,于今我依然感到俄罗斯暗夜的火光,农舍干草堆里游击队员消乏的肉体是如何惬意。毁灭?不。变革作为存在的社会意志,世代传承有如基因,毁灭实意味着再生与重建。

还应该举出苏联作家革拉特珂夫的《士敏土》,即"水泥",这是一个有象征用意的字眼,从中可以感受到炉火,铁板一块似的凝聚。贯穿于全书,那种自我牺牲与劳动组合迸发出的热情本身,就是一部劳工神圣的颂歌。

以上两部作品都读于被监管、劳役的祁连山某农场。那正是国民普遍挨饿的年代。在肉体的饥饿得不到有效补给而深感困窘的日子里,从书本里为同样饥饿着的灵魂获取一份宽慰已成必需。而《士敏土》的作者也就是在一个相似的饥饿年代,深处一间阴冷的地下室,用铅笔头完成了这部书稿——即人格修炼的写作。"意义"不可能消解。我崇敬所有怀抱高尚理想并身体力行的先行者。这一时期我还借阅到绥拉菲莫维支的《铁流》，选阅了高尔基的一些作品，其中《二十六个和一个》《马尔华》等篇章让我铭记终生。

如果说，我一直怀有对贫贱者的认同，对贵族及豪门的心理排拒，向往人类大同理想，前此提到，以及随后将要提到的种种阅读均不无意义。然而，我却要感慨了：这样一批里程碑式的经典作品，在我们书店的售书台还能占有一席之地么？我们尽可以容许"泡沫图书"的泛起，却不容找到我们熟悉的那样的图书。认识的片面性总要让我们自己食用这一份孽根。我们淡化文化、历史传统的意识形态性，原本想着拓宽过去为我们所不具备的开放的视野和文化关怀的立场，而结果，却是再也难于听到那一份完整的、使人心激荡不已的精神，原有的好梦成为追忆。人们理所当然地谈论着精神世界的生态失衡。读书仅仅是一种消费，而写作成为一种手艺、谋术，一种可被藐视的不光彩的行当。凡此种种以观"人文精神的重建与再造"，决非虚妄之说。但我更同意这样的观点：这种制动的主体能力，取决于一代知识分子的精神与思维状态，而主要不在于国家是否有发达的经济。——请原谅我这一段冗长插话。

下面，我不拟再多谈了，只约略提到还读过的几本书或许相宜。它们是：惠特曼《草叶集》、《聂鲁达诗文集》、陀思妥耶夫斯基《地下室手记》、鲁迅《野草》。前两种书早在50年代初就已拥有，只是在深陷囹圄之后，被打磨得相当粗糙了的心胸，才更具接受这一阔大、雄豪诗魂的能力。但就诗人终极价值追求与道义关怀更具的宽泛含蕴，我尤为偏爱《草叶集》。《地下室手记》仅是在数年前蓦然想起来一读的书，几乎是踏破铁鞋无觅处，而结果竟是得之于手边的一本《世界文学》。陀氏果然是"残忍的天才"。他对人性的解剖血淋淋，不容你遮挡住眼睛。鲁迅先生的《野草》，是在数年前从街头一处席地而设的旧书摊以两角钱购得。哲人的深刻与冷峻，不仅以语言的，而且以思维的美感形式透射出锋芒。我为自己终于没有错漏过阅读当代中国最高水准的散文诗集而称幸。

读书，属于内在需要，属于"意义"的追求，属于心灵寄托，是一种生命行为。故我称之为"安身立命"。那么作家之著书立说也未尝不是如此。处在这一世风浮华之下，他岂脱得了那一份历史的忧患——死而后已的自作多情。须知迄今为止的现代人还毕竟免不了终是一个"政治的人"，还要依赖着身外的精神价值，寻找"集体性的社会"以安身立命。

好了，不再烦言。

1994.11.28

一份"业务自传"

我第一次"见到"自己发表的诗作,是在1954年《河北文艺》4月号刊载的组诗《你为什么这般倔强——献给朝鲜人民访华代表团》。准确地说,是先于杂志从《河北日报》副刊转载的版本看到这组诗作。其时我正在河北省荣军学校学习。课间,许多师生都读到了收发室分发的这张报纸。新诗从此成为我习用的创作体裁。但我之所以称"见到"云云,是此前的1952年我在国内集训期间(部队在朝鲜作战),《长江文艺》编辑部曾告知拙作一首已推荐给武汉某报纸留用,嗣后我即返朝鲜终未得确讯。我能够确知的处女作是1952年冬或翌年春载于上海《文化学习》杂志的散文《人桥》。

从事文学创作在我可能是一种自然的选择。我父亲喜欢读文史、政论、时评。我还见他整理过一本他自己的手抄本旧体诗词集。他是延安抗大学员,曾在山西抗日决死队任指导员。回湖南乡居后曾从上海、香港等地邮订不少新书报,如郭沫若《苏联纪行》,鲁迅《朝花夕拾》、《阿Q正传》,高尔基《夜店》,歌德《浮士德》,袁水拍《马凡陀的山歌》,以及《文萃》《西风》《生活周刊》《世界知识》一类报纸杂志。我时或捧来自以为是地读一读。其中一本《米老鼠小报馆》的配义漫画,现在想来或竟是由此发端而隐隐埋下了我的作家情结。因为编辑或写作总是一种既可感觉心灵创造的喜悦，又可为人称羡之事。

1950年初，虚岁十四，我弃学从军，所在部队38军114师文工队适巧活跃着一批文学青年，如未央、岚洋、肖荣，他们都属于《长江文艺》通讯员。这样，我也一度成为该刊通讯员，与他们一样从事诗的写作。1953年夏，我在朝鲜元山附近负伤致残，转到了河北省荣军学校，故又得以与河北省文联接触，并受以"新生力量"礼待。此期间，我还在上海《文艺月报》发表作品，其中一首《祖国，我不回来了》曾由中国青年出版社选入《青年文学创作者丛书·诗选》（曾填表），后以诗人公木一篇文章而告吹，据说在我的诗里"国际主义与爱国主义相割裂"。其实大谬不然。我耿耿于怀。1991年夏我在桂林全国诗歌座谈会期间曾向公木先生提及这一失之偏颇的权威意见，听者颔首微笑而已。这是我将文学创作当作终生事业追求的阶段。此后我又一次决然弃学（原可报考人民大学），而以生活为大学，以社会为课堂，于1955年6月响应"开发大西北"号召，来到了青海，时年十九岁。那年秋，我以青海题材写作的组诗《高原散诗》发表在东北大区的《文学月刊》，随后《青海文艺》创刊号发表了我的组诗《鲁沙尔灯节速写》。翌年6月，我由青海省贸易公司秘书岗位调入青海省文联任创作员、编辑。独立完成的第一项工程是编选了青海民歌集《花儿与少年》，于今想来仍不无得意，以为书名本身就已是一个"创举"，暗喻此书收录的是"情妹妹与情哥哥"对唱的情歌。这个书名后来被某歌舞团命名一组民间歌舞。此书由青海人民出版社出版（责任编辑程波德）。但我因右派事身陷囹圄，及至见到此书，署名已旁属王某、刘某（这种顶替肯定振振有词）。1957年对于我以及我这样的一批人都是流年不利的一年。那年秋，正当我的第一本诗集《最初的歌》将由陕西人民出版社第二编辑室发排出版，我以两首原由《青海湖》诗歌专号刊作头条（后挪于末版）的十六行小诗《林中试笛》而罹罪。这很滑稽：颂歌等于"毒箭"，故定为右派分子。从此扫出文坛，打入最底层。这是一个对于我的生活观念、文学观念发生重大影响的时期。我以肉体与灵魂体验的双重痛苦，感悟了自己的真实处境与生存的意义。而清白无辜与欲加之罪带给我的心理冲突终难将息。我感觉到自己从来没有像那时强烈感受到的与普通劳动者的认同。不，我的处境还要等而下之，一个"贱民"即便想融入到"普通劳动者"一族过一种平和的世俗生活亦不易得。我写于右派身份初期的一些诗作已见出这种心理流程。此后二十二年我在劳改农场劳作之余间或有过的写作，均可看作是一种留作自慰的心境表述，一种顾影自怜，或是一种自命的雄飞豪情。但我承认，我定然自负于个人的文学才具与清白，故并不排斥我的"命笔"已含有在可能的一日与读者相沟通的期许。我会沉得住气，而不在乎即时的社会功利性。重要的是正视痛苦给予我的"修炼"。文学创作是瓜熟蒂落的过程。或者说，是痛与哭那样自然的联动关系，价值已包含在其中，无须刻意追求。重要的是守住自我。对于我,"逐出乐园"的流放、现实的严峻,需要我正视并确认自己的来路、归属,并解决这种归属,即便只是先在精神上的自我确认(一种自重、自尊意义上的自我保护)。因为哪怕只是"精神上的流放"也会导致事实上的沉沦、颓废。与泥土、粪土的贴近,与"劳力者""被治于人者"的贴近,使我厌弃文坛习于浅表雕饰的浮华不实之风。我追求一种平民化,以体现社会公正、平等、文明富裕的乌托邦作为自己的一个即便是虚设的意义支点。我始终称自己是一个这种意义上的、怀有左派情感的理想主义者。也寻找这样的一种有体积、有内在质感、有瞬间爆发力、男子汉意义上的文学。——我以这种描述概括我在1957年秋以迄于今与我阅读或写作兴趣有涉的审美特点。80年代后期,我以《一个理想主义者的心灵笔记》整理的一大组诗作(见《中国诗人》丛刊1990年第3卷第2辑),其中一首写于1959年3月的长诗《哈拉库图人与钢铁》是我对于1958年"大炼钢铁运动"的一次由衷的颂歌。不在于对"运动"功过、得失做出评价。我欣赏的是一种瞬刻可被动员起来的强大而健美的社会力量的运作。是这种顽健的被理想规范、照亮的意志。这种精神终于在被导向极端后趋于式微,而成为又一种矫枉过正。我主张为人生的文学。我以为作家或者诗人不只是一种职业(如果可以成为职业的话)。我倦乏于无病呻吟,也倦乏于矫情的有病呻吟。因此,我也许应该感谢生活,正是在它的酸甜苦辣中(而非以旁观者身份"体验生活")提高了我对真善美的识别与鉴赏力。一个诗人或者作家，必然是"风雨雷电合乎逻辑的选择"，而成为"岁月有意孕成的琴键"。值得一提的是70年代末期由"检验真理标准"讨论引发的一场思想解放运动，从此开始了一个新时期。人们的观念与思维方式有了可喜的变化，——我指的是空前阔大了的视野与可能的视角，对于人类有益文化遗产兼收并蓄的宽容，相对宽松的可凭以自由思考的政治环境与求实精神。然而，随着向市场经济转轨过程中出现的人们价值观的迷失、怅惘又可堪忧虑，而一个民族的灵魂的强弱具有存亡意义。我的后期创作也传达了可为警示的这种忧虑（如《堂·吉诃德军团还在前进》）。

我的"业务自传"已兼及我的一生：十四岁成为一名军内文艺工作者，十六岁发表处女作，二十岁成为中国作家协会西安分会会员，——当然，还有在二十一岁成为"右派"，而今是青海省作家协会驻会作家、国务院专家津贴享有者。我之来青海也约四十一年了。我在这里将我的大半生作了简短的回顾，有如一篇文章，——我原已指称自己的履历就是"一部行动的情书"。我必须给予生活以人情味，而不只是条目与数字的罗列。我又得以品味其中的意味。想到老伯爵托尔斯泰为何称"幸福的家庭差不多都是相似的，而不幸的家庭各有各的不幸"？原因大概是，"不幸"比之于"幸福"可能更有着无可比拟的魅力。因为世俗所谓幸福无不是以物化享受的侈靡为度量，难不浅表、雷同。所谓不幸则更多体现为变化莫测的命运，精神的劫难史、灾变史，刻骨锥心而无定。生活中的不幸成了作家笔底生花的条件。没有人为了当作家会自动选择不幸，只是生活最终造就了作家和诗人。纵观我这一生实由两个"判定"决定，一是：个性与历史条件判定我必须为自己的前半生付出代价。我已支付并勾销。现已进入后一"判定"，即：当挨至发奋有为的年代，实已临近"夕阳无限好"。这是一代人的悲剧。我生既有所得，就必有所失。我无意计较失去的部分，故亦无"后悔"。就终极意义而言，时间固然意味一切，而其实时间什么也没有抹去，并且是什么也没有创造。只是过于执迷了的人们太看重"过程"。但我自甘于"执迷"，而略多一点旷达。

此生，我已出版三本著作：《昌耀抒情诗集》（青海人民出版社1986年版）、《昌耀抒情诗集（增订本）》（青海人民出版社1988年版）、《命运之书：昌耀四十年诗作精品》（青海人民出版社1994年版）。另有诗集《一个挑战的旅行者行走在上帝的沙盘》，已由敦煌文艺出版社发排，原计划1995年12月出版。我复出后的十七年里，我的创作已引起国内（包括台港）外读者、评论家的关注，收入数十种诗选集、辞书（其中包括德、日、英、法诸语种在内的"中国现代诗"的国外译本），并有数量可观的诸家专门文章评介（包括人民文学出版《中国当代新诗史》等多部史论专著有关我本人单列的章节）。我的作品还得到过几种奖励，包括第三届全国新诗（诗集）评奖所谓的（与得奖作品）"同样好的作品"提名。

我还会以自己的作品对于时代的给予继续做出反馈。我十分感谢关注着我的朋友们。

1995.12.29

诗人写诗

诗人作为美的象征，我相信中外古今对此争议不大。根据是：世上一些用以表示人格身份之类的美好语词都可能与诗人的价值或存在相关，或是诗人的同义语，如称之夜莺、杜鹃、金丝燕；如称之预言家、谪仙人、立法者、赤子、战士、哲人、鼓号手、老水手；如称之世界的良心、时代的触角、民族之魂。不一而足。

自然，也不免于恶谥，如称"凤歌笑孔丘"的楚国诗人接舆为楚狂。如是，即使是"狂人"也无损于诗人的命名。

对于我，一个在干旱的西北高原内陆成长起来的男子，诗人首先意味着诚实、本分、信誉、道义、坚韧，以至于——血性。此间生存条件酷烈，造就了对水分的珍惜，因此，哪怕是眼泪，也宁可往肚里流。哪怕痛得肝胆欲裂，也仅有流泪的狂想，难得一滴泪水。因之，对于诗人作用或成因的理解，我更倾心于自己的一种说法，即，诗人本是"岁月有意孕成的琴键"。其称"有意"，是感于圣贤所言——"天将降大任于斯人也，必先苦其心志，劳其筋骨，饿其体肤，空乏其身，行拂乱其所为。"诗人正是这样地被特定的历史时空所造就，一旦诗人作为"琴键"成立，其襟怀抱负发之于声，已是心灵化了的对于特定的历史时空的真诚感受。诗人是时代能动的感受器,其感受本身,就是直接作为目的的作品。是以我至今仍保留着对于"文以载道、诗以言志"古训的敬重,主张每一位诗人在其生活的年代,都应是一部独一无二的对于特定历史时空做能动式反应的"音乐机器",其艺术境界可成为同代人的精神需求与生命的驱动力。

准此,那么我要从"琴键"的说法转到下一个喻指。我是说,在我看来,一个拥有这样色彩纷呈、秉赋各异的"音乐感受器"的诗坛,可比之于西土庙堂圣殿雄心勃勃建构起的庞大管风琴演奏系统,——我听过那样的演奏。据称,在没有电力能源的古代,这种难得一闻的演奏,是以几百、上千个体力劳动者同时运作爆发而得的体力作为动力,带动特殊的器械装置为之鼓风,使气流频频注入数百根、数千根金属或木质管孔,发出来足以与其规模相称的、令人心旌摇动的乐音。那声响有着无可比拟的恢宏、盛大、厚重,气氛营造庄严肃穆,通向遥远深邃的空际,直达于众神所栖的堂奥居所。我听到了那一乐章。在诗化的虚构空间,在一片感恩的合唱声中,高踞于无所不能之上,众望所归的神性,乃是朝圣者自己以音乐的呼吸向外扩散着的人道吁求,是可资品味的人性折射,并是同为整体默契朝向一个光明之顶的向心力,透射出滋润心田的理性光泽。人在造神的心灵恍惚中感受到作为人自身的庄严与精神超越,而拒斥可能的沉沦。崇高与神圣成为抵制"荒芜"的本能要求。我不能忘怀那样的一次管风琴演奏,并对那样的庙堂圣殿留下深刻印象。然而比之于我们的诗坛，那种"众望所归的神性"——一种无可抗拒的精神感召力，一种普遍的颖悟、聪慧，我以为尚缺少气度，不成规模，或是脉息微弱，而这恰恰具有根本的意义。精神的匮乏，只有从精神的丰足中摄取。而精神的贫弱不足以孵化、养育或促成一代诗的精神。而精神的暧昧则只能生成"尴尬""晦涩""百无聊赖"，乃至"荒诞"。

那么，神性已意味着澄明、镇静、无惧，因拥有的生命意义而可带我们走出困境。

我不想一般地引述有关诗坛如何如何之类的言谈了。凡此种种，我仅可归之于"历史现象"的一种"浮光掠影"，兴荣整饬与否决非诗人一厢情愿所能奏功。可感幽默的是，目前"诗人写诗"的状态，却已部分地证实了我在一篇短文里对局面的期许："现实正帮助我们社会全体形成这样的共识：艺术必将回到精神，而精神就是诗人，就是艺术家。"

1996.10.18

请将诗艺看作一种素质

我深以为一个诗意浓郁的社会，不可能同时又是一个精神贫乏、信仰贬值、思想沉闷的社会。我深以为精神、信仰、思想的强度对于一个社会诗意的发生有着共生共荣、一衰俱衰的关系——诗是植根于这一培养液的花朵。因此，我深以为新诗的某些弊病也该有着社会、环境的原因，有着诗人与诗的论者们不便（或缺乏勇气）直言的"痛因"。因此，我深以为"中华民族进入伟大复兴时期"必然也意味着不仅是可与西方强国媲美的现代科技文明的发达昌盛，也应该是以大同理想为己任的一代人的精神、信仰、思想的重新激活与高涨。也只有体现了这一理想属性的社会的全面进步才是人们希望之所在。而测定这一进程最简便易行的方式，是去观察这一社会的文学空气、文学氛围是否更喜人。是去观察我们的报纸杂志、图书馆、话剧院、音乐厅、美术馆以及诸如近代历史文化名人故居是不是有了愈来愈多的受众——读者、观众、听众、景仰者。是去观察我们的文学青年、文学族群、文学人口的生成是否更兴旺。但是，商业利益操纵下的文化炒作不足以证明这一切。

因此，我想说：诗的"不景气"较之于其他文学门类、艺术门类也许并不更糟，在一个教育相对滞后、物欲趋于膨胀的社会时期，精神感受能力的萎缩，人们更贴近"喜闻乐见"的感官娱乐已是一个不争的事实。面对精神产品的商业化、粗鄙化，以及包含在其中的随流扬波、哺糟啜醨、玩世不恭的人生态度，在这种文化品格下降的背景里，我倒以为部分诗人"曲高和寡"的诗作、以"高雅"自命的艺术探索，倒不失为在特定条件下的一种文人精神的反拨、坚守与修炼。较之于社会的种种不洁，清贫的诗人偏安一隅，作一点对于社会并无害处的"纯诗"倒应是可予理解的行为。如果精神家园的全面崩溃不幸而言中，诗，很可能是最后一块失地。明乎此，我以为诗人不必自卑，更不要对诗坛自我贬损、现身说法人为地造成"骨牌效应"。然而，无论人们意愿如何，每一历史时期总会留下一些文化精英。这种现象让我联想到近两年报刊成批发表的对新诗现状多持非议的文章里有了一种"以不争论为好"的呼声。持此论的诗人以为，唐诗繁荣的年代，并无那么发达的对于诗的批评，却尽有诗的繁荣。我同意此说。

因此我还想说：请将诗艺看作一种素质，一种生活质量，一种人文功底。我愿意说：请将诗当作一种生活方式，而不要当作一种谋生的职业或求闻达的工具。因此，诗既是精神需求、心灵的慰藉，也是精神的寄托、生命之观照。激进的诗，是激进的人生。恬静的诗，是恬静的人生。忧患的诗，是忧患的人生。游戏的诗，是游戏的人生。淡出的诗，是淡出的人生。不一而足。然其所生发与指归，皆是出于美——大美或小美的诉求。如此，我们也许才能够以更广阔的视野、更宽恕的尺度与平常之心对待诗坛的"流弊"及特异群落与个体。我是说,我们普及的"诗学"应该"从孩子抓起",被当作一种生活方式、一种时尚、一种"雅嗜"为大众接受,这的确是一项值得从青少年时期就培养的品德。

鉴于此,我对于最近从报纸上读到的有关美国诗人约瑟夫·布罗茨基关于诗的一则短文就难以忘怀,其中说:"培养良好文学情趣的方法就是读诗,如果你认为我这么说是王婆卖瓜,自己讲自己行业的好话,你就错了,因为我不属于任何一个工会组织。我想说的是作为人类语言的最高级形式,诗不仅是表述人类经验的最简洁的方式,而且它还为任何语言活动尤其是书面语言提供最高的标准。一个诗人读得越多,就越不能容忍任何形式的赘述和啰唆……"

1998.11.9